U0105682

# 开放存取期刊 质量研究

## Research on Quality of Open Access Journals

胡德华◎著

科学出版社

北京

# 内 容 简 介

开放存取期刊是未来学术期刊的发展趋势，也是近年来的研究热点，其质量是关乎其生存和发展的首要问题。本书共分六章，综述了国内外开放存取期刊质量评价的最新研究进展；评价了开放存取期刊的学术影响力、网络影响力和学术绩效；构建了开放存取期刊学术质量综合评价指标体系；建立了基于属性数学和联系数学的开放存取期刊学术质量综合评价模型；并以 PLoS、BMC 为案例，探讨了开放存取期刊质量控制机制。

本书既可为开放存取期刊的科学评价和管理工作提供重要基础和定量依据，又能为各大图书馆及文献情报单位选购开放存取期刊、优化馆藏提供必不可少的有效工具，还可供期刊编辑部、政府管理部门、图书情报人员、科研人员及社会各界人士阅读和使用。

图书在版编目 (CIP) 数据

开放存取期刊质量研究/胡德华著 . —北京：科学出版社，2011.6
ISBN 978-7-03-031200-6

Ⅰ . ①开⋯ Ⅱ . ① 胡⋯ Ⅲ . ①期刊管理：质量管理-研究
Ⅳ . ①G255.2

中国版本图书馆 CIP 数据核字（2011）第 098232 号

责任编辑：侯俊琳　石　卉　王昌凤／责任校对：宋玲玲
责任印制：赵德静／封面设计：无极书装
编辑部电话：010-64035853
E-mail：houjunlin@mail. sciencep. com

科 学 出 版 社 出版
北京东黄城根北街 16 号
邮政编码：100717
http://www.sciencep.com

铭浩彩色印装有限公司 印刷

科学出版社发行　　各地新华书店经销
*
2011 年 6 月第　一　版　　开本：B5（720×1000）
2011 年 6 月第一次印刷　　印张：15 1/2
印数：1—3 000　　　　　　字数：290 000

定价：42.00 元
（如有印装质量问题，我社负责调换）

# 序

学术期刊是知识传播的重要载体，不仅反映科学研究的最新进展，体现一个国家和地区的科学发展水平，而且是科研人员科研绩效评估的重要工具，被誉为"整个科学史上最成功的，无处不在的科学情报载体"。

然而，传统学术期刊价格的猛涨以及图书馆订阅经费的严重不足，导致了世界范围内的"学术期刊危机"。为了缓和或解决这种危机，构建真正服务于科学研究的快速的学术交流体系，国际学术界、出版界、图书情报界和政府有关机构掀起了开放存取（open access，OA）运动，2001～2003 年先后发表了《布达佩斯开放存取倡议》、《关于开放存取出版的柏斯达声明》以及《关于自然科学与人文科学知识开放存取的柏林宣言》（简称《柏林宣言》）。目前，已有 3000 多个政府机构和个人签署了《布达佩斯开放存取倡议》。我国也于 2004 年 5 月签署了《柏林宣言》，与全球科学家一道推动网络学术资源的共享，并于 2005 年 6 月在北京召开了"科学信息开放获取战略与政策国际研讨会"。可以说 OA 引起了国内学术界、出版界、图书情报界的极大关注。

自从 OA 运动在世界范围广泛开展以来，OA 期刊作为 OA 运动首倡的出版模式，数量迅速增长，学术影响力日益扩大，几乎涵盖了所有学科领域，极大地促进了学术信息的自由交流，并使科学研究的影响力最大化。OA 期刊的学术价值日益得到科研人员的认可，逐渐受到期刊出版商的青睐，并越来越多地被文摘索引工具（系统）收摘，在科学研究中发挥着越来越重要的作用。然而，作为一种新型的学术出版模式和信息交流载体，如何系统、全面、客观地评价 OA 期刊的质量，如何公正看待 OA 期刊的学术影响，如何科学、有效地选择和利用 OA 期刊，已成为当前的研究热点。

胡德华博士的专著《开放存取期刊质量研究》是在其国家社会科学基金项目"开放存取期刊质量及其文献保障率与图书馆因应之策"的研究成果的基础上撰写与补充而成的，是对 OA 期刊质量这一核心问题进行积极探索的创新性成果之一。

首先，该书论述 OA 期刊的定义及类型，分析 OA 期刊产生的背景，阐述 OA 期刊的出版模式，全面综述国内外 OA 期刊学术质量研究的现状；然后从 OA 期刊的学术影响力、网络影响力和学术绩效三个视角评价当前 OA 期刊质量的现状，得出了许多具有创新性的观点和结论。

其次，为了全面、系统、客观地评价 OA 期刊的质量，该书在详细分析国内外学术期刊评价体系和评价指标的基础上，通过系统分析法、文献分析优选法和专家咨询法等方法筛选出适用于 OA 期刊学术质量综合评价的指标，构建出一套科学、合理、操作性强的 OA 期刊学术质量综合评价指标体系；建立基于属性数学和联系数学的 OA 期刊学术质量综合评价模型，并进行实证研究。

最后，该书以科学公共图书馆（Public Library of Science，PLoS）和生物医学期刊出版中心（BioMed Central，BMC）为案例，深入调查研究其 OA 期刊的编辑部组成、编委会构成、国外编委构成、审稿制度和审稿流程、出版周期、质量评价等，探讨其 OA 期刊的质量控制机制；然后从稿件提交、出版前期审稿、出版中期格式规范和出版后期的质量评价四个出版环节，探讨 OA 期刊的质量控制机制，并提出相应的对策与建议。

该书篇章观点鲜明，数据翔实，论述深入，既有深刻的理论分析，又有大量的实证研究和案例研究，具有创新性、科学性、系统性和实用性，有重要的科学理论价值和实际的指导意义。该书将科学计量学理论、网络计量学理论、最新的 h 指数理论、属性数学理论以及联系数学理论应用到 OA 期刊的质量评价中，不仅建立和丰富了 OA 期刊质量评价理论体系，而且完善和发展了 OA 期刊质量控制体系。我相信，该书的出版不仅对 OA 期刊质量研究，而且对传统学术期刊质量研究都能提供有益的借鉴和帮助。

邱均平*

2010 年 11 月 21 日于珞珈山

---

* 邱均平，我国著名情报学家和评价管理专家，湖北省有突出贡献专家和享受国务院特殊津贴专家。武汉大学中国科学评价研究中心主任，武汉大学信息管理学院和教育科学学院教授、博士生导师，华中师范大学特聘教授、博士生导师。

# 前　言

随着 OA 运动的蓬勃开展，OA 期刊数量越来越多，其质量和学术影响力日益增强，成为当前 OA 运动的主导。但是 OA 期刊在保持出版快捷和成本低廉的前提下，能否真正履行高质量的同行评议并保持编辑的完整性和期刊的高质量，是学术界、出版界、图书情报界及广大作者和读者最为关心的问题。此外，OA 期刊仍面临以下质量问题：①OA 期刊虽然改变了科研人员取阅、搜索和存储科技信息的方式，但是科研人员仍按照出版社对期刊质量的控制来判断期刊的价值；②OA 期刊虽然加快了出版速度且可以免费获取，但是如果不以保证质量为前提，那么太多的垃圾信息就会毁掉 OA 期刊的可用性和作为科学交流平台的价值；③作者是否愿意向 OA 期刊投稿并支付发表费仍取决于期刊的学术质量，而不是出版模式和载体。因此，学术质量是 OA 期刊的生命线，也是其赖以生存和发展的基础，开展 OA 期刊质量研究尤为重要。

同时，OA 期刊的读者免费获取、作者付费发表的费用倒挂运行机制，遭到很多人的怀疑、批评甚至反对。出版商认为，OA 运动并不能带来真正意义上的学术交流，反而会导致整个学术传播活动的溃败。另外，由于各个学科存在诸多差异，目前 OA 运动正被自然科学领域的科研人员逐渐认可，而人文社会科学的学者对这种出版模式仍持观望态度。因此，开展 OA 期刊质量评价理论与方法的研究，建立一套科学、合理、实用的 OA 期刊质量综合评价指标体系，全方位和多角度地科学、公正、客观地评价 OA 期刊的学术质量和影响力，解决其质量争议问题，已迫在眉睫，这也是决定 OA 期刊这一全新的出版模式能否持续发展的关键所在。

然而目前对 OA 期刊质量的评价尚无统一、科学的方法。国内外学者较多采用影响因子、被引频次等引文指标对 OA 期刊学术影响力进行研究。这些研究虽然在一定程度上反映了 OA 期刊的学术影响力和质量，但仍存在不足之处。因此，开展 OA 期刊学术质量评价，探索新的 OA 期刊学术质量评价理论和方法，建立一套科学合理、实用的 OA 期刊质量综合评价指标体系和模型具有非常重要的理论意义和现实指导意义。

为此，在国家社会科学基金项目"开放存取期刊质量及其文献保障率与图书馆因应之策"的资助下，笔者进行了大量数据和资料的收集整理工作，对 OA

期刊质量进行了深入探索。本书正是在国家社会科学基金项目部分研究成果的基础上撰写与补充而成的。

本书共分六章。第一章阐述 OA 期刊的定义、类型、产生背景和出版模式，综述国内外 OA 期刊质量评价的最新研究进展。第二章采用 SQL Server 查询分析器将 3354 种 OA 期刊分别与 2001~2007 年被《期刊引证报告》(Journal Citation Report，JCR) 收录的期刊进行比较分析，抽取出 683 种 OA 期刊各指标的相关数据，如总被引频次、影响因子、即年指数、被引半衰期等，对 OA 期刊的学术影响力进行评价研究。第三章采用 Google Scholar、Publish or Perish (PoP)、Altavista、Alltheweb、Alexa 等搜索引擎和软件工具，收集 483 种生物医学 OA 期刊的 11 种网络计量学指标的相关数据，通过区组分析、相关性分析、主成分分析、聚类分析、排名分析，对 OA 期刊的网络影响力进行评价研究。第四章利用美国科学信息研究所 (Institute for Scientific Information，ISI) 的 Web of Science (WOS) 统计 2002~2007 年 OA 期刊的 h 指数、被引频次、平均被引率、载文量等传统文献计量学指标数据；利用 Publish or Perish 统计 $h_{GS}$ 指数、g 指数等数据；对 483 种生物医学 OA 期刊的学术绩效进行评价研究，探讨 h 指数及类 h 指数在 OA 期刊学术绩效评价中的意义和作用。第五章从学术含量、学术影响力、网站丰余度、网络影响力和学术绩效五个方面共 20 项指标构建 OA 期刊学术质量综合评价指标体系；建立基于属性数学与联系数学的 OA 期刊学术质量综合评价模型。实证研究表明，该综合评价指标体系和综合评价模型具有科学性、合理性和可行性，而且比单指标影响因子更优越、更客观、更有效。第六章以 PLoS 和 BMC 为案例，深入调查分析其 OA 期刊的质量控制机制，从稿件提交、出版前期审稿、出版中期格式规范和出版后期的质量评价四个出版环节探讨 OA 期刊的质量控制机制，并提出相应的对策与建议。

在课题研究和本书撰写过程中，笔者得到了博士生导师孙振球教授的悉心指导，他对项目研究、全书的撰写、修改、定稿进行了具体指导和严格把关；同时，得到了方平教授、柳晓春教授无微不至的关怀与无私赐教。

南京大学苏新宁教授，北京大学秦铁辉教授，国家自然科学基金委员会科学基金杂志社任胜利编审，《数字图书馆论坛》张秀梅主编，吉林大学于双成教授，汕头大学医学院余恩林研究馆员、郑松辉研究馆员、陈图文副研究馆员、湖南师范大学杨志副研究馆员、邓昶副研究馆员、中南大学图书馆方国辉研究馆员、谭宇红副研究馆员、朱雷副研究馆员、李爱武老师、中南大学公共卫生学院黄镇南教授、肖水源教授、谭红专教授、徐慧兰教授、胡国清副教授、王乐山副教授、中南大学湘雅医学院医药信息系罗爱静教授、肖晓旦教授、兰小筠教授、李后卿教授、刘莉副教授、黄碧云副教授、刘双阳副教授、刘雁书副教授、李忠民副教授，对课题研究和本书的撰写提出了宝贵的建议。武汉大学邱均平教授在百忙之中为本书作序，并提出了中肯的见解。在此，对所有支持、关心和帮助本课题研究和本书撰写的机构、专家表示衷心的感谢和诚挚的敬意！同时，本书参考了国内外大量有关文献信息资源，特向其作者表示衷心感谢！

囿于学识水平，本书的纰漏与不足在所难免，恳请学术同仁及广大读者雅正与赐教。

胡德华

2011 年 3 月 10 日于长沙

# 目 录

# 第一章
## OA 期刊概述

## 第一节　OA 期刊的定义与类型

### 一、OA 期刊的定义

根据《布达佩斯开放存取倡议》(Budapest Open Access Initiative，BOAI) 的定义：开放存取期刊（open access journals，OA 期刊）是因特网上公开出版的经过同行评审的学术期刊，允许任何用户免费检索、阅读、下载、复制、打印、链接、索引其文章全文，无任何费用、法律和技术障碍，唯一的限制和规定是保持论文作者对其论文的完整性以及署名权和引用权。

根据瑞典隆德大学图书馆（Lund University Libraries）建立和维护的 OA 期刊目录（directory of open access journals，DOAJ）的定义：OA 期刊是指那些无须读者本人或其所属机构支付订阅费的期刊，并且允许读者进行阅读、下载、复制、分发、打印、检索或链接到全文。

而根据 PLoS 的定义，OA 期刊必须满足以下两个条件：①作者和版权所有人允许用户不受时间、地域的限制免费使用，允许用户拷贝、利用、分发、传输以及在公共场合展示，允许用户在合理使用的前提下创造以及分发派生论文，并且允许用户在个人需要的情况下，可以少量地复制。②论文的完整版本及其相关材料，以及使用声明，必须以适当的电子文件格式至少存放在一个由学术组织或团体、政府机构创建和维护的在线数据库中，并提供无限制、长期的文献服务。

综上所述，对 OA 期刊的定义基本上是一致的，即允许用户免费、无限制地合理使用。

### 二、OA 期刊的类型

1. 根据访问方式和访问权限分为完全型、部分型、延时型三类

（1）完全型 OA 期刊（completely open access journals）。其特点是运行资金来自于作者支付的发表费或专门机构（政府、基金会、个人等）的资助，彻底改变了用户付费的出版模式。例如，PLoS 向作者收取每篇论文 1500 美元的发表费，作为电子版的副产品，PLoS 出版的 *PLoS Biology* 印刷版（月刊）每

年的订费只有 160 美元。对于来自发展中国家或者没有课题经费的作者，*PLoS Biology* 可以降低甚至免除其发表费。PLoS 正在探索机构会员制等运作模式，不同级别的机构会员的作者在发表文章时可以享有不同折扣的优惠或免费。又如，BMC 规定，稿件一旦被采用，作者需支付 525～1500 美元的论文处理费和发表费。此外，BMC 还采取团体会员的形式收取发表费，该团体的科研人员就无须再交纳发表费，团体会费每年都需要重新计算。

(2) 部分型 OA 期刊（partially open access journals）。其特点是只对期刊上部分内容开放存取，运行资金主要来自作者的发表费和用户的使用费两个方面，这是传统的"订购期刊"向"完全 OA 期刊"转变的一种过渡形式。例如，国际知名的出版社 Springer 实施"open choice"的政策，允许作者自由选择论文的开放权，如果作者同意支付 3000 美元的发表费，那么该文在以印刷版刊出的同时在网上实行开放存取。Springer 面向用户的期刊价格取决于上年度该刊所有论文中非 OA 论文所占的比例。如果某种期刊在本年度的价格是 1000 美元，全年共发表了 100 篇论文，其中 10 篇是作者付费后 OA 论文，占 10%，那么下一年度该刊的订阅费用则降低 10%，为 900 美元。这种"混合存取、混合收费"的方式，可以降低传统订购期刊向完全 OA 期刊转变的经济风险。

(3) 延时型 OA 期刊（delayed open access journals）。其特点是期刊在出版后的一定时期内实行"订购存取"模式，目的是使出版商获得合理的经济利益，而超过预先设定的时间段之后，采用开放存取模式。目前，美国国家医学图书馆（National Library of Medicine，NLM）负责运行的公共数据库 PubMed Central 已收录到 400 多种 OA 期刊，其中大部分是延时型 OA 期刊。学术和专业出版商协会（The Association of Learned and Professional Society Publishers，ALPSP）2003 年的调查发现，9% 的出版者（主要是一些非营利出版商）采取延时开放模式，即在出版一段时间（数月或者一年）后允许用户对其进行免费访问。HighWire Press 创办的大多数期刊属于延时型 OA 期刊。

2. 根据 OA 期刊的创办模式分为原生型、转化型和选择型三类

(1) 原生型 OA 期刊是采用 OA 期刊出版模式新创办的一种期刊。这种 OA 期刊没有既定模式的束缚，但是对其认可和接受还需要较长的时间，在竞争激烈的期刊市场站稳脚跟并非易事。

(2) 转化型 OA 期刊是由传统的学术期刊转化而来的 OA 期刊。如果原来的期刊有一定的威望，转化后的 OA 期刊有可能借势而发。如果原来的期刊影响力很低，要想很快发展起来，就需要相当成功的经营策略。

(3) 选择型 OA 期刊是传统期刊向 OA 期刊转化的中间形式。如 2003 年 8

月，牛津大学出版社期刊出版部启动 Oxford Open 计划[①]，其目的是让人们更好地认识到 OA 期刊出版模式与基于订阅的商业出版模式的优缺点。目前，参与该计划的牛津大学出版社的期刊达 60 多种。

# 第二节　OA 期刊产生的背景

## 一、"学术期刊危机"孕育了 OA 期刊的新机

自第一份学术期刊《科学家杂志》于 1665 年在法国问世以来，学术期刊一直是学术交流体系中最为重要的传播媒介。纵观学术期刊出版市场，主要有两种出版机构类型：营利性商业出版公司和非营利性出版机构（科技社团出版社、大学与科研机构出版社）。营利性商业出版公司控制着学术期刊的出版市场。2004 年对美国 ISI 发布的 JCR 中的 5968 种期刊进行统计发现，32.5% 的营利性商业出版公司出版的期刊占全部 JCR 期刊的 74.4%，而 67.5% 的非营利性出版机构出版的期刊仅占 25.6%（金碧辉等，2006）。另外，英国下议院科学技术委员会对 2003 年全球 STM（科学、技术和医学）期刊市场的统计显示，在所占市场份额上，Reed Elsevier 居首位，高达 28.2%，其次是 Thomson Reuters（9.5%）、Wolters Kluwer（9.4%）、Springer（4.7%）、John Wiley（3.9%）、Blackwell Publishing（3.6%）和 Taylor & Francis（3.6%）（李武，2005）。它们均是营利性商业出版公司，而非营利性出版机构中仅有美国化学学会（ACS）出版社进入了前八位，其市场份额为 3.6%。以上两组数据表明，营利性商业出版公司主导着学术期刊市场。

营利性商业出版公司参与学术期刊出版的根本动机是谋求利润的最大化，因而导致期刊价格的猛涨。据 Blackwell 期刊价格指数显示，1990～2000 年，人文社会科学领域、科技领域和医学领域学术期刊价格的涨幅分别高达 185.9%、178.3% 和 184.3%。而作为学术期刊的主要订购者——图书馆，则面临着资金增长缓慢甚至被削减的困境。根据美国研究图书馆协会（Association of Research Libraries，ARL）（2003）的调查，1986～2003 年。ARL 会员馆的期刊订购费用提高了 260%，但订购的期刊总数只增长了 14%。另据调查显示，在美国的许多大学图书馆，学术期刊只占全部期刊总数的 29%，而它们的订购费用却占全部订购费用的 65% 以上（乔冬梅，2004）。不仅美国如此，英国在 1989～

---

[①]　http://www.oxfordjournals.org/oxfordopen/［2009 - 02 - 26］

1999 年期刊的平均费用上涨了 364%；澳大利亚 1986~1998 年期刊平均费用上涨 474%，总花费上涨了 263%，而订购量减少了 37%。学术期刊价格的猛涨以及图书馆订阅经费的严重不足，引发了世界范围内的"学术期刊危机"。

为了解决"学术期刊危机"，构建真正服务于科学研究的学术交流体系，国际学术界、出版界、图书情报界和政府机构掀起了 OA 运动。作为 OA 运动首倡的出版模式之一的 OA 期刊，让人们看到了希望的曙光。

## 二、学术交流价值的回归与交流方式的改变

科研人员发表研究成果的主要目的不是为了获利，而是希望自己的研究成果在尽可能短的时间、尽可能大的范围内传播并获得同行的认可，从而实现自身的价值。同时，科研人员也希望能够方便、快捷、免费地获取同行的研究成果。这种非营利的学术交流动机和利用需求是学术交流价值的理性回归，是推动 OA 期刊产生和发展的内在动力。

而传统的基于印刷型文献的学术交流方式单一、出版周期长、流通渠道不畅、可获得性差（如付费使用），影响学术交流速度和效果。随着网络技术、计算机技术及数据库技术的发展和成熟，文献载体形式日益丰富多样，出现了大量的商业数据库和数字化的文献产品，极大地丰富了用户获取的途径，创新了人们的交流方式，新的基于互联网的学术交流方式呼之欲出。

## 三、网络出版日趋成熟，奠定了坚实的技术基础

传统出版模式中期刊出版有一定的时滞性，论文从投稿到最终出版要消耗大量时间，尤其是跨地域论文的出版，大大减缓了学术信息的传播速度，影响了学术研究的进程；而 OA 期刊在网络上以数字形式传播，基于网络的交流渠道（如在线投稿、在线审稿、在线查稿、在线出版发行、在线订阅、在线反馈），使作者、编辑、评审专家之间的沟通既快捷、方便、有效，又不需要增加额外成本，而且 OA 期刊往往被多个数据库收录或被多个网站链接，不仅有效提高了 OA 期刊的显示度，而且为读者对同一文献的检索和获取提供了多种途径。

目前，大多数 OA 期刊自建了高水平的、功能齐备的网站，有的借助 Reed Elsevier、Springer 等大型出版商的网络出版平台，不仅实现期刊在线同步或超前发布，而且实现编辑出版全程网络化，还为作者和读者提供 E-mail 提醒、RSS 订阅、即时反馈等个性化服务功能，从而实现作者、读者和评审者三位一体化。此外，各种管理软件不断地被开发出来，如加拿大不列颠哥伦比亚大学（University of British Columbia）在"公共知识项目"赞助下开发的开放期刊系统，美国国家医学图书馆负责运行的公共数据库 PubMed Central 等，为期刊论文的免费或低成本传播提供了条件。

### 四、OA 运动的广泛开展，催生了 OA 期刊

OA 运动开展起来尽管只有 10 多年，但是国际社会多次召开会议研究和探讨学术信息的开放存取问题，并得到了政府部门和科研机构的关注和支持，发展迅速。

2001～2003 年，《布达佩斯开放存取倡议》、《关于开放存取出版的柏斯达声明》(Bethesda Statement on Open Access Publishing，BSOAP) 以及《关于自然科学与人文科学知识开放存取的柏林宣言》(Berlin Declaration on Open Access to Knowledge in the Sciences and Humanities，BDOA，简称《柏林宣言》) 先后发表。

2003 年，美国明尼苏达州民主党代表 Martin O. Sabo 提出了 HR2613 号立法案《公共获取科学法案》(Public Access to Science Act)。该法案提出修改《美国法典》第 17 条，主要由联邦政府资助的科学研究产生的论文不受版权保护。

2004 年，英国下议院科学技术委员会在报告《科学出版：向公众免费?》中呼吁国家支持开放存取，要求政府机构规定经费获得者将其文章的全文存缴在 OA 知识库中。

美国国家卫生研究院 (NIH) 自 2005 年 5 月 2 日开始，要求接受其全部或部分资助的科学家所完成的科研成果在发表时应将自己终稿的电子版提交到 PubMed Central 中，以便公众可以免费获取。提交的时间为论文正式发表后尽可能短的时间内，最迟不超过 12 个月 (NIH，2005)。

英国惠康基金会 (Wellcome Trust) 每年花费 4 亿英镑的经费，资助生物医学领域科研成果的开放存取，要求受其资助的研究成果在出版后 6 个月内开放获取，并且发表了支持开放和无限制地获取已发表的研究成果的立场声明 (Wellcome Trust，2008)。英国卫生研究署 (Health Research Board，HRB) 也发表了同样立场的声明 (Health Research Board，2008)

芬兰教育部还成立了开放存取科学出版委员会，提出了《促进芬兰科技出版开放存取的建议》，推动了芬兰开放存取的发展 (Karjalainen et al.，2005)。

2005 年 9 月在巴西召开的第九届医学信息和图书馆世界峰会 (9th World Congress on Health Information and Libraries) 上提出了《萨尔瓦多宣言》(Salvador Declaration on Open Access：the Developing World Perspective)，呼吁国际社会紧密合作，保障学术信息永远公开、免费提供和利用。

开放存取也引起了我国学术界、出版界、图书情报界的极大关注和积极参与。2004 年 5 月我国签署了《柏林宣言》，与全球科学家一道推动网络学术资源的共享，并于 2005 年 6 月 22～24 日由中国科学院和国际科学院组织 (IAP) 在中国科学院文献情报中心 (现国家科学图书馆) 召开了"科学信息开放存取战

略与政策国际研讨会"，就科学信息开放存取的战略、政策、运行模式、支持机制、作者态度、相关法律与技术等问题进行了广泛的探讨，积极宣传开放存取，推动学术成果更广泛、更自由地共享。

# 第三节　OA 期刊的出版模式

OA 期刊出版模式为读者提供免费访问服务，并不意味着 OA 期刊的出版也是免费的。虽然相对于传统出版模式而言，OA 期刊出版模式的出版成本和传播成本已经大大降低，但仍存在许多必要的支出，如职员工资、编辑费、文本格式化费、网络维护费，还有保证期刊质量的同行评议费等，平均每页费用远远超过 500 美元，如果没有印刷副本，这项费用也只能减少 25%（O'Grady，2003）。那么如何弥补这种成本支出呢？OA 倡导者提出了多种途径，并进行了许多有益的尝试。根据 OA 期刊经费来源和实施方式，OA 期刊出版模式可以归纳为以下几种。

## 一、作者付费出版模式

作者付费出版模式是目前 OA 期刊最主要的出版模式。这是针对传统的读者付费模式而言的，即作者为发表自己的研究成果支付一定的出版费用，为读者提供免费服务。事实上，作者付费并不意味着从作者自己的腰包里掏钱，而通常是指作者从项目或课题经费中抽取部分经费用于研究成果的发表。

目前许多 OA 期刊实行作者付费出版模式（Hedlund et al.，2004）。典型代表有 BMC 和 PLoS。BMC 致力于出版经同行评议的 OA 期刊，已经拥有 200 多种期刊。论文处理的标准费用为 1680 美元/篇。PLoS 由诺贝尔奖获得者 H. Varmus 倡导，致力于使科技和医学文献成为公共信息资源。2003 年 10 月 13 日，PLoS 创办了其首份 OA 期刊——*PLoS Biology*，目前，论文的发表费用为 2900 美元/篇。

此外，部分传统出版商也常采用作者付费出版模式，如牛津大学出版社自 2004 年 1 月起将 *Nucleic Acids Research* 转变为作者付费出版模式。试验结果发现，90% 的作者同意支付 540 美元的出版费。2004 年 6 月，牛津大学出版社宣布自 2005 年 1 月起 *Nucleic Acids Research* 实行作者付费的 OA 出版模式，每篇论文的出版费为 500～1500 美元。2011 年，每篇论文的出版费达到 2770 美元。

当然，出版费的支付能力并不是决定论文是否可以发表的关键，质量才是决定其是否可以发表的唯一评判标准。对于发展中国家或者没有课题经费的作者，出版费用可以减免。对于人均国民生产总值（GNP）小于 100 美元的国家的作者一般不收取任何出版费用（Moller，2007）。PLoS 对存在经济困难的作者承诺适当降低甚至不收取出版费用。开放社会研究所（Open Society Institute）基金会宣布了一项新的赞助计划，来自发展中国家的科研人员可以申请资金支付在 PLoS 期刊上的发表费；索罗斯基金会（Soros Foundation）还承诺为参与《布达佩斯开放存取倡议》的发展中国家的作者提供资金。在收取作者出版费用的具体形式上也存在更大的灵活性。如由于得到英国联合信息系统委员会（Joint Information System Committee，JISC）的一项捐款，PLoS 对来自英国科研人员的前 40 篇论文只收取 50％的出版费（李武等，2004）。

OA 倡导者认为作者付费出版模式具有合理性，并可以保证 OA 出版的可持续发展。首先，作为科研的重要组成部分，研究论文的发表可以保证研究成果的广泛传播与利用，因此研究经费中理应有一小部分用于作者研究成果的发表。其次，学术期刊与商业期刊不同，其主要阅读对象为科研人员，所以在传统出版模式下，学术期刊的订阅者主要是图书馆和科研机构，而这些图书馆和科研机构的订阅经费也是受相关机构和项目资助的。从这个角度看，收取作者出版费并不意味着增加作者的经济负担，而是对已有经费的合理分配和使用。当然，对于作者付费出版模式乃至整个开放存取，也有人持反对意见。

## 二、机构会员付费出版模式

机构会员付费出版模式被认为是作者付费出版模式的替代或补充。多年的经验表明，要让作者为每篇论文支付 500～1500 美元的出版费用有一定难度，除非该期刊已经被公认为该领域的高水平期刊。因此，大学或科研机构要承担起为它们的科研人员付费的责任。于是，OA 期刊出版商在作者付费出版模式的基础上推行机构会员付费出版模式，如 BMC 和 PLoS 从 2004 年开始采用机构会员付费出版模式。

从 2004 年开始，BMC 正式从单纯的作者付费出版模式转变为机构会员付费出版模式，即允许大学或科研机构为其科研人员支付出版费用，推出"雨伞协议"（umbrella agreements）。只要大学和科研机构与 BMC 签订"雨伞协议"，每年缴纳一定数量的会费（一般为数万美元），该机构的科研人员就可以在 BMC 的 200 多种 OA 期刊上发表论文而无须再缴纳发表费。对于图书馆会员，发表在 BMC 60 种同行评议期刊之一的论文全部免除 500 美元/篇的论文处理费，此外，论文会立即被美国国家医学图书馆收入 PubMed Central 中，作为永久获取资源。截至 2004 年，BMC 有来自 29 个不同国家（地区）的 291 个机构会员（Tanber et al.，2003）。PLoS 继 BMC 之后也实行了机构会员付费出版模式。

OA 期刊不同，其机构会员的年费不一，如 2011 年，牛津大学出版社的

*Nucleic Acids Research* 的机构年费为 4793 美元。此外，机构会员的级别不同，其年费也不同，如 BMC 逐步中止统一的机构会员费用机制，取而代之的是机构会员费用差别制，即根据机构上一年在 BMC 发表的论文数量而累积计算当年年费（David，2005）。机构会员付费出版模式能够减轻作者本人的经济负担，但是机构会员付费出版模式还不足以维持 OA 期刊长期发展所需要的资金。

## 三、机构赞助出版模式

在 OA 期刊建立之初，如果能够得到相关机构的赞助，对其发展和运行将具有相当大的帮助。PLoS 在创立之初就得到了戈登与贝蒂·摩尔基金会（Gordon and Betty Moore Fundation）的赞助，在 5 年之内获得了该基金会 900 万美元的赞助（Bulter，2003）。BMC 也受到了开放存取协会（Open Access Society，OAS）及慈善基金的大力赞助。*D-Library* 是一种进行数字图书馆理论研究和实践的纯电子期刊，由美国国家研究创新联合会（Corporation for National Research Initiatives，CNRI）编辑出版，曾获得了美国国防部高级研究计划局（Defense Advanced Research Project Agency，DARPA）的赞助，目前由美国国家科学基金会（National Science Foundation，NSF）资助。*D-Library* 一年出版 12 期，所有内容（包括过刊）都通过该刊网站为用户提供免费检索和浏览服务。此外，美国国家卫生研究院也抽出部分资金作为出版费；美国霍华德休斯医学研究所（HHMI）在 2004 年向其资助的作者每人赞助 3000 美元的 OA 论文发表费（Bulter，2003）。随着 OA 期刊的发展，明确表示愿意支付 OA 期刊出版费用的机构和基金组织越来越多，如美国的国家卫生研究院、国家科学基金会、洛克菲勒基金会，加拿大卫生研究院，法国国家科学研究中心（Centre National de la Recherché Scientifique），西班牙高等科学研究委员会（Consejo Superior de Investigaciones Cientificas），意大利国家研究理事会（Consiglio Nazionale delle Ricerche），英国国家卫生服务署（National Health Service），南非医学研究理事会（South African Medical Research Council）等。

机构赞助出版模式能够减轻作者及所属机构的经济负担，有利于 OA 期刊质量的提高。但是，一般来说它们很难得到机构和基金组织的长期赞助，所以不适于 OA 期刊资金预算以及长期规划。

## 四、广告收入和提供增值服务的出版模式

广告收入和提供增值服务的出版模式是 OA 期刊出版模式的辅助。广告收入的出版模式只适用于某些科学领域，例如，在医药领域，医药公司为提高其产品的知名度，愿意支付一定的广告费用，BMC 在广告方面是成功的典范，一年的广告收入可以达到上百万美元（Willinsky，2003），并且为用户提供一系列增值服务，从中收取服务费。

与传统期刊出版模式相比，OA期刊出版模式具有如下优势：

（1）它不需要经过像传统期刊出版模式那样的编辑、印刷和发行等复杂程序，使得出版的时滞和过程压缩，大大节约出版的时间，最新的研究成果可以及时公开，有助于提高信息交流速度，促进学术发展和创新。

（2）它是基于网络的交流渠道，从而使作者、编辑、评审家之间的沟通快捷方便，大大降低了学术出版和科学信息交流的成本，更有助于图书馆利用有限的资金最大限度地满足各类读者的信息需求。

（3）可以消弭大众与学术界之间"相互远离"的鸿沟。虽然专业术语和专业方法仍然足以令外行生畏，但是至少可以不受限制地阅读各专业最新的、权威的文献资料。这些人类文明最新的智慧成果，一两年后也许就会变成商品出现在我们身边。因此，现在比以往任何时代都更迫切地需要了解最新的科技进展，OA期刊出版模式必然会从本质上提高民族的科学素质和国家的综合竞争力。

（4）OA期刊出版模式使学术论文传播得更快、更广，有利于学术成果的转化吸收，有利于其他学者在此基础上开展后续工作，提高作者文章的引文率，从而获得学术承认，有助于科研活动在全球范围及时共享。

# 第四节　OA期刊学术质量研究述评

## 一、国外OA期刊学术质量研究述评

国外学者较早采用影响因子、被引频次等引文指标对OA期刊的学术影响力进行研究。2004年Thomson Reuters报道了OA期刊的学术影响力（Thomson Reuters，2004）。研究表明，OA期刊与非OA期刊在影响因子方面不存在差异，因为OA期刊中有影响因子较高的期刊，如 *Journal of Machine Learning Research*，*CA：A Cancer Journals for Clinicians* 和 *IBM Journal of Research and Development*，大约6%的OA期刊的百分位数排序大于91%；也存在大量影响因子较低的期刊，如 *Journal of Astrophysics & Astronomy*，*Annals of Saudi Medicine*，*Japanese Heart Journal*，*BMC Public Health*，*Japanese Journal of Infectious Diseases*，*Scottish Medical Journal* 和 *Turkish Journal of Pediatrics*，*Biotechnology and Development Monitor*，66%的OA期刊的百分位数排序小于50%。

同年10月，McVeigh（2004）采用百分位数排序方法，分析了ISI的WOS

中 239 种 OA 期刊在所有学科类目和医学、生命科学、物理数学与工程、化学 4 个学科类目的百分位数排序。结果发现，在所有学科类目中，OA 期刊影响因子的平均百分位数为 39.8%，即 2/3 的 OA 期刊位于 50% 以下，这表明 OA 期刊的质量偏低。但是 OA 期刊即年指数的百分位数为 46.1%，高于影响因子的平均百分位数，表明 OA 期刊更能被科研人员获取和引用。在上述 4 个学科类目中，OA 期刊影响因子的平均百分位数和即年指数的百分位数稍有不同。因此，OA 期刊与非 OA 期刊不存在显著性差异，没有证据支持 OA 期刊比非 OA 期刊更容易被引用。

Richardson（2006）认为，应该考虑采用被引频次而不是影响因子来评价 OA 期刊与非 OA 期刊的被引差异。OA 期刊具有较高的影响因子的结论是相当脆弱的。

Eysenbach（2006）纵向研究了 OA 期刊 OA 论文的优势，抽取综合性 OA 期刊 PNAS（*Proceedings of the National Academy of Sciences*）2004 年 6 月 8 日至 12 月 20 日发表的 OA 论文与非 OA 论文 1492 篇，其中 OA 论文 212 篇，占 4.2%；非 OA 论文占 1280 篇，占 85.8%。到 2005 年 4 月（发表后平均 206 天），627 篇（49.0%）非 OA 论文未被引用，78 篇（36.8%）OA 论文未被引用（相对危险因子＝1.3，95% 置信区间：[$1.1 \sim 1.6$]；$p = 0.001$）；6 个月后（发表后平均 288 天），非 OA 论文仍可能不被引用（非 OA：172 [13.6%]，OA：11 [5.2%]；相对危险因子＝ 2.6 [$1.4 \sim 4.7$]；$p < 0.001$）。OA 论文平均被引数较非 OA 论文更高（2005 年 4 月，1.5 [SD＝2.5] /1.2 [SD＝2.0]；$Z = 3.123$；$p = 0.002$；2005 年 10 月：6.4 [SD＝10.4] /4.5 [SD＝4.9]；$Z = 4.058$；$p < 0.001$）。研究发现，OA 论文比非 OA 论文更容易被同行认可和引用，因此 OA 能加速科研成果的传播和交流。

Richardson（2006）研究了 OA 对牛津大学出版社的生命科学期刊的下载、引文和用户态度的影响，通过大量的抽样调查和深度日志分析，尽管有些结果与以前的研究一致，如下载，但令人惊讶和违背常理的是 OA 论文的被引频次低于基于订购的论文。

Sotudeh 等（2007）界定了 OA 期刊与非 OA 期刊在科学系统中的相似性，认为 OA 被学术界广泛认可。然而，研究发现，OA 期刊的被引频次低于以前研究的结果，因此，OA 影响仍处于比较低的水平，同时发现引文在学科之间的分布极不平衡，生命科学占的比重较大，而工程和材料科学占的比重较小。

Turk（2008）将被引频次作为评价 OA 期刊引文影响的指标，在文献综述的基础上，讨论了被引频次收集的方法，分析了 OA 期刊，主要是图书情报科学（LIS）的引文影响，并进一步研究了 LIS 论文的 URL 地址被引用的动机。

近年来，国外也开始研究 OA 对下载的影响，并引入下载量指标来评价 OA 期刊与非 OA 期刊，结果发现，OA 期刊的下载量高于非 OA 期刊。

## 二、国内 OA 期刊学术质量研究述评

国内开展 OA 期刊学术质量和学术影响力的评价也较早。马景娣（2005a）对被《社会科学引文索引》（*Social Sciences Citation Index*，SSCI）收录的 9 种社会科学 OA 期刊进行了调查，统计了它们被引用的情况和各项影响力指标（包括被引频次、影响因子、即年指数、被引半衰期等），并统计各期刊影响因子在相应学科中的排名，对社会科学 OA 期刊的影响力水平进行研究。

胡德华等（2005）对 FMJS、PubMed、HighWire、PubMed Central、BioMed Central、JSTAGE、ES、SciELO 所提供的网络生物医学学术期刊逐一访问去重后，共得到免费网络生物医学学术期刊 806 种，然后从免费网络学术期刊被著名数据库 PubMed 和《科学引文索引》（*Science Citation Index*，SCI）收录的角度来探讨免费网络学术期刊的质量。结果表明，大部分网上免费学术期刊的质量较高，但是各提供商所供免费期刊的质量差别比较大。

王学勤（2006）利用 2004 年美国 ISI 的 JCR 收集了 OA 期刊 163 种，并对 OA 期刊的学术影响力进行了重新统计分析，影响因子采用学科排位百分值进行比较。结果表明，两年来 OA 期刊的质量和影响力都有明显的提高。

潘琳（2007）从质量控制手段、世界著名检索工具收录 OA 期刊的数量、JCR Web 版收录的 OA 期刊的引证情况等多个角度，对 OA 期刊的质量进行深入研究。

刘海霞等（2006）对 SciELO 的 OA 期刊进行了深入、具体的调查与分析，对学科分布、影响因子、即时因子和半衰期进行了评价研究。

马景娣（2005b）介绍了 OA 期刊被 ISI 引文数据库［SCI、SSCI、A&HCI（《艺术与人文科学引文索引》）］收录的情况，并从出版地域、学科分布及学术影响力等方面对其进行了分析评述。

刘海霞等（2006）深入、具体地进行了 OA 期刊学术质量的分析与评价，包括 OA 期刊的影响因子、即年指数、引用优势以及影响因子和即年指数百分位排名的比较。

程维红等（2006）将 5 种农学 OA 期刊的网上和印刷版本的文献计量指标（网络下载总频次、网络影响因子、网络即年指数、总被引频次、影响因子、即年指数）与其他非 OA 农学期刊作对比，发现 OA 期刊的 6 项指标均明显高于非 OA 期刊。

胡德华和常小婉（2008）研究发现，OA 期刊论文的质量和影响力已经达到

甚至超过非 OA 期刊论文，并且具有较高的作者合作度。

查颖（2008）利用 2008 年 SCI 数据库 WOS 检索的数据，对 OA 期刊 *BMC Bioinformatics* 和传统期刊 *Bioinformatics* 的 h 指数、相对 h 指数及其引文窗变化进行了对比分析。

近年来，张红芹等（2007，2008）对 OA 期刊质量评价指标体系进行了初步研究，选取了载文量、传统引文（SCI 引文）率、网络引文（Web 引文）率、链接流行度、网络述及、网站性能 6 个指标构建评价指标体系，并以化学类 OA 期刊为例验证了指标体系的合理性和实用性。

# 第二章
# OA 期刊学术影响力评价研究

　　科研论文是科研成果的主要表现形式，它最终能在学术期刊上发表，是科学家的科研成果被公开承认和纳入一个可以产生影响力的传播、交流渠道的方式。对他人的科研成果的引用是对被引作者智力成果的公开承认，同时对引用的文献提供了一个稳定的链接，体现了科研的继承性，正如英国文献学家克罗林（Cronin）所说的："引文就是科学工作者在科学大观园中永恒保留的驻足之处，这些印迹构成了人类进行探索思维的轨迹。沿着这样的轨迹，可以追溯科学的历史，并探索其未来的发展。"（Cronin，1981）因此，科研论文被他人引用，尤其是正面引用，是其学术观点、成果被他人承认、参考、借鉴的有力证明，是科研论文产生学术影响和社会效应的重要体现。

　　学术期刊作为科研论文的重要载体，其质量在宏观上反映了一个国家的科学技术发展的整体水平，具体到每一种期刊的评价，通常要综合多种评价指标和因素，如主办机构的学术权威性、编委学术水平、论文的同行专家评审制度、编辑质量管理和出版及时性、基金论文数，以及期刊流通利用率、被引用率、被世界权威检索系统收录情况等。其中期刊影响因子、即年指数、被引频次等指标是目前对学术期刊学术质量评价时，应用比较普遍的可计量的客观指标。

　　OA 期刊作为一种在线免费取阅、发表付费、经同行评议的学术期刊，它的出现是对传统学术期刊的挑战，因此，OA 期刊学术质量最为引人关注。引文指标的可计量性和客观性使它被国内外学者广泛应用于 OA 期刊的质量评价。

　　因此，本章主要从引文的角度出发，将 OA 期刊作为一个整体，探讨 OA 期刊的总体学术质量、学科差异、发展的动态变化，并与非 OA 期刊进行比较，分析 OA 期刊的优势和免费状态对其学术质量的影响。

## 第一节　OA 期刊引文优势研究

### 一、不同学科的 OA 期刊引文优势

　　"开放存取"是否提高期刊和论文的引用，一直以来是学术界争论的焦点。

国内外学者从不同的学科领域进行了研究，探讨了 OA 的优势。

在计算机科学领域，Lawrence（2001）对 119 924 篇公开发表的计算机科学在线免费获取的期刊论文的调查发现，OA 期刊论文的平均被引率为 7.03，非 OA 期刊论文的平均被引率为 2.74，相差 2.7 倍。

在天体物理学领域，Schwarz 等（2004）从天体物理学数据系统（astro-physics data system，ADS）、美国天文学会（American Astronomical Society，AAS）、arXiv 电子预印本服务器（astro-ph）采集 1999～2002 年发表在《天体物理学期刊》（*Astrophysical Journal*，ApJ）上的论文的引用模式和被引率数据，研究发现，在 astro-ph 预印本数据库存档的 ApJ 论文的平均被引率是未在 astro-ph 预印本数据库存档的 ApJ 论文的 2.05 倍。

在物理学领域，Harnad 等（2004）率领研究小组对 1992～2001 年 ISI 科学引文数据库所有学科的 1400 万篇论文进行 OA 优势研究，发现物理学 OA 论文的被引率是非 OA 论文的 2.5～5.8 倍，高于 Lawrence 对计算机科学的调查结果。

Metcalfe（2005）采用 Schwarz 的方法，调查研究了 13 种天体物理学期刊论文的引文影响，调查发现，在 astro-ph 预印本数据库存档的 13 种期刊论文的平均被引率是没有在 astro-ph 预印本数据库存档的论文的 2.09 倍。

在太阳物理学领域，Metcalfe（2006）进一步调查了不同的物理学预印本系统对期刊 OA 论文的影响。他抽样调查了 2003 年的太阳物理学论文的被引频次，研究发现，在蒙大拿州立大学（Montana State University）太阳物理学社区预印本数据库存档论文的平均被引率是没有在太阳物理学社区预印本数据库存档论文的 1.7 倍，而且在 astro-ph 预印本数据库存档论文的平均被引率是没有在 astro-ph 预印本数据库存档论文的 2.6 倍。

在数学领域，Davis 等（2007）调查分析了 1997～2005 年 4 种数学期刊的 2765 篇论文被引用和下载，发现 arXiv 存档的论文平均被引次数高于非存档论文的 35%，平均每篇论文优势比为 1.1，并且这种差异尤其表现在高被引论文上。

在哲学、政治学、电子工程学和数学领域，Antelman（2004）利用 ISI 的 WOS 数据库调查分析了这 4 个学科的引文优势，其中，哲学 OA 论文的平均被引率为 1.60，非 OA 论文为 1.10；政治学 OA 论文的平均被引率为 2.20，非 OA 论文为 1.18；电子工程学 OA 论文的平均被引率为 2.35，非 OA 论文为 1.56；数学 OA 论文平均被引次数为 1.60，非 OA 论文为 0.84。据此认为，OA 确实能提高论文的影响力。

在生物学、商业、心理学和社会学领域，Hajjem 等（2005a）采用 ISI 的

SCI 光盘数据库 1992～2003 年的 1177 种期刊中的 993 166 篇论文进行分析，统计了生物学、商业、心理学和社会学 4 个学科领域 28 个子学科的 OA 论文数量及其被引频次。结果发现，OA 论文所占比例为 5%～20%，平均为 12%，中位数为 20%；被引优势比 [（OA－非 OA）/非 OA] 为 25%～250%，平均为 94%，中位数为 73%。这表明 OA 论文具有稳定的引文优势。

在多学科领域，Hajjem 等（2005b）调查分析了 ISI 的科学引文数据库 1992～2003 年 10 个学科（生物学、心理学、社会学、卫生、政治学、经济、教育、法律、商业、管理）的 1 307 038 篇论文。从学科、年代和国家分析发现，OA 论文所占比例为 5%～16%，比较同年同一期刊的 OA 论文与非 OA 论文的被引频次发现，OA 论文具有更高的引文优势（25%～250%）。

综上所述，自 2001 年 Lawrence 首次报道了计算机科学期刊 OA 论文的引文优势以来，这种引文优势迅速在天体物理学、物理学、数学、哲学、政治学、工程、生物学、商业、心理学、社会学以及多学科得到验证。

## 二、OA 引文优势的学科差异比较

近年来，一些学者从更深层面探讨了 OA 期刊及其论文的引文优势的学科差异。

Tonta 等（2007）从 OA 期刊目录中选取 9 个有代表性的学科（物理、数学、化学工程、经济、生物学、环境科学、社会学、心理学和人类学）46 种 OA 期刊，然后利用 Reed Elsevier 的 Scopus 数据库分别检索每一学科每一种期刊的 OA 论文，共计 5982 篇，再从每一个学科抽取 OA 论文 30 篇，共 270 篇，组成研究样本，最后获取每一篇 OA 论文的被引频次。结果发现，物理、数学、化学工程领域，OA 论文的平均被引频次为 2.2；在经济、生物学、环境科学领域，OA 论文的平均被引频次最高，为 4.5；在社会学、心理学和人类学领域，OA 论文的平均被引频次最低，为 1.7。因此，他认为 OA 论文的学术影响力存在学科差异，自然科学领域的 OA 论文的学术影响力低于自然科学和社会科学交叉领域，但是高于社会科学领域。

Shafi（2008）采用 R 软件（R'software）抽样技术，从 OA 期刊目录中抽取物理、化学工程、社会学、心理学、经济和环境科学 6 个学科的 OA 期刊 24 种，然后从 2000 年到 2004 年 Scopus 数据库统计其 OA 论文及其被引频次，结果发现，在自然科学领域（物理、化学工程），OA 论文的平均被引频次为 2.37，标准差为 5.26；在社会科学领域（社会学和心理学），OA 论文的平均被引频次为 1.00，标准差为 1.46；在自然科学和社会科学交叉领域（经济和环境科学），OA 论文的平均被引频次为 3.28，标准差为 4.10。因此，OA 论文的学术影响力随着学科和期刊的不同而不同，自然科学领域的 OA 论文的学术影响力高于社会科学领域，但是低于自然科学和社会科学交叉领域。研究结果与Tonta 等（2007）的结论基本一致。

## 三、OA 引文优势的动因探析

OA 论文具有引文优势，虽然已经在众多学科得到证实，但是产生 OA 论文引文优势的原因和动力是什么？这是近年来经济界、出版界和学术界争论的焦点。

从学术交流的角度来看，OA 论文引文优势动因研究直接关系到新的学术交流机制和学术交流体系的建立，关系到各种出版模式（OA 出版模式、商业出版模式等）的可行性和作用大小。

对 OA 论文引文优势的最初解释是论文的免费获取导致了更多地被引用，因为 OA 论文比订购论文更容易被更多的同行阅读。

Perneger（2004）选取 1999 年 *British Medical Journal*（BMJ）318 卷的研究论文、一般论文、实践信息 3 个栏目 153 篇论文，利用 BMJ 网站和 2004 年 ISI 的 WOS 分别获取其点击量和被引次数，发现点击量与潜在被引次数存在相关性（Pearson 相关系数：0.50，$p<0.001$）。因此，他认为，点击量在一定程度上可以增加论文的被引次数。

Brody 等（2006）利用英国的镜像网站 arXiv.org 获取论文的下载和被引频次，采用使用/被引影响相关度测度论文下载量与被引频次的相关性，发现两年累积下载量与被引频次的相关度为 0.42，4 年的相关度为 0.4486。这表明，两者存在相关性，下载量可以作为论文被引影响力的预测因子。

Sahu 等（2005）评价 OA 对生物医学期刊论文的影响，从 WOS，Scopus 和 Google Scholar 获取引文数据，分成 2 组：实行开放存取前（1990～2000）和实行开放存取后（2001～2004），采用非配对的 T 检验（T-test）和秩和检验（Mann-Whitney）进行比较。结果发现，1990～1999 年发表的 533 篇文章中，没有一篇论文在发表的当年获得引用，而 2002 年、2003 年和 2004 年发表的论文在发表当年就分别被引用了 3 次、7 次、22 次。因此，OA 与论文被引频次增加相关，同时缩短了论文发表与首次引用的时间。对于生物医学期刊，开放存取能提高其显示度，进而提高其被引率。

Kurtz 等（2005）对 OA 论文引文优势作了三种解释：一是 OA 优势，因为 OA 论文的获取无限制，人们更容易取阅它们，因此更多地被人们引用；二是早获取（early access，EA）优势，因为 OA 论文在线出版更快、更及时，无时滞，因此它更早地被人们引用；三是自我选择（self-selection bias，SB）优势，作者为了提高自身的学术声望和学术地位，更倾向于把自己最好、最具代表性和最有影响力的论文供人们无限制地取阅。为了证实是哪一种优势在起作用，Kurtz

设计了 2 个实验，研究结果表明，在天体学领域，OA 论文的引文优势主要表现为 EA 优势和 SB 优势，没有表现出 OA 优势，这似乎与常理背道而驰，因为一篇论文取阅的人越多，被引用的机会应该越大。

Henneken 等（2006）从天体物理学数据系统统计分析了 4 种天体学和 2 种物理学期刊的预印本论文的平均被引率，结果表明，预印本能显著提高天体学和物理学论文的被引率，并修正了 Kurtz 认为的预印本论文的高被引率不能用 EA 优势解释的假说。除了 Kurtz 对 OA 论文引文优势的三种解释外，还有"电子出版"优势。

Moed（2007）统计分析了存储在康奈尔大学（Cornell University）的 arXiv 预印本数据库以及发表在科学期刊上的凝聚态领域 OA 对论文被引的作用，其目的在于进一步证实 OA 论文引文优势的两种动因：早取阅（early view，EV）优势，即 EA 优势和质量偏爱（quality bias，QB），即 SB 优势。为了解释 OA 优势与 EV 优势，他分析了 7 年的引文数据，QB 优势采用 arXiv 引文数据计算发表在同一期刊上作者论文的被引次数，考虑到合作者，研究表明，OA 论文的引文优势体现为 QB 优势和 EV 优势，没有表现出 OA 优势，因此，arXiv 能增加论文的被引频次，主要是由于 arXiv 能使论文早取阅，而不是因为它免费。

Davis 等（2007）从 OA、EV、质量差异（quality differential）三个方面解释这种"引文优势"，发现这种优势不是人们普遍认为的来源于开放存取和早于印刷本出版，而是论文质量差异所致，因为 arXiv 存取了高被引论文。尽管具有这种引文优势，arXiv 存档的近 2 年的论文下载量却只占 23%，低于出版商网站的下载量。结果表明，arXiv 和出版商网站可以满足不同读者的功能需求。

Hajjem 等（2007）对 OA 引文优势（OAA）作了更全面的解释，认为 OAA＝EA＋QA＋UA＋CA＋QB，其中，EA（early advantage）为自存档（self-archiving）预印本优于期刊发表所致的被引频次增多；QA（quality advantage）为自存档印后本优于期刊论文所致的被引频次增多；UA（usage advantage）为自存档增加论文下载量；CA（competitive advantage）为 OA 与非 OA 的比较优势；QB（quality bias）为高质量论文具有自存档的倾向性。

## 四、OA 引文优势的争议

虽然 OA 的引文优势在多个学科得到证实，但是对 OA 引文优势的解释却显得相当勉强，有的甚至得出相反结论，OA 引文优势不是出自开放存取，而是早取阅或选择偏爱。因此，近年来有的学者对 OA 引文优势持有异议，甚至认为 OA 论文没有引文优势。

Kurtz 等（2007）选取 1997～1998 年发表在 *The Astrophysical Journal* 期

刊上的 OA 论文，统计其天体物理学数据系统引文数据库中的被引频次，结果表明，在天体物理学期刊中不存在引文优势。

Davis 等（2008）为了克服以前研究的自我选择性，即去除主观因素对研究结果的干扰，采用随机对照试验研究了 OA 出版、下载量与被引频次的相关性，与订阅论文相比，有 89% 的全文下载与 OA 论文有关（95% 的置信区间为 [76%，103%]），42% 的 PDF 下载（32%～52%），23% 为单个访问者（16%～30%）。不足 24% 的文摘下载（19%～29%），论文发表一年后，OA 论文与订阅论文的被引频次没有差异，59% 的 OA 论文发表 9～12 个月后被引用，而订阅论文为 63%。论文被引频次经 Logistic 回归分析和负二项分布回归分析后发现，OA 论文不存在引文优势。从而可以认为，OA 出版比订阅获取能吸引更多的读者，OA 论文发表后第一年不存在引文优势，以前研究报道的 OA 论文引文优势可能存在样本选择的主观因素。

此文一出立即遭到 Harnad 等（2008）的反对，他认为 Davis 等缺乏对照试验的条件，因为 Davis 等抽取的 247 篇 OA 论文来自 11 种物理学期刊的 1619篇，且 OA 论文的被引频次取自 OA 论文发表后第一年的数据，而论文被引的高峰出现在论文发表后 2～3 年，仅利用发表后第一年的数据来评价 OA 论文的引文优势是不完整的。Eysenbach（2008）也认为 Davis 结论言过其实，发表为时尚早。

出版商也对 OA 论文引文优势提出质疑，2007 年，Wiley-Blackwell 出版商的 ID. Craig，Reed Elsevier 的出版商 AM. Plume 和 Mayur Amin，以及 Thomson Reuters 出版商的 Marie E. McVeigh 和 James Pringle 联合撰文（Craig et al.，2007），全面综述了 OA 论文与引文数量之间的关系，得出 7 种结论。①当前学术交流中存在多种开放存取模式，主要分为两种："Gold" 开放存取模式和 "Green" 开放存取模式。②早期研究表明论文在线免费获取或者开放状态与高被引频次存在相关性。③许多研究的作者指出这种相关性存在因果关系，但是未考虑到潜在的混杂因素。④近年来许多研究应用先进的文献计量学方法，剖析 OA 状态与引文之间关系的特性。⑤对 OA 论文与非 OA 论文之间的引文差异的解释形成了三种假说：OA、SB 和 EV。⑥最近研究显示，在凝聚态物理学领域，控制早取阅因素后，OA 与非 OA 论文之间的引文差异可以解释为 SB 因素，没有证据支持 OA 优势，即论文的开放存取与否对引文几乎不会产生任何影响。⑦随着学科范围的扩大，后续研究采用相似、更加严格的方法，在其他学科中必定能寻找一般规律。因为引文的累积具有时间敏感性，因此，研究必须考虑到不同组论文被引频次的异构分布和论文最早可获取日期的确定。

# 第二节　OA 期刊学术影响力评价

## 一、评价对象、指标及其数据收集与处理

1. 评价对象的确立

首先从 OA 期刊目录、Ulrich's Periodicals Directory、FMJS、HighWire、SciELO、PLoS、J-STAGE、PubMed Central、BioMed Central、美国教育研究协会特别兴趣小组（AERA SIG）建立的教育领域的 OA 期刊（Open Access Journals in the Field of Education）等数据库或网站收集 OA 期刊刊名及国际标准连续出版物编号（ISSN）、出版商等数据。

然后将上述各数据库或网站的 OA 期刊根据刊名、ISSN、出版商等信息进行去重，对《乌利希期刊指南》的网络版数据库进行逐一查询，得到 OA 期刊3354 种。

最后采用 SQL Server 查询分析器将上述收集的 3354 种 OA 期刊分别与2001～2007 年 JCR 中的期刊进行比较分析，得到 2001～2007 年的 OA 期刊，作为评价对象。

2. 评价指标

学术界往往采用期刊的影响力指标来评价一种期刊的质量高低，普遍认为期刊的影响力指标越高，期刊的内容质量就越高。期刊的影响影子、被引频次、即年指数、被引半衰期等指标可以从不同侧面反映期刊的显示度和被利用情况，被认为是评价期刊学术影响力的重要指标。

（1）影响因子（impact factor，IF）是指期刊前两年发表论文在统计当年被引用的总次数与该刊前两年发表论文数的比值。它可以测度期刊最近两年的篇均被引频次，反映期刊近期在科学发展和文献交流中所起的作用，是国际通用的期刊评价指标。影响因子越大，期刊的学术影响力和作用也越大，该刊的学术质量也越高。

（2）即年指数（immediacy index，ImInd）是期刊当年发表论文在统计当年的被引频次占当年发表论文总量的比例。该指标反映文章发表当年平均被引用的频率，可衡量期刊被引用的迅速程度。

（3）总被引频次（total cites）是指该刊自创刊以来所刊载的所有论文在统计当年被引用的总次数。它可以测度自创刊以来的学术影响力，从历史的角度测度期刊被引用和受重视的程度，反映其在学术界的显示水平及在科学交流的

地位和作用。

（4）被引半衰期（cited half-life）指该期刊在统计当年被引用的全部次数中，较新一半的引用数是在多长一段时间内累计达到的。被引半衰期是测度期刊老化速度的一种指标。需要注意的是，通常不是针对个别文献或某一组文献，而是指某一学科或专业领域的文献总和而言的。

（5）载文量（articles）指来源期刊在统计当年发表的全部论文数。

（6）百分位数（percentile）是 2004 年 McVeigh 对 ISI 引文数据库收录 OA 期刊的影响因子和即年指数进行分析提出的一种新的评价期刊学术影响力的指标。计算方法如下：

百分位数＝［1－期刊在对应类目的排名/该类目的期刊总数］×100

按照影响因子或者即年指数大小排序时排列在对应学科类目较前的期刊，其百分位数就较大，其学术影响力也较大。第 99 位是一个学科类目中最高位的期刊，即该刊在该学科类目下的影响力也是最高的。

3. 指标数据的收集与处理

采用 SQL Server 查询分析器将上述收集到的 3354 种 OA 期刊与 2007 年 JCR 中的期刊进行一一比较分析，抽取 683 种 OA 期刊各指标的相关数据，包括被引频次、影响因子、即年指数、被引半衰期等；然后用 EXCEL、SPSS 统计分析工具对数据进行处理和统计分析。

4. OA 期刊免费状态的收集

通过 Google、AllTheWeb 等搜索引擎检查相应的期刊是否存在，是否有固定的可以免费访问期刊内容的网址，期刊是否连续出版，并进一步收集期刊免费访问的状态（完全免费访问全文、延时免费访问全文、部分免费访问全文）、可免费访问期刊内容的年代等数据。

## 二、OA 期刊学术影响力的总体分析

JCR 用来评价期刊学术质量和影响力的指标有影响因子、被引频次及即年指标等。其中影响因子被认为是评价期刊影响力的最重要指标。它可以测度期刊在最近两年中的篇均被引频次，反映出期刊近期在科学发展和文献交流中所起的作用。根据影响因子的高低能够比较合理地判定学术期刊的水平，影响因子越大，表明期刊的学术影响力和作用相对越大。

由于学科的不同，影响因子的数值差距会较大。因而，在同一学科内对期刊的影响因子进行排位才具有现实意义。但因为每个学科下的期刊种数不同，所以采用影响因子和即年指数百分位数作为衡量期刊学术质量高低的综合指标。

为此，我们分别计算和分析了 2007 年 JCR（5734 种）中 683 种 OA 期刊的影响因子和即年指数百分位数及分布情况，并按九大学科领域对 683 种期刊计

算分析了它们的影响因子和即年指数百分位数及分布情况，从而反映出目前 OA 期刊学术质量的整体状况。

由图 2-1 可见，OA 期刊在影响因子百分位数低区段（如 ［0～10］、［11～20］）和中区段（［31～40］、［41～50］）的变化不明显，而在较高区段（［61～70］、［71～80］）和高区段（［81～90］、［91～100］），OA 期刊呈增多的趋势，这表明 OA 期刊的质量较高。

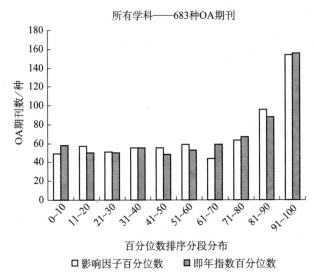

图 2-1　OA 期刊影响因子与即年指数的百分位数排序

注：平均影响因子百分位数为 60.19，中位数为 64.27；平均即年指数百分位数为 60.20，中位数为 65.22。

从总体上看，OA 期刊的平均影响因子百分位数为 60.19，中位数为 64.27。这表明在 JCR 所有期刊（包括 OA 期刊和非 OA 期刊）中，OA 期刊学术质量的总体水平达到了 60.19％以上，并且 50％的 OA 期刊的质量水平达到或超过了 64.27，远远超过 2004 年 McVeigh ME 研究的结果（39.77％），表明 OA 期刊的整体质量在不断提高。

即年指数百分位数是反映期刊当年质量水平和学术影响力的一个综合指标。从图 2-1 中可以发现，OA 期刊数量在即年指数百分位数低区段（如 ［0～10］、［11～20］）和中区段（［31～40］、［41～50］）有减少的趋势，而在较高区段（［61～70］、［71～80］）和高区段 ［81～90］、［91～100］，OA 期刊呈现增多的趋势。

平均即年指数百分位数是 60.20，中位数为 65.22。远远超过 2004 年 McVeigh 研究的结果（46.1％）。这表明 OA 期刊当年的质量总体水平 60％以上，并且 50％的 OA 期刊当年质量水平达到或超过了 65.22。

因此，OA 期刊的整体质量和学术影响力处于中等偏上水平，并且 OA 期刊的整体质量在不断提高。

### 三、OA 期刊学术影响力的学科差异

1. 各学科 OA 期刊学术影响力的平均影响因子和平均即年指数分析

为了便于从学科的角度对 OA 期刊的学术影响力进行分析，本研究参照《中国图书馆图书分类法》（第四版）和马景娣（2005b）对 ISI 引文数据库收录 OA 期刊的分类方法，将 2007 年 JCR 的 172 个学科子类目中收录的 OA 期刊分为 9 个大类，分别是生物医学、化学化工与材料科学、工程与技术、农业与食品科学、地理与环境科学、物理与天文学、数学与统计学、人文与社会科学和综合性学科，然后利用 2007 年 JCR 中的数据，计算各学科收录的 OA 期刊数量、百分比以及平均影响因子和平均即年指数，结果如表 2-1 所示。

表 2-1　各学科 OA 期刊数量及平均影响因子和平均即年指数

| 学科 | JCR 期刊数量/种 | OA 期刊数量/种 | OA 期刊比例/% | 平均影响因子 | | 平均即年指数 | |
|---|---|---|---|---|---|---|---|
| | | | | OA | 非 OA | OA | 非 OA |
| 生物医学 | 3181 | 483 | 15.18 | 3.85 | 2.29 | 0.78 | 0.41 |
| 化学化工与材料科学 | 817 | 45 | 5.51 | 0.92 | 1.73 | 0.19 | 0.29 |
| 工程与技术 | 1293 | 40 | 3.09 | 0.87 | 0.94 | 0.16 | 0.16 |
| 农业与食品科学 | 489 | 60 | 12.27 | 1.04 | 1.10 | 0.19 | 0.19 |
| 地球与环境科学 | 608 | 36 | 5.92 | 1.94 | 1.54 | 0.32 | 0.32 |
| 物理与天文学 | 555 | 22 | 3.96 | 1.17 | 1.76 | 0.24 | 0.37 |
| 数学与统计学 | 479 | 33 | 6.89 | 1.06 | 0.82 | 0.19 | 0.15 |
| 人文与社会科学 | 285 | 17 | 5.96 | 2.42 | 1.46 | 0.48 | 0.30 |
| 综合性学科 | 50 | 10 | 20.00 | 4.32 | 1.52 | 1.01 | 0.40 |

注：部分期刊涉及多个子学科，这些期刊被重复统计。

从期刊数量及其比例来看，OA 期刊数量最多的是生物医学，为 483 种，占 15.18%；其次是农业与食品科学，60 种，占 12.27%；数量最少的是综合性学科，仅 10 种，但所占比例最大，因为该学科总数最少，仅 50 种。OA 期刊比例最少的学科是工程和技术，仅 3.09%。这表明，各学科 OA 期刊的分布不均。

OA 期刊各学科分布不均，其主要原因是：①JCR 收录各学科的期刊数量不等，生物医学的期刊最多，其他类的期刊则相对较少；②生物医学是发展非常迅速的学科，OA 运动的蓬勃发展更是起到助推剂的作用，导致大量新的 OA 医学期刊的出现，如 BMC 近年来创办了大量新的医学及其相关的 OA 期刊，如 *Asia Pacific Family Medicine*、*Epigenetics & Chromatin*、*Thyroid Research*、*UroOncology* 等，PLoS 创办了 *PLoS Biology*、*PLoS Medicine*、*PLoS Computational Biology*、*PLoS Genetics*、*PLoS Pathogens*、*PLoS Neglected Tropical Diseases* 等。此外，还有大量传统生物医学期刊转变为 OA 出版模式。

从 OA 期刊的平均影响因子和平均即年指数来看，生物医学、人文与社会科学、综合性学科 3 个学科的 OA 期刊平均影响因子和平均即年指数均显著高于非 OA 期刊，平均影响因子分别是：3.85＞2.29，2.42＞1.46，4.32＞1.52；平均即年指数分别是：0.78＞0.41，0.48＞0.30，1.01＞0.40。这表明，生物医学、人文与社会科学、综合性学科 3 个学科 OA 期刊的质量及学术影响力超过非 OA 期刊；而化学化工与材料科学、工程与技术、农业与食品科学、地球与环境科学、物理与天文学、数学与统计学 6 个学科的 OA 期刊平均影响因子和即年指数与非 OA 期刊的差别不大，这说明这 6 个学科 OA 期刊和非 OA 期刊的质量及学术影响力差别不大。

2. 各学科 OA 期刊学术影响力的影响因子和即年指数平均百分位数分析

由于不同学科的期刊的影响因子不具备可比性，并且 ISI 引文数据库中各学科类目下收录的期刊数量不同，所以不能直接通过比较期刊的影响因子或者影响因子的排名来比较各种期刊的影响力。为了便于直接比较，把各子学科类目中收录的期刊按照影响因子和即年指数所得的排序结果转换成百分位数排序，进一步对 OA 期刊的学术影响力进行分析研究。

为了进一步比较各学科 OA 期刊的学术影响力，把各学科类目中收录的期刊按照影响因子和即年指数所得的排序结果转换成百分位数排序，然后计算各学科影响因子平均百分位数、即年指数平均百分位数及其中位数，结果如表 2-2 所示。

表 2-2　各学科 OA 期刊的影响因子和即年指数平均百分位数

| 学科 | OA 期刊数量/种 | 影响因子 | | 即年指数 | | 差值 |
| --- | --- | --- | --- | --- | --- | --- |
| | | 平均百分位数（a） | 中位数 | 平均百分位数（b） | 中位数 | (b−a) |
| 生物医学 | 483 | 61.26 | 70.42 | 61.75 | 68.47 | 0.49 |
| 化学化工与材料科学 | 45 | 41.06 | 45.04 | 44.58 | 44.55 | 3.52 |
| 工程与技术 | 40 | 42.07 | 42.07 | 46.47 | 46.47 | 4.40 |
| 农业与食品科学 | 60 | 46.97 | 47.87 | 48.63 | 48.57 | 1.66 |
| 地球与环境科学 | 35 | 51.75 | 50.16 | 49.95 | 49.18 | −1.80 |
| 物理与天文学 | 22 | 41.65 | 36.58 | 46.99 | 56.85 | 5.34 |
| 数学与统计学 | 33 | 39.98 | 29.85 | 43.04 | 35.07 | 3.06 |
| 人文与社会科学 | 17 | 54.94 | 60.00 | 56.78 | 64.91 | 1.84 |
| 综合性学科 | 10 | 62.60 | 61.00 | 65.20 | 68.00 | 2.60 |
| 所有学科 | 683* | 60.19 | 64.27 | 60.20 | 65.22 | 0.01 |

＊部分期刊涉及多个子学科，这些期刊被重复统计；a：影响因子平均百分位数，b：即年指数平均百分位数；b−a：两者差值，正数表示即时效应大于累积效应，负数表示累积效应大于即时效应。

从表 2-2 可以看出：①各学科影响因子平均百分位数从 39.98 到 62.60。生物医学、综合性学科 OA 期刊的影响因子平均百分位数和即年指数平均百分位数均在 60 位以上；而化学化工与材料科学、工程与技术、农业与食品科学、地球与环境科学、物理与天文学、数学与统计学 6 个学科 OA 期刊的影响因子平均百分位数和即年指数平均百分位数均排在第 50 位以下；地球与环境科学、人文与社会科学 2 个学科 OA 期刊的影响因子平均百分位数和即年指数平均百分位数处于第 50～60 位。因此，针对具体学科领域而言，OA 期刊的质量和学术影响力存在较大差异。②虽然从总体平均百分位数上看，即年指数平均百分位数与影响因子平均百分位数的差别很小，仅为 0.01，但是在各学科却表现出较大的差异。除地球与环境科学外，其他 8 个学科的即年指数平均百分位数大于影响因子平均百分位数，两者差值从 0.49 到 5.46。这表明 OA 出版模式有助于提高期刊/论文的显示度和引文率，加快科学成果交流的速度。主要原因是 OA 期刊（特别是完全 OA 期刊）一出版或者待出版时就免费提供给读者，而传统期刊只有期刊出版以后读者才能利用，并且还有支付昂贵的订阅费。因此，随着期刊定价的迅速增长，昂贵的订购使用费已经成为学术成果有效交流的一大障碍。

3. 各学科 OA 期刊学术影响力的影响因子和即年指数百分位数分析

为了进一步研究 OA 期刊学术影响力的学科差异，本研究分段统计分析了 9 个学科的 OA 期刊学术影响力的百分位数排序。

从图 2-2 可以看出，生物医学 OA 期刊有 483 种，比 2004 年 McVeigh 统计结果（生物科学 73 种和医学 83 种）多出 4 倍，这表明生物医学 OA 期刊得到快速发展。同时，62.94%（304/483×100%）的生物医学 OA 期刊影响因子的百分位数排在 50 位以上，平均排位百分值为 61.26 %，比 2004 年 McVeigh（2004）的 40.7% 提高了 10 多个百分点，即年指数也提高了 10 多个百分点，并且，OA 期刊的数量随着其影响因子与即年指数区段值的增加而增加，这表明，生物医学 OA 期刊的学术质量较高，影响力提高较快。

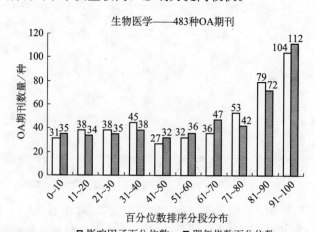

图 2-2　生物医学 OA 期刊影响因子与即年指数的百分位数排序分段分布

从图 2-3 可以发现，化学化工与材料科学 OA 期刊的影响因子与即年指数主要集中在 21％～70％，没有高影响因子的 OA 期刊，平均影响因子百分位数和平均即年指数百分位数分别为 41.06％和 44.58％。

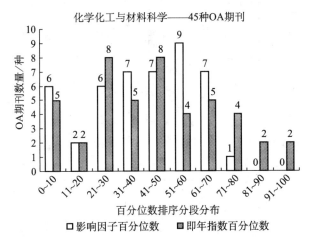

图 2-3  化学化工与材料科学 OA 期刊影响因子与即年指数的百分位数排序分段分布

从图 2-4 可以发现，各区段工程与技术 OA 期刊数量分布不均，即有高影响因子和即年指数期刊，亦有低影响因子和即年指数期刊。这表明工程与技术 OA 期刊质量差异明显。

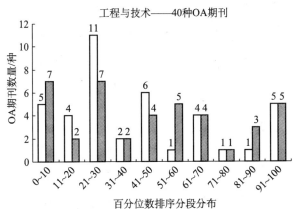

图 2-4  工程与技术 OA 期刊影响因子与即年指数的百分位数排序分段分布

从图 2-5 可以发现，各区段农业与食品科学 OA 期刊数量分布不均，影响因子与即年指数的百分位数在 50％左右。

从图 2-6 可以发现，各区段地球与环境科学 OA 期刊数量分布不均。

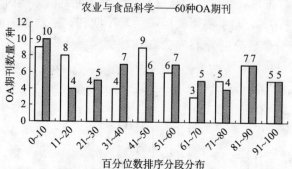

图 2-5　农业与食品科学 OA 期刊影响因子与即年指数的百分位数排序分段分布

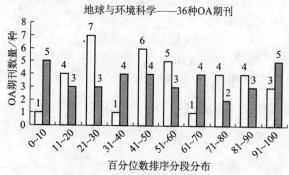

图 2-6　地球与环境科学 OA 期刊影响因子与即年指数的百分位数排序分段分布

从图 2-7 可以发现，物理与天文学 OA 期刊数量主要分布在 0％～30％ 和 51％～90％ 两个区间内，这表明 OA 期刊学术影响力呈现两极分化局面。

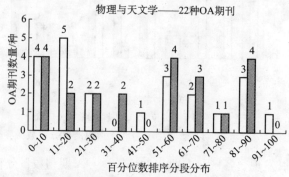

图 2-7　物理与天文学 OA 期刊影响因子与即年指数的百分位数排序分段分布

从图 2-8 可以发现，各区段数学与统计学 OA 期刊数量分布呈现出左偏态。

这表明数学与统计学 OA 期刊的学术影响力偏低。

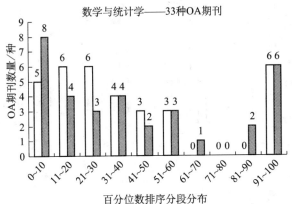

图 2-8　数学与统计学 OA 期刊影响因子与即年指数的百分位数排序分段分布

从图 2-9 可以发现，各区段人文与社会科学 OA 期刊数量分布呈现出右偏态。这表明人文与社会科学 OA 期刊的学术影响力较高。

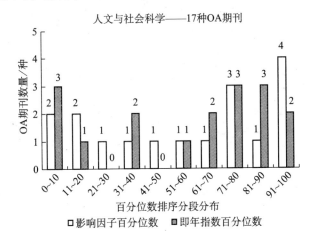

图 2-9　人文与社会科学 OA 期刊影响因子与即年指数的百分位数排序分段分布

从图 2-10 可以发现，各区段综合性学科 OA 期刊数量分布呈现出右偏态。这表明综合性学科 OA 期刊的学术影响力较高。

## 四、OA 期刊学术影响力的动态变化

为了研究 OA 期刊的学术影响力的动态变化，用平均影响因子、平均即年指数、平均载文量、平均总被引频次 4 个指标对 2001～2007 年的 OA 期刊进行动态分析，结果如表 2-3、图 2-11 所示。

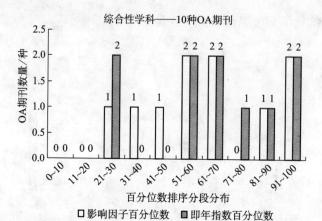

图 2-10  综合性学科 OA 期刊影响因子与即年指数的百分位数排序分段分布

表 2-3  2001～2007 年 OA 期刊 4 个指标的动态变化

| 年份 | OA 期刊数量/种 | 平均影响因子 | 平均即年指数 | 平均总被引频次 | 平均载文量/篇 |
|---|---|---|---|---|---|
| 2001 | 514 | 2.772 | 0.501 | 10 106 | 211.9 |
| 2002 | 535 | 2.757 | 0.542 | 10 043 | 210.6 |
| 2003 | 549 | 2.855 | 0.576 | 10 315 | 215.0 |
| 2004 | 575 | 2.937 | 0.559 | 10 436 | 214.5 |
| 2005 | 604 | 2.991 | 0.613 | 10 376 | 213.2 |
| 2006 | 633 | 3.141 | 0.613 | 10 494 | 205.0 |
| 2007 | 683 | 3.069 | 0.618 | 10 388 | 199.5 |

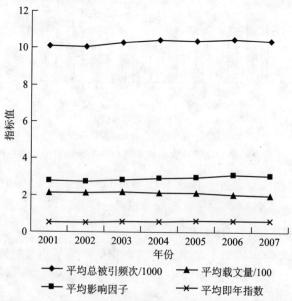

图 2-11  2001～2007 年 OA 期刊 4 个指标的动态变化趋势

从表 2-3、图 2-11 可以看出，2001～2007 年 OA 期刊的平均影响因子、平均即年指数、平均载文量、平均被引频次 4 个指标值均逐年平稳增长，波动范围不大。这表明 OA 期刊的质量和学术影响力正在逐步提高，越来越多地被科研人员所接受，成为科研人员进行学术交流的重要工具，并没有像有的学者或出版商所惊呼的那样，OA 出版模式导致学术滑坡，OA 期刊学术质量下降（McMullan，2008）

## 五、OA 期刊学术影响力的优势分析

为了研究 OA 期刊比非 OA 期刊是否存在学术质量优势，即 OA 对期刊学术质量和影响力是否产生影响，以及产生影响的强度及持续力（时间变化）如何。此外，OA 期刊学术影响力在各学科的优势以及各学科之间的差异如何。本研究将所收集的 3354 种 OA 期刊与 2001～2007 年 JCR 中的期刊进行比较，筛选出 OA 期刊与非 OA 期刊，然后分别统计其总被引频次、影响因子、即年指数、载文量、被引半衰期，计算出平均总被引频次、平均影响因子、平均即年指数、平均载文量、平均被引半衰期，最后采用公式（OA－非 OA）/非 OA，分别计算其优势系数。结果如表 2-4、图 2-12 所示。优势系数的大小反映 OA 期刊比非 OA 期刊的学术影响力的强弱。如果优势系数大于 0，则表示该指标 OA 期刊优于非 OA 期刊；如果优势系数等于 0，则表示 OA 期刊与非 OA 期刊学术影响力相当；如果优势系数小于 0，则表示 OA 期刊比非 OA 期刊劣。各年优势系数的变化反映 OA 期刊学术影响力的变化。为了探讨 OA 期刊学术质量的学科优势，首先将 2007 年 JCR 的 172 个学科子类目中收录的 OA 期刊分为 9 个大类，分别是生物医学、化学化工与材料科学、工程与技术、农业与食品科学、地理与环境

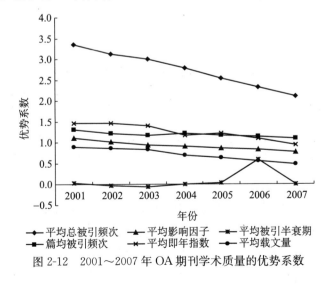

图 2-12　2001～2007 年 OA 期刊学术质量的优势系数

表 2-4  2001～2007 年 OA 期刊学术质量的优势系数

| 年份 | 期刊数量/种 | | 平均总被引频次 | | | 篇均被引频次 | | | 平均影响因子 | | |
|---|---|---|---|---|---|---|---|---|---|---|---|
| | OA | 非 OA | OA | 非 OA | 优势系数 | OA | 非 OA | 优势系数 | OA | 非 OA | 优势系数 |
| 2001 | 514 | 5 234 | 10 106 | 2 316.02 | 3.36 | 47.68 | 20.64 | 1.31 | 2.77 | 1.32 | 1.11 |
| 2002 | 535 | 5 341 | 10 043 | 2 433.34 | 3.13 | 47.70 | 21.53 | 1.22 | 2.76 | 1.36 | 1.02 |
| 2003 | 549 | 5 357 | 10 315 | 2 581.66 | 3.00 | 47.98 | 21.99 | 1.18 | 2.86 | 1.46 | 0.95 |
| 2004 | 575 | 5 393 | 10 436 | 2 764.43 | 2.78 | 48.65 | 21.94 | 1.22 | 2.94 | 1.53 | 0.92 |
| 2005 | 604 | 5 484 | 10 376 | 2 932.21 | 2.54 | 48.67 | 22.38 | 1.18 | 2.99 | 1.61 | 0.86 |
| 2006 | 633 | 5 531 | 10 494 | 3 150.39 | 2.33 | 51.19 | 23.97 | 1.14 | 3.14 | 1.70 | 0.84 |
| 2007 | 683 | 5 734 | 10 388 | 3 344.50 | 2.11 | 52.06 | 24.76 | 1.10 | 3.07 | 1.74 | 0.77 |
| 平均 | 585 | 5 439 | 10 308 | 2 788.94 | 2.70 | 49.24 | 22.57 | 1.18 | 2.93 | 1.53 | 0.91 |

| 年份 | 平均即年指数 | | | 平均被引半衰期 | | | 平均载文量 | | |
|---|---|---|---|---|---|---|---|---|---|
| | OA | 非 OA | 优势系数 | OA | 非 OA | 优势系数 | OA | 非 OA | 优势系数 |
| 2001 | 0.50 | 0.20 | 1.46 | 4.58 | 4.40 | 0.04 | 212 | 112 | 0.89 |
| 2002 | 0.54 | 0.22 | 1.47 | 5.87 | 6.04 | 0.00 | 211 | 113 | 0.86 |
| 2003 | 0.58 | 0.24 | 1.40 | 5.80 | 6.14 | −0.10 | 215 | 117 | 0.83 |
| 2004 | 0.56 | 0.26 | 1.18 | 4.64 | 4.58 | 0.01 | 215 | 126 | 0.70 |
| 2005 | 0.61 | 0.28 | 1.22 | 4.62 | 4.45 | 0.04 | 213 | 131 | 0.63 |
| 2006 | 0.61 | 0.29 | 1.10 | 1.18 | 0.74 | 0.59 | 213 | 131 | 0.56 |
| 2007 | 0.62 | 0.32 | 0.95 | 4.76 | 4.73 | 0.01 | 200 | 135 | 0.48 |
| 平均 | 0.58 | 0.26 | 1.22 | 4.49 | 4.42 | 0.02 | 210 | 124 | 0.70 |

科学、物理与天文学、数学与统计学、人文与社会科学和综合性学科，然后利用 2007 年的 JCR 中的数据，计算各学科收录的 OA 期刊与非 OA 期刊的数量、平均总被引频次、篇均被引频次、平均影响因子、平均即年指数、平均被引半衰期、平均载文量，最后采用公式（OA－非 OA）/非 OA，分别计算其优势系数。结果如表 2-5、图 2-13 所示。优势系数的大小反映各学科 OA 期刊学术影响力的强弱，各学科优势系数的变化反映各学科 OA 期刊学术影响力的差异。

从表 2-4 中可以发现，除了平均被引半衰期外，其他各指标如平均总被引频次、篇均被引频次、平均影响因子、平均即年指数、平均载文量，OA 期刊比非 OA 期刊表现出较大的优势，它们的平均优势系数分别为 2.70、1.18、0.91、1.22 和 0.70。这表明 OA 期刊较非 OA 期刊有较强的优势，即开放存取对期刊学术质量具有正向促动作用，如增加期刊的显示度、提高期刊的引用率、缩短期刊的出版时滞、突破纸本期刊篇幅限制、增强审稿的透明度等，有助于提高 OA 期刊的质量。

从图 2-12 可以发现，随着时间的推移，OA 期刊的平均总被引频次、篇均

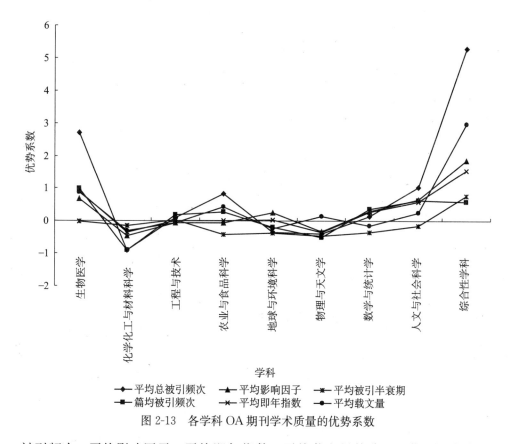

图 2-13　各学科 OA 期刊学术质量的优势系数

被引频次、平均影响因子、平均即年指数、平均载文量较非 OA 期刊的优势系数均呈下降趋势。平均总被引频次下降速度更快，每年下降 20％左右，7 年内其优势系数丧失了 1.2；其他各指标每年下降 5％左右，7 年内其优势系数丧失了 0.4 左右。照此速度发展下去，经过 10 多年的发展，OA 期刊的优势将不复存在。这表明随着时间的推移，OA 期刊的优势正在日渐丧失，这也表明 OA 期刊的质量优势呈下降趋势，这证实了有的学者和出版商对 OA 出版模式导致学术质量下降的担忧不无道理。

　　从表 2-5、图 2-13 可以发现，OA 期刊较非 OA 期刊的优势呈现明显的学科差异。生物医学、人文与社会科学、综合性学科 OA 期刊的平均总被引频次、篇均被引频次、平均影响因子、平均即年指数、平均载文量比非 OA 期刊具有明显的优势，其优势系数表现为正数；而化学化工与材料科学、物理与天文学 OA 期刊的平均总被引频次、篇均被引频次、平均影响因子、平均即年指数、平均被引半衰期、平均载文量比非 OA 期刊具有明显的弱势，其优势系数表现为负数。这与 Kurtz 等（2007）的研究结论一致。工程与技术、农业与食品科学、

表 2-5 2007 年各学科 OA 期刊学术质量的优势系数

| 学科大类 | 期刊数量/种 | | 平均总被引频次 | | | 平均即年指数 | | | 篇均被引频次 | | | 平均影响因子 | | |
|---|---|---|---|---|---|---|---|---|---|---|---|---|---|---|
| | OA | 非OA | OA | 非OA | 优势系数 | OA | 非OA | 优势系数 | OA | 非OA | 优势系数 | OA | 非OA | 优势系数 |
| 生物医学 | 483 | 2 698 | 12 211 | 3 299 | 2.70 | 0.78 | 0.41 | 0.9 | 55.48 | 28.09 | 0.98 | 3.85 | 2.29 | 0.68 |
| 化学化工与材料科学 | 45 | 772 | 553.24 | 5 384.61 | -0.90 | 0.19 | 0.29 | -0.35 | 3.40 | 23.13 | -0.90 | 0.92 | 1.73 | -0.47 |
| 工程与技术 | 40 | 1 253 | 1 794.43 | 1 639.47 | 0.095 | 0.16 | 0.16 | 0.01 | 16.84 | 14.24 | 0.18 | 0.87 | 0.94 | -0.07 |
| 农业与食品科学 | 60 | 429 | 3 350.83 | 1 823.56 | 0.84 | 0.19 | 0.19 | 0.00 | 23.13 | 18.11 | 0.28 | 1.04 | 1.10 | -0.06 |
| 地球与环境科学 | 36 | 572 | 1 977.58 | 3 105.11 | -0.36 | 0.32 | 0.32 | 0.02 | 22.76 | 27.36 | -0.20 | 1.94 | 1.54 | 0.26 |
| 物理与天文学 | 22 | 533 | 3 925.23 | 6 385.25 | -0.39 | 0.24 | 0.37 | -0.36 | 12.73 | 23.71 | -0.50 | 1.17 | 1.76 | -0.33 |
| 数学与统计学 | 33 | 446 | 1 530.18 | 1 330.35 | 0.15 | 0.19 | 0.15 | 0.28 | 21.98 | 16.07 | 0.37 | 1.06 | 0.82 | 0.29 |
| 人文与社会科学 | 17 | 268 | 4 049.71 | 2 001.77 | 1.02 | 0.48 | 0.30 | 0.59 | 42.84 | 26.47 | 0.62 | 2.42 | 1.46 | 0.66 |
| 综合性学科 | 10 | 40 | 78 758.70 | 12 535.28 | 5.28 | 1.01 | 0.40 | 1.55 | 148.1 | 93.91 | 0.58 | 4.32 | 1.52 | 1.88 |

| 学科大类 | 平均被引半衰期 | | | 平均载文量 | | |
|---|---|---|---|---|---|---|
| | OA | 非OA | 优势系数 | OA | 非OA | 优势系数 |
| 生物医学 | 5.03 | 5.08 | -0.01 | 220 | 117 | 0.88 |
| 化学化工与材料科学 | 3.84 | 4.55 | -0.20 | 162.60 | 232.78 | -0.30 |
| 工程与技术 | 1.25 | 1.21 | 0.04 | 106.60 | 115.11 | -0.07 |
| 农业与食品科学 | 1.33 | 2.28 | -0.40 | 144.90 | 100.72 | 0.44 |
| 地球与环境科学 | 3.04 | 4.8 | -0.40 | 86.89 | 113.49 | -0.23 |
| 物理与天文学 | 0.91 | 1.67 | -0.50 | 308.30 | 269.30 | 0.15 |
| 数学与统计学 | 2.42 | 3.74 | -0.40 | 69.61 | 82.80 | -0.16 |
| 人文与社会科学 | 3.93 | 4.6 | -0.20 | 94.53 | 75.62 | 0.25 |
| 综合性学科 | 4.76 | 2.7 | 0.77 | 531.80 | 133.48 | 2.98 |

地球与环境科学、数学与统计学 OA 期刊的某些指标表现出优势，另一些指标却表现出弱势。

## 六、OA 期刊免费状态与质量的关系

OA 期刊免费访问模式，通常可分为完全免费访问、部分免费访问和延时免费访问三种类型，由于部分免费访问和延时免费访问的界定不是十分明确，因此本次研究将 OA 期刊免费访问模式分为完全免费访问和非完全免费访问，将部分免费访问和延时免费访问归类于非完全免费访问，进而探讨不同免费访问模式对 OA 期刊学术质量的影响。

首先，将 JCR 收录的 OA 期刊用 Google、AllTheWeb 进行搜索，并逐一访问其 OA 期刊网站和论文，判断它是完全免费访问还是非完全免费访问；然后计算 2001～2007 年完全免费访问期刊和非完全免费访问期刊各自平均影响因子和平均即年指数，最后对完全免费访问期刊和非完全免费访问期刊的平均影响因子和平均即年指数的变化趋势进行直线方程拟合，其结果如图 2-14 所示。

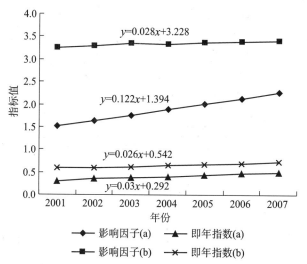

图 2-14　2001～2007 年完全免费访问期刊和非完全免费访问期刊的学术影响力变化趋势
注：（a）表示完全免费访问期刊，（b）表示非完全免费访问期刊。

从图 2-14 可以发现，无论是平均影响因子还是平均即年指数非完全免费访问期刊均大于完全免费访问期刊（影响因子：3.228＞1.394；即年指数：0.542＞0.292）。但是它们的增长趋势却刚好相反，完全免费访问期刊的平均影响因子和平均即年指数的增长速率（即拟合直线的斜率）明显高于非完全免费访问期刊（影响因子：0.122＞0.028；即年指数：0.03＞0.026）。究其原因，可能存在两个方面。

　　一方面，绝大多数非完全免费访问期刊是由非 OA 期刊转变而来的，经过多年的积淀和长期发展，其影响因子和即年指数较高，往往拥有较多的读者订阅，能够被广大的科研人员引用，再加上商业利益等因素的影响，这些期刊通常不太乐意以刚刚出版的期刊论文向广大读者提供免费服务。但是考虑到期刊的长期发展需要，也为了让期刊论文赢得更多的引用机会，增加期刊的影响因子、即年指数，一些出版商采取部分 OA 出版模式或延时 OA 出版模式，即期刊出版一段时间后，向广大读者提供完全或部分免费访问，如牛津大学出版社出版的 OA 期刊通常是学术质量高、影响因子大的期刊，但是绝大多数都属于部分或者延时 OA 期刊，又如 *The Journal of the American Medical Association* (JAMA)、*Cell* 等权威期刊也属于非完全免费期刊。因此，非完全免费访问期刊的质量和学术影响力高于完全免费访问期刊。

　　另一方面，完全免费访问期刊多数是新创办的期刊，通常采用完全 OA 出版模式，用户完全免费访问，极大地增加了其显示度，提高了期刊论文的被引率，可以显著提高期刊的影响因子（Mueller et al.，2006）。同时为了保证 OA 期刊的可持续发展，大多数完全 OA 期刊都实行严格的同行评议制度，有的甚至实行更科学的开放同行评议制度，以保证期刊的质量。因此，完全免费访问期刊的质量和学术影响力的增长速率明显高于非完全免费访问期刊。

　　因此，完全免费访问期刊的质量和学术影响力较非完全免费访问期刊低，但是其质量和学术影响力的增长率却高于非完全免费访问期刊。这表明完全 OA 出版模式比非完全 OA 出版模式更能提高期刊的学术影响力。

# 第三章
# OA 期刊网络影响力评价研究

　　学术期刊是科学信息的重要载体，学术期刊网站是学术期刊的网络载体，也是学术信息交流平台。随着学术期刊的电子化和网络化，学术期刊网站日益增多。建立学术期刊网站有助于扩大学术期刊的读者人数与规模；增强了期刊宣传，吸引新读者购买纸质期刊；突破了传统交流体系，为期刊的目标读者提供一个更为方便、快捷的交流平台；为读者利用和获取期刊信息开辟了另一新的途径，方便读者随时随地阅读出版商提供的内容等。因此，学术期刊网站有利于加快学术资源的传播与利用，提高学术期刊的影响力，促进了学术研究的发展。

　　学术文献出版模式的转变，即从传统的纸质印刷出版逐步过渡到现在网络环境的电子出版，成为推动科研人员探讨网络环境下学术交流模式的关键因素（Kling et al.，1999；Fry，2004）。许多科研人员探索传统的文献计量学方法（如引文分析法）是否适用于网络环境（Almind et al.，1997；Rousseau，1997；Ingwersen，1998；Borgman et al.，2002）。然而，早期的研究关注期刊网站或在线论文的链接（Smith，1999；Harter et al.，2000；Vaughan et al.，2002，2003）；最近倾向于期刊论文的网络引文研究（Vaughan et al.，2003，2005；Kousha et al.，2006）。

　　从 20 世纪 90 年代开始，许多研究表明，作为一种新兴的学术交流模式，OA 出版具有潜在影响力（Harnad，1990，1992，1996，1999），下一步自然是采用现有的文献计量学方法寻找 OA 出版影响力的证据（Antelman，2004）。对多个学科领域的研究表明，论文的网络可获得性与其引文量存在相关性（Lawrence，2001；Shin，2003；Harnad et al.，2004；Kurtz，2004，Brody et al.，2004）

　　ISI 科学引文数据库收录 OA 期刊数量不断增加，不仅是对 OA 期刊作为一种有效的学术交流渠道的认可，而且推动科研人员使用 ISI 引文作为 OA 期刊的一种评价指标，以及比较各学科 OA 期刊与非 OA 期刊的影响力（Thomson Reuters，2004）。ISI 的 WOS 是国际著名的多学科引文数据库，但是，在 OA 出版程度较高的学科，如计算机科学、物理学，科研人员使用网络引文来评价学术论文的引文影响力，并与 ISI 的传统引文进行比较（Goodrum et al.，2001；

Zhao et al.，2002)，或者利用网络引文对单个期刊进行小规模评价（Bauer et al.，2005)。在计算机科学中，ISI 会议论文的引文偏低，是由 ISI 选刊的质量控制机制导致的，还是由于 ISI 引文不适用于网络环境，目前尚不清楚。

此外，科研人员提出了一种新的、类似引文的链接分析法，链接与引文均是文献之间连接的证据。采用搜索引擎收集链接数据和网络引文数据（Brin et al.，1998；Moed，2005a；Thelwall et al.，2005)，研究发现，外部链接数、链接数、网络影响因子等网络计量学指标与期刊影响因子或被引频次显著相关（Vaughan et al.，2002；邱均平等，2003；Lu et al.，2004；Smith，2005)，并且证实了网络计量学指标在评价期刊网站的有效性和重要意义。

在传统的学术交流模式中，科研人员需要订购（或图书馆订购）纸质学术期刊，通过阅读期刊论文，筛选出符合自身科研需要的文献，最终引证到自己的参考文献当中，这样体现了论文的"学术价值"。对于网络环境下的 OA 期刊，不需要科研人员订购，只需要科研人员上网去点击、浏览，下载，筛选出符合自身科研需要的文献，最终也体现在论文的被引证上，从而体现了 OA 期刊或 OA 论文的"学术价值"。基于这种假说，Perneger（2004）研究发现，点击数与被引次数存在相关性，Moed（2005b）研究了电子期刊的下载量与 ISI 引文量之间的关系。我国利用"网络上网文献数"、"网络下载总频次"、"网络即年指标"、"网络影响因子" 4 项指标评价我国的学术期刊。程维红等（2006）利用《中国学术期刊网络计量测试报告》（2004 年版）上公布的 368 种农学期刊 4 项网上文献计量指标统计数据，分析了我国农学期刊和 OA 期刊网的学术影响力。

# 第一节　学术期刊网络影响力评价

## 一、网络引文及其应用

自 1955 年 Garfield（1955）提出引文理论以来，引文分析法已广泛应用于对期刊质量（Garfield，1972，2006)、学术论文影响力（Cole，2000；李春英等，2007)、国家宏观科研实力（May，1997；King，2004）等的评价，以及分析和追踪热点研究领域（赵英莉等，2001；侯海燕等，2006)。

随着网络技术的迅速发展，特别是超文本技术和万维网（WWW）的广泛应用，网络文献快速增长。日益增长的网络文献和人们对多学科信息检索的需求促使网络信息检索技术不断改进。网络文献易于获取，但是定位和揭示文献间的关系相当困难。1998 年，Eysenbach 和 Diepgen 提出了网络引文索引（web cita-tion index）技术（Eysenbach et al.，1998）。2001 年，Cronin 在分析传统引文的基础上，针对网络环境，探索了网络引文分析法（Cronin，2001）。

2003 年，Vaughan 和 Shaw 比较了 46 种图书情报学期刊中论文的传统引文与网络引文的差异（Vaughan et al.，2003a）。网络引文数据来自 Google，传统引文数据来自 SSCI。研究发现，有 75% 的期刊网络引文与 SSCI 的传统引文和 ISI 期刊影响因子具有显著相关性。58% 的网络引文来源于期刊论文，30% 来源于网络论文。同一篇论文的网络引文高于传统引文，并且 1992～1997 年期刊论文的网络引文量在增长。

2004 年，Vaughan 和 Shaw 进一步证实了传统引文与网络引文在生命科学期刊中的显著相关性，期刊的网络引文越多，其传统引文也就越多，学术影响力越大。网络引文具有更大的地域覆盖范围，提高了期刊论文的使用范围和利用效率（Vaughan et al.，2004a）。

2005 年，Vaughan 和 Shaw 更进一步比较研究了生物学、遗传学、医学和综合性学科 4 个领域传统引文与网络引文（Vaughan et al.，2005）。从 114 种期刊中抽样了 5972 篇论文，据统计发现，期刊论文的篇均网络引文量从医学的 6.2 到遗传学的 10.4。大约 30% 的网络引文能反映其学术影响力〔引文来源于期刊论文、分类阅读（class readings，参考书目）以及作者或期刊的主页〕。结果显示，来源于 ISI 的引文量与来源于 Google 的网络引文量具有显著相关性，但是对于非英国和美国（non-UK/USA）的期刊和综合性期刊，它们之间的相关性较弱，其网络引文量更多。这表明，网络引文能更全面、客观地评价期刊论文的影响力，对于非英国和美国期刊的网络影响力的评价，网络引文能平衡 ISI 引文数据的地域和文化偏见。

2006 年，Zhang（2006）通过网络引文分析法，比较了通信科学 *Journal of Computer-Mediated Communication*（JCMC）这一 OA 期刊和传统期刊 *New Media & Society*（NMS）的网络引文。发现 JCMC 的网络引文量显著高于 NMS。进一步研究发现，JCMC 来自网上正式学术论文的网络引文量显著高于 NMS。在网络学术交流体系中，网络引文的来源不仅仅是期刊论文，还有更广泛的教学材料和网络文献，OA 期刊绝大多数引文来自网络文献，这表明，除了传统的学术交流外，OA 的学术影响力也体现了网络学术交流中普通用户的参与。此外，与 NMS 比较，JCMC 的网络引文更多来自于发展中国家，因此，OA 期刊对发展中国家更具优势。

由于许多医学科研论文发表在波斯语期刊上，而这些期刊绝大多数没被 ISI 的 WOS 和 Scopus 数据库收录，因此，其引文数据未纳入期刊或论文的评价体系。Google Scholar 包含大量的引文数据，并且来源于各种类型的网络文献。为此，Abdoli 等（2008）选取了 56 种波斯语医学期刊，利用其英文刊名检索 ISI 的 WOS、Scopus 和 Google Scholar，获取每一种期刊的引文数据，然后分别计算其引文量、平均值和中位数。结果显示，Google Scholar 的引文量、平均值和中位数是 WOS 和 Scopus 的两倍，这表明，Google Scholar 适用于波斯语医学期刊的引文评价。

Kousha 等（2007a）从生物学、化学、物理、计算机科学、社会学、经济学、心理学 7 个学科的 108 种 OA 期刊中选取 2001 年发表的论文 1650 篇，采用 Web/URL 引文数据收集方法，即利用 OA 期刊论文的篇名和 URL 同时进行 Google、Google Scholar 搜索，获取其中的引文数据。结果发现，除心理学外，WOS 引文与 Google Scholar 和 Google Web/URL 引文具有显著相关性，并且 Google Scholar 引文与 WOS 引文的相关度要高于 Google Web/URL 引文与 WOS 引文的相关度。这表明，Web/URL 引文作为一种更广泛的引文类型，在计算机科学和 4 个社会科学领域，Google Scholar 引文比 WOS 引文更多。此外，还发现 WOS 引文与 Google Scholar 引文的来源百分比在不同学科存在较大差异。因此，虽然发现了两种引文的相关性，但是学科间存在较大差异，用网络引文代替传统引文来评价学术影响力将存在问题。

Kousha 等（2007b）从生物学、物理、化学和计算机科学的 64 种 OA 期刊中随机抽样了 1156 篇论文，又采用 Web/URL 引文数据收集方法，收集了 1577 条网络引文，将它们分为 21 个小类，归纳出 4 种引文动机：网络影响力（正式学术影响力、非正式学术影响力）、自我宣传（Self-publicity）、一般或主题导航及其他。结果发现，仅 25％的 Web/URL 引文反映网络影响力，45％是一般或主题导航，22％是自我宣传。因此，Web/URL 引文作为一种新的引文类型，可以用来测度学术研究的各个方面，但是为了客观科学地评价一项科学研究，应区分不同的引文来源。

每一个书目数据库都有自己的收录范围，仅包括科学文献的一部分。ISI 的科学引文数据库也不例外，它只收录了 ISI 筛选的具有较高影响的科技期刊，而 Google Scholar 也包含大量的引文信息，这些引文信息来源于质量控制较低的出版物中的不同类型的网络文献。

为此，2008 年，Kousha 等（2008）将不被 ISI 科学引文数据库收录的 Google Scholar 引文定义为 Google Scholar 独有的引文。从生物学、化学、物理、计算机科学 4 个学科和 2001 年被 ISI 收录的 39 种 OA 期刊中随机抽取了 882 篇论文，利用 Google Scholar 获取其引文的引用文献，并将引用文献按文献类型、语种、发表年份以及可获得性进行分类。有 70％的 Google Scholar 独有的引文来源于全文文献，但是引用文献的类型存在较大的学科差异。这表明，Google Scholar 更容易获取大量非 ISI 收录期刊的引文，特别是非 ISI 收录期刊的网络文献。这充分体现了 Google Scholar 的优势，它更适用于范围较广的 OA 学术文献的引文跟踪和多种类型的引文影响力评价，因此认为 Google Scholar 对 OA 学术文献广泛收录，有助于扩大 OA 研究的影响和推动 OA 运动的发展。

Vaughan 等（2008）从图书情报学的学术论文中随机抽取 1483 篇论文分别进行 WOS、Google 和 Google Scholar 检索。除了图书的章节外，对于其他所有类型文献，WOS 引文的中位数是 0；对于印刷/订购的期刊论文，Google Scholar 引文的中位数是 1；对于图书或其章节，Google Scholar 引文的中位数是 3；对于会议论文，Google 引文的中位数是 9；对于图书或其章节，Google 引文的中位数是 41。Google Scholar 引文能反映其学术影响力，OA 期刊的论文能获得更高的引文，但是这些引文主要来源于印刷/订购的期刊。因此，Google Scholar 引文更能反映 OA 期刊的学术影响力，尽管 Google Scholar 还存在各种问题，但是它能提供满足学术评价的有用数据。

## 二、网络计量学指标及其应用

受 Garfield 期刊影响因子理论的启发，1998 年，Ingwersen（1998）在 *The calculation of web impact factors* 一文中提出网络影响因子（WIF）的概念，对其定义如下：假设某一时刻链接到网络上某一特定网站或区域的网页数为 $a$，而这一网站或区域本身所包含的网页数为 $b$，那么其网络影响因子的数值可以表示为 WIF $=a/b$。并对网络影响因子的可行性和可靠性作了研究，指出该指标的较高的可信度，是传统影响因子的最好补充。

随着网络计量学和链接分析法研究的深入，许多专家学者对网络影响因子细分为内部网络影响因子和外部网络影响因子。内部网络影响因子是基于内部链接-自链接数目计算的，反映的是网站的网页组织和导航链接逻辑结构；外部网络影响因子是基于来自外部的链接数量计算的，有更强的目的指向性，包含了很多有用的信息，被称为外部影响因子（revised WIF，R-WIF）（Noruzi，2006）。R-WIF＝外部链接数/网页总数，更能反映网站的外向影响力和辐射力。

网络影响因子一提出，就引起了国内学者的广泛关注，掀起了网络计量学研究的热潮，并被迅速应用到各类型网站评价中。2000 年，Thomas 和 Willett 利用 AltaVista 对英国大学图书情报学系网站的网络影响因子进行了分析（Thomas et al.，2000）。马先皇（2008）使用 AltaVista 和 AllTheWeb 检索 30 所美国大学图书馆网站相关网站的链接指标，并对这些指标数据进行分析，指出各指标与大学排名和学术声誉之间的相互关系，得出搜索引擎的可靠性和一致性结论；Vaughan 和 Wu 使用 Google，AltaVista，AllTheWeb 和 MSN Search

这4个搜索引擎对中国100个IT公司网站进行了链接分析（Vaughan et al.，2004b）。

网络影响因子也应用到期刊网站和期刊网络影响力评价。2002年，Vaughan和Hysen报道了期刊网站的链接与期刊影响因子的关系（Vaughan et al.，2002）。研究发现，图书情报类学术期刊的外部链接数与期刊影响因子显著相关，影响因子较高的期刊具有较多的外部链接数；同时发现了网络计量学数据收集方法存在的问题，即搜索引擎的选择可能影响研究的结果，不同时期收集的数据具有相当的稳定性，特别是当第一轮数据的结果具有边际显著性或者定论时，采用多个回合的数据收集方法是有益的。

2003年，Vaughan和Thelwall研究发现，网站的年龄和内容是影响期刊网站链接的关键性因素（Vaughan et al.，2003b）。建议出版商更应该丰富期刊网站的内容，以吸引更多链接和更多的访问量。

邱均平等（2003）将网络影响因子和外部链接引入学术期刊网站评价，并探讨了期刊影响因子与它们的相关性。他利用AllTheWeb搜索部分工程类中文期刊网站的外部链接数，并计算其网络影响因子，然后与中国科学技术信息研究所（ISTIC）最近公布的期刊影响因子作比较，发现期刊的影响因子与期刊网站的网络影响因子和外部链接数之间均存在着有意义的相关关系。因此，他认为期刊网站的外部链接数和网络影响因子均可作为期刊网站评价的重要指标。

屈卫群等（2005）以部分农业期刊为样本，以ISTIC2002年公布的期刊影响因子JIF为参考数据，对比分析了农业期刊的JIF和网络影响因子之间的关系。结果发现农业期刊的JIF和网络影响因子之间并没有明显的相关关系，并从多个角度分析了影响结果的可能因素，并且提出了一定的解决方案。结果表明，目前用网络影响因子来评价农业期刊显然不可行，但作为衡量学科信息化程度的手段，对JIF和网络影响因子之间的关系的研究有一定的现实意义。

Smith（2005）探讨了引文频次和链接数在评价网络图书情报期刊中的有效性。研究发现，网络期刊的链接数等同于引文频次，但是其表达的含义不同。这表明网络期刊在图书情报学术交流中的重要性，同时给图书情报领域的科研人员和期刊编辑有效利用网络期刊提供帮助和指导。

综上所述，网络影响因子、链接数、外部链接数等网络计量学指标因为与传统引文指标具有某种相通性，所以它们通常用于期刊网站的网络影响力评价。Vaughan、邱均平、Lu、Smith等的研究表明，外部链接数、链接数、网络影响因子等网络计量学指标与期刊影响因子或被引频次显著相关，并且证实网络计量学指标在评价期刊网站的有效性和意义。OA期刊也是一种在线期刊，因此，网络计量学指标同样适用于OA期刊的网络影响力评价。但是OA期刊的网络影响力如何，以及与 OA 期刊质量相关性如何，却未见文献报道。

## 三、点击量（浏览量）、访问量、下载量及其应用

期刊的"学术价值"主要体现在论文的"学术价值"上，而论文的"学术价值"与点击量和被引次数相关。读者往往从论文题目和摘要判断论文的学术价值，如果觉得它有学术价值，就会去获取全文。而这种判断的结果最终会体现在论文的被引用上。

2004 年，Perneger（2004）选取 1999 年 *British Medical Journal* 第 318 卷的研究论文、一般实践、实践信息 3 个栏目 153 篇论文，利用 *British Medical Journal* 网站和 2004 年 ISI 的 WOS 分别获取其点击量和被引次数，研究发现，点击数与被引次数存在相关性（Pearson 相关系数：0.50，$p < 0.001$），因此，认为点击数在一定程度上可以增加论文的被引次数，点击数可以作为评价医学论文学术价值的一种潜在有用的指标。

Godlee（2008）也认为点击率和在线量（online profile）与引文同等重要，甚至比引文更重要。

Moed（2005b）统计分析了两年内 Elsevier 的电子期刊 *Tetrahedron Letters* 的 1190 篇论文的 ScienceDirect 下载量与 ISI 的 SCI 引文量。结果发现，论文每下载 100 次，获得 1 次被引，论文下载量与被引次数的 Spearman 相关系数为 0.22。

Brody 等（2006）采用英国 arXiv 服务器的下载量和引文量，探讨下载与引用的相关关系。下载论文意味着使用论文，下载量可以在"阅读-引用"周期的早期得到真实的记录，经过追踪观察同一篇论文下载量与两年内的被引频次，得出 14 442 篇高能物理论文的下载与引用的相关系数为 0.42。从而认为，下载量可以早期预测未来的被引用情况，即"下载影响"（相对于"引文影响"而言）。

下载影响的意义和作用至少有两个方面：第一是下载的高峰一般在论文发布后的 6 个月内，6 个月的下载量便可预测未来的引文影响，这使科研评价更方便，更高效。第二是下载量有一部分是与引用不相关的，即有的论文下载后并没有引用，这反映出论文影响力的第二个侧面，即一个独立于引用以外的影响力。

在我国，清华大学中国学术期刊（光盘版）电子杂志社 2004 年 12 月出版的《中国学术期刊网络计量测试报告》（2004 年版），较全面地公布了上网期刊2003 年的文献计量数据（万锦堃等，2004）。该报告利用中国知网（中国知识基础设施工程，CNKI）中心网站上近 2000 个包库用户的 5200 余万条下载记录，对具有 3 年连续上网历史的 4827 种期刊进行了全面的统计和网络文献计量学研

究，统计了"网络上网文献数"、"网络下载总频次"、"网络即年指标"和"网络影响因子"4项指标。

季山和胡致强分析了《中国学术期刊网络计量测试报告（2004年版）》提供的上网期刊网络文献计量指标的含义（季山等，2006），认为网络下载总频次、网络影响因子、网络即年指标本质上与印刷版期刊的总被引频次、影响因子、即年指标的含义截然不同，可以从Web指标数据了解用户的阅读需求。

万锦堃等（2007）介绍了《中国学术期刊综合引证报告》的编制出版简况，重点对5年来该报告逐步采用的三个全新的计量指标——5年影响因子、网络即年下载率和h指数的产生背景、定义及其应用价值进行分析和探讨。

马敬（2008）利用《中国学术期刊网络计量测试报告》（2004年版）上公布的数据，对我国哲学学术期刊的二次文献转载及网络即年下载率的数据进行比较分析，可以客观评价哲学期刊的学术水平与学术质量。同时，这也反映出大部分哲学期刊被转载较少的现实。

毛文明等（2006）对浙江省20种医学期刊的网络上网文献数、下载总频次、影响因子、即年指标、扩散系数等网络计量指标进行了统计，并就网络计量指标的意义及如何提高期刊的网络影响力进行了讨论，认为只有在抓好质量建设的同时加强网络化建设，期刊才能在激烈的竞争环境下求得生存与发展。

程维红等（2006）利用《中国学术期刊网络计量测试报告》（2004年版）中公布的368种农学期刊4项网上文献计量指标统计数据，分析了我国农学期刊的网上学术影响力。

以上研究是基于某一OA期刊网站或信息提供商网站（如CNKI）本身的点击量、浏览量、下载量的统计数据。这些数据对于探讨点击量、浏览量或下载量与其他计量学指标的关系有意义，但是对于相互比较的期刊学术质量评价，意义却不大。因为OA期刊网站不同，统计方法各异，使得数据不具有可比性。另外，对于那些没有被信息提供商收集的OA期刊，无法获得其相关数据。因此，基于某一OA期刊网站或信息提供商网站（如CNKI）本身的点击量、浏览量、下载量的统计数据不适用于更广泛的OA期刊的质量评价。

为此，本研究引入第三方统计数据，其中权威的是Alexa（www.alexa.com），它是一家专门发布网站世界排名的网站，提供了网站详细流量相关的统计数据。Alexa排名引起了国内外商业网站的广泛关注，有"网络福布斯"之称。国内商业性网站热衷于Alexa网站流量排名，像雅虎中国、新浪、百度等大型商业网站及小型个人网站都非常关注自己的排名情况。近年来，Alexa排名及其相关数据逐渐被引入图书情报领域，用于学术网站的测评。例如，王霞（2006）利用Alexa的排名结果，测评了图书馆目录下最受欢迎的10个网站。

孙怀亮（2008）根据图书馆网站中文 Alexa 世界综合排名探讨了图书馆读者的忠诚度培育。杨志等（2008）采用 Alexa 的综合排名、IP 访问量、页面浏览量等指标，评价清华同方、万方数据、维普资讯三大中文资源门户网站的网络影响力。因此，本研究首次将 Alexa 的流量统计数据引入 OA 期刊的网络影响力评价。

# 第二节　OA 期刊网络影响力评价

## 一、评价对象、指标及其数据收集与处理

### 1. 评价对象

通过查找 BMC、PMC、SciELO、HighWire Press、FMJS、PLoS、J-STAGE（Japan Science and Technology Information Aggregator Electronic）等收录的所有 OA 期刊去重后，共 3354 种，按照期刊的刊名和 ISSN 与 2007 年 JCR 中收录的共 6417 种期刊进行对比，最后挑选出 2007 年被 SCI 收录的 OA 期刊共 683 种，再根据 JCR 中标注的学科类别将 683 种 OA 期刊进行分类，得到医药卫生 327 种，生物科学 190 种，去重后共得到生物医学领域的 OA 期刊共 483 种。

### 2. 评价指标

在大量文献调研，充分吸收国内外现有期刊评价指标以及专家学者意见的基础上，本研究从网络计量学角度提出了网络文献量、网页数、站内链接数、网络引文量、链接数、外部链接数、网络影响因子、外部网络影响因子、IP 访问量、页面浏览量、人均页面浏览量 11 个指标，其含义及意义如下。

### 1）网络文献量

网络文献量指在一定统计周期内期刊上网的论文数量。OA 期刊的网络文献量越大，说明该 OA 期刊稿源丰富、影响面广，受众广泛。从考察 OA 期刊的学术价值的角度出发，期刊网络文献量的多少，在一定程度上表明期刊受用户认可的程度和影响的广度。

### 2）网页数

网页数是 OA 期刊网站信息量大小的一个评价指标，它不仅反映 OA 期刊网站的信息拥有量，同时也反映 OA 期刊网站的显示度。在理论上，一个网站拥有的信息量越大，其被检索和利用的概率就越大。

### 3）站内链接数

站内链接数是指针对某网站范围内搜索得到的与该网站存在链接的网页数，反映了网站内部结构的完备性。

4）网络引文量

在一定统计周期内 Google Scholar 中 OA 期刊论文的被引频次，称为网络引文量。Google Scholar 的网络引文克服了 ISI 传统引文受其选择期刊的限制，能更广泛地反映 OA 期刊的网络学术影响力。

5）链接数、外部链接数

链接数是 OA 期刊网站被自身网站（为信息组织和导航需要）链接或被其他网站或网页链接的网页总数，反映了网站被链接数目的多少。

外部链接数，是指针对某 OA 期刊网站范围外搜索得到的与该 OA 期刊网站存在链接的网页数，能更好地反映网站建设的质量。

无论是包含站内链接和外部链接的链接数，还是外部链接数，均能反映该网站的网络影响力。其理论依据是，一个网站被另一个网站所链接是对该网站的赞许和利用，而且两者的内容是相关的；一个网站的外部链接数越多，其影响力越大。

6）网络影响因子与外部网络影响因子

网络影响因子，尤其是外部网络影响因子，反映期刊网站影响力的大小。邱均平等研究发现，期刊的影响因子与期刊网站的网络影响因子和外部影响因子之间均存在着有意义的相关关系（邱均平等，2003）。因此，期刊网站的影响力的大小从一个侧面反映了期刊的网络影响力。

7）IP 访问量、页面浏览量和人均页面浏览量

网站流量统计是监测网站推广效果的重要依据，也是网站决策的重要参考，还是网站建设时不可缺少的功能。目前，网站流量统计的主要指标是 IP 访问量、页面浏览量和人均页面浏览量。

IP 访问量，指在一定统计周期内（如每天、每周、每月）访问某一网站的 IP 数量。每一个 IP 访问者只代表一个唯一的用户，无论他访问这个网站多少次。IP 访问量越多，说明网站推广越有成效，也意味着网络资源和网络服务的效果卓有成效，因此是最有说服力的评价指标之一。相对于页面浏览数统计指标，IP 访问量更能体现出 OA 期刊网站的网络影响力，因此，对 OA 期刊建设和评价具有重要意义。

页面浏览量，或点击量，指在一定统计周期内任何访问者浏览的页面数量，通常作为网站流量统计的主要指标。

人均页面浏览量（page views per visitor，PVs），指在一定统计周期内，统计样本访问该网站的各次访问中不连续重复的页面浏览数总和除以该统计周期有效样本总量的值。该指标反映访问者对网站信息感兴趣的程度，即网站"黏性"。

3. 指标数据收集与处理

1）网络文献量和网络引文量的收集与处理

OA 期刊论文在网上可以免费使用，通常被众多搜索引擎索引，如 Google Scholar、Google、Yahoo、AllTheWeb 等。Google Scholar 不仅收录了大量的 OA 期刊论文，同时报道每一篇论文的被引频次，即网络引文量。因此，本研究选择 Google Scholar 作为网络文献量和网络引文量的统计源。

数据采集的软件工具是 Publish or Perish。Publish or Perish 是澳大利亚墨尔本大学 Harzing 教授主持研制开发的一种基于 Google Scholar 的引文评价工具（Harzing，2008a）。自 2006 年 10 月 18 日发布第一版以来，经过 10 多次修订，2008 年 1 月，Anne-Wil Harzing 教授在她的主页（http：//www.harzing.com/index.htm）发布 Windows 和 Linux 的 2.5 版，供个人免费下载安装使用（Harzing，2008b）。Clark 运用该工具研究了信息系统科研人员的影响力（Clark，2008）。Razzaque 等运用该工具研究了澳大利亚各高校高级营销学术研究的成效（Razzaque et al.，2007），Geoff 等运用该工具研究了澳大利亚发表的营销学术论文的引文水平（Geoff et al.，2007）。Publish or Perish 使用方便、功能强大，融入多种评价指标，特别是近年来新出现的计量学指标，如 h 指数、g 指数、hc 指数等。因此，它是科研人员利用引文数据分析进行科学研究和绩效评价的重要工具。

数据的采集方法是，下载安装 Publish or Perish，启动后选择 Journal Impact Analysis 功能，在 Journal Title 提问框中输入期刊刊名，在 Year of Publication between ... and ... 中，输入限定年份，本研究选择 2003～2007 年。点击 Lookup 后，得到网络文献量和网络引文量。

如果检出的网络文献量超过 995 篇，Publish or Perish 会给出警告。因此，对于超过 995 篇文献的 OA 期刊，再分年度进行统计，最后累加。

对于有的期刊刊名是另一期刊的一部分，如 *AIDS* 与 *AIDS Reviews*、*Obstetrics and Gynecology* 与 *Clinical Obstetrics and Gynecology*、*Postgraduate Obstetrics and Gynecology* 与 *American Journal of Obstetrics & Gynecology* 等，通过浏览 Publish or Perish 检出结果的刊名和出版商，进行逐一判断，人工筛选。对于难于判断的，利用 Google Scholar 重新搜索，获取其全文进行判断。利用判断结果，重新计算其网络文献量和网络引文量。

2）网页数、链接数、站内链接数、外部链接数的收集与网络影响因子、外部网络影响因子的计算

第一，搜索引擎的选择。

目前用于学术网站网页数、链接数和外部链接数等的收集的搜索引擎主要有 AltaVista、AllTheWeb、Google、MSN Search 等。其中最主要的统计工具是 AltaVista 和 AllTheWeb。

AltaVista 是功能全面的搜索引擎，被公认为搜索技术的先驱、领航者，并且不断改进，搜索功能日渐全面，是功能最完善、搜索精度较高的全文搜索引擎之一。截至 2002 年 6 月，AltaVista 宣称其数据库已存有 11 亿个网络文件，并且经过升级，其搜索精度已达业界领先水平。

Lawrence 等（2000）研究发现，任何搜索引擎的网络覆盖率都不大于16％。Notess（2002）统计发现，搜集网页数量最多的 Google 和 WiseNut，搜到的网页数分别是 2 073 418 204 个和 1 571 413 207 个，不到总数的 80％。为此，本研究采用另一种搜索引擎 AllTheWeb 同时采集数据。AllTheWeb 是当今成长最快的搜索引擎，目前支持 225 种文件格式搜索，其数据库已存有 49 种语言的 21 亿个网络文件，而且更新速度快，搜索精度高。AllTheWeb 是 Fast Search & Transfer ASA 公司对外展示技术的窗口网站。

第二，网页数、链接数、外部链接数和站内链接数的收集处理。

首先，利用 OA 期刊的刊名进行 Google 检索，得到检索结果，再点击进入期刊的主页，核对刊名、ISSN 或出版商，以及其他代表期刊的标志。如果是该 OA 期刊，记录该 OA 期刊的 URL 地址。如果不是，再次进行 Google 检索，直至找到为止。如果有多个期刊地址，只选取出版商的 URL 地址。通过这种方法确定了 483 种 OA 期刊的 URL 地址。

其次，采用表 3-1 中的检索语法，利用 AltaVista 和 AllTheWeb 进行搜索，分别获得该 OA 期刊网站的网页数、链接数、外部链接数和站内链接数。

表 3-1　**AltaVista 和 AllTheWeb 搜索语法**（以 http：//www. plosgenetics. org/为例）

| | AltaVista | AllTheWeb |
|---|---|---|
| 网页数 | Host：http：//www. plosgenetics. org/ | url. all：http：//www. plosgenetics. org/ |
| 总链接数 | link：http：//www. plosgenetics. org/ | link. all：http：//www. plosgenetics. org/ |
| 外部链接数 | link：http：//www. plosgenetics. org/ and not host：http：//www. plosgenetics. org/ | ink. all：http：//www. plosgenetics. org/-url. all：http：//www. plosgenetics. org/ |
| 站内链接数 | link：http：//www. plosgenetics. org/ and host：http：//www. plosgenetics. org/ | link：http：//ageing. oxfordjournals. org AND site：http：//ageing. oxfordjournals. org |

最后，为了更全面、客观地反映 OA 期刊网站的网页数、链接数、外部链接数和站内链接数，将 AltaVista 和 AllTheWeb 获得的结果，取平均值，作为最终结果。

由于 AllTheWeb 工具统计站内和外部链接的方法原使用的是高级检索中的Word Filter 功能，但是现在此功能不能用来统计这些链接的选项，本研究采用表 3-1 中的搜索语法统计外部链接，方法来源于杨木容（2006）的《搜索引擎在网络链接分析中的应用研究》，该文提供了一系列搜索引擎统计期刊网站网络链接相关数据的方法，AllTheWeb 的外部链接数统计有两种方法，即 link. all：网站地址－site：网站地址，link：网站地址－Domain：网站地址，其原理都是链接数总数减去总网页数。AllTheWeb 统计站内链接数的方法，本研究采取表 3-1 的搜索语法进行统计。

第三，网络影响因子、外部网络影响因子的计算。

本研究采用 Ingwersen、邱均平等网络影响因子和外部影响因子的计算公式〔式（3-1）、式（3-2）〕进行计算，得到 483 种 OA 期刊的网络影响因子和外部影响因子。

$$
\begin{aligned}
\text{网络影响因子（WIF）} &= \frac{\text{某一时刻链接到某一特定网站或区域的网页数}}{\text{该网站或区域本身所包含的网页数}} \\
&= \frac{\text{某一时刻某一特定网站或区域的链接数}}{\text{该网站或区域本身所包含的网页数}}
\end{aligned}
\tag{3-1}
$$

$$
\text{外部影响因子（R－WIF）} = \text{外部链接数/网页数}
\tag{3-2}
$$

3）IP 访问量、页面浏览量和人均页面浏览量的收集与处理

Alexa 作为一家专门发布网站世界排名的网站，提供了网站详细流量相关的统计数据，是全世界作为第三方标准数据最为权威的一方。Alexa 创建于 1996 年 4 月（美国），1997 年发布了 Alexa 工具条，嵌入微软 IE 浏览器中，专门用于统计用户对于各门户网站的访问情况，然后进行排名发布。Alexa 不仅给出多达 35 亿的网址链接，而且为其中的每一个网站进行了综合排名，还提供该网站的影响因子访问量、页面浏览量、人均页面浏览量以及日访问量的变化趋势图。Alexa 技术统计的相对公正性和合理性，使其对网站测评的结果具有较高的可信度和参考借鉴价值。因此，本研究采用 Alexa 网站的 IP 访问量（一周平均）、页面浏览量（一周平均）和人均页面浏览量三个指标的数据。

Alexa 中文版网站（alexa. chinaz. com）排名数据来自 www. alexa. com 官方，为方便国内用户查询网站排名数据，此网站把所得数据精心整理，得到比 www. alexa. com 上更详细、更有条理的数据，而且设置查询帮助对一些专业术语进行了解释。在此网站中，提供了大多数子网站的流量。子网站的流量＝总流量×近月网站访问比例。因此，本研究利用 Alexa 中文版网站进行统计。

收集方法是将 483 种 OA 期刊的 URL 网址逐一输入到 Alexa 中文版网站进行查询。在检出结果页面，选取其日均 IP 访问量（一周平均）、日均页面浏览量（一周平均）和人均页面浏览量三个指标的数据。

为了使 Alexa 统计准确和结果的一致性，首先对 OA 期刊的 URL 网址进行归类处理。

第一类是具有独立域名的 OA 期刊，如 *The Journal of Experimental Medicine*，其网址为 http：//www. jem. org。这类 OA 期刊有 333 种，又分两种情

形：一种是以 www 开头（http：//除外），如 www. cmaj. ca，Alexa 可直接统计其日均 IP 访问量（一周平均）、日均页面浏览量（一周平均）、人均页面浏览量；另一种是非 www 开头，如 intimm. oxfordjournals. org，Alexa 统计的是主网站的日均 IP 访问量（一周平均）、日均页面浏览量（一周平均）、人均页面浏览量，同时给出了子网站的 IP 访问量和页面浏览量所占的比例及人均页面浏览量，因此，分别取主网站的日均 IP 访问量（一周平均）、日均页面浏览量（一周平均）乘以子网站所占的比例，得到子网站的日均 IP 访问量（一周平均）、日均页面浏览量（一周平均），人均页面浏览量取子网站的人均页面浏览量。

第二类是不具有独立域名的，即带有下属文件名的 OA 期刊，如 *BMC Immunology*，其网址为 http：//www. biomedcentral. com/bmcimmunol/，Alexa 统计的是主网站（www. biomedcentral. com）的日均 IP 访问量（一周平均）、日均页面浏览量（一周平均）、人均页面浏览量，又没有下属文件名网址所占比例。因此，本研究采用网页分配比例进行计算，即先采用 AllTheWeb 和 AltaVista 检索，获得其主网站的网页数，取平均值，然后用带下属文件名的网址再进行 AllTheWeb 和 AltaVista 检索，获得带下属文件名网址的网页数，取平均值。最后，用下属文件名网址的网页数的平均值除以主网站的网页数的平均值，得到下属文件名网址的网页数比例。所以利用 Alexa 统计的主网站的日均 IP 访问量（一周平均）、日均页面浏览量（一周平均）乘以下属文件名网址的比例，即可得到带有下属文件名 OA 期刊的日均 IP 访问量（一周平均）、日均页面浏览量（一周平均）。人均页面浏览量取其最接近的上位网站的数据。

如果采用 Alexa 中文版进行检索，没有获得其统计数据的 OA 期刊，再采用 Alexa 的官方网站进行验证，如果仍没有数据就作 0 处理。

## 二、OA 期刊网络计量学单指标分析

### 1. 网络文献量

将 483 种生物医学 OA 期刊网络文献量按 0～100、100～1000、1000 以上分为三个区组，然后统计每一区组的 OA 期刊种数，所占百分比、均数、累计百分比，其结果见表 3-2，其分布图见图 3-1。

表 3-2　网络文献量的区组分析

| 区组 | 期刊数量/种 | 比例/% | 中位数 | 累计比例/% |
| --- | --- | --- | --- | --- |
| 0～100 | 20 | 4. 14 | 53 | 4. 35 |
| 100～1000 | 303 | 62. 73 | 502. 55 | 67. 08 |
| 1000 以上 | 160 | 33. 13 | 2490. 44 | 100. 00 |

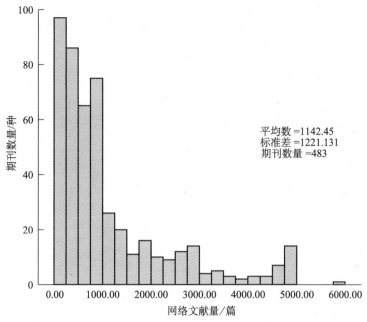

图 3-1 483 种 OA 期刊网络文献量分布

从表 3-2、图 3-1 可以发现，483 种生物医学 OA 期刊网络文献量主要集中在 0～1000 区组，年均网络文献量只有 100 篇左右，其中 100～1000 篇的 OA 期刊有 303 种，占总数（483 种）的 62.73%，平均 502 篇，这表明大多数 OA 期刊的网络文献量偏低。究其原因有四：一是 OA 期刊创刊的年代不长，有的甚至是最近两年创刊的；二是 OA 期刊受稿源的限制，本身发文量偏低；三是延期式 OA 期刊，其论文要过一段时间才被 Google Scholar 收录；四是受 Google Scholar 搜索引擎覆盖率、更新及搜索技术等限制。

为此，本研究将 483 种生物医学 OA 期刊的网络文献量与 WOS 收摘量进行比较，结果见表 3-3。

表 3-3 网络文献量与 WOS 收摘量

| | 期刊数量/种 | 最小值 | 最大值 | 总和 | 平均数 |
|---|---|---|---|---|---|
| 网络文献量 | 483 | 6.00 | 5 996.00 | 551 803.00 | 1 142.45 |
| WOS 收摘量 | 483 | 7.00 | 39 887.00 | 924 728.00 | 1 914.55 |

从表 3-3 可以发现，483 种生物医学 OA 期刊中，网络文献量最大只有 5996 篇，而 WOS 收摘量最大达 39 887 篇。从总和来看，WOS 收摘量是网络文献量的近 2 倍，平均每一种期刊的 WOS 收摘量比网络文献量多出近 800 篇。因此，OA 期刊大量文献没有被网络化或者没有被搜索引擎所揭示和显现。

**2. 网页数**

将 483 种生物医学 OA 期刊网页数按 0～100、100～1000、1000～10 000、10 000～100 000、100 000 以上分为五个区组，然后统计每一区组的 OA 期刊数量，所占百分比、中位数、累计百分比，其结果见表 3-4。

表 3-4　网页数的区组分析

| 区组 | 期刊数量/种 | 比例/% | 中位数 | 累计比例/% |
|---|---|---|---|---|
| 0～100 | 76 | 15.73 | 46.26 | 15.73 |
| 100～1 000 | 79 | 16.36 | 422.77 | 32.09 |
| 1 000～10 000 | 97 | 20.08 | 3 791.38 | 52.17 |
| 10 000～100 000 | 177 | 36.65 | 40 574.50 | 88.82 |
| 100 000 以上 | 54 | 11.18 | 307 715.20 | 100.00 |

从表 3-4 可以看出，OA 期刊网页数的分布呈离散趋势，差异性较大。这表明目前 OA 期刊网站建设规模参差不齐。

**3. 网络引文量**

将 483 种生物医学 OA 期刊网络引文量按 0～100、100～1000、1000～10 000、10 000～100 000、100 000 以上分为五个区组，然后统计每一区组的 OA 期刊数量，所占百分比、中位数、累计百分比，其结果见表 3-5。

表 3-5　网络引文量的区组分析

| 区组 | OA 期刊数量/种 | 比例/% | 中位数/条 | 累计比例/% |
|---|---|---|---|---|
| 0～100 | 21 | 4.35 | 51.24 | 4.35 |
| 100～1 000 | 117 | 24.22 | 495.24 | 28.57 |
| 1 000～10 000 | 185 | 38.30 | 3 904.76 | 66.87 |
| 10 000～100 000 | 152 | 31.47 | 30 566.50 | 98.34 |
| 100 000 以上 | 8 | 1.66 | 166 568.40 | 100.00 |

从表 3-5 可以发现，OA 期刊网络引文量主要集中在 100～100 000 区组，占 93.99%。从各区组均数来看，OA 期刊平均网络引文量较高，即使是 0～100 区组，21 种 OA 期刊的网络引文量的中位数也有 51.24 条。因此，OA 期刊因为具有 OA 优势而获得更多的网络引文。

为了进一步研究其 OA 优势，本研究将 2003～2007 年 483 种 OA 期刊利用 WOS 进行统计，获取其 WOS 引文量，并与网络引文量进行比较，其结果见表 3-6。

表 3-6　网络引文量与 WOS 引文量

| | 期刊数量/种 | 最小值 | 最大值 | 总和 | 平均数 |
|---|---|---|---|---|---|
| 网络引文量 | 483 | 9.00 | 263 452.00 | 6 760 055.00 | 13 995.97 |
| WOS 引文量 | 483 | 5.00 | 407 853.00 | 5 897 869.00 | 12 210.91 |

从表 3-6 可以发现，483 种生物医学 OA 期刊网络引文量的总和、平均数（分别为 6 760 055.00、13 995.97）均分别高于 WOS 引文量的总和、平均数（分别为 5 897 869.00、12 210.91）。这表明，OA 期刊更容易获取大量非 ISI 收录期刊的引文，特别是非 OA 期刊的网络文献，充分体现了 OA 期刊的 OA 优势，网络引文更适用于范围较广的 OA 期刊的引文影响力评价。

4. 总链接数、外部链接数与站内链接数

将 483 种生物医学 OA 期刊总链接数、外部链接数与站内链接数按 0～100、100～1000、1000～10 000、10 000～100 000、100 000 以上分为五个区组，然后统计每一区组总链接数、外部链接数与站内链接数的期刊数量以及所占百分比，其结果见表 3-7。

表 3-7　总链接数、外部链接数与站内链接数的区组分析

| 区组 | 总链接数 | | 外部链接数 | | 站内链接数 | |
|---|---|---|---|---|---|---|
| | 期刊数量/种 | 比例/% | 期刊数量/种 | 比例/% | 期刊数量/种 | 比例/% |
| 0～100 | 52 | 10.77 | 176 | 36.44 | 131 | 27.12 |
| 100～1 000 | 105 | 21.74 | 106 | 21.95 | 93 | 19.25 |
| 1 000～10 000 | 110 | 22.77 | 130 | 26.92 | 123 | 25.47 |
| 10 000～100 000 | 168 | 34.78 | 58 | 12.01 | 131 | 27.12 |
| 100 000～以上 | 48 | 9.94 | 13 | 2.68 | 5 | 1.04 |

从表 3-7 可以看出，总链接数在 0～100 区组的期刊数量较少，为 52 种，占 10.77%，而外部链接数、站内链接数在此区组的期刊数量较多，分别为 176 种和 131 种，占 36.44% 和 27.12%。总链接数大于 100 的 OA 期刊有 431 种，占 89.23%，而外部链接数大于 100 的 OA 期刊只有 307 种，占 63.56%，内部链接数大于 100 的 OA 期刊只有 352 种，占 72.88%。这表明，OA 期刊网站因其免费共享而产生较大的网络影响力，获得了较多的链接数；但是它们的外向影响力和内在结构完备性有待进一步加强。

5. 总网络影响因子、外部网络影响因子

从表 3-8 可以看出，OA 期刊网站的外部影响因子分布比较集中，外部影响因子的中位数仅为 0.17，并且其标准差较小。这表明，目前 OA 期刊网站的外部网络影响力较弱，且差异性较小。

表 3-8　总网络影响因子、外部网络影响因子与期刊影响因子

| | 期刊数量/种 | 最小值 | 最大值 | 总和 | 中位数 | 标准差 |
|---|---|---|---|---|---|---|
| 外部网络影响因子 | 483 | 0.00 | 0.87 | 80.90 | 0.17 | 0.16 |
| 总网络影响因子 | 483 | 0.00 | 171.69 | 2107.10 | 4.36 | 12.08 |
| 期刊影响因子 | 483 | 0.00 | 69.03 | 1857.38 | 3.85 | 5.34 |

OA 期刊网站的总网络影响因子变异比较大，极差为 171.69，标准差为

12.08。但是其总和与均数与期刊影响因子比较相近。

6. IP 访问量、页面浏览量和人均页面浏览量

从表 3-9 可以看出，IP 访问量、页面浏览量主要集中于 10 000 以下，分别占总期刊数量的 95.86%、87.37%。IP 访问量、页面浏览量在 0～100 区组的期刊较多，分别有 127 种、102 种，分别占 28.04% 和 21.12%。这表明，OA 期刊的 IP 访问量和页面浏览量较低。

表 3-9　IP 访问量、页面浏览量

| 区组 | IP 访问量 | | | | 页面浏览量 | | | |
|---|---|---|---|---|---|---|---|---|
| | 期刊数量/种 | 比例/% | 中位数 | 累计比例/% | 期刊数量/种 | 比例/% | 中位数 | 累计比例/% |
| 0～100 | 127 | 26.29 | 28.04 | 26.29 | 102 | 21.12 | 31.76 | 21.12 |
| 100～1 000 | 132 | 27.33 | 440.40 | 53.62 | 101 | 20.91 | 393.50 | 42.03 |
| 1 000～10 000 | 203 | 42.03 | 2 998.47 | 95.86 | 219 | 45.34 | 3 782.19 | 87.37 |
| 10 000 以上 | 20 | 4.14 | 26 639.77 | 100.00 | 61 | 12.63 | 38 857.36 | 100.00 |

从表 3-10 可以发现，人均页面浏览量主要分布在 0～3 区组，占 93.17%，中位数为 2.042，标准差为 0.7602。这表明，人均页面浏览量较低，差异不明显。

表 3-10　人均页面浏览量

| 区组 | 期刊数量/种 | 比例/% | 中位数 | 累计比例/% |
|---|---|---|---|---|
| 0～2 | 231 | 47.83 | 1.5861 | 47.83 |
| 2～3 | 219 | 45.34 | 2.2132 | 93.17 |
| 3 以上 | 33 | 6.83 | 4.1242 | 100.00 |

## 三、网络计量学指标的相关性分析

利用统计分析软件 SPSS15.0 对 483 种 OA 期刊的网络计量学指标和影响因子的数据进行处理和分析，并对各指标数据进行了 Pearson 相关性分析，结果见表 3-11。

相关系数用来描述变量间相关程度与变化方向，相关系数 $r$ 的取值范围是 $-1 \leqslant r \leqslant 1$。$r$ 的正负号表明两变量间变化的方向；$|r|$ 表明两变量间相关的程度，$r > 0$ 表示正相关，$r < 0$ 表示负相关，$r = 0$ 表示零相关。$|r|$ 越接近于 1，表明两变量相关程度越高，它们之间的关系越密切。本研究取 $0 \leqslant r \leqslant 0.39$，为低度相关；$0.4 \leqslant r \leqslant 0.69$，为中度相关；$0.7 \leqslant r \leqslant 1$，为高度相关。

1. 网络计量学指标与期刊影响因子的相关性分析

期刊影响因子一直以来都被作为衡量期刊学术质量和学术影响力的金指标。从表 3-11 可以看出，网络引文量、网络文献量、网页数、总链接数、外部链接数、站内链接数、外部网络影响因子、IP 访问量、页面浏览量 9 个指标与期刊

表3-11 网络计量学指标以及影响因子的相关分析

| | 网络引文量 | 期刊影响因子 | 网络文献量 | 网页数 | 总链接数 | 外部链接数 | 站内链接数 | 外部网络影响因子 | 总网络影响因子 | IP访问量 | 页面浏览量 | 人均页面浏览量 |
|---|---|---|---|---|---|---|---|---|---|---|---|---|
| 网络引文量 | 1 | 0.550** | 0.692** | 0.251** | 0.217** | 0.222** | 0.223** | 0.045 | −0.026 | 0.204** | 0.147** | 0.055 |
| p | | 0.000 | 0.000 | 0.000 | 0.000 | 0.000 | 0.000 | 0.573 | 0.329 | 0.001 | 0.001 | 0.232 |
| 期刊影响因子 | 0.550** | 1 | 0.243** | 0.243** | 0.232** | 0.238** | 0.230** | 0.152** | 0.045 | 0.173** | 0.128** | 0.039 |
| p | 0.000 | | 0.000 | 0.000 | 0.000 | 0.000 | 0.000 | 0.001 | 0.329 | 0.000 | 0.005 | 0.389 |
| 网络文献量 | 0.692** | 0.243** | 1 | 0.137** | 0.112* | 0.115* | 0.120** | −0.016 | −0.017 | 0.145** | 0.082 | 0.067 |
| p | 0.000 | 0.000 | | 0.003 | 0.014 | 0.011 | 0.008 | 0.727 | 0.717 | 0.001 | 0.072 | 0.143 |
| 网页数 | 0.251** | 0.243** | 0.137** | 1 | 0.998** | 0.999** | 0.996** | 0.090* | −0.001 | −0.009 | 0.003 | −0.012 |
| p | 0.000 | 0.000 | 0.003 | | 0.000 | 0.000 | 0.000 | 0.047 | 0.987 | 0.846 | 0.943 | 0.797 |
| 总链接数 | 0.217** | 0.232** | 0.112* | 0.998** | 1 | 0.999** | 0.998** | 0.089 | 0.007 | −0.013 | 0.001 | −0.012 |
| p | 0.000 | 0.000 | 0.014 | 0.000 | | 0.000 | 0.000 | 0.050 | 0.876 | 0.772 | 0.990 | 0.801 |
| 外部链接数 | 0.222** | 0.238** | 0.115* | 0.999** | 0.999** | 1 | 0.996** | 0.102* | 0.005 | −0.013 | 0.001 | −0.013 |
| p | 0.000 | 0.000 | 0.011 | 0.000 | 0.000 | | 0.000 | 0.025 | 0.918 | 0.769 | 0.986 | 0.781 |
| 站内链接数 | 0.223** | 0.230** | 0.120** | 0.996** | 0.998** | 0.996** | 1 | 0.076 | 0.005 | −0.012 | 0.001 | −0.008 |
| p | 0.000 | 0.000 | 0.008 | 0.000 | 0.000 | 0.000 | | 0.098 | 0.905 | 0.800 | 0.974 | 0.856 |
| 外部网络影响因子 | 0.045 | 0.152** | −0.016 | 0.090* | 0.089 | 0.102* | 0.076 | 1 | 0.320** | −0.039 | −0.015 | −0.019 |
| p | 0.573 | 0.001 | 0.727 | 0.047 | 0.050 | 0.025 | 0.098 | | 0.000 | 0.390 | 0.735 | 0.683 |
| 总网络影响因子 | −0.026 | 0.045 | −0.017 | −0.001 | 0.007 | 0.005 | 0.005 | 0.320** | 1 | −0.061 | −0.040 | −0.040 |
| p | 0.329 | 0.329 | 0.717 | 0.987 | 0.876 | 0.918 | 0.905 | 0.000 | | 0.185 | 0.382 | 0.377 |
| IP访问量 | 0.204** | 0.173** | 0.145** | −0.009 | −0.013 | −0.013 | −0.012 | −0.039 | −0.061 | 1 | 0.942** | 0.016 |
| p | 0.001 | 0.000 | 0.001 | 0.846 | 0.772 | 0.769 | 0.800 | 0.390 | 0.185 | | 0.000 | 0.723 |
| 页面浏览量 | 0.147** | 0.128** | 0.082 | 0.003 | 0.001 | 0.001 | 0.001 | −0.015 | −0.040 | 0.942** | 1 | 0.019 |
| p | 0.001 | 0.005 | 0.072 | 0.943 | 0.990 | 0.986 | 0.974 | 0.735 | 0.382 | 0.000 | | 0.681 |
| 人均页面浏览量 | 0.055 | 0.039 | 0.067 | −0.012 | −0.012 | −0.013 | −0.008 | −0.019 | −0.040 | 0.016 | 0.019 | 1 |
| p | 0.232 | 0.389 | 0.143 | 0.797 | 0.801 | 0.781 | 0.856 | 0.683 | 0.377 | 0.723 | 0.681 | |

** $p<0.01$，非常显著相关；* $p<0.05$，显著相关

影响因子在 $\alpha = 0.05$ 水准上存在中度或低度相关性，Pearson 相关系数分别为 0.550、0.243、0.243、0.232、0.238、0.230、0.152、0.173、0.128。这表明，OA 期刊作为一种基于网络出版发行的新型期刊，其网络引文量、网络文献量、网页数、总链接数、外部链接数、站内链接数、外部网络影响因子、IP 访问量、页面浏览量 9 个指标与其学术质量息息相关，OA 期刊的质量越高，其相对学术影响力就越大；其网络影响力就越大；反过来，网络影响力大的 OA 期刊，其期刊影响因子也越大，其学术质量和学术影响力就越大。因此，它们可以作为 OA 期刊质量评价指标。

网络引文量与期刊影响因子之间存在中度相关性（$r = 0.550$，$p = 0.000$），这与 Vaughan 研究结论一致（Vaughan et al., 2003a）。这表明，首先，作为网络学术交流体系中的 OA 期刊，其引文的来源不仅局限于期刊论文，还有更广泛的教学资料和网络文献；其次，OA 期刊吸引发展中国家科研人员参与和利用以及普通用户的广泛参与，这样网络引文能平衡 ISI 引文数据的地域和文化偏见。因此，网络引文具有更大的地域覆盖范围，提高 OA 期刊论文的使用范围和利用率，更能全面客观地评价期刊质量和学术影响力。

网络文献量、网页数、总链接数、外部链接数、站内链接数、外部网络影响因子与期刊影响因子之间存在低度相关性（$p = 0.000$），其 Pearson 相关系数 $r$ 在 0.4 以下。这表明：一是网络文献量与网页数均能反映 OA 期刊的学术影响力且具有同效性。二是期刊影响因子高的期刊网站会吸引更多的外部链接，其外部网络影响因子也越高，同时，站内导航和组织更加完备，站内链接数越多，总链接数自然增多，因此，总链接数、外部链接数、站内链接数、外部网络影响因子都可以作为评价期刊网站的指标。通过比较发现，外部链接数与期刊影响因子相关性比外部网络影响因子与期刊影响因子相关性要强一些，这与邱均平研究发现一致（邱均平等，2003）。

IP 访问量、页面浏览量与期刊影响因子之间存在低度相关性，$r$ 在 0.4 以下。这表明，影响因子高的期刊网站能吸引更多的科研人员的访问和浏览；反过来，OA 期刊全文的免费访问和浏览促进科研人员的引用和利用，从而提高期刊的影响因子。

但是，总网络影响因子、人均页面浏览量与期刊影响因子之间没有明显的相关性，Pearson 相关系数 $r$ 分别为 0.045（$p = 0.329$）、0.039（$p = 0.389$）。这表明，总网络影响因子、人均页面浏览量与期刊的学术质量没有直接的关联。

2. 网络计量学指标之间的相关性分析

1）网络引文量与其他网络计量学指标之间的相关性分析

网络引文量与网络文献量、网页数、总链接数、外部链接数、站内链接数、

IP 访问量、页面浏览量存在显著中度或低度相关性，除网络引文量与网络文献量的 Pearson 相关系数 $r=0.692$ 外，其余指标的相关系数 $r$ 均小于 0.4。这表明，期刊网络引文量的多少与期刊网络论文的多少、期刊网络的规模（网页数、总链接数、外部链接数、站内链接数）以及网站的访问浏览有关，因此，提高期刊论文的网络率、扩大期刊网站规模、增加网站的访问浏览，有助于提高 OA 期刊的网络影响力。但是网络引文量与外部网络影响因子、总网络影响因子和人均页面浏览量不存在显著相关性。

2）网络文献量与其他网络计量学指标的相关性分析

网络文献量与网络引文量、网页数、总链接数、外部链接数、站内链接数、IP 访问量存在显著中度或低度相关性，除网络引文量与网络文献量的 Pearson 相关系数 $r=0.692$ 外，其余指标的相关系数 $r$ 均小于 0.4。网络文献量是反映 OA 期刊论文网络化程度，而网页数和站内链接数反映的是 OA 期刊网站建设规模和程度，外部链接数反映 OA 期刊、论文、网站等对其他网站的影响力；IP 访问量反映 OA 期刊网站对科研人员的影响力。因此，网络文献量越多，OA 期刊网站建设的规模和程度就越高，被链接概率越高，越能吸引科研人员的访问。

但是网络文献量与外部网络影响因子、总网络影响因子、页面浏览量、人均页面浏览量不存在相关性，Pearson 相关系数分别为 $r=-0.016$（$p=0.727$）、$r=-0.017$（$p=0.717$）、$r=0.082$（$p=0.072$）、$r=0.067$（$p=0.143$）。

3）网页数与其他网络计量学指标之间的相关性分析

网页数与总链接数、外部链接数、站内链接数存在高度相关性，Pearson 相关系数 $r$ 均大于 0.9，这表明 OA 期刊网页越丰富，链接数越多。网页数反映的是网站的规模，而链接数反映的是网站的影响力，特别是外部链接数。因此，OA 期刊网站丰富程度能揭示 OA 期刊的网络影响力。

网页数与网络引文量、网络文献量、外部网络影响因子存在低度相关性，其 Pearson 相关系数 $r$ 均小于 0.4。网页数与总网络影响因子、IP 访问量、页面浏览量、人均页面浏览量不存在相关性（$p>0.05$）。究其原因，主要是因为目前大多数科研人员利用 OA 期刊的习惯是先通过搜索引擎搜索相关资源，再根据返回结果链接到相应的数据库或网站，很少直接访问 OA 期刊网站检索论文，这导致网页数与 OA 期刊的访问量、浏览量无关，而与网络引文量、网络文献数、外部网络影响因子弱相关。

4）总链接数、外部链接数、站内链接数与其他网络计量学指标的相关性分析

总链接数、外部链接数、站内链接数这三个指标之间高度相关，因此具有

同类性。这三个指标均与网络引文量、网络文献数低度相关，外部链接数与外部网络影响因子呈低度相关，但与其他网络计量学指标不存在相关性。

5）外部网络影响因子、总网络影响因子与其他网络计量学指标的相关性分析

外部网络影响因子除与影响因子、网页数、外部链接数、总网络影响因子存在低度相关性外，与其他网络计量学指标不存在相关性。总网络影响因子除了与外部网络影响因子存在低相关性（$r=0.320$，$p=0.01$）外，与其他网络计量学指标不存在相关性。

6）IP 访问量、页面浏览量、人均页面浏览量与其他网络计量学指标的相关性分析

IP 访问量、页面浏览量均与网络引文量、期刊影响因子存在低度相关性，其 Pearson 相关系数 $r$ 均小于 0.4。这表明，访问量与浏览量与 OA 期刊学术质量的高低存在相关性。因此，IP 访问量、页面浏览量在一定程度上可以增加论文的被引次数，提高期刊的学术影响力。IP 访问量、页面浏览量可以作为评价 OA 期刊学术质量的一种潜在有用的指标。

人均页面浏览量与其他网络计量学指标均不存在相关性。因此，人均页面浏览量不宜作为 OA 期刊学术质量的评价指标。

## 四、OA 期刊网络影响力主成分分析

主成分分析法是一种统计学方法，它是从多个指标之间的相互关系入手，利用降维的思想，以不丢失或很少丢失原有信息量为前提，将分析问题的多个指标化为少数几个互不相关的综合指标。这些综合指标是原始指标的线性组合，它既保留了原始指标的主要信息，又互不相关（孙振球，2008）。因此，本研究采用主成分分析方法，分析 OA 期刊的 10 个网络计量学指标，找出 OA 期刊学术质量评价的主要网络计量学指标，并对 OA 期刊的网络影响力进行评价。

### 1. 主成分分析结果

主成分个数选取依据主成分对应的特征值大于 1 的原则，取出前 $m$ 个主成分。特征值小于 1 主成分，其解释力度不如直接引入原变量的平均解释力度大，在某种程度上特征值可以被看成是表示主成分影响力度大小的指标，一般可以用特征值大于 1 作为纳入标准。

由表 3-12 可知，前 4 个主成分的特征值均大于 1，它们的累积方差贡献率达 89.619%。这 4 个主成分包含了原指标的绝大部分信息，可以代替原来 10 个指标对 OA 期刊网络影响力进行评价。

表 3-12　相关矩阵的特征值

| 成分 | 特征值 | 方差贡献率/% | 累积方差贡献率/% |
| --- | --- | --- | --- |
| 1 | 4.111 | 41.112 | 41.112 |
| 2 | 2.113 | 21.134 | 62.245 |
| 3 | 1.436 | 14.357 | 76.603 |
| 4 | 1.302 | 13.016 | 89.619 |
| 5 | 0.681 | 6.814 | 96.433 |
| 6 | 0.296 | 2.957 | 99.389 |
| 7 | 0.055 | 0.548 | 99.937 |
| 8 | 0.005 | 0.046 | 99.984 |
| 9 | 0.001 | 0.010 | 99.993 |
| 10 | 0.001 | 0.007 | 100.000 |

注：提取因子方法：主成分法。

由表 3-13，根据各主成分所对应的特征向量，得到前 4 个主成分的表达式为

$$Z_1 = -0.028X_1 - 0.061X_2 + 0.251X_3 + 0.254X_4 + 0.253X_5 + 0.253X_6 - 0.004X_7 - 0.028X_8 - 0.001X_9 + 0.009X_{10}$$

$$Z_2 = -0.020X_1 - 0.068X_2 + 0.001X_3 + 0.004X_4 + 0.004X_5 + 0.003X_6 - 0.022X_7 - 0.007X_8 + 0.506X_9 + 0.517X_{10}$$

$$Z_3 = 0.539X_1 + 0.573X_2 - 0.015X_3 - 0.035X_4 - 0.033X_5 - 0.031X_6 + 0.007X_7 + 0.000X_8 - 0.019X_9 + 0.066X_{10}$$

$$Z_4 = 0.017X_1 - 0.010X_2 - 0.010X_3 - 0.008X_4 - 0.003X_5 - 0.015X_6 + 0.615X_7 + 0.620X_8 + 0.002X_9 + 0.021X_{10}$$

表 3-13　相关矩阵的特征向量

| 向量 | $\lambda_1$ | $\lambda_2$ | $\lambda_3$ | $\lambda_4$ |
| --- | --- | --- | --- | --- |
| 网络引文量 $X_1$ | -0.028 | -0.020 | 0.539 | 0.017 |
| 网络文献量 $X_2$ | -0.061 | -0.068 | 0.573 | -0.010 |
| 网页数 $X_3$ | 0.251 | 0.001 | -0.015 | -0.010 |
| 链接数 $X_4$ | 0.254 | 0.004 | -0.035 | -0.008 |
| 外部链接数 $X_5$ | 0.253 | 0.004 | -0.033 | -0.003 |
| 站内链接数 $X_6$ | 0.253 | 0.003 | -0.031 | -0.015 |
| 外部网络影响因子 $X_7$ | -0.004 | 0.022 | 0.007 | 0.615 |
| 总网络影响因子 $X_8$ | -0.028 | 0.007 | 0.000 | 0.620 |
| IP 访问量 $X_9$ | -0.001 | 0.506 | -0.019 | 0.002 |
| 页面浏览量 $X_{10}$ | 0.009 | 0.517 | -0.066 | 0.021 |

2. 因子载荷分析

为了进一步了解各主成分与原始指标之间的相互关系，SPSS15.0 求出因子载荷阵，同时为了弄清各因子的专业意义，以便对实际问题进行分析。采用 Varimax 最大变异法，对各因子进行因子轴的正交旋转，得到旋转后的因子载荷阵，见表 3-14。

表 3-14 旋转后的因子载荷阵[a]

| 因子 | 主成分 | | | |
|---|---|---|---|---|
| | 1 | 2 | 3 | 4 |
| 网络引文量 | 0.162 | 0.116 | 0.897 | 0.015 |
| 网络文献量 | 0.043 | 0.036 | 0.925 | −0.022 |
| 网页数 | 0.994 | −0.003 | 0.101 | 0.022 |
| 链接数 | 0.997 | −0.004 | 0.069 | 0.026 |
| 外部链接数 | 0.996 | −0.004 | 0.073 | 0.033 |
| 站内链接数 | 0.995 | −0.004 | 0.076 | 0.017 |
| 外部网络影响因子 | 0.077 | −0.004 | 0.011 | 0.808 |
| 总网络影响因子 | −0.024 | −0.036 | −0.017 | 0.813 |
| IP访问量 | −0.017 | 0.978 | 0.114 | −0.038 |
| 页面浏览量 | 0.002 | 0.985 | 0.043 | −0.011 |

注：提取因子方法：主成分法。旋转方法：方差极大正交旋转。
a：4次迭代收敛旋转。

由表 3-14 可知，第 1 主成分在网页数、链接数、外部链接数、站内链接数 4 个指标上有较大的载荷；第 2 主成分在 IP 访问量、页面浏览量 2 个指标上有较大的载荷；第 3 主成分在网络引文量、网络文献量 2 个指标上有较大的载荷；第 4 主成分在外部网络影响因子、总网络影响因子 2 个指标上有较大的载荷。

3. 建立 OA 期刊网络影响力综合评价模型

根据各主成分的贡献率，建立 OA 期刊网络影响力综合评价模型：

$$f = 0.411Z_1 + 0.211Z_2 + 0.144Z_3 + 0.130Z_4$$

对 483 种 OA 期刊网络影响力进行综合评价时，先计算出每一 OA 期刊的各主成分得分，然后将其代入上述公式，即可求得各 OA 期刊的 $f$ 值。结果见本章附录 3-1。按 $f$ 值的大小可对 OA 期刊的网络影响力进行排序。

4. 模型评价

1）综合值与期刊影响因子的相关性评价

将上述模型计算出来的各 OA 期刊综合值与 OA 期刊的影响因子进行相关性分析，结果发现，综合值与影响因子存在低度相关性（$p < 0.01$），Pearson 相关系数为 0.312。除了低于网络引文量与影响因子的相关系数外，均高于其他网络计量学指标与影响因子的相关系数。由此可见，综合评价模型不仅适用于 OA 期刊的学术质量评价，而且优于单个网络计量学指标对 OA 期刊的网络影响力评价。

2）综合值聚类与期刊影响因子聚类的一致性比较

将上述模型计算出来的各 OA 期刊综合值与 OA 期刊的影响因子分别进行 K 均值聚类，聚成 4 类，见本章附录 3-1。结果发现，聚类相同的 OA 期刊 405 种，占 83.9%，不相同的 OA 期刊 78 种，占 16.1%。这进一步证明了，综合评价模型适合于 OA 期刊的网络影响力评价。

# 本章附录 3-1 483 种 OA 期刊网络影响力综合值排序及聚类结果

| 刊名（SCI 缩写） | $f$ | $f$ 聚类 | 影响因子聚类 | 刊名（SCI 缩写） | $f$ | $f$ 聚类 | 影响因子聚类 |
|---|---|---|---|---|---|---|---|
| CELL | 20.64 | 2 | 1 | REPRODUCTION | 0.28 | 3 | 4 |
| J PHYSIOL PHARMACOL | 3.89 | 1 | 4 | AM J ROENTGENOL | 0.27 | 3 | 4 |
| NEW ENGL J MED | 1.9 | 3 | 3 | CLIN INFECT DIS | 0.27 | 3 | 4 |
| NEOTROP ICHTHYOL | 1.05 | 3 | 4 | MOL CELL BIOL | 0.26 | 3 | 4 |
| J DENT RES | 1.02 | 3 | 4 | CLIN CANCER RES | 0.25 | 3 | 4 |
| PHARMACOL REP | 0.81 | 3 | 4 | GENOME RES | 0.25 | 3 | 1 |
| P JPN ACAD B-PHYS | 0.75 | 3 | 4 | BREAST CANCER RES | 0.25 | 3 | 4 |
| IMMUNITY | 0.73 | 3 | 1 | AM FAM PHYSICIAN | 0.24 | 3 | 4 |
| J BIOL CHEM | 0.68 | 3 | 4 | EMBO J | 0.23 | 3 | 1 |
| CIRC RES | 0.62 | 3 | 4 | J IMMUNOL | 0.22 | 3 | 4 |
| J BIOMECH | 0.62 | 3 | 1 | EPIDEMIOL REV | 0.22 | 3 | 4 |
| IHERINGIA SER ZOOL | 0.61 | 3 | 4 | CAN MED ASSOC J | 0.21 | 3 | 4 |
| CIRCULATION | 0.59 | 3 | 1 | BMC CANCER | 0.21 | 3 | 4 |
| RAFFLES B ZOOL | 0.56 | 3 | 4 | ANTIMICROB AGENTS CH | 0.2 | 3 | 1 |
| CANCER RES | 0.55 | 3 | 4 | J AM COLL CARDIOL | 0.2 | 3 | 4 |
| PEDIATRICS | 0.55 | 3 | 4 | ARCH INTERN MED | 0.19 | 3 | 1 |
| BLOOD | 0.51 | 3 | 4 | J EXP MED | 0.19 | 3 | 4 |
| J NEUROL NEUROSUR PS | 0.51 | 3 | 1 | AM J PSYCHIAT | 0.18 | 3 | 4 |
| J NEUROSCI | 0.5 | 3 | 4 | AM J PUBLIC HEALTH | 0.18 | 3 | 1 |
| EMERG INFECT DIS | 0.5 | 3 | 4 | ANGLE ORTHOD | 0.17 | 3 | 4 |
| BIOINFORMATICS | 0.48 | 3 | 4 | GERIATRICS | 0.17 | 3 | 4 |
| JAMA-J AM MED ASSOC | 0.45 | 3 | 1 | J CLIN MICROBIOL | 0.17 | 3 | 4 |
| CHEST | 0.44 | 3 | 4 | PLANT PHYSIOL | 0.16 | 4 | 4 |
| B WORLD HEALTH ORGAN | 0.44 | 3 | 4 | SCI MAR | 0.15 | 4 | 4 |
| J BONE JOINT SURG AM | 0.43 | 3 | 1 | FASEB J | 0.15 | 4 | 4 |
| PHARMACOL REV | 0.43 | 3 | 1 | BMC GENOMICS | 0.15 | 4 | 4 |
| J CLIN ONCOL | 0.43 | 3 | 4 | BIOPHYS J | 0.14 | 4 | 4 |
| ANN INTERN MED | 0.42 | 3 | 1 | J CELL SCI | 0.13 | 4 | 4 |
| J CLIN INVEST | 0.41 | 3 | 1 | J NEUROPHYSIOL | 0.13 | 4 | 4 |
| NUCLEIC ACIDS RES | 0.39 | 3 | 4 | AM J PHYSIOL-CELL PH | 0.13 | 4 | 4 |
| CLIN MICROBIOL REV | 0.37 | 3 | 1 | BMC PUBLIC HEALTH | 0.13 | 4 | 4 |
| RADIOLOGY | 0.34 | 3 | 4 | ANN THORAC SURG | 0.12 | 4 | 4 |
| NEURON | 0.33 | 3 | 1 | J CELL BIOL | 0.12 | 4 | 4 |
| MOL CELL | 0.33 | 3 | 1 | ENDOCR-RELAT CANCER | 0.12 | 4 | 4 |
| APPL ENVIRON MICROB | 0.31 | 3 | 4 | RESP RES | 0.12 | 4 | 1 |
| J NEUROCHEM | 0.3 | 3 | 4 | FEBS J | 0.12 | 4 | 4 |
| BMC EVOL BIOL | 0.3 | 3 | 4 | ANN SURG | 0.11 | 4 | 4 |

续表

| 刊名（SCI 缩写） | $f$ | $f$ 聚类 | 影响因子聚类 | 刊名（SCI 缩写） | $f$ | $f$ 聚类 | 影响因子聚类 |
|---|---|---|---|---|---|---|---|
| CLIN CHEM | 0.11 | 4 | 4 | HEART | 0.03 | 4 | 4 |
| FEBS LETT | 0.11 | 4 | 4 | CURR OPIN MOL THER | 0.03 | 4 | 4 |
| ENVIRON HEALTH PERSP | 0.11 | 4 | 4 | BMC MOL BIOL | 0.03 | 4 | 4 |
| ANESTHESIOLOGY | 0.1 | 4 | 4 | AM J PATHOL | 0.02 | 4 | 4 |
| J APPL MICROBIOL | 0.1 | 4 | 4 | EUR RESPIR J | 0.02 | 4 | 1 |
| BRIT J PHARMACOL | 0.09 | 4 | 4 | MED SCI MONITOR | 0.02 | 4 | 4 |
| STROKE | 0.09 | 4 | 4 | CIRC J | 0.02 | 4 | 4 |
| BRIT J GEN PRACT | 0.09 | 4 | 4 | BMC BIOINFORMATICS | 0.02 | 4 | 4 |
| NURS ETHICS | 0.09 | 4 | 4 | BMC NEUROL | 0.02 | 4 | 4 |
| J VIROL | 0.08 | 4 | 4 | PLOS MED | 0.02 | 4 | 4 |
| MED J AUSTRALIA | 0.08 | 4 | 4 | AM J EPIDEMIOL | 0.01 | 4 | 4 |
| THORAX | 0.08 | 4 | 4 | INVEST OPHTH VIS SCI | 0.01 | 4 | 4 |
| BMC INFECT DIS | 0.08 | 4 | 4 | DIABETES CARE | 0.01 | 4 | 4 |
| BRIT J OPHTHALMOL | 0.07 | 4 | 4 | HUM REPROD | 0.01 | 4 | 4 |
| GUT | 0.07 | 4 | 4 | AM J PHYSIOL-HEART C | 0.01 | 4 | 4 |
| IND HEALTH | 0.07 | 4 | 4 | CHINESE MED J-PEKING | 0.01 | 4 | 4 |
| J EXP BIOL | 0.07 | 4 | 1 | CAN J PSYCHIAT | 0.01 | 4 | 4 |
| AIDS | 0.07 | 4 | 4 | BRAIN | 0 | 4 | 4 |
| NEPHROL DIAL TRANSPL | 0.07 | 4 | 4 | DIABETES | 0 | 4 | 4 |
| DEVELOPMENT | 0.07 | 4 | 4 | MOL ASPECTS MED | 0 | 4 | 4 |
| ANESTH ANALG | 0.06 | 4 | 4 | AM J NEURORADIOL | 0 | 4 | 4 |
| J BACTERIOL | 0.06 | 4 | 4 | ARTERIOSCL THROM VAS | 0 | 4 | 4 |
| PUBLIC HEALTH NUTR | 0.06 | 4 | 4 | SEX TRANSM INFECT | 0 | 4 | 4 |
| BMC MED GENET | 0.06 | 4 | 4 | BJU INT | 0 | 4 | 1 |
| MOL CANCER | 0.06 | 4 | 4 | BMC NEUROSCI | 0 | 4 | 4 |
| NEOPLASIA | 0.06 | 4 | 4 | BRIT J PSYCHIAT | −0.01 | 4 | 4 |
| J INFECT DIS | 0.05 | 4 | 4 | J PHARMACOL EXP THER | −0.01 | 4 | 4 |
| MOL PHARMACOL | 0.05 | 4 | 4 | MAYO CLIN PROC | −0.01 | 4 | 4 |
| RADIOGRAPHICS | 0.05 | 4 | 4 | HYPERTENSION | −0.01 | 4 | 4 |
| LEPROSY REV | 0.05 | 4 | 4 | PLOS BIOL | −0.01 | 4 | 1 |
| BMC GENET | 0.05 | 4 | 4 | ARCH NEUROL-CHICAGO | −0.02 | 4 | 4 |
| BMC MICROBIOL | 0.05 | 4 | 4 | INFECT IMMUN | −0.02 | 4 | 4 |
| ANN RHEUM DIS | 0.04 | 4 | 4 | J CLIN ENDOCR METAB | −0.02 | 4 | 4 |
| J ANAT | 0.04 | 4 | 4 | J REHABIL RES DEV | −0.02 | 4 | 4 |
| J INTERN MED | 0.04 | 4 | 4 | PATHOL ONCOL RES | −0.02 | 4 | 4 |
| J AM SOC NEPHROL | 0.04 | 4 | 4 | OCCUP ENVIRON MED | −0.02 | 4 | 4 |
| BMC GASTROENTEROL | 0.04 | 4 | 4 | CURR OPIN DRUG DISC | −0.02 | 4 | 4 |
| CLIN VACCINE IMMUNOL | 0.04 | 4 | 4 | IDRUGS | −0.02 | 4 | 4 |
| BMC BIOL | 0.04 | 4 | 4 | BMC PLANT BIOL | −0.02 | 4 | 1 |
| AM J TROP MED HYG | 0.03 | 4 | 4 | MOL SYST BIOL | −0.02 | 4 | 4 |
| BIOCHEM J | 0.03 | 4 | 4 | J APPL PHYSIOL | −0.02 | 4 | 4 |
| AM J RESP CRIT CARE | 0.03 | 4 | 1 | ARCH DERMATOL | −0.03 | 4 | 4 |
| J PSYCHIATR NEUROSCI | 0.03 | 4 | 4 | ARCH DIS CHILD | −0.03 | 4 | 2 |

续表

| 刊名（SCI 缩写） | $f$ | $f$ 聚类 | 影响因子聚类 | 刊名（SCI 缩写） | $f$ | $f$ 聚类 | 影响因子聚类 |
|---|---|---|---|---|---|---|---|
| CA-CANCER J CLIN | −0.03 | 4 | 4 | AM J HUM GENET | −0.08 | 4 | 4 |
| J LIPID RES | −0.03 | 4 | 4 | J PHYSIOL-LONDON | −0.08 | 4 | 4 |
| NEUROPSYCHOPHARMACOL | −0.03 | 4 | 4 | BEHAV BRAIN SCI | −0.08 | 4 | 1 |
| AM J RESP CELL MOL | −0.03 | 4 | 4 | J EPIDEMIOL COMMUN H | −0.08 | 4 | 4 |
| FOOD TECHNOL BIOTECH | −0.03 | 4 | 4 | J PEDIATR GASTR NUTR | −0.08 | 4 | 4 |
| AM J TRANSPLANT | −0.03 | 4 | 4 | INT J EPIDEMIOL | −0.08 | 4 | 4 |
| BRIT J ANAESTH | −0.04 | 4 | 4 | MOL BIOL EVOL | −0.08 | 4 | 4 |
| BRIT J RADIOL | −0.04 | 4 | 4 | CLEV CLIN J MED | −0.08 | 4 | 4 |
| CLIN EXP IMMUNOL | −0.04 | 4 | 4 | ANN ONCOL | −0.08 | 4 | 4 |
| J GEN VIROL | −0.04 | 4 | 4 | STEM CELLS | −0.08 | 4 | 1 |
| ARCH PEDIAT ADOL MED | −0.04 | 4 | 4 | MICROBIOL-SGM | −0.08 | 4 | 4 |
| BMC BIOTECHNOL | −0.04 | 4 | 4 | GENET MOL BIOL | −0.08 | 4 | 4 |
| BMC HEALTH SERV RES | −0.04 | 4 | 4 | AM MUS NOVIT | −0.09 | 4 | 4 |
| J HEALTH POPUL NUTR | −0.04 | 4 | 4 | GENETICS | −0.09 | 4 | 4 |
| ARCH OPHTHALMOL-CHIC | −0.05 | 4 | 1 | ANN BOT-LONDON | −0.09 | 4 | 4 |
| ARCH SURG-CHICAGO | −0.05 | 4 | 4 | HAEMATOL-HEMATOL J | −0.09 | 4 | 4 |
| ENDOCRINOLOGY | −0.05 | 4 | 4 | J LEUKOCYTE BIOL | −0.09 | 4 | 4 |
| HEALTH SERV RES | −0.05 | 4 | 4 | HYPERTENS RES | −0.09 | 4 | 4 |
| J EXP BOT | −0.05 | 4 | 4 | MEDIAT INFLAMM | −0.09 | 4 | 4 |
| J NATL CANCER I | −0.05 | 4 | 4 | CANCER EPIDEM BIOMAR | −0.09 | 4 | 4 |
| OBSTET GYNECOL | −0.05 | 4 | 4 | J MED INTERNET RES | −0.09 | 4 | 4 |
| PEDIATR RES | −0.05 | 4 | 4 | BMC CELL BIOL | −0.09 | 4 | 4 |
| DIALYSIS TRANSPLANT | −0.05 | 4 | 4 | BMC IMMUNOL | −0.09 | 4 | 4 |
| ORTHOPEDICS | −0.05 | 4 | 4 | J AM DENT ASSOC | −0.1 | 4 | 4 |
| J ANTIMICROB CHEMOTH | −0.05 | 4 | 1 | MED HIST | −0.1 | 4 | 4 |
| J MED ETHICS | −0.05 | 4 | 4 | J BIOCHEM MOL BIOL | −0.1 | 4 | 4 |
| ACTA PALAEONTOL POL | −0.05 | 4 | 4 | PEDIATR INT | −0.1 | 4 | 4 |
| EUR J ENDOCRINOL | −0.05 | 4 | 4 | EMBO REP | −0.1 | 4 | 4 |
| PLANT CELL | −0.05 | 4 | 4 | BMC DEV BIOL | −0.1 | 4 | 4 |
| RHEUMATOLOGY | −0.05 | 4 | 4 | DRUG SAFETY | −0.11 | 4 | 4 |
| J PHARM PHARM SCI | −0.05 | 4 | 4 | AM J PHYSIOL-GASTR L | −0.11 | 4 | 4 |
| PLOS CLIN TRIALS | −0.05 | 4 | 4 | AM J PHYSIOL-REG I | −0.11 | 4 | 4 |
| BIOL REPROD | −0.06 | 4 | 4 | ARCH OTOLARYNGOL | −0.11 | 4 | 4 |
| MEM I OSWALDO CRUZ | −0.06 | 4 | 4 | BIOSCI BIOTECH BIOCH | −0.11 | 4 | 4 |
| EUR HEART J | −0.06 | 4 | 4 | PROTEIN SCI | −0.11 | 4 | 4 |
| GENE DEV | −0.06 | 4 | 1 | J VASC INTERV RADIOL | −0.11 | 4 | 4 |
| HUM MOL GENET | −0.06 | 4 | 4 | J ATHEROSCLER THROMB | −0.11 | 4 | 4 |
| J AM MED INFORM ASSN | −0.06 | 4 | 4 | J PHYSIOL SCI | −0.11 | 4 | 4 |
| EUKARYOT CELL | −0.06 | 4 | 4 | AGE AGEING | −0.12 | 4 | 4 |
| J MED GENET | −0.07 | 4 | 4 | ARCH GEN PSYCHIAT | −0.12 | 4 | 4 |
| CARCINOGENESIS | −0.07 | 4 | 4 | IMMUNOLOGY | −0.12 | 4 | 4 |
| P ROY SOC B-BIOL SCI | −0.07 | 4 | 4 | INDIAN PEDIATR | −0.12 | 4 | 4 |
| BMC MUSCULOSKEL DIS | −0.07 | 4 | 4 | J MED MICROBIOL | −0.12 | 4 | 4 |

续表

| 刊名（SCI 缩写） | $f$ | $f$聚类 | 影响因子聚类 | 刊名（SCI 缩写） | $f$ | $f$聚类 | 影响因子聚类 |
|---|---|---|---|---|---|---|---|
| POSTGRAD MED J | −0.12 | 4 | 4 | COMP FUNCT GENOM | −0.15 | 4 | 4 |
| AM J PHYSIOL-ENDOC M | −0.12 | 4 | 4 | ACTA PHARMACOL SIN | −0.15 | 4 | 4 |
| AM J PHYSIOL-LUNG C | −0.12 | 4 | 1 | AFR J BIOTECHNOL | −0.15 | 4 | 4 |
| CEREB CORTEX | −0.12 | 4 | 4 | ACTA ORTHOP | −0.15 | 4 | 4 |
| AM J PHARM EDUC | −0.13 | 4 | 4 | AM J BOT | −0.16 | 4 | 4 |
| PSYCHOSOM MED | −0.13 | 4 | 4 | BIOL BULL-US | −0.16 | 4 | 4 |
| MOL ENDOCRINOL | −0.13 | 4 | 4 | J HISTOCHEM CYTOCHEM | −0.16 | 4 | 4 |
| BIOL PHARM BULL | −0.13 | 4 | 4 | J NUCL MED | −0.16 | 4 | 4 |
| INT J TUBERC LUNG D | −0.13 | 4 | 4 | HEALTH POLICY PLANN | −0.16 | 4 | 4 |
| ANN SURG ONCOL | −0.13 | 4 | 4 | J BONE JOINT SURG BR | −0.16 | 4 | 4 |
| TOXICOL SCI | −0.13 | 4 | 4 | YONSEI MED J | −0.16 | 4 | 4 |
| EXP MOL MED | −0.13 | 4 | 4 | ARCH HISTOL CYTOL | −0.16 | 4 | 4 |
| VASC MED | −0.13 | 4 | 4 | PHILOS T R SOC B | −0.16 | 4 | 4 |
| BRIEF BIOINFORM | −0.13 | 4 | 4 | ADV PHYSIOL EDUC | −0.16 | 4 | 4 |
| J GEN PHYSIOL | −0.14 | 4 | 4 | GEODIVERSITAS | −0.16 | 4 | 4 |
| PHYSIOL REV | −0.14 | 4 | 4 | QJM-INT J MED | −0.16 | 4 | 4 |
| RECENT PROG HORM RES | −0.14 | 4 | 4 | CAN J SURG | −0.17 | 4 | 4 |
| MOL BIOL CELL | −0.14 | 4 | 1 | J CLIN PATHOL | −0.17 | 4 | 4 |
| MICROBIOL MOL BIOL R | −0.14 | 4 | 4 | J HERED | −0.17 | 4 | 4 |
| EUROPACE | −0.14 | 4 | 4 | WIEN KLIN WOCHENSCHR | −0.17 | 4 | 4 |
| HUM REPROD UPDATE | −0.14 | 4 | 4 | BRAZ J MED BIOL RES | −0.17 | 4 | 4 |
| CONTRIB ZOOL | −0.14 | 4 | 4 | ELECTRON J BIOTECHN | −0.17 | 4 | 4 |
| J TRANSL MED | −0.14 | 4 | 4 | ALCOHOL ALCOHOLISM | −0.17 | 4 | 4 |
| SURG-J R COLL SURG E | −0.14 | 4 | 4 | INT IMMUNOL | −0.17 | 4 | 4 |
| SKULL BASE-INTERD AP | −0.14 | 4 | 4 | OCCUP MED-OXFORD | −0.17 | 4 | 4 |
| MOL CANCER THER | −0.14 | 4 | 1 | INT J ONCOL | −0.17 | 4 | 4 |
| MOL CELL PROTEOMICS | −0.14 | 4 | 4 | HEMATOLOGY | −0.17 | 4 | 4 |
| ANN FAM MED | −0.14 | 4 | 1 | BEHAV ECOL | −0.17 | 4 | 4 |
| CAN FAM PHYSICIAN | −0.15 | 4 | 4 | ICES J MAR SCI | −0.17 | 4 | 4 |
| CHEM PHARM BULL | −0.15 | 4 | 4 | MOL VIS | −0.17 | 4 | 4 |
| MICROBIOLOGY+ | −0.15 | 4 | 4 | J BIOMED BIOTECHNOL | −0.17 | 4 | 4 |
| PHYS THER | −0.15 | 4 | 4 | NEUROCIRUGIA | −0.17 | 4 | 4 |
| J R SOC MED | −0.15 | 4 | 4 | MOL HUM REPROD | −0.17 | 4 | 4 |
| SCHIZOPHRENIA BULL | −0.15 | 4 | 4 | EUR HEART J SUPPL | −0.17 | 4 | 4 |
| J GEN INTERN MED | −0.15 | 4 | 4 | ARCH FACIAL PLAST S | −0.17 | 4 | 4 |
| DAN MED BULL | −0.15 | 4 | 4 | MT SINAI J MED | −0.18 | 4 | 4 |
| PSYCHIAT SERV | −0.15 | 4 | 4 | NEUROL INDIA | −0.18 | 4 | 4 |
| INT J MOL MED | −0.15 | 4 | 4 | DRUG METAB DISPOS | −0.18 | 4 | 4 |
| AIDS REV | −0.15 | 4 | 4 | CLIN SCI | −0.18 | 4 | 4 |
| ANN AGR ENV MED | −0.15 | 4 | 4 | CLIN INVEST MED | −0.18 | 4 | 4 |
| JPN J INFECT DIS | −0.15 | 4 | 4 | J NEURO-ONCOL | −0.18 | 4 | 4 |
| INJURY PREV | −0.15 | 4 | 4 | FAM PRACT | −0.18 | 4 | 4 |
| RNA | −0.15 | 4 | 4 | CAN J ANAESTH | −0.18 | 4 | 4 |

续表

| 刊名（SCI 缩写） | $f$ | $f$ 聚类 | 影响因子聚类 | 刊名（SCI 缩写） | $f$ | $f$ 聚类 | 影响因子聚类 |
|---|---|---|---|---|---|---|---|
| ENDOCR J | −0.18 | 4 | 4 | J ENDOCRINOL | −0.21 | 4 | 4 |
| TOB CONTROL | −0.18 | 4 | 4 | MYCOLOGIA | −0.21 | 4 | 4 |
| J KOREAN MED SCI | −0.18 | 4 | 4 | PSYCHOSOMATICS | −0.21 | 4 | 4 |
| KOREAN J RADIOL | −0.18 | 4 | 4 | J NEUROPSYCH CLIN N | −0.21 | 4 | 4 |
| ADANSONIA | −0.18 | 4 | 4 | EUR J HAEMATOL | −0.21 | 4 | 4 |
| INT HEART J | −0.18 | 4 | 4 | J EPIDEMIOL | −0.21 | 4 | 4 |
| SWISS MED WKLY | −0.18 | 4 | 4 | LUPUS | −0.21 | 4 | 4 |
| CRIT CARE | −0.18 | 4 | 4 | REV ESP ENFERM DIG | −0.21 | 4 | 1 |
| J APPL CLIN MED PHYS | −0.18 | 4 | 4 | GENES GENET SYST | −0.21 | 4 | 4 |
| AAPS PHARMSCITECH | −0.18 | 4 | 4 | BREEDING SCI | −0.21 | 4 | 1 |
| SCOT MED J | −0.19 | 4 | 4 | J HEALTH SCI | −0.21 | 4 | 4 |
| CHEM SENSES | −0.19 | 4 | 4 | MOL INTERV | −0.21 | 4 | 4 |
| ONCOL REP | −0.19 | 4 | 4 | PLOS PATHOG | −0.21 | 4 | 4 |
| AM J CRIT CARE | −0.19 | 4 | 4 | PLOS GENET | −0.21 | 4 | 4 |
| MOL MED | −0.19 | 4 | 4 | PROTEIN ENG DES SEL | −0.21 | 4 | 4 |
| ONCOLOGIST | −0.19 | 4 | 4 | LAB INVEST | −0.22 | 4 | 4 |
| ZOOSYSTEMA | −0.19 | 4 | 4 | PUBLIC HEALTH REP | −0.22 | 4 | 4 |
| INT J QUAL HEALTH C | −0.19 | 4 | 4 | ZOOL SCI | −0.22 | 4 | 4 |
| ARCH DIS CHILD-FETAL | −0.19 | 4 | 4 | CROAT MED J | −0.22 | 4 | 4 |
| EMERG MED J | −0.19 | 4 | 4 | PERITON DIALYSIS INT | −0.22 | 4 | 4 |
| QUAL SAF HEALTH CARE | −0.19 | 4 | 4 | J REPROD DEVELOP | −0.22 | 4 | 4 |
| MOL CANCER RES | −0.19 | 4 | 4 | J MOL ENDOCRINOL | −0.22 | 4 | 4 |
| PLOS COMPUT BIOL | −0.19 | 4 | 4 | EXP PHYSIOL | −0.22 | 4 | 4 |
| J AM BOARD FAM MED | −0.19 | 4 | 4 | INDIAN J MED RES | −0.22 | 4 | 4 |
| FOLIA NEUROPATHOL | −0.19 | 4 | 4 | J APPL GENET | −0.22 | 4 | 4 |
| EVID-BASED COMPL ALT | −0.19 | 4 | 4 | J PHARMACOL SCI | −0.22 | 4 | 4 |
| ANN OCCUP HYG | −0.2 | 4 | 4 | CANCER SCI | −0.22 | 4 | 4 |
| APPL ENTOMOL ZOOL | −0.2 | 4 | 4 | GENES CELLS | −0.22 | 4 | 4 |
| FLA ENTOMOL | −0.2 | 4 | 4 | J BIOSCI BIOENG | −0.22 | 4 | 4 |
| REV BRAS ZOOL | −0.2 | 4 | 4 | INT J SYST EVOL MICR | −0.22 | 4 | 4 |
| EUR J ORTHODONT | −0.2 | 4 | 4 | J MOL DIAGN | −0.22 | 4 | 4 |
| ENDOCR REV | −0.2 | 4 | 4 | EXP BIOL MED | −0.22 | 4 | 4 |
| J ANDROL | −0.2 | 4 | 1 | PHYSIOLOGY | −0.22 | 4 | 4 |
| UPSALA J MED SCI | −0.2 | 4 | 4 | RETROVIROLOGY | −0.22 | 4 | 4 |
| VET PATHOL | −0.2 | 4 | 4 | BIOMICROFLUIDICS | −0.22 | 4 | 4 |
| JPN J CLIN ONCOL | −0.2 | 4 | 4 | ACTA BIOCHIM POL | −0.23 | 4 | 4 |
| PHYSIOL RES | −0.2 | 4 | 4 | ARQ NEURO-PSIQUIAT | −0.23 | 4 | 4 |
| GLYCOBIOLOGY | −0.2 | 4 | 4 | HEREDITAS | −0.23 | 4 | 4 |
| PHYSIOL GENOMICS | −0.2 | 4 | 4 | TOHOKU J EXP MED | −0.23 | 4 | 4 |
| MALARIA J | −0.2 | 4 | 4 | NEFROLOGIA | −0.23 | 4 | 4 |
| J VISION | −0.2 | 4 | 4 | J INT MED RES | −0.23 | 4 | 4 |
| INTEGR COMP BIOL | −0.2 | 4 | 4 | CHEM BIOCHEM ENG Q | −0.23 | 4 | 4 |
| J ANTIBIOT | −0.21 | 4 | 4 | J RADIAT RES | −0.23 | 4 | 4 |

续表

| 刊名（SCI缩写） | $f$ | $f$聚类 | 影响因子聚类 | 刊名（SCI缩写） | $f$ | $f$聚类 | 影响因子聚类 |
|---|---|---|---|---|---|---|---|
| LEARN MEMORY | −0.23 | 4 | 4 | REV BRAS ENTOMOL | −0.26 | 4 | 4 |
| INT MICROBIOL | −0.23 | 4 | 4 | J BIOSCIENCES | −0.26 | 4 | 4 |
| MULT SCLER | −0.23 | 4 | 4 | MICROBIOL IMMUNOL | −0.26 | 4 | 4 |
| BRAZ ARCH BIOL TECHN | −0.23 | 4 | 4 | TEX HEART I J | −0.26 | 4 | 4 |
| ISR MED ASSOC J | −0.23 | 4 | 4 | TOXICOL IND HEALTH | −0.26 | 4 | 4 |
| AUST J PHYSIOTHER | −0.24 | 4 | 4 | PALAEONTOL ELECTRON | −0.26 | 4 | 4 |
| YAKUGAKU ZASSHI | −0.24 | 4 | 4 | ACTA ZOOL ACAD SCI H | −0.26 | 4 | 4 |
| REV MED CHILE | −0.24 | 4 | 4 | EXP ANIM TOKYO | −0.26 | 4 | 4 |
| REV SOC BRAS MED TRO | −0.24 | 4 | 4 | MICROB CELL FACT | −0.26 | 4 | 4 |
| ACTA HISTOCHEM CYTOC | −0.24 | 4 | 4 | J VENOM ANIM TOXINS | −0.26 | 4 | 4 |
| ACTA MED OKAYAMA | −0.24 | 4 | 4 | GEOCHRONOMETRIA | −0.26 | 4 | 4 |
| BIOMED RES-TOKYO | −0.24 | 4 | 4 | MOL PAIN | −0.26 | 4 | 4 |
| J PESTIC SCI | −0.24 | 4 | 4 | TRIALS | −0.26 | 4 | 4 |
| CELL STRESS CHAPERON | −0.24 | 4 | 4 | ACTA HAEMATOL-BASEL | −0.27 | 4 | 4 |
| CELL MOL BIOL LETT | −0.24 | 4 | 4 | AMEGHINIANA | −0.27 | 4 | 4 |
| REPROD BIOL ENDOCRIN | −0.24 | 4 | 4 | JPN J APPL ENTOMOL Z | −0.27 | 4 | 4 |
| ORPHANET J RARE DIS | −0.24 | 4 | 4 | REV BIOL TROP | −0.27 | 4 | 4 |
| TURKISH J PEDIATR | −0.25 | 4 | 4 | AUST DENT J | −0.27 | 4 | 4 |
| ARCH BRONCONEUMOL | −0.25 | 4 | 4 | ACTA PHYTOTAXON SIN | −0.27 | 4 | 4 |
| CELL STRUCT FUNCT | −0.25 | 4 | 4 | BIOL RES | −0.27 | 4 | 4 |
| REV BIOL MAR OCEANOG | −0.25 | 4 | 4 | FAM MED | −0.27 | 4 | 4 |
| ECHOCARDIOGR-J CARD | −0.25 | 4 | 4 | J OCCUP HEALTH | −0.27 | 4 | 4 |
| ANN NUCL MED | −0.25 | 4 | 4 | BRAZ J MICROBIOL | −0.27 | 4 | 4 |
| ANTHROPOL SCI | −0.25 | 4 | 4 | J GEN APPL MICROBIOL | −0.28 | 4 | 4 |
| J NEPHROL | −0.25 | 4 | 4 | ACTA PROTOZOOL | −0.28 | 4 | 4 |
| NEOTROP ENTOMOL | −0.25 | 4 | 4 | STUD MYCOL | −0.28 | 4 | 4 |
| J INSECT SCI | −0.25 | 4 | 4 | CIENC MAR | −0.28 | 4 | 4 |
| AAPS J | −0.25 | 4 | 4 | NETH J MED | −0.28 | 4 | 4 |
| BIOINORG CHEM APPL | −0.25 | 4 | 4 | ACTA BIOQUIM CLIN L | −0.28 | 4 | 4 |
| OBESITY | −0.25 | 4 | 4 | J INVEST ALLERG CLIN | −0.28 | 4 | 4 |
| J GENET | −0.26 | 4 | 4 | DARU | −0.28 | 4 | 4 |
| JPN J PHYS FIT SPORT | −0.26 | 4 | 4 | BIOL PROCED ONLINE | −0.29 | 4 | 4 |
| ACTA NEUROBIOL EXP | −0.26 | 4 | 4 | | | | |

注：综合值 $f$ 及其聚类的数据来源于本研究统计的 10 个网络计量学指标值。

# 第四章
# OA 期刊学术绩效评价研究

　　学术期刊是知识传播的重要载体，不仅反映科学研究的最新进展，体现一个国家和地区的科技发展水平，而且是科研人员科研绩效评估的重要工具，被誉为"整个科学史上最成功的，无处不在的科学情报载体"。

　　学术期刊的质量评价是编辑出版界、文献情报部门和学术界共同关心的课题。1934 年英国著名的文献计量学专家布拉德福（Bradford）在《工程》（*Engineering*）中首次提出一次文献（学术论文）在期刊中的分布规律，测定核心期刊（Bradford，1934）。20 世纪 50 年代中期，SCI 的创始人加菲尔德（Garfield）提出了影响因子的概念（Garfield，1972），并运用到期刊的学术影响力评价中，现已成为学术期刊评价公认的指标之一。

　　但是随着期刊评价研究工作的深入，影响因子暴露出很多缺陷：其一，影响因子的计算采用的是前两年的数据，加上 JCR 的出版时差，使得影响因子不能全面及时反映期刊的最新状况，并且新刊得不到报道。其二，不同学科的活跃程度、研究合作程度、科研人员的多少等均存在差异，而这些因素与科研成果数量、信息交流量以及被引用概率等直接相关，所以不同学科的影响因子可能存在很大差别，如生物医学与数学。其三，引文分析本身具有一定缺陷，如综述性期刊、交叉性学科期刊的论文较之于论著性期刊论文更容易被引用，在影响因子排序中总是独占鳌头。其四，期刊中的某一些高被引论文干扰影响因子，如 *Journal of Histochemistry and Cytochemistry* 的被引总数达 20 853，其中 1/3 是引用 S. M. Hsu 1981 年的一篇论文，导致该刊 15 年来影响因子一直排在第 18 位。此外，过量自引、否定引用等也影响了影响因子的真实性。

　　2005 年，Hirsch 提出了评价科研人员学术成就的 h 指数，其定义为一个人的 h 指数是指他至少有 $h$ 篇论文平均被引用了 $h$ 次（Hirsch，2005）。h 指数巧妙地将数量指标（发表的论文数量）和质量指标（被引频次）结合在一起，克服了以往各种评价科学工作者科研成果的单项指标的缺点。h 指数一经提出，立即引起了国内外科学界的高度关注，成为科学计量学领域的研究热点，并且广泛应用于科研人员学术绩效评价（Cronin et al.，2006；Oppenheim，2007；张晓阳等，2007；张学梅，2007；许新军，2008），国家、大学、科研机构等科研机构学术绩效评价（Csajbók et al.，2007；黄慕萱，2008；Luz et al.，2008），学术期刊质量和影响力评价（Braun et al.，2005；Olden，2007），未来成果预测、研究热点分析（Banks，2006；Bar-Ilan，2008a）等方面。因此，探索 h 指数在 OA 期刊学术质量评价中的应用具有理论和实践意义。

# 第一节　学术期刊 h 指数研究

## 一、国外学术期刊质量 h 指数评价研究

2005 年，Braun 等（2005）首次将 h 指数应用于学术期刊评价，创立了期刊 h 指数，并且利用 WOS 测定了 SCI 2001 年来源期刊的 h 指数，列出了 h 指数＞75 的 21 种期刊，研究发现，h 指数与影响因子有较好的相关性，同时克服了影响因子对学科和文献类型的依赖性。

2006 年，Saad（2006）从 Starbuck 的 1981～2004 年 508 种期刊数据中集中分层随机抽取 50 种，利用 ISI 科学引文数据库得到每种期刊的影响因子和 h 指数，结果发现两个指标的相关系数为 0.64（$p=0.00$）。

2006 年，Miller（2006）测算了 1990～2005 年物理学期刊的 h 指数，并与影响因子相比较，认为 h 指数的评价结果更符合本学科同行的判断，是评价研究成果质量的强有力指标，并指出用 h 指数测评物理学期刊质量比用影响因子更为优越。

2006 年，比利时文献计量学家 Rousseau（2006）以《美国情报学会会刊》（JASIS）为例，研究了该刊 1991～2000 年每年 h 指数的变化情况，并提出相对 h 指数的概念，即将当年的 h 指数除以当年的载文量，以排除期刊载文量对 h 指数的影响。

2007 年，Olden（2007）应用 h 指数评价了 111 种生态学期刊的质量，并且跟踪了过去 25 年生态学期刊质量的变化，在 h 指数排序最高的期刊是 *Trends in Ecology and Evolution*，随后是 *Ecology*，*Molecular Ecology*，*Evolution* 和 *American Naturalist*。h 指数与期刊影响因子存在显著相关性（$r=0.73$，$p<0.0001$，$n=109$），这表明，h 指数可以作为学术期刊质量评价的重要指标之一。

为了评价不同学科期刊的质量，Barendse（2007）提出了一种基于期刊大小和 h 指数的期刊质量新指数，即成功率指数（strike rate index，SRI），其计算公式为 $10\log_2 h/\log_2 N$，其中，$h$ 为期刊的 h 指数，$N$ 为期刊的论文数。他比较了农学（agriculture）、凝聚态物理学（condensed matter physics）、遗传学（genetics and heredity）和数学物理学（mathematical physics）4 个学科的 SRI 分

布（图 4-1），研究发现：第一，各学科的 SRI 中位数非常相近，影响因子的中位数差别较大，最大达到 5 倍；第二，各学科的 SRI 极值分布也非常相似，SRI 小于 4 或者 SRI 大于 6 的期刊极小，而各学科的影响因子之间相差 8 倍，从影响因子＝ 3.063 到影响因子＝ 25.797 不等。研究发现，SRI＝4，认为是期刊质量的最低界限，SRI＝6，认为是高质量期刊或者综述性期刊。因为综述性期刊的论文通常能吸引大量的引用，而 SRI 能将综述性期刊归为一类。然而需要注意的是，上述 SRI 界限值是根据 4 个学科 20 年的数据计算而得到的经验值，缩短统计年限可能会改变 SRI 界限值。第三，这种线性双对数关系意味着 SRI 的增加代表质量的提高，这是因为 SRI 与期刊大小和 h 指数存在线性对数关系，所以不能仅仅通过扩大期刊的论文量来提高 h 指数。因此，一种期刊的出版策略应该在提高质量的前提下扩大期刊规模。

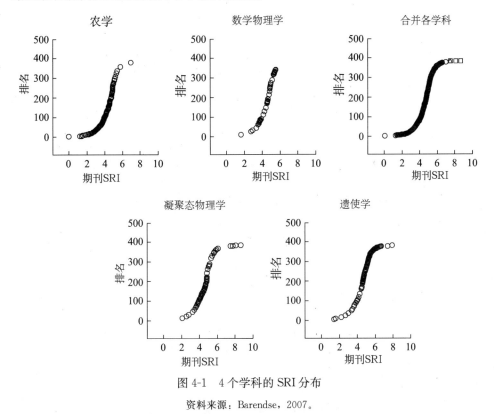

图 4-1　4 个学科的 SRI 分布

资料来源：Barendse，2007。

Vanclay（2007）采用 h 指数对 180 种林学期刊进行了排序，并对专家排序结果和期刊影响因子排序结果进行了相关性研究。结果发现，h 指数与期刊影响因子排序结果的相关性最大，相关系数为 0.92。

Sebire（2008）探讨了 h 指数和影响因子在科研人员和专业期刊的临床影响

力评价中的应用。

　　Harzing（2009）综合比较了 838 种商业和经济学期刊的 $h_{GS}$ 指数和期刊影响因子。结果表明，基于 Google Scholar 的 h 指数更能准确、全面地评价期刊的影响力。

## 二、国内学术期刊质量 h 指数评价研究

　　h 指数的提出引起国内学者的高度关注和深入研究。从 2005 年年底开始，万锦堃等（2007）利用 CNKI 中国期刊全文数据库和中国引文数据库的海量数据及引文链接技术对中国学术期刊的 h 指数进行了深入研究，并计算了我国数千种期刊的 h 指数，其结果见图 4-2。

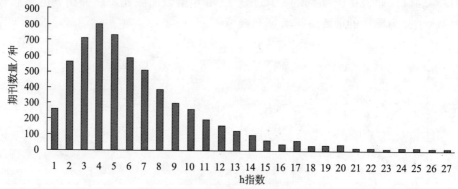

图 4-2　中国学术期刊 h 指数的分布

资料来源：万锦堃等，2007。

　　《中国学术期刊综合引证报告》2006 年版中列出了期刊的 h 指数，并给出了期刊 h 指数的具体定义，从而使 h 指数从理论走向实际应用。

　　万锦堃等（2006）计算了《中华医学杂志》的 h 指数，分析了对 h 指数数值的影响因素，认为 h 指数能很好地用于学术期刊的评价并可与期刊影响因子优势互补。

　　2006 年，姜春林等（2006）首先利用《中文社会科学引文索引》的检索数据，以 16 种图书馆情报学期刊为例，比较期刊 h 指数和对 h 指数的大小及其特点；其次利用 CNKI 的系列引文数据库，对部分图书馆情报学和管理学期刊的 g 指数进行比较研究。研究认为 h 指数与相对 h 指数、相对 h 指数与影响因子之间存在较大的相关性；最后指出使用 h 指数、相对 h 指数和 g 指数应坚持同类相比原则，在期刊评价中应慎重使用。

　　2007 年，姜春林（2007）以《中文核心期刊要目总览》（2004 年版）中数学、化学、物理学、生物学、无线电电子电信技术、机械仪表等 5 个类目的核心期刊表中的部分期刊为对象，选择各期刊论文自发表截至 2006 年 4 月 30 日这一

时间段作为收集引文的窗口，分别检索被中国引文数据库收录的引文数量，计算出各期刊的 h 指数，发现 h 指数和期刊影响因子有着较强的相关性。期刊 h 指数可以在今后的核心期刊评选以及期刊学术影响力评价中发挥一定的辅助作用。

刘红（2006）对 ISI 科学引文数据库中收录的影响因子排名前 40 位的期刊及有代表性的物理学科类专业期刊进行了 h 指数统计分析，并将其与影响因子比较。研究发现在同一分类中，按照 h 指数的排序较影响因子排序有差异，尤其是对载文量少、影响因子偏高的综述性期刊的排序有修正作用。因此，h 指数比影响因子更能科学地反映科技期刊的影响力。

赵基明（2007）利用 WOS 数据库，测定了 1999～2006 年 72 种被 SCI 连续收录 5 年以上的中国自然科学学术期刊的 h 指数，同时还测定了 1999～2006 年 8 种物理学快报类期刊的 h 指数等指标。研究表明，期刊 h 指数和影响因子与篇均被引次数都有很高的相关性；而发表论文总数与 h 指数和影响因子的相关性最低。这表明，期刊靠增加发表论文量对提高 h 指数和影响因子的作用十分有限，只有争取发表更多优质论文才能对 h 指数和影响因子这类重要指标的提升产生大的作用。

刘银华（2007）对 2003 年我国被 SCI 收录的部分科技期刊的影响因子和 h 指数排名及其变化情况进行统计分析，结果发现 h 指数有其独立性，有其特质。在对期刊质量进行评价时，h 指数是对影响因子的一种有益补充工具。研究同时提出一种新的指数 kh，可以用来分析期刊的发展趋势。

刘银华等（2008）对 2003 年被中国科技引文数据库收录的化学和土木建筑领域类期刊按 h 指数和相对 h 指数排名的情况进行分析，目的在于说明 h 指数、相对 h 指数与影响因子排名的不同，及 h 指数和相对 h 指数用于评价期刊的现实意义。最后指出，在使用 h 指数和相对 h 指数评价期刊时，应该全面、综合性地考虑。

陈红光等（2008）测量影响因子排在前 50 名的中国 SCI 期刊（不含港、澳、台期刊）的 h 指数，并依 h 指数对期刊进行重新排序，发现有 21 种期刊排名位次下降、28 种上升、1 种不变。与影响因子相比，期刊 h 指数能够深刻揭示期刊的原始创新能力，以及整体的、长期的影响力。h 指数能够纠正载文量低、综述类文献等因素对期刊影响因子的虚增效应或误差，也能部分消除学科因素的影响。h 指数对于大载文量和低影响因子期刊而言，是一个更客观、更适宜的评价指标。

郑惠伶（2008）随机抽取了我国部分图书馆学情报学领域的核心期刊，计算出它们的 h 指数，并与 SSCI 收录的部分国外图书馆学情报学核心期刊进行了 h 指数的对比，为图书馆学情报学领域评价期刊影响力提供了参考。

### 三、不同统计源对 h 指数影响的研究

2005 年，Hirsch 提出 h 指数时，其统计源是 WOS。其后许多有关 h 指数的研究都是基于 WOS 的统计结果，并且在 2006 年 WOS 在检索结果的引文报告中给出了 h 指数。然而，随着数据库技术和引文链接技术的发展，引文检索功能被纳入许多书目文献数据库、全文数据库，甚至搜索引擎中，如 Scopus、中国生物医学文献数据库、CNKI 的《中国学术文献网络出版总库》、CiteSeer、Google Scholar 等。因此，也可以利用它们收集引文数据，计算其 h 指数。

国内使用得最多的统计源是中国科学引文数据库、中文社会科学引文数据库、CNKI 的中国引文数据库以及万方数据的中国科技论文与引文数据库（CSTPCD）等。国外使用得最多的统计源是 WOS。虽然 WOS 是世界上权威的科学引文数据库，但是作为一种统计源仍存在许多缺点和不足，如覆盖范围有限，未收录图书、会议文献、工作报告的引文数据，非英语国家的期刊收录较少，英国、美国的期刊偏多。2004 年 12 月，具有引文检索功能的书目文献数据库 Scopus 和学术搜索引擎 Google Scholar 的推出，使得引文数据的统计分析发生了较大的变化。

近年来，关于 WOS、Scopus 和 Google Scholar 不同统计源对 h 指数的影响的研究日益增多。

Bar-Ilan（2008b）为了比较 WOS、Scopus、Google Scholar 统计源计算 h 指数的差异，从 1996～2006 年 ISI 高被引科学家中选取了 47 名以色列科学家，利用 WOS、Scopus、Google Scholar 三个统计源分别统计其 h 指数。结果发现，除了 Mikenberg 和 Wigderson 外，绝大多数科学家 WOS 和 Scopus 的 h 指数相差不大。但是 Google Scholar 的 h 指数与 WOS 和 Scopus 的 h 指数存在较大的差异。

Jacso（2008a）从规模和范围、回溯年限、数据来源、来源期刊、覆盖范围的一致性、软件问题、引文匹配、孤儿和流浪引用（orphaned and stray references）8 个方面系统分析了 WOS、Scopus、Google Scholar 在计算 h 指数上的优缺点。随后在 Online Information Review 上以专栏作者发表一系列论文，分别研究了 Google Scholar、Scopus、WOS 在计算 h 指数上的优缺点（Jacso，2008b，2008c，2008d），并以 Lancaster 为检索案例测试了 Google Scholar、Scopus、WOS 真实 h 指数的计算（Jacso，2008e）。

Sanderson（2008）研究了英国图书情报和信息检索领域科研人员在不同引文数据库系统（WOS、Scopus、Google Scholar）h 指数的差异，并提出了新的 h 指数 $h_{mx}$（不同引文数据库系统的 h 指数取最大值）。

Harzing（2009）系统比较了经济与商业领域 838 种期刊的 Google Scholar h 指数与 ISI 的期刊影响因子，结果认为，Google Scholar h 指数是一种评价经济

与商业领域期刊质量的更准确有效的综合性指标。

综上所述，国内外学者已深入开展学术期刊的 h 指数研究，提出了期刊 h 指数、相对 h 指数、SRI，并且将 h 指数广泛应用于物理学、生态学、林学、生物医学、商业和经济学、物理、化学和土木建筑、图书馆学、情报学等学科领域期刊的质量和影响力评价，探讨了 h 指数与期刊影响因子的关系。上述研究的基本结论是 h 指数用于学术期刊质量和影响力的评价结果较为公正合理，既有优点，但也存在一些局限性，是期刊影响因子的重要补充。

关于 h 指数与 OA 期刊学术质量评价的研究，国内仅见查颖（2008）利用 2008 年科学引文数据库 WOS 检索的数据，对 OA 期刊 *BMC Bioinformatics* 和传统期刊 *Bioinformatics* 的 h 指数、相对 h 指数及其引文窗变化进行了对比分析。尚未见全面、系统的研究文献报道。

# 第二节　OA 期刊学术绩效评价

## 一、评价对象、指标及其数据收集处理

### 1. 评价对象

通过查找 BMC、PMC、SciELO、HighWire Press、FMJS、PLoS、J-STAGE 等收录的所有 OA 期刊去重后，共 3354 种，按照期刊的刊名和 ISSN 与 2007 年 JCR 收录的 6417 种期刊进行比较，最后挑选出 2007 年被 SCI 收录的 OA 期刊共 683 种，再根据 JCR 中标注的学科类别将 683 种 OA 期刊进行分类，得到医药卫生 327 种，生物科学 190 种，去重后得到生物医学领域的 OA 期刊 483 种。

### 2. 评价指标

#### 1）h 指数

对于期刊 h 指数，Braun 等（2005）做出如下界定：期刊的 h 指数等于期刊刊载的全部论文中有 $h$ 篇论文，每篇引用的次数至少为 $h$，同时要满足这个自然数为最大，那么 $h$ 即为该期刊的 h 指数。

期刊的 h 指数针对的不是"终生贡献"，而是针对一个确定的年限，最简单的情况是一年。确定方法是：将某刊某年刊载的所有论文按总被引频次由高到低排列，当某篇论文的序号大于其被引频次时，用这个序号减去 1 就是该刊该年的 h 指数。

#### 2）被引频次和他引频次

被引频次指的是一定时间段内期刊所刊载的全部论文被引用的总次数，它反映了期刊刊载的论文在某一时期被引用的数量。该指标可以客观地说明该期

刊被科研工作者使用和重视的程度，以及在科技交流中的作用和地位。期刊论文被引用越多，说明受关注的程度越高。被引频次是一个绝对数字，在统计时有条件限制，限定统计源期刊、统计年限和学科领域。

他引频次是一定时间段内期刊所刊载的全部论文被其他刊引用的总次数（排除自引后的被引频次），它反映了期刊的外向影响力。

3）期刊影响因子

期刊影响因子是国际上通用的期刊评价指标。其算法是：该期刊前两年刊载的论文在统计当年的被引用次数除以该期刊前两年刊载论文的总数。该指标是一个相对统计值，因此可克服期刊规模不同所带来的偏差。一般来说，影响因子越大，其影响力和学术作用也越大。

4）平均被引率和平均他引率

平均被引率是指在给定时间内期刊刊载的全部论文平均被引用的概率，即

$$平均被引率＝被引频次÷载文量 \qquad (4\text{-}1)$$

由于削弱了载文量的影响，因此不同出版年龄的期刊间可以进行比较。

平均他引率是指在给定时间内期刊刊载的全部论文平均被他刊引用的概率，即

$$平均他引率＝他引频次÷载文量 \qquad (4\text{-}2)$$

5）载文量

载文量指来源期刊在统计当年发表的全部论文数。载文量可以反映期刊的规模，但不能对期刊的质量进行评定。

6）相对 h 指数

相对 h 指数由比利时文献计量学家 Rousseau（2006）提出，即

$$相对\,h\,指数＝被评价期刊某年的\,h\,指数/该年刊载的论文数 \qquad (4\text{-}3)$$

7）SRI

SRI 是 Barendse（2007）提出的一种基于期刊规模和 h 指数的期刊质量新指数，即成功率指数（strike rate index，SRI），其计算公式为

$$SRI=10\log_2 h/\log_2 N \qquad (4\text{-}4)$$

其中，$h$ 为期刊的 h 指数；$N$ 为期刊的论文数。SRI 消除了学科差异，适用于不同学科间的期刊比较。

8）g 指数

Egghe（2006a，2006b，2006c）把 g 指数界定为论文按被引次数排序后，相对排序前的累积被引至少 $g^2$ 次的最大论文序次 $g$ 〔亦即第（$g+1$）序次论文对应的累积引文数〕将小于（$g+1$）$^2$。其确定方法是：将某科学家发表论文按被引频次由高到低排列后，前 $g$ 篇论文的累计被引频次大于或等于 $g^2$，而前（$g$

$+1$）篇论文的累计被引频次则小于 $(g+1)^2$。$g$ 值越大，表明学者的学术成就越大，这一指数基于 h 指数提出，充分考虑了被确定为 h 指数绩效核心的文献被引用次数的变化对其后期刊效应的影响，体现了知识的积累性和继承性。

3. 指标数据收集与处理

1）h 指数、载文量、被引频次、他引频次等指标数据收集与处理

利用美国 SCI 的网络版 ISI 的 WOS 为工具，选定数据库 SCI-Expanded（SCI 网络版）为统计源，数据更新至 2008 年 11 月。

指标数据的收集方法：在 WOS 检索页面，"publication name" 检索框中输入 OA 期刊的全称，"published year" 检索框中输入期刊出版的年份，如 2003 年，数据库的时间跨度限定在 1985 年至 2008 年 11 月，得到检索结果，然后利用 WOS 的创建引文报告（create citation report）功能，即可检索得到 2003～2007 年历年以及 5 年的 483 种期刊的 h 指数（文中没有特别注明，则为 WOS 的 h 指数）、载文量、被引频次、他引频次（排除自引）等数据。

对于特殊情况的处理如下：

（1）因为 SCI 收录的 OA 期刊不是固定不变的，所以以 2007 年 SCI 中收录的 OA 期刊为研究对象，统计 2003～2007 年连续 5 年的指标数据，其中部分期刊在 2003～2007 年中的个别年份未被 SCI 收录，因此，有的期刊个别年份的数据为 0。

（2）在统计 483 种期刊 2000～2007 年五年累积数据时，有的期刊的载文量超过 10 000 篇，如 *FASEB Journal*，2003～2007 年的载文量为 39 887 篇。这类期刊有 13 种。对于这类期刊的处理方法是：首先根据检出的文献按被引频次降序排列，找到序号大于或等于其被引频次，这个序号为 h 指数，其他指标如载文量、被引频次等相关数据，分年度进行统计后再相加得到各指标数据。

2）平均被引率、平均他引率、相对 h 指数、SRI 的计算

利用上述统计数据，依据本节式（4-1）、式（4-2）、式（4-3）和式（4-4）分别计算平均被引率、平均他引率、相对 h 指数、SRI。

3）期刊影响因子的选取

期刊影响因子来源于 2007 年 JCR 中的数据。

4）Google Scholar 的 h 指数、g 指数、hc 指数的收集与处理

以 Google Scholar 作为统计源，采用 Publish or Perish 工具[①]，收集了 h 指数、g 指数、hc 指数等数据，并在文中作了注明。

数据的收集方法：下载安装 Publish or Perish 软件，启动后选择 Journal Impact Analysis 功能，在 Journal Title 提问框中输入期刊刊名，在 Year of Pub-

---

① http：//www. harzing. com/pop. htm［2008－11－05］

lication between … and … 中，输入限定年份，本研究选择 2003～2007 年。点击 Lookup 后，得到 h 指数、g 指数、hc 指数等多种评价指标的数据。

对于特殊情况的处理：如果检出的网络文献量超过 995 篇，Publish or Perish 会给出警告，因此，对于超过 995 篇文献的 OA 期刊，再分年度进行统计，最后累加。

为了保证数据的完整性和准确性，对有的期刊采用刊名全称、缩写和 ISSN 进行搜索，并通过浏览 Publish or Perish 检出结果的刊名和出版商，进行逐一判断，人工筛选。对于难于判断的，利用 Google Scholar 重新搜索，获取其全文进行判断。利用判断结果，重新计算其 h 指数、g 指数等数据。

## 二、OA 期刊的 h 指数分布特征

采用 SPSS15.0 软件对 483 种 OA 期刊的 h 指数进行频数分布及集中离散趋势分析，发现 483 种 OA 期刊的 h 指数的分布范围为 1～228，均数为 31.39，标准差为 27.597。

从图 4-3 可以看出，h 指数频数分布呈右偏态，绝大多数 OA 期刊的 h 指数范围为 5～50。h 指数大于 50 的期刊有 96 种，占 19.88%。这表明，目前 OA 期刊的整体学术质量中等偏上，与第二章 OA 期刊学术影响力评价结论一致。

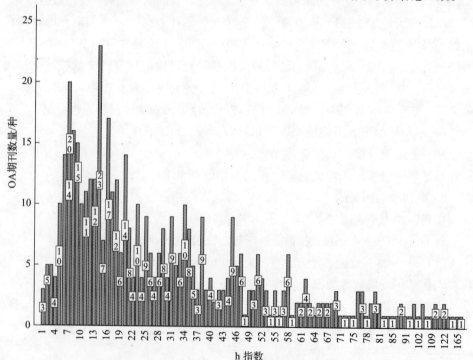

图 4-3　483 种 OA 期刊的 h 指数频数分布

此外，还发现，h 指数的唯一性不够，一个 h 指数对应一种期刊的只有 14 种，其他都是一个 h 指数对应多种期刊，如 $h$ 为 5，有 10 种，$h$ 为 7，有 20 种，$h$ 为 14，有 23 种，并且 h 指数越低，对应的期刊越多。这表明 h 指数用于 OA 期刊学术质量评价的区分度不够，在 h 指数相同时需要增加其他指标进行区分。

## 三、h 指数与传统文献计量学指标的相关性分析

采用 SPSS15.0 软件，分别对 OA 期刊 2003～2007 各年 h 指数、总 h 指数与期刊影响因子、被引频次、他引频次（排除自引）、平均被引率、平均他引率进行相关性分析，结果见表 4-1。本研究取 $0 \leqslant r \leqslant 0.39$，为低度相关；$0.4 \leqslant r \leqslant 0.69$，为中度相关；$0.7 \leqslant r \leqslant 1$，为高度相关。

**表 4-1　483 种 OA 期刊 h 指数与传统文献计量学指标的相关性分析**

| | 指标 | $h_{2003}$ | $h_{2004}$ | $h_{2005}$ | $h_{2006}$ | $h_{2007}$ | 总 h 指数 |
|---|---|---|---|---|---|---|---|
| JIF | Pearson Correlation | 0.564 ** | 0.592 ** | 0.639 ** | 0.672 ** | 0.670 ** | 0.678 ** |
| | Sig. (2-tailed) | 0.000 | 0.000 | 0.000 | 0.000 | 0.000 | 0.000 |
| | N | 483 | 483 | 483 | 483 | 483 | 483 |
| 载文量 | Pearson Correlation | 0.582 ** | 0.567 ** | 0.566 ** | 0.541 ** | 0.541 ** | 0.551 ** |
| | Sig. (2-tailed) | 0.000 | 0.000 | 0.000 | 0.000 | 0.000 | 0.000 |
| | N | 483 | 483 | 483 | 483 | 483 | 483 |
| 被引频次 | Pearson Correlation | 0.786 ** | 0.775 ** | 0.769 ** | 0.750 ** | 0.751 ** | 0.777 ** |
| | Sig. (2-tailed) | 0.000 | 0.000 | 0.000 | 0.000 | 0.000 | 0.000 |
| | N | 483 | 483 | 483 | 483 | 483 | 483 |
| 他被引频次 | Pearson Correlation | 0.785 ** | 0.772 ** | 0.763 ** | 0.743 ** | 0.745 ** | 0.775 ** |
| | Sig. (2-tailed) | 0.000 | 0.000 | 0.000 | 0.000 | 0.000 | 0.000 |
| | N | 483 | 483 | 483 | 483 | 483 | 483 |
| 平均被引率 | Pearson Correlation | 0.540 ** | 0.560 ** | 0.553 ** | 0.569 ** | 0.562 ** | 0.620 ** |
| | Sig. (2-tailed) | 0.000 | 0.000 | 0.000 | 0.000 | 0.000 | 0.000 |
| | N | 483 | 483 | 483 | 483 | 483 | 483 |
| 平均他引率 | Pearson Correlation | 0.376 ** | 0.397 ** | 0.395 ** | 0.417 ** | 0.412 ** | 0.468 ** |
| | Sig. (2-tailed) | 0.000 | 0.000 | 0.000 | 0.000 | 0.000 | 0.000 |
| | N | 483 | 483 | 483 | 483 | 483 | 483 |

＊＊ 相关系数的显著性检验值小于 0.01（双侧）。

1. OA 期刊 h 指数和影响因子的相关性分析

期刊影响因子通常被认为是评价期刊学术影响力的重要指标之一，它反映了前两年载文的平均被引率，克服了不同期刊由于载文量不同而造成的总被引次数不同的局限性，一种期刊刊载论文引用的平均次数越多，其影响因子就越高，从而表明该期刊的影响力越大，质量越高。h 指数作为目前备受关注的一种新的期刊评价指标，与影响因子是否具有相关性？

从表 4-1 可以看出，OA 期刊各年 h 指数、总 h 指数与其影响因子之间存在中度相关，Pearson 相关系数 $r$ 处于 0.4～0.7 范围内。

进一步作回归分析，发现回归方程判定系数 $R^2 = 0.46$，说明 h 指数的变异中，有 46% 是由影响因子引起的，随着影响因子的增大，h 指数大体上也在增大。因此，h 指数可以作为 OA 期刊质量影响因子评价的重要补充。

2. OA 期刊 h 指数和被引频次、他引频次的相关性分析

从表 4-1 可以看出，2003～2007 各年 h 指数、总 h 指数与被引频次存在高度相关，其 Pearson 相关系数 $r$ 均大于 0.7。

为了提高自身的影响力，有的期刊通常通过自引提高被引频次，从而影响期刊评价的公正性。为了探讨自引对 h 指数的影响，本研究对 h 指数和他引频次（排除自引）进行了相关分析。

从表 4-1 可以看出，2003～2007 各年 h 指数、总 h 指数与他引频次存在高度相关，其 Pearson 相关系数 $r$ 也均大于 0.7。与未排除自引的相关系数相比，均有所降低，但没有改变总体变化趋势，自引对 h 指数的影响较小，因此，在利用 h 指数进行期刊评价时，自引对评价产生的影响较小。

被引频次可以反映期刊在学术交流中被使用的程度，但是可能因为期刊刊载的一篇或几篇论文得到了较多的引用，即使其他论文被引频次低，它的总被引频次也会比较大。此外刊载特殊体裁文献（如综述）的期刊被引频次会比刊载原创论文的期刊高很多，但这并不代表期刊的重要性和影响力。因此，h 指数能对一些小型综述型期刊的过高评价起修正作用。

对 h 指数的数值大小有贡献的是那些被引频次足够高的论文，但少量的几篇高被引文献不会带来 h 指数的增高，只有被引频次达到较高值的论文足够多，h 指数才会相应较高，这可能导致 h 指数停滞现象，从而使 h 指数缺乏灵敏度。

3. OA 期刊 h 指数和载文量的相关性分析

载文量可以反映期刊的出版规模，但不能对期刊的质量进行评价。从表 4-1 可以发现，h 指数与载文量存在中度相关，其 Pearson 相关系数均在 0.4～0.7 范围内，均低于 h 指数和被引次数的相关系数。

根据本章附录 4-1，从总体上看，随着期刊载文量的增加，h 指数呈上升趋势，但 h 指数与载文量并不存在严格的正比关系，载文量大，不一定 h 指数就大。这表明了 h 指数在进行期刊评价时对质量和数量有双重要求的特性：只有在载文量和高被引文献量都较高的情况下，才能得到较高的 h 指数。

总之，h 指数是把"双刃剑"，不仅重"量"，更重"质"。因此，h 指数适用于 OA 期刊质量评价。

4. OA 期刊 h 指数和平均被引率、平均他引率的相关性分析

OA 期刊的出版频率各不相同，有月刊、双月刊、季刊以及不定期出版，从而导致各期刊的载文量存在较大的差异，而上述研究发现，载文量与 h 指数存

在中度相关，因此，不同的出版周期和年龄可能会对 h 指数评价期刊学术质量带来一定的局限性。

从表 4-1 可以看出，h 指数和平均被引率存在中度相关（$p<0.01$），其 Pearson 相关系数 $r$ 在 0.4～0.7 范围内。2003 年、2004 年、2005 年的 h 指数与平均他引率存在低度相关，其 Pearson 相关系数 $r$ 小于 0.4，但是 2006 年、2007 年和总 h 指数与平均他引率存在中度相关，其 Pearson 相关系数 $r$ 大于 0.4。

## 四、h 指数与传统文献计量学指标的多元线性回归分析

以 SPSS15.0 统计学软件为分析工具，采用强迫引入法（enter），在 $\alpha=0.05$ 水平上，将 h 指数作为因变量，被引频次、载文量、影响因子和平均被引率作为自变量，进行多元线性回归分析，得到直线回归方程为

$$h\ 指数 = 12.530 + 0.444 \times 被引频次 + 0.203 \times 载文量 + 0.232 \times 影响因子 + 0.279 \times 平均被引率$$

然后对回归方程进行方差分析，证实该回归方程均在 $\alpha$ 水平上，有统计学意义，回归方程复相关系数为 0.887，$R^2=0.787$。这表明建立的数学模型很好地拟合了原始数据，h 指数和其他传统文献计量学指标之间的线性密切程度较高。

进一步采用排除自引后的数据进行回归分析，得到的直线回归方程为

$$h\ 指数 = 14.186 + 0.514 \times 他引频次（排除自引） + 0.115 \times 载文量 + 0.386 \times 影响因子 + 0.064 \times 平均他引率（排除自引）$$

回归方程有效且复相关系数为 0.868，$R^2=0.753$。因此，认为 h 指数不仅和传统文献计量学指标具有良好的相关性，并能在一定程度上克服自引的影响。

## 五、h 指数与传统文献计量学指标的聚类分析

为了从整体上探讨 h 指数与传统文献计量学指标在评价 OA 期刊方面的一致性和差异性，并深入论证 h 指数对 OA 期刊进行质量评价的可行性以及自引对期刊学术质量评价的影响，本研究分别采用 h 指数和传统文献计量学指标对 483 种 OA 期刊进行了聚类分析。

本研究以 SPSS 15.0 统计软件为工具，采用 $K$ 均值聚类（$K$-means）的方法，其原理是：先将 $n$ 个观察单位分为 $K$ 类，并确定 $K$ 个初始类中心，然后根据距离类中心最小欧氏距离原则，采用迭代方法，对样品进行归类。

对 OA 期刊进行 $K$ 均值聚类的具体步骤是：为了消除量纲的影响，聚类前首先将观测指标进行标准化，按标准化公式：$x/\max(X_i)$ 进行计算，从而使各指标数据都标准化在 0 到 1 之间。

然后以 2003～2007 年 h 指数为变量，将 OA 期刊聚为 4 类；再以 2007 年影响因子、2003～2007 年载文量、2003～2007 年被引频次、平均被引率为变量，将 OA 期刊聚为 4 类；最后以 2007 年影响因子、2003～2007 年载文量、排除自

引后的 2003～2007 年被引频次、排除自引后的平均被引率为变量，将 OA 期刊聚为 4 类，得到 3 种方法的聚类结果。对聚类结果的类别间距离进行方差分析，方差分析表明，类别间距离差异的概率值均小于 0.01，即聚类效果好。

根据专业知识对聚类结果进行判断，按照 OA 期刊学术质量的不同将期刊划分为 A、B、C、D 共 4 个等级，483 种 OA 期刊等级划分的结果见本章附录 4-1。3 种聚类结果汇总见表 4-2。

表 4-2　483 种 OA 期刊聚类结果汇总

| 聚类指标 | 类 1 | 类 2 | 类 3 | 类 4 |
|---|---|---|---|---|
| 传统指标（含自引） | A (1) | B (11) | C (19) | D (452) |
| 传统指标（排除自引） | A (1) | B (11) | C (24) | D (447) |
| h 指数 | A (2) | B (37) | C (140) | D (304) |

注：A 为优秀；B 为良好；C 为中；D 为一般。

从表 4-2 可以看出，h 指数和传统文献计量学指标对 B 等、C 等、D 等期刊的划分在期刊数量上存在较大差异。从四类期刊分布来看，采用传统文献计量学指标聚类的结果主要集中在 D 等，占 93% 左右，而其他 3 类（A、B、C）合计仅占 7%。而采用 h 指数聚类的结果较为科学合理，A、B、C、D 这 4 等的期刊数量分别占 0.4%、7.7%、29.0%、62.9%，其聚类结果更符合客观实际。因此，采用 h 指数对 OA 期刊质量进行评价可能更科学合理、客观。

为了深入比较 h 指数与传统文献计量学指标在评价 OA 期刊方面的一致性和差异性，本研究取 h 指数排名前 50 种 OA 期刊的不同聚类结果，见表 4-3。

表 4-3　h 指数排名前 50 种 OA 期刊的不同聚类结果

| 刊名 | 载文量/篇 | h 指数 | 被引频次 | 被引频次* | 2007 影响因子 | 平均被引率 | 平均被引率* | 传统指标聚类 | 传统指标聚类* | h 指数聚类 |
|---|---|---|---|---|---|---|---|---|---|---|
| *New England Journal of Medicine* | 9 012 | 228 | 224 633 | 97 456 | 52.59 | 24.93 | 10.81 | C | C | A |
| *Cell* | 2 501 | 165 | 131 747 | 82 277 | 29.89 | 52.68 | 32.90 | C | C | A |
| *JAMA* | 7 242 | 149 | 118 679 | 80 270 | 25.55 | 16.39 | 11.08 | C | C | B |
| *Circulation* | 29 819 | 143 | 165 454 | 117 567 | 12.76 | 5.548 6 | 3.94 | B | B | B |
| *Journal of Biological Chemistry* | 26 885 | 122 | 479 718 | 286 902 | 5.58 | 17.843 | 10.67 | A | A | B |
| *Journal of Clinical Oncology* | 15 059 | 122 | 126 195 | 68 319 | 15.48 | 8.38 | 4.54 | B | B | B |
| *Blood* | 35 403 | 116 | 167 407 | 114 324 | 10.90 | 4.728 6 | 3.23 | B | B | B |
| *Journal of Clinical Investigation* | 2 377 | 115 | 83 122 | 60 857 | 16.92 | 34.97 | 25.60 | C | C | B |
| *Nucleic Acids Research* | 5 765 | 115 | 109 708 | 60 746 | 6.95 | 19.03 | 10.54 | D | D | B |
| *Journal of Experimental Medicine* | 1 753 | 109 | 69 041 | 38 257 | 15.61 | 39.38 | 21.82 | C | C | B |

续表

| 刊名 | 载文量/篇 | h指数 | 被引频次 | 被引频次* | 2007影响因子 | 平均被引率 | 平均被引率* | 传统指标聚类 | 传统指标聚类* | h指数聚类 |
|---|---|---|---|---|---|---|---|---|---|---|
| *Neuron* | 2 033 | 106 | 68 160 | 38 635 | 13.41 | 35.53 | 19.00 | C | C | B |
| *Molecular Cell* | 1 793 | 104 | 62 426 | 39 341 | 13.16 | 34.82 | 21.94 | C | C | B |
| *Cancer Research* | 7 236 | 104 | 148 792 | 78 688 | 7.67 | 20.56 | 10.87 | D | C | B |
| *Genes & Development* | 1 487 | 102 | 58 963 | 39 165 | 14.80 | 39.65 | 26.34 | C | C | B |
| *Journal of Neuroscience* | 6 924 | 95 | 145 700 | 69 375 | 7.49 | 21.04 | 10.02 | D | C | B |
| *Journal of Immunology* | 10 904 | 95 | 158 198 | 72 296 | 6.07 | 14.508 | 6.63 | B | B | B |
| *J. Am. Coll. Cardiol.* | 14 806 | 94 | 78 007 | 45 034 | 11.05 | 5.268 6 | 3.04 | B | B | B |
| *EMBO Journal* | 2 539 | 91 | 70 135 | 52 776 | 8.66 | 27.63 | 20.79 | C | C | B |
| *Journal of Cell Biology* | 2 250 | 90 | 60 279 | 38 722 | 9.60 | 26.79 | 17.21 | D | C | B |
| *Annals of Internal Medicine* | 2 566 | 90 | 39 039 | 30 152 | 15.52 | 15.21 | 11.75 | D | D | B |
| *Immunity* | 890 | 89 | 34 003 | 21 089 | 19.27 | 38.21 | 23.70 | C | C | B |
| *J. Natl. Cancer Inst.* | 2 132 | 85 | 34 289 | 24 963 | 15.68 | 16.08 | 11.71 | D | D | B |
| *American Journal of Human Genetics* | 4 078 | 84 | 40 214 | 23 450 | 11.09 | 9.86 | 5.75 | D | D | B |
| *Genome Research* | 1 176 | 82 | 35 657 | 21 804 | 11.22 | 30.31 | 18.54 | D | C | B |
| *Circulation Research* | 2 684 | 81 | 46 475 | 28 753 | 9.72 | 17.32 | 10.71 | D | D | B |
| *Diabetes* | 15 468 | 81 | 52 521 | 30 676 | 8.26 | 3.395 5 | 1.98 | B | B | B |
| *Molecular and Cellular Biology* | 4 326 | 80 | 85 485 | 53 992 | 6.42 | 19.76 | 12.48 | D | D | B |
| *J. Clin. Endocrinol. Metab.* | 4 481 | 80 | 72 121 | 36 462 | 5.49 | 16.09 | 8.14 | D | D | B |
| *Diabetes Care* | 3 472 | 80 | 50 307 | 23 415 | 7.85 | 14.49 | 6.74 | D | D | B |
| *American Journal of Psychiatry* | 3 049 | 79 | 37 955 | 19 793 | 9.13 | 12.45 | 6.49 | D | D | B |
| *Clinical Infectious Diseases* | 4 453 | 79 | 52 073 | 27 078 | 6.75 | 11.69 | 6.08 | D | D | B |
| *Plant Cell* | 1 405 | 78 | 36 664 | 16 320 | 9.65 | 26.1 | 11.62 | D | C | B |
| *Physiological Reviews* | 170 | 77 | 15 626 | 14 803 | 29.60 | 91.92 | 87.08 | C | C | B |
| *Bioinformatics* | 3 248 | 77 | 49 006 | 29 714 | 5.04 | 15.09 | 9.15 | D | D | B |
| *Clinical Cancer Research* | 6 930 | 77 | 83 148 | 47 615 | 6.25 | 12 | 6.87 | D | D | B |
| *Archives of General Psychiatry* | 773 | 76 | 25 378 | 14 406 | 15.98 | 32.83 | 18.64 | C | C | B |
| *Development* | 2 536 | 76 | 54 654 | 26 693 | 7.29 | 21.55 | 10.53 | D | D | B |
| *Journal of Virology* | 7 364 | 76 | 109 481 | 34 608 | 5.33 | 14.87 | 4.70 | D | D | B |
| *Journal of Cell Science* | 2 643 | 75 | 48 845 | 36 010 | 6.38 | 18.48 | 13.62 | D | D | B |
| *Am. J. Respir. Crit. Care Med.* | 2 823 | 73 | 41 485 | 22 526 | 9.07 | 14.7 | 7.98 | D | D | C |
| *PLoS Biology* | 1 089 | 72 | 25 642 | 21 400 | 13.50 | 23.55 | 19.65 | C | C | C |
| *Archives of Internal Medicine* | 2 391 | 71 | 35 372 | 27 262 | 8.39 | 14.79 | 11.40 | D | D | C |
| *Human Molecular Genetics* | 1 808 | 70 | 38 443 | 26 272 | 7.81 | 21.26 | 14.53 | D | D | C |
| *Arterioscler. Thromb. Vasc. Biol.* | 4 338 | 70 | 37 561 | 23 469 | 7.22 | 8.66 | 5.41 | D | D | C |
| *J. Am. Soc. Nephrol.* | 6 470 | 70 | 38 758 | 20 965 | 7.11 | 5.99 | 3.24 | D | D | C |

续表

| 刊名 | 载文量/篇 | h指数 | 被引频次 | 被引频次* | 2007影响因子 | 平均被引率 | 平均被引率* | 传统指标聚类 | 传统指标聚类* | h指数聚类 |
|---|---|---|---|---|---|---|---|---|---|---|
| *Plant Physiology* | 2 710 | 68 | 48 338 | 21 813 | 6.37 | 17.84 | 8.05 | D | D | C |
| *Gut* | 4 626 | 68 | 30 879 | 20 105 | 10.02 | 6.68 | 4.35 | D | D | C |
| *Radiology* | 2 950 | 67 | 35 847 | 20 371 | 5.56 | 12.15 | 6.91 | D | D | C |
| *Pediatrics* | 4 997 | 67 | 43 149 | 25 040 | 4.47 | 8.63 | 5.01 | D | D | C |
| *Brain* | 1 471 | 66 | 30 266 | 20 361 | 8.57 | 20.58 | 13.84 | D | D | C |

\* 表示排除自引。

从表 4-3 中 h 指数和传统文献计量学指标对期刊的划分结果进行的比较看出：

第一，A 等 OA 类期刊的划分不一致。采用 h 指数划分的 A 等期刊是 *New England Journal of Medicine* 和 *Cell*，其 h 指数分别为 228 和 165，排第一、第二位。而采用传统文献计量学指标划分，它们为 C 等期刊，等级变化较大。采用传统文献计量学指标划分的 A 等期刊为 *Journal of Biological Chemistry*，其被引频次为 479 718，排第一位，其排除自引的被引频次也排在第一位，采用 h 指数划分为 B 等，等级变化较小。

第二，h 指数和传统文献计量学指标对 B 等、C 等期刊的划分存在一致性，也有差异性。在 B 等期刊划分上，划分一致性的期刊有 *Circulation*、*Journal of Clinical Oncology*、*Blood*、*Journal of Immunology*、*J. Am. Coll. Cardiol.*、*Diabetes* 共 6 种期刊。在 C 等期刊划分上，划分一致性的期刊有 *PLoS Biology*、*Endocrine Reviews*、*Clinical Microbiology Reviews*、*Pharmacological Reviews*、*Microbiology and Molecular Biology Reviews*、*CA：A Cancer Journal for Clinicians* 共 6 种期刊（见本章附录 4-1）。它们的等级虽然一致，但是划分的标准不同，采用传统指标将它们划分为 B 等、C 等，主要是它们的载文量或被引频次较大（即侧重数量），而采用 h 指数将它们划分为 B 等，更偏向于期刊载文量和总被引次数平衡（即侧重质量）。

第三，h 指数划分的 304 种 D 等期刊，在传统文献计量学指标划分中，均为 D 等期刊，这从一个侧面证实了 h 指数对期刊质量的评价更为客观准确。

第四，对排除自引和不排除自引的传统文献计量学指标聚类结果进行比较发现，对于 A 等、B 等期刊的划分结果完全一致，只是 C 等和 D 等的划分存在较少差异。483 种期刊中只有 5 种期刊的等级有变化，5 种自引率小的期刊等级上升，如 *Cancer Research*、*Journal of Neuroscience*、*Journal of Cell Biology*、*Genome Research*、*Plant Cell*，其自引率分别为 9.69%、11.02%、9.58%、11.77%、14.48%。排除自引后分别由 D 等上升到 C 等，而 h 指数聚类的结果相同。

Hirsch 在提出 h 指数的同时也探讨了自引对 h 指数的影响，Hirsch 认为，自引对 h 指数的影响并不像对影响因子的影响一样显著。但由于 h 指数是一项基于引文的统计指标，Schreiber（2007，2008）和 Zhivotovsky 等（2008）研究发现，排除自引后，h 指数会有所降低，因此他们一致认为 h 指数的计算同样受到自引问题的影响；而 Engqvist（2008）对科研人员 h 指数的研究结果表明，h 指数对自引有良好的适应和包容能力，能够抵抗自引问题对科研人员评价的影响，认为自引对 h 指数的影响较小。本研究与 Hirsch 和 Engqvist 的结论一致，认为自引对于 OA 期刊学术质量的评价影响不大。

## 六、h 指数与传统文献计量学指标对 OA 期刊的排名分析

1. h 指数对 OA 期刊排名的总体分析

按 h 指数的大小对 OA 期刊进行排序，h 指数相同时，按影响因子大小排序，得到 h 指数排名。然后采用 SPSS 15.0 作点阵图，见图 4-4。

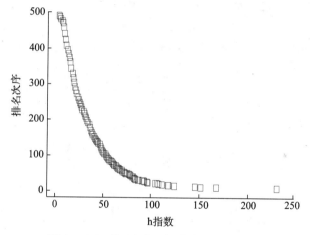

图 4-4　483 种 OA 期刊 h 指数排名点阵图

从图 4-4 可以看出，483 种 OA 期刊的排名合理，曲线分布均匀。因此，h 指数能够很好地用于 OA 期刊的质量评价。

h 指数排在前 10 位的期刊是 *New England Journal of Medicine*（228）、*Cell*（165）、*Journal of the American Medical Association*（149）、*Circulation*（143）、*Journal of Biological Chemistry*（122）、*Journal of Clinical Oncology*（122）、*Blood*（116）、*Journal of Clinical Investigation*（115）、*Nucleic Acids Research*（115）和 *Journal of Experimental Medicine*（109）（见本章附录 4-1）。其中仅 *Journal of Clinical Investigation*、*Nucleic Acids Research* 是完全 OA 期刊，其他 8 种期刊均是不完全 OA 期刊。有的期刊对某些国家和地区实行开放存取，如 *New England Journal of Medicine*，对我国科研人员实行开放存取，在期刊主页标示 Free Full Text for：China；有的期刊部分栏目实行开放存

取，如 *Journal of Clinical Oncology* 的 "编者述评"（*editorials*）栏目、"评论争鸣"（*comments and controversies*）栏目、"来信"（*correspondence*）等实行 OA，对于原始论文（*original reports*）、综述性论文（*review articles*）等不能开放获取；有的期刊的某些论文实行 OA，如 *Journal of The American Medical Association*、*Blood* 等；有的期刊出版半年或一年后实行 OA，如 *Circulation*、*Cell*、*Journal of Biological Chemistry*、*Journal of Experimental Medicine*。

这些期刊的显著特点：一是刊期短，多为周刊、半月刊；二是载文量大，2003～2007 年这些期刊的载文量在 2377～35 403 篇；三是办刊历史悠久，*New England Journal of Medicine* 创刊于 1812 年，是世界上连续出版时间最久的医学期刊，*Journal of Clinical Investigation* 创刊于 1924 年。正是多年的积淀，造就了这些期刊的高品质。因此，h 指数是其质量的集中体现。

2. h 指数与平均被引率对 OA 期刊排名的比较分析

为了研究 h 指数和平均被引率在 OA 期刊学术质量评价中的差异，本研究分别按 h 指数和平均被引率进行排名，取平均被引率前 20 位，结果见表 4-4。

表 4-4　平均被引率前 20 位的排名结果

| 刊名 | 载文量/篇 | h 指数 | 被引频次 | 平均被引率 | h 指数排名 | 平均被引频次排名 |
|---|---|---|---|---|---|---|
| *Physiological Reviews* | 170 | 77 | 15 626 | 91.92 | 33 | 1 |
| *CA: A Cancer Journal for Clinicians* | 201 | 35 | 13 033 | 64.84 | 157 | 2 |
| *Cell* | 2 501 | 165 | 131 747 | 52.68 | 2 | 3 |
| *Endocrine Reviews* | 221 | 62 | 11 215 | 50.75 | 59 | 4 |
| *Pharmacological Reviews* | 136 | 52 | 6 766 | 49.75 | 84 | 5 |
| *Microbiology and Molecular Biology Reviews* | 152 | 50 | 7 202 | 47.38 | 94 | 6 |
| *Genes & Development* | 1 487 | 102 | 58 963 | 39.65 | 14 | 7 |
| *Clinical Microbiology Reviews* | 199 | 53 | 7 845 | 39.42 | 81 | 8 |
| *Journal of Experimental Medicine* | 1 753 | 109 | 69 041 | 39.38 | 10 | 9 |
| *Immunity* | 890 | 89 | 34 003 | 38.21 | 21 | 10 |
| *Neuron* | 2 033 | 106 | 68 160 | 35.53 | 11 | 11 |
| *Journal of Clinical Investigation* | 2 377 | 115 | 83 122 | 34.97 | 8 | 12 |
| *Molecular Cell* | 1 793 | 104 | 62 426 | 34.82 | 13 | 13 |
| *Briefings in Bioinformatics* | 159 | 17 | 5 470 | 34.40 | 294 | 14 |
| *Archives of General Psychiatry* | 773 | 76 | 25 378 | 32.83 | 36 | 15 |
| *Genome Research* | 1 176 | 82 | 35 657 | 30.31 | 24 | 16 |
| *Recent Progress in Hormone Research* | 35 | 18 | 985 | 28.14 | 281 | 17 |
| *EMBO Journal* | 2 539 | 91 | 70 135 | 27.63 | 18 | 18 |
| *Journal of Cell Biology* | 2 250 | 90 | 60 279 | 26.79 | 20 | 19 |
| *Plant Cell* | 1 405 | 78 | 36 664 | 26.10 | 32 | 20 |

从表 4-4 可以看出，一些载文量小的 OA 期刊，特别是综述性期刊，按平均

被引频次排序，其排名比较靠前。平均被引率在质量评价中明显的缺陷是，奖励载文量小的期刊而惩罚载文量大的期刊。h 指数则可以克服这个缺陷，因为 h 指数不会因为某一篇或几篇论文的被引率很高而升高，也不会导致期刊因为受到部分被引次数较小的论文影响而变得很小。因此，在 OA 期刊质量评价中，可以将 h 指数和平均被引用率相结合，相互取长补短能够提高 OA 期刊学术质量评价的准确性。

3. h 指数与影响因子对 OA 期刊排名的比较分析

为了研究 h 指数与影响因子在 OA 期刊质量评价中的差异，本研究对 483 种 OA 期刊分别按 h 指数和影响因子进行排名，并比较它们的排名变化，取影响因子排名前 50 位，结果如表 4-5 所示。

表 4-5　2007 年影响因子排名前 50 位的 OA 期刊 h 指数排名及其变化

| 刊名 | 影响因子 | 影响因子排名 | h 指数 | h 指数排名 | 排名变化 |
| --- | --- | --- | --- | --- | --- |
| *CA: A Cancer Journal for Clinicians* | 69.03 | 1 | 35 | 157 | -156 |
| *New England Journal of Medicine* | 52.59 | 2 | 228 | 1 | 1 |
| *Cell* | 29.89 | 3 | 165 | 2 | 1 |
| *Physiological Reviews* | 29.6 | 4 | 77 | 33 | -29 |
| *JAMA* | 25.55 | 5 | 149 | 3 | 2 |
| *Immunity* | 19.27 | 6 | 89 | 21 | -15 |
| *Pharmacological Reviews* | 18.82 | 7 | 52 | 84 | -77 |
| *Endocrine Reviews* | 18.49 | 8 | 62 | 59 | -51 |
| *Behavioral and Brain Sciences* | 17.46 | 9 | 23 | 236 | -227 |
| *Journal of Clinical Investigation* | 16.92 | 10 | 115 | 8 | 2 |
| *Archives of General Psychiatry* | 15.98 | 11 | 76 | 36 | -25 |
| *Clinical Microbiology Reviews* | 15.76 | 12 | 53 | 81 | -69 |
| *Journal of the National Cancer Institute* | 15.68 | 13 | 85 | 22 | -9 |
| *Journal of Experimental Medicine* | 15.61 | 14 | 109 | 10 | 4 |
| *Annals of Internal Medicine* | 15.52 | 15 | 90 | 19 | -4 |
| *Journal of Clinical Oncology* | 15.48 | 16 | 122 | 6 | 10 |
| *Genes & Development* | 14.8 | 17 | 102 | 14 | 3 |
| *Microbiology and Molecular Biology Reviews* | 14.63 | 18 | 50 | 94 | -76 |
| *PLoS Biology* | 13.5 | 19 | 72 | 41 | -22 |
| *Neuron* | 13.41 | 20 | 106 | 11 | 9 |
| *Molecular Cell* | 13.16 | 21 | 104 | 13 | 8 |
| *Circulation* | 12.76 | 22 | 143 | 4 | 18 |
| *PLoS Medicine* | 12.6 | 23 | 38 | 147 | -124 |
| *Genome Research* | 11.22 | 24 | 82 | 24 | 0 |
| *American Journal of Human Genetics* | 11.09 | 25 | 84 | 23 | 2 |
| *Journal of the American College fo Cardiology* | 11.05 | 26 | 94 | 17 | 9 |
| *Blood* | 10.9 | 27 | 116 | 7 | 20 |
| *Gut* | 10.02 | 28 | 68 | 46 | -18 |

续表

| 刊名 | 影响因子 | 影响因子排名 | h 指数 | h 指数排名 | 排名变化 |
|---|---|---|---|---|---|
| *Molecular Systems Biology* | 9.95 | 29 | 17 | 299 | −270 |
| *Circulation Research* | 9.72 | 30 | 81 | 25 | 5 |
| *Plant Cell* | 9.65 | 31 | 78 | 32 | −1 |
| *Journal of Cell Biology* | 9.6 | 32 | 90 | 20 | 12 |
| *Molecular & Cellular Proteomics* | 9.43 | 33 | 53 | 82 | −49 |
| *PLoS Pathogens* | 9.34 | 34 | 29 | 205 | −171 |
| *American Journal of Psychiatry* | 9.13 | 35 | 79 | 30 | 5 |
| *American Journal of Respiratory and Critical Care Medicine* | 9.07 | 36 | 73 | 40 | −4 |
| *PLoS Genetics* | 8.72 | 37 | 34 | 173 | −136 |
| *EMBO Journal* | 8.66 | 38 | 91 | 18 | 20 |
| *Brain* | 8.57 | 39 | 66 | 50 | −11 |
| *Archives of Internal Medicine* | 8.39 | 40 | 71 | 42 | −2 |
| *Diabetes* | 8.26 | 41 | 81 | 26 | 15 |
| *European Heart Journal* | 7.92 | 42 | 65 | 53 | −11 |
| *Diabetes Care* | 7.85 | 43 | 80 | 28 | 15 |
| *Human Molecular Genetics* | 7.81 | 44 | 70 | 43 | 1 |
| *Cancer Research* | 7.67 | 45 | 104 | 12 | 33 |
| *Stem Cells* | 7.53 | 46 | 57 | 74 | −28 |
| *Journal of Neuroscience* | 7.49 | 47 | 95 | 16 | 31 |
| *Annals of Surgery* | 7.45 | 48 | 63 | 56 | −8 |
| *EMBO Reports* | 7.45 | 49 | 51 | 92 | −43 |
| *Molecular Aspects of Medicine* | 7.39 | 50 | 5 | 459 | −409 |

第一，从表 4-5 可以看出，h 指数排名和影响因子排名不一致，排名的平均变化位数为 45。排名变化最大的是 *Molecular Aspects of Medicine*，影响因子排名为第 50 位，而 h 指数排名为 459 位，相差 409 位。该刊创刊于 1976 年，双月刊，是面向临床医生和生物医学科研人员的综述性期刊，2007 年进入 SCI，2007 年载文量为 34 篇，2008 年载文量为 38 篇。2007 年的影响因子为 7.386 被引频次为 94，而 h 指数仅为 5。

第二，对于载文量偏低而影响因子较高的非综述类期刊，h 指数排名有较大幅度降低。如 *CA：A Cancer Journal for Clinicians*、*Behavioral and Brain Sciences*、*PLoS Medicine*、*Molecular Systems Biology*、*PLoS Pathogens*、*PLoS Genetics*，与影响因子排名相比，h 指数排名下降了 100 多位。究其原因，一是，这些期刊的载文量较少，2003～2007 年它们的载文量分别为 201 篇、1673 篇、1208 篇、188 篇、359 篇、513 篇。二是，这些期刊创刊时间不长，特别是 PLoS 创办的 OA 系列期刊，因为它们开放存取而获得较高的影响因子，但是其 h 指数仍偏低。

第三，对于载文量小的综述类期刊，h 指数排名也有较大幅度的下降。如

*Physiological Reviews*、*Pharmacological Reviews*、*Endocrine Reviews*、*Clinical Microbiology Reviews*、*Microbiology and Molecular Biology Reviews*，与影响因子排名相比，h 指数排名分别下降了 29 位、77 位、51 位、69 位、76 位，平均下降了 60 位。因此，h 指数对综述性期刊质量影响因子排名具有修正作用。

第四，对于载文量较大、被引频次较高的期刊，采用 h 指数排名后的位置上升，如 *Circulation*、*Blood*、*EMBO Journal*、*Cancer Research*、*Journal of Neuroscience*，与影响因子排名相比，h 指数排名分别上升了 18 位、20 位、20 位、33 位、31 位。

由此可见，h 指数是数量和质量并重的评价指标，单方面的优势都不可能获得高的 h 指数，因此从本质上解决了影响因子对综述型期刊和小型期刊过高评价的问题。这与 Miller（2006）对 SCI 收录的物理学期刊进行影响因子和 h 指数排名比较后得出的结论一致。因此。h 指数是评价 OA 期刊质量的重要指标，对影响因子评价具有修正作用，能弥补指数影响因子评价期刊的不足。

这主要体现在以下几个方面：第一，与影响因子易受到载文量和被引次数任一单个指标对其值的影响不同，h 指数的变化需要两者的共同作用，单纯论文数量的增长和部分论文的引文增长都不能带来 h 指数较大的变化。所以，h 指数不容易被人为操纵，自引对它影响较小；第二，特别对载文量低而影响因子偏高的期刊，h 指数相对有较大幅度的降低，可以降低对一些小型期刊或综述型期刊明显的"过高评价"。第三，影响因子是即时指标，一些刊载具有创新性和超前性论文的期刊因为尚未受到关注，往往影响因子较低，所以无法体现期刊的重要性和价值，但 h 指数是稳定的累积指标，是对期刊持久影响力的测度，对期刊的考察时间更长，得出的评价结果更加准确。

4. h 指数与传统文献计量学指标对 OA 期刊排名的相关性分析

首先按照 h 指数、被引频次、载文量、平均被引率、影响因子分别对 483 种期刊进行排名，其次采用 SPSS15.0 进行相关性分析，其结果见表 4-6。

表 4-6　483 种 OA 期刊 h 指数与传统文献计量学指标对 OA 期刊排名的相关性分析结果

| 排名方法 | 相关系数 | h 指数排名 | 被引频次排名 | 载文量排名 | 平均被引率排名 | 影响因子排名 |
|---|---|---|---|---|---|---|
| h 指数排名 | Pearson 相关系数 | 1 | 0.979 ** | 0.764 ** | 0.830 ** | 0.882 ** |
| | Sig.（2-tailed） | | 0.000 | 0.000 | 0.000 | 0.000 |
| | N | 483 | 483 | 483 | 483 | 483 |
| 被引频次排名 | Pearson 相关系数 | 0.979 ** | 1 | 0.849 ** | 0.770 ** | 0.809 ** |
| | Sig.（2-tailed） | 0.000 | | 0.000 | 0.000 | 0.000 |
| | N | 483 | 483 | 483 | 483 | 483 |
| 载文量排名 | Pearson 相关系数 | 0.764 ** | 0.849 ** | 1 | 0.352 ** | 0.524 ** |
| | Sig.（2-tailed） | 0.000 | 0.000 | | 0.000 | 0.000 |

续表

| 排名方法 | 相关系数 | h 指数排名 | 被引频次排名 | 载文量排名 | 平均被引率排名 | 影响因子排名 |
|---|---|---|---|---|---|---|
| | N | 483 | 483 | 483 | 483 | 483 |
| 平均被引率排名 | Pearson 相关系数 | 0.830** | 0.770** | 0.352** | 1 | 0.802** |
| | Sig.（2-tailed） | 0.000 | 0.000 | 0.000 | | 0.000 |
| | N | 483 | 483 | 483 | 483 | 483 |
| 影响因子排名 | Pearson 相关系数 | 0.882** | 0.809** | 0.524** | 0.802** | 1 |
| | Sig.（2-tailed） | 0.000 | 0.000 | 0.000 | 0.000 | |
| | N | 483 | 483 | 483 | 483 | 483 |

** 相关系数的显著性检验值小于 0.01（双侧）。

从表 4-6 可以看出，h 指数排名与被引频次排名、载文量排名、平均被引率排名、影响因子排名均呈显著正相关（$p < 0.01$），Pearson 相关系数分别为 0.979、0.764、0.830、0.882。由此可见，h 指数与被引频次、影响因子、平均被引率密切相关。这表明 h 指数是反映期刊质量的重要指标之一。

## 七、类 h 指数对 OA 期刊的质量评价

h 指数一经提出，就引起了国内学者的极大关注和研究，针对 h 指数的不足，许多科研人员提出了一些新的 h 指数，如相对 h 指数、g 指数、SRI、hc 指数等，它们都是在 h 指数的基础上衍生出来的，因此本研究将这些 h 指数称为类 h 指数，探讨它们在 OA 期刊学术绩效评价中的意义和适用性。

### 1. 相对 h 指数对 OA 期刊的质量评价

Rousseau 在研究 JASIS 的 1991～2000 年的 h 指数时发现，h 指数并不像他设想的那样随时间向前推移而增加，而是在一定范围（13～18）内波动（Rousseau，2006），因此，Rousseau 得出结论，h 指数不仅受该年被引频次影响，还受该年发表论文数影响的结论，并提出了相对 h 指数的概念，即用某年的 h 指数除以该年发表的论文数，测算的目的在于排除期刊载文量（来源文献量）对 h 指数的影响，从而可以相对客观合理地对期刊学术影响力大小进行评测。

本研究计算了 483 种 OA 期刊 2003～2007 各年的相对 h 指数及总和。按相对 h 指数总和的值大小从高到低排序（见本章附录 4-2），表 4-7 给出了 2003～2007 这 5 年相对 h 指数总和排序前 20 位的期刊。

表 4-7　相对 h 指数总和排序前 20 位的期刊

| 刊名 | 2003 年 | 2004 年 | 2005 年 | 2006 年 | 2007 年 | 总和 | 5 年 h 指数排名 |
|---|---|---|---|---|---|---|---|
| *Physiological Reviews* | 0.91 | 0.81 | 0.79 | 0.78 | 0.48 | 3.78 | 33 |
| *Pharmacological Reviews* | 0.86 | 0.95 | 0.8 | 0.54 | 0.42 | 3.57 | 83 |
| *Epidemiologic Reviews* | 0.8 | 0.83 | 0.54 | 0.58 | 0.58 | 3.34 | 277 |
| *Microbiology and Molecular Biology Reviews* | 0.93 | 0.76 | 0.68 | 0.62 | 0.35 | 3.33 | 93 |

续表

| 刊名 | 2003 年 | 2004 年 | 2005 年 | 2006 年 | 2007 年 | 总和 | 5 年 h 指数排名 |
|------|---------|---------|---------|---------|---------|------|-------------|
| *Clinical Microbiology Reviews* | 0.73 | 0.6 | 0.66 | 0.51 | 0.34 | 2.85 | 80 |
| *Endocrine Reviews* | 0.91 | 0.63 | 0.56 | 0.41 | 0.29 | 2.8 | 57 |
| *Studies in Mycology* | 1 | 0.14 | 0.25 | 0.31 | 0.15 | 1.85 | 371 |
| *Human Reproduction Update* | 0.47 | 0.47 | 0.43 | 0.26 | 0.15 | 1.78 | 164 |
| *BMC Molecular Biology* | 0.73 | 0.41 | 0.32 | 0.19 | 0.04 | 1.68 | 300 |
| *Molecular Medicine* | 0.48 | 0.5 | 0.5 | 0.06 | 0.08 | 1.63 | 289 |
| *CA：A Cancer Journal for Clinicians* | 0.48 | 0.33 | 0.29 | 0.26 | 0.22 | 1.58 | 156 |
| *Physiology* | 0 | 0.59 | 0.41 | 0.31 | 0.15 | 1.46 | 198 |
| *Immunity* | 0.37 | 0.37 | 0.3 | 0.19 | 0.13 | 1.36 | 21 |
| *Recent Progress in Hormone Research* | 0.63 | 0.74 | 0 | 0 | 0 | 1.36 | 278 |
| *Archives of General Psychiatry* | 0.38 | 0.36 | 0.28 | 0.2 | 0.09 | 1.32 | 36 |
| *Respiratory Research* | 0.73 | 0.31 | 0.11 | 0.11 | 0.05 | 1.32 | 245 |
| *BMC Cell Biology* | 0.47 | 0.28 | 0.23 | 0.25 | 0.08 | 1.31 | 290 |
| *BMC Biotechnology* | 0.52 | 0.33 | 0.24 | 0.14 | 0.05 | 1.29 | 279 |
| *BMC Evolutionary Biology* | 0.54 | 0.37 | 0.22 | 0.11 | 0.03 | 1.26 | 206 |
| *Contributions to Zoology* | 0.19 | 0.5 | 0.18 | 0.25 | 0.13 | 1.24 | 423 |

首先，从表 4-7 可以看出，相对 h 指数 5 年总和排名前 6 位的都是综述性期刊，由于综述性期刊的载文量较小，所以相对 h 指数有明显的升高。其次，一些小型优质的非综述性的期刊，特别是近年创刊的 OA 期刊，如 BMC 系列期刊 *BMC Molecular Biology*、*BMC Cell Biology*、*BMC Biotechnology*、*BMC Evolutionary Biology*，与 5 年累积 h 指数相比，排名都有显著的上升。配合观察期刊的载文量发现，这些排名变化较大的期刊 5 年的载文量都在 250 篇以内。最后，排名变化较小的两种期刊 *Immunity* 和 *Archives of General Psychiatry*，5 年的总载文量分别为 890 篇和 773 篇。这表明相对 h 指数提高了对综述性期刊和小型的优质期刊的评价，所以可以认为相对 h 指数可以与 h 指数配合使用，不宜作为一项独立的 OA 期刊评价指标。

此外，从表 4-7 可以发现，大部分期刊的相对 h 指数随时间后移呈现出递减趋势（随时间回溯呈现出递增趋势），还有少部分期刊的相对 h 指数波动幅度较大，如 *Contributions to Zoology* 2003～2007 各年的 h 指数分别为 0.19、0.5、0.18、0.25、0.13。单纯呈递减趋势并且各年相对 h 指数变化不大的期刊，可能是出版机制成熟的、稿源质量较稳定的 OA 期刊，如 *Physiological Reviews*、*CA：A Cancer Journal for Clinicians* 等。相对 h 指数波动幅度较大的 OA 期刊，可能因为某一年刊登了热点研究领域的高被引文献引起相对 h 指数的明显增高。因此，相对 h 指数的变化趋势反映了 OA 期刊学术绩效的稳定性和活跃性。

2. g 指数对 OA 期刊的质量评价

姜春林等（2006）利用中国引文数据库计算了 10 种图书情报学和管理学期

刊的 g 指数，对 g 指数在学术期刊评价中的应用进行了初探。本研究利用 Harzeing 的 Pulish or Perish 分析软件，得到 483 种 OA 期刊在 Google Scholar 中的 h 指数（$h_{GS}$）和 g 指数（见本章附录 4-2）。特别要指出的是，由于选择的数据库不同，这里的 h 指数不同于前面分析中使用的 h 指数。

为了便于比较分析，取 g 指数排序前 30 位的 OA 期刊，结果见表 4-8。

表 4-8　g 指数排序前 30 位的 OA 期刊

| 刊名 | 2007 影响因子* | 被引频次· | $h_{GS}$· | g 指数· |
|---|---|---|---|---|
| New England Journal of Medicine | 52.59 | 263 452 | 255 | 403 |
| JAMA | 25.55 | 160 159 | 179 | 290 |
| Cell | 29.89 | 139 236 | 172 | 271 |
| Circulation | 12.76 | 132 123 | 179 | 258 |
| Nucleic Acids Research | 6.95 | 128 460 | 127 | 247 |
| Journal of Biological Chemistry | 5.58 | 220 622 | 147 | 231 |
| Journal of Clinical Oncology | 15.48 | 91 670 | 141 | 212 |
| Blood | 10.9 | 97 813 | 139 | 188 |
| Journal of Clinical Investigation | 16.92 | 93 965 | 129 | 185 |
| Journal of the American College of Cardiology | 11.05 | 76 460 | 126 | 185 |
| Bioinformatics | 5.04 | 72 016 | 97 | 165 |
| Genes & Development | 14.8 | 59 482 | 109 | 160 |
| Annals of Internal Medicine | 15.52 | 52 087 | 110 | 155 |
| Diabetes Care | 7.85 | 47 557 | 94 | 152 |
| Cancer Research | 7.67 | 150 983 | 113 | 151 |
| Neuron | 13.41 | 68 949 | 108 | 151 |
| Journal of Immunology | 6.07 | 55 088 | 65 | 149 |
| Molecular Cell | 13.16 | 60 496 | 104 | 148 |
| Journal of Experimental Medicine | 15.61 | 39 982 | 92 | 140 |
| Chest | 4.14 | 58 448 | 79 | 136 |
| Genome Research | 11.22 | 42 153 | 92 | 136 |
| Circulation Research | 9.72 | 54 703 | 95 | 135 |
| Immunity | 19.27 | 20 133 | 93 | 135 |
| American Journal of Human Genetics | 11.09 | 45 784 | 94 | 134 |
| American Journal of Psychiatry | 9.13 | 44 617 | 85 | 133 |
| Clinical Infectious Diseases | 6.75 | 61 468 | 89 | 132 |
| CA：A Cancer Journal for Clinicians | 69.03 | 16 420 | 38 | 128 |
| Archives of Internal Medicine | 8.39 | 46 761 | 90 | 126 |
| EMBO Journal | 8.66 | 72 944 | 97 | 128 |
| Diabetes | 8.26 | 44 558 | 94 | 127 |

　* 表示数据来源于 2007 年 JCR 的影响因子；· 表示数据来源于笔者采用基于 Google Scholar 的 Pulish or Perish 软件统计结果。

从表 4-8 可以看出，由于考虑了累积效应，各 OA 期刊的 g 指数都高于 h 指数，并且 g 指数和 h 指数对期刊的排名基本保持一致。用 SPSS15.0 对 483 种期刊的 h 指数和 g 指数进行相关分析，发现两者高度正相关，Pearson 相关系数为

0.986，$p<0.001$ 显著相关。这表明 g 指数在评价 OA 期刊学术质量方面具有和 h 指数类似的效果。

本研究认为，在进行 OA 期刊学术质量评价时，g 指数至少有两方面的应用价值：其一，g 指数可以用于解决 h 指数缺乏区分度的问题。当采用 h 指数评价期刊时，可能会出现 h 指数相同的情况，这时可以考虑采用 g 指数进行补充。g 指数和 h 指数确定的方法类似，并与 h 指数有较好的一致性，但因为计算的是累积被引次数，排名在前的论文被引次数对排名在后的论文的被引次数同样起作用，所以相同的概率 g 指数比 h 指数要小，而且 g 指数比 h 指数更突出高被引文献的质量和数量的作用，期刊的高被引文献越多，被引次数越多，g 指数越大，则期刊的质量越好。如表 4-8 中的 JAMA 和 *Circulation* 两种期刊，两者的 h 指数相同，但前者的 g 指数高于后者，因此，JAMA 优于 *Circulation*，这与两者影响因子的比较结果一致。

其二，g 指数还可以在一定程度上解决 h 指数在评价时缺乏灵敏度的问题。由于 g 指数计算累积次数的特性，高被引文献被引次数的变化会对文献的被引累计次数产生影响，从而引起期刊 g 指数的增加，因此，g 指数比 h 指数更能准确反映期刊的持久影响力。

3. SRI 对 OA 期刊的学术质量评价

为了研究 SRI 对 OA 期刊的学术质量评价，按照 Barendse（2007）提出 SRI 计算公式为 $10\log_2 h/\log_2 N$，其中，$h$ 为期刊的 h 指数，$N$ 为期刊的论文数。利用 2003～2007 年 483 种生物医学 OA 期刊的累积论文数和累积 h 指数，计算了各 OA 期刊的 SRI，然后按 SRI 高低对 OA 期刊学术质量进行排名，其结果见本章附录 4-2。

对各 OA 期刊的 SRI 与其排序经 SPSS15.0 统计软件作点阵图，如图 4-5 所示。

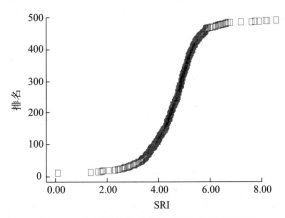

图 4-5　OA 期刊的 SRI 与其排名的点阵图

从图 4-5 可以看出，OA 期刊的 SRI 与其排名和 Barendse 研究的各学科（农学、凝聚态物理学、遗传学、数学物理）分布一致，证实了 SRI 适用于不同学科 OA 期刊的学术质量评价。

Barendse 的研究认为，SRI<4，是低质量期刊，SRI>6，是高质量期刊或者综述性期刊。因此，SRI 为 4 和 6 是期刊质量的分界线。按此分界线，本研究对 483 种 OA 期刊的学术质量分为高、中、低三等。SRI<4 的期刊为质量低的期刊，121 种；SRI 介于 4 与 6 之间为中等期刊，340 种；SRI>6 为高质量期刊，22 种。排在前 7 名的均为综述性期刊。

## 八、不同统计源的 h 指数对 OA 期刊质量评价的影响

$$\Delta h\% = (h_{GS} - h_{WOS}) / h_{WOS} \times 100\% \tag{4-5}$$

式中，$\Delta h\%$ 为 h 指数相差率；$h_{WOS}$ 为 WOS h 指数；$h_{GS}$ 为 Google Scholar h 指数。

按上述式（4-5），计算每一种期刊的 h 指数相差率，分段汇总结果见表 4-9。

表 4-9　$h_{GS}$ 指数与 $h_{WOS}$ 指数的相差率汇总结果

| $\Delta h\%$ | 期刊种数/种 | $\sum h_{WOS}$ | $\sum h_{GS}$ | $\sum \Delta h$ | 平均 |
|---|---|---|---|---|---|
| ≥1% | 330 | 11 341 | 13 513 | 2 172 | 6.58 |
| =0 | 43 | 1 026 | 1 026 | 0 | 0 |
| ≤−1% | 110 | 2 795 | 2 077 | −718 | −6.53 |
| 合计 | 483 | 15 162 | 16 616 | 1 454 | 3.01 |

从表 4-9 可以看出，483 种 OA 期刊中，330 种 OA 期刊的 $h_{GS}$ 指数高于 $h_{WOS}$ 指数，平均提高了 6.58。43 种 OA 期刊的 h 指数不变。110 种 OA 期刊的 $h_{GS}$ 指数低于 $h_{WOS}$ 指数，平均下降了 6.53。从总体上看，$h_{GS}$ 指数高于 $h_{WOS}$ 指数，平均提高了 3.01。经 $x^2$ 检验，$x^2 = 858.021$，$p < 0.05$。这表明，$h_{GS}$ 指数与 $h_{WOS}$ 指数存在显著性差异，$h_{GS}$ 指数高于 $h_{WOS}$ 指数。

对 $h_{GS}$ 与 $h_{WOS}$ 进行相关性分析，两者存在高度相关性（$r = 0.967$，$p < 0.01$）。对 $h_{GS}$ 与 2007 年的期刊影响因子进行相关性分析，两者存在中度相关性（$r = 0.647$，$p < 0.01$），而 $h_{WOS}$ 与 2007 年的期刊影响因子的相关系数为 0.678，两者相差较少。因此，$h_{GS}$ 指数比 $h_{WOS}$ 指数提供了更准确、更全面的信息，可以作为 $h_{WOS}$ 指数的替代或补充。

为了进一步分析其差异，取 $\Delta h\% > 100\%$ 的 OA 期刊 21 种，见表 4-10。取 $\Delta h\% < -50\%$ 的 OA 期刊 26 种，见表 4-11。

表 4-10　$\Delta h\% > 100\%$ 的 21 种 OA 期刊

| 刊名 | Paper$_{WOS}$ | Paper$_{GS}$ | Cit$_{WOS}$ | Cit$_{GS}$ | $h_{WOS}$ | $h_{GS}$ | $\Delta h$ | $\Delta h\%$ |
|---|---|---|---|---|---|---|---|---|
| *Biological Procedures Online* | 33 | 42 | 1 | 221 | 1 | 8 | 7 | 700.00 |
| *Molecular Aspects of Medicine* | 34 | 182 | 94 | 2 733 | 5 | 30 | 25 | 500.00 |

续表

| 刊名 | Paper$_{WOS}$ | Paper$_{GS}$ | Cit$_{WOS}$ | Cit$_{GS}$ | $h_{WOS}$ | $h_{GS}$ | $\Delta h$ | $\Delta h\%$ |
|---|---|---|---|---|---|---|---|---|
| Iheringia. Serie Zoologia | 48 | 281 | 10 | 227 | 2 | 10 | 8 | 400.00 |
| Geriatrics | 683 | 718 | 520 | 5 828 | 9 | 37 | 28 | 311.11 |
| Journal of Nephrology | 651 | 440 | 2 269 | 2 208 | 18 | 74 | 56 | 311.11 |
| Daru Journal of Faculty of Pharmacy | 30 | 351 | 4 | 82 | 1 | 4 | 3 | 300.00 |
| Palaeontologia Electronica | 62 | 48 | 23 | 180 | 2 | 7 | 5 | 250.00 |
| Clinical and Vaccine Immunology | 467 | 1 260 | 793 | 7 450 | 9 | 31 | 22 | 244.44 |
| Rev de Bio Marina y Oceanografia | 7 | 128 | 5 | 24 | 1 | 3 | 2 | 200.00 |
| J. Am Board Fam. Med. | 202 | 378 | 323 | 2 471 | 7 | 21 | 14 | 200.00 |
| AAPS PharmSciTech | 321 | 446 | 176 | 1 285 | 5 | 14 | 9 | 180.00 |
| Indian Pediatrics | 758 | 986 | 513 | 1 453 | 5 | 13 | 8 | 160.00 |
| Archives of Facial Plastic Surgery | 236 | 413 | 326 | 1 512 | 7 | 16 | 9 | 128.57 |
| Hematology | 302 | 300 | 539 | 3 064 | 11 | 25 | 14 | 127.27 |
| Revista Brasileira de Zoologia | 438 | 1 059 | 255 | 1 207 | 5 | 11 | 6 | 120.00 |
| Clinical and Investigative Medicine | 115 | 110 | 116 | 432 | 5 | 11 | 6 | 120.00 |
| Rev. Soc. Bras. Med. Trop. | 401 | 689 | 384 | 1 276 | 6 | 13 | 7 | 116.67 |
| Arch. Dis. Child. Fetal Neonatal Ed | 433 | 523 | 561 | 2 166 | 9 | 19 | 10 | 111.11 |
| Public Health Nutrition | 853 | 1 212 | 3 874 | 13 297 | 23 | 48 | 25 | 108.70 |
| Revista Brasileira de Entomologia | 198 | 465 | 139 | 532 | 4 | 8 | 4 | 100.00 |
| J. Med. Internet Res. | 140 | 226 | 585 | 2 328 | 12 | 24 | 12 | 100.00 |

表 4-11　$\Delta h\%<-50\%$ 的 26 种 OA 期刊

| 刊名 | Paper$_{WOS}$ | Paper$_{GS}$ | Cit$_{WOS}$ | Cit$_{GS}$ | $h_{WOS}$ | $h_{GS}$ | $\Delta h$ | $\Delta h\%$ |
|---|---|---|---|---|---|---|---|---|
| AIDS Reviews | 135 | 13 | 742 | 26 | 14 | 2 | −12 | −85.71 |
| Molecular Vision | 780 | 35 | 4 679 | 54 | 23 | 4 | −19 | −82.61 |
| J. R. Soc. Med. | 1 367 | 233 | 1 990 | 22 | 15 | 3 | −12 | −80.00 |
| Acta Haematologica | 424 | 308 | 1 335 | 55 | 14 | 3 | −11 | −78.57 |
| Family Medicine | 812 | 40 | 1 658 | 34 | 14 | 3 | −11 | −78.57 |
| PLoS Pathogens | 313 | 65 | 3 743 | 226 | 29 | 7 | −22 | −75.86 |
| Memorias do Instituto Oswaldo Cruz | 944 | 77 | 3 068 | 62 | 16 | 4 | −12 | −75.00 |
| PLoS Genetics | 467 | 49 | 6 113 | 291 | 34 | 9 | −25 | −73.53 |
| Journal of Genetics | 170 | 220 | 218 | 644 | 7 | 2 | −5 | −71.43 |
| PLoS Computational Biology | 437 | 54 | 3 466 | 226 | 25 | 8 | −17 | −68.00 |
| Canadian Journal of Anaesthesia | 1 409 | 353 | 4 021 | 236 | 20 | 7 | −13 | −65.00 |

续表

| 刊名 | Paper$_{WOS}$ | Paper$_{GS}$ | Cit$_{WOS}$ | Cit$_{GS}$ | $h_{WOS}$ | $h_{GS}$ | $\Delta h$ | $\Delta h\%$ |
|---|---|---|---|---|---|---|---|---|
| *J. Pharm. Pharm. Sci.* | 209 | 93 | 1 127 | 65 | 14 | 5 | −9 | −64.29 |
| *Netherlands Journal of Medicine* | 561 | 117 | 1 050 | 78 | 11 | 4 | −7 | −63.64 |
| *Breast Cancer Research* | 977 | 257 | 6 300 | 504 | 31 | 12 | −19 | −61.29 |
| *Respiratory Research* | 412 | 268 | 3 153 | 525 | 22 | 9 | −13 | −59.09 |
| *Molecular Cancer* | 176 | 213 | 1 212 | 353 | 16 | 7 | −9 | −56.25 |
| *PLoS Clinical Trials* | 65 | 12 | 299 | 41 | 9 | 4 | −5 | −55.56 |
| *Obstetrics and Gynecology* | 3 900 | 763 | 19 433 | 2 927 | 47 | 21 | −26 | −55.32 |
| *J. Natl. Cancer. Inst.* | 2 102 | 1 052 | 34 289 | 6 770 | 85 | 38 | −47 | −55.29 |
| *Curr Opin Mol Ther* | 399 | 158 | 2 613 | 389 | 22 | 10 | −12 | −54.55 |
| *BMC Cell Biology* | 205 | 113 | 1 408 | 293 | 17 | 8 | −9 | −52.94 |
| *BMC Neuroscience* | 321 | 647 | 2 267 | 643 | 21 | 10 | −11 | −52.38 |
| *Jpn. Appl. Entomol. Zool.* | 160 | 167 | 167 | 94 | 6 | 3 | −3 | −50.00 |
| *BMC Evolutionary Biology* | 445 | 359 | 3 866 | 1 291 | 28 | 14 | −14 | −50.00 |
| *BMC Molecular Biology* | 186 | 163 | 1 255 | 349 | 16 | 8 | −8 | −50.00 |
| *Trials* | 62 | 26 | 130 | 48 | 6 | 3 | −3 | −50.00 |

从表 4-10 可以看出，OA 期刊的 $\Delta h\%$ 提高，其 Google Scholar 的被引频次一定大幅度提高，其论文也有所提高。导致被引频次和论文差异的主要有两种原因：

一是由于数据库收录范围的限制。因为 ISI 的 WOS 有严格的收录标准，对某些期刊特别是发展中国家的期刊收录较少，同时收录文献的类型主要是期刊论文，其他文献类型如图书、会议文献、工作报告等收录较少；而 Google Scholar 没有收录范围限制，只要是网上的学术性资源，不管是期刊论文，还是图书、工作报告，甚至预印本文献，都可以在 Google Scholar 中搜索得到。

二是 OA 优势，因为 OA 论文网络出版、免费获取，提高了论文被 Google Scholar 搜索引擎的收录率和覆盖率，从而提高论文的显示度和被读者引用的概率，从而导致 $h_{GS}$ 指数的提高。

从表 4-11 可以看出，OA 期刊的 $\Delta h\%$ 下降，其 Google Scholar 的被引频次一定有较大幅度的下降，但是其论文数量也大幅度下降。其主要原因是 Google Scholar 搜索机制的缺陷。从理论上讲，像 PLoS 和 BMC 系列 OA 期刊，其论文应该均被 Google Scholar 收录，但是从表 4-11 的结果来看，4 种 PLoS 和 4 种 BMC 期刊的 Google Scholar 论文数量均少于 WOS 论文数量。这表明 Google Scholar 的搜索机制可能存在问题。

总之，由于统计源数据库收录范围、文献类型、数量、搜索机制等因素存在差异，能够从载文量和被引频次两个方面对 h 指数的大小产生影响。因此，对 OA 期刊学术质量进行 h 指数评价时，应充分注意统计源数据库所收录范围、文献类型、数量、搜索机制等因素对 h 指数的影响。

## 本章附录 4-1　2003～2007 历年 h 指数及总 h 指数及传统文献计量学指标数据

| 刊名（缩写） | h03 | h04 | h05 | h06 | h07 | h0307 | 载文量/篇 | 被引频次 | 他引频次 | IF07 | 平均被引率 | 平均他引率 |
|---|---|---|---|---|---|---|---|---|---|---|---|---|
| ACTA BIOCHIM POL | 19 | 14 | 10 | 6 | 5 | 21 | 539 | 2 598 | 2 392 | 1.26 | 4.82 | 4.44 |
| ACTA HAEMATOL-BASEL | 10 | 10 | 9 | 7 | 4 | 14 | 437 | 1 335 | 1 183 | 1.35 | 3.05 | 2.71 |
| AGE AGEING | 17 | 18 | 13 | 12 | 6 | 24 | 921 | 3 824 | 2 800 | 1.91 | 4.15 | 3.04 |
| AMEGHINIANA | 7 | 6 | 5 | 3 | 2 | 6 | 299 | 387 | 205 | 0.58 | 1.29 | 0.69 |
| J AM DENT ASSOC | 14 | 12 | 10 | 10 | 5 | 18 | 1 671 | 2 631 | 1 800 | 1.7 | 1.57 | 1.08 |
| AM FAM PHYSICIAN | 16 | 15 | 13 | 8 | 6 | 20 | 2 367 | 3 988 | 3 315 | 1.92 | 1.68 | 1.4 |
| AM J BOT | 23 | 28 | 16 | 11 | 6 | 31 | 997 | 8 180 | 5 366 | 2.51 | 8.2 | 5.38 |
| AM J EPIDEMIOL | 41 | 36 | 30 | 21 | 12 | 51 | 4 840 | 21 168 | 15 676 | 5.29 | 4.37 | 3.24 |
| AM J HUM GENET | 68 | 59 | 47 | 31 | 19 | 84 | 4 078 | 40 214 | 23 450 | 11.09 | 9.86 | 5.75 |
| AM J PATHOL | 58 | 46 | 31 | 22 | 15 | 63 | 2 063 | 34 767 | 28 695 | 5.49 | 18.65 | 13.91 |
| AM J PHARM EDUC | 5 | 5 | 4 | 3 | 2 | 5 | 594 | 415 | 90 | 0.66 | 0.7 | 0.15 |
| AM J PSYCHIAT | 62 | 51 | 40 | 31 | 16 | 79 | 3 049 | 37 955 | 19 793 | 9.13 | 12.45 | 6.49 |
| AM J TROP MED HYG | 29 | 25 | 19 | 14 | 8 | 34 | 5 211 | 12 201 | 6 740 | 2.18 | 2.34 | 1.29 |
| AM MUS NOVIT | 7 | 6 | 5 | 5 | 3 | 8 | 214 | 379 | 273 | 1.3 | 1.77 | 1.28 |
| ANESTH ANALG | 32 | 24 | 20 | 15 | 12 | 38 | 5 060 | 20 016 | 10 877 | 2.21 | 3.96 | 2.15 |
| ANESTHESIOLOGY | 37 | 32 | 27 | 20 | 11 | 45 | 3 572 | 19 452 | 10 545 | 4.6 | 5.45 | 2.95 |
| ANGLE ORTHOD | 13 | 12 | 8 | 7 | 3 | 15 | 851 | 2 031 | 1 022 | 0.97 | 2.39 | 1.2 |
| ANN INTERN MED | 66 | 58 | 48 | 35 | 23 | 90 | 2 566 | 39 039 | 30 152 | 15.52 | 15.21 | 11.75 |
| ANN OCCUP HYG | 11 | 11 | 8 | 8 | 4 | 14 | 409 | 1 619 | 888 | 1.49 | 3.96 | 2.17 |
| ANN SURG | 48 | 48 | 35 | 22 | 14 | 63 | 1 565 | 23 186 | 15 429 | 7.45 | 14.82 | 9.86 |
| ANN RHEUM DIS | 39 | 36 | 33 | 25 | 14 | 51 | 12 417 | 23 664 | 13 373 | 6.41 | 1.91 | 1.08 |
| ANN THORAC SURG | 38 | 32 | 23 | 16 | 11 | 44 | 5 370 | 25 788 | 14 013 | 2.02 | 4.8 | 2.61 |

续表

| 刊名（缩写） | h03 | h04 | h05 | h06 | h07 | h0307 | 载文量/篇 | 被引频次 | 他引被次 | IF07 | 平均被引率 | 平均他引率 |
|---|---|---|---|---|---|---|---|---|---|---|---|---|
| APPL ENTOMOL ZOOL | 9 | 7 | 6 | 4 | 2 | 9 | 437 | 797 | 550 | 0.79 | 1.82 | 1.26 |
| ARCH DERMATOL | 29 | 21 | 18 | 12 | 8 | 33 | 1 792 | 9 031 | 5 880 | 2.85 | 5.04 | 3.28 |
| ARCH DIS CHILD | 27 | 23 | 17 | 15 | 7 | 33 | 2 501 | 11 822 | 8 874 | 2.79 | 4.73 | 3.55 |
| ARCH GEN PSYCHIAT | 55 | 49 | 43 | 32 | 17 | 76 | 773 | 25 378 | 14 406 | 15.98 | 32.83 | 18.64 |
| ARCH INTERN MED | 55 | 49 | 42 | 31 | 18 | 71 | 2 391 | 35 372 | 27 262 | 8.39 | 14.79 | 11.4 |
| ARCH NEUROL-CHICAGO | 39 | 34 | 31 | 23 | 14 | 54 | 1 667 | 17 944 | 12 754 | 5.78 | 10.76 | 7.65 |
| ARCH OPHTHALMOL-CHIC | 34 | 27 | 21 | 15 | 10 | 45 | 1 898 | 12 361 | 7 790 | 2.98 | 6.51 | 4.1 |
| ARCH SURG-CHICAGO | 32 | 23 | 20 | 14 | 8 | 35 | 1 553 | 8 671 | 7 103 | 3.49 | 5.58 | 4.57 |
| ARQ NEURO-PSIQUIAT | 10 | 7 | 6 | 4 | 3 | 10 | 1 183 | 1 148 | 763 | 0.44 | 0.97 | 0.64 |
| AUST J PHYSIOTHER | 8 | 8 | 7 | 6 | 2 | 12 | 282 | 696 | 521 | 1.87 | 2.47 | 1.85 |
| BIOL BULL-US | 15 | 9 | 8 | 6 | 5 | 16 | 381 | 1 645 | 1 361 | 1.71 | 4.31 | 3.57 |
| BIOL REPROD | 41 | 31 | 23 | 16 | 8 | 44 | 5 580 | 22 614 | 12 929 | 3.67 | 4.05 | 2.32 |
| BIOPHYS J | 53 | 46 | 37 | 27 | 14 | 61 | 16 804 | 54 610 | 35 665 | 4.63 | 3.25 | 2.12 |
| BLOOD | 96 | 79 | 70 | 52 | 31 | 116 | 35 403 | 167 407 | 114 324 | 10.9 | 4.73 | 3.23 |
| BRAIN | 58 | 46 | 40 | 32 | 18 | 66 | 1 471 | 30 266 | 20 361 | 8.57 | 20.58 | 13.84 |
| BRIT J ANAESTH | 23 | 19 | 21 | 14 | 9 | 30 | 2 504 | 9 188 | 6 215 | 2.95 | 3.67 | 2.48 |
| BRIT J OPHTHALMOL | 26 | 21 | 20 | 16 | 9 | 32 | 2 466 | 11 856 | 7 743 | 2.69 | 4.81 | 3.14 |
| BRIT J PHARMACOL | 37 | 33 | 26 | 22 | 13 | 46 | 2 512 | 22 398 | 16 474 | 3.77 | 8.92 | 6.56 |
| BRIT J PSYCHIAT | 32 | 31 | 25 | 17 | 11 | 42 | 1 955 | 12 157 | 6 443 | 5.45 | 6.22 | 3.3 |
| BRIT J RADIOL | 20 | 14 | 13 | 10 | 6 | 24 | 1 084 | 4 330 | 3 475 | 1.77 | 3.99 | 3.21 |
| CA-CANCER J CLIN | 13 | 14 | 14 | 11 | 9 | 35 | 201 | 13 033 | 11 951 | 69.03 | 64.84 | 59.46 |
| CAN FAM PHYSICIAN | 8 | 7 | 5 | 5 | 3 | 10 | 1 285 | 725 | 413 | 0.93 | 0.56 | 0.32 |
| CAN J SURG | 11 | 7 | 9 | 5 | 3 | 12 | 530 | 973 | 845 | 0.92 | 1.84 | 1.59 |
| CANCER RES | 83 | 72 | 62 | 46 | 25 | 104 | 7 236 | 148 792 | 78 688 | 7.67 | 20.56 | 10.87 |
| CHEM PHARM BULL | 15 | 15 | 12 | 9 | 8 | 19 | 1 747 | 6 409 | 4 534 | 1.22 | 3.67 | 2.6 |
| CIRCULATION | 119 | 94 | 72 | 51 | 31 | 143 | 29 819 | 165 454 | 117 567 | 12.76 | 5.55 | 3.94 |
| CIRC RES | 66 | 59 | 45 | 31 | 21 | 81 | 2 684 | 46 475 | 28 753 | 9.72 | 17.32 | 10.71 |
| CLIN EXP IMMUNOL | 24 | 24 | 21 | 12 | 10 | 33 | 1 466 | 11 251 | 9 424 | 2.6 | 7.67 | 6.43 |

续表

| 刊名(缩写) | h03 | h04 | h05 | h06 | h07 | h0307 | 载文量/篇 | 被引频次 | 他引被次 | IF07 | 平均被引率 | 平均他引率 |
|---|---|---|---|---|---|---|---|---|---|---|---|---|
| CLIN CHEM | 37 | 36 | 28 | 21 | 13 | 51 | 5 850 | 21 998 | 14 406 | 4.8 | 3.76 | 2.46 |
| DIABETES | 65 | 58 | 46 | 32 | 18 | 81 | 15 468 | 52 521 | 30 676 | 8.26 | 3.4 | 1.98 |
| CHEST | 47 | 44 | 33 | 26 | 15 | 58 | 9 023 | 40 144 | 25 144 | 4.14 | 4.45 | 2.79 |
| ENDOCRINOLOGY | 54 | 42 | 39 | 28 | 17 | 64 | 3 396 | 47 265 | 29 119 | 5.05 | 13.92 | 8.57 |
| FEBS LETT | 50 | 39 | 34 | 24 | 14 | 58 | 5 399 | 51 297 | 43 197 | 3.26 | 9.05 | 8 |
| FLA ENTOMOL | 10 | 7 | 5 | 4 | 3 | 9 | 518 | 777 | 532 | 0.69 | 1.5 | 1.03 |
| GENETICS | 47 | 39 | 28 | 22 | 13 | 57 | 2 852 | 32 043 | 18 467 | 4 | 11.24 | 6.48 |
| GERIATRICS | 7 | 7 | 6 | 4 | 2 | 9 | 694 | 520 | 426 | 0.84 | 0.75 | 0.61 |
| GUT | 53 | 48 | 40 | 29 | 15 | 68 | 4 626 | 30 879 | 20 105 | 10.02 | 6.68 | 4.35 |
| HEALTH SERV RES | 20 | 15 | 15 | 11 | 7 | 24 | 617 | 3 943 | 2 472 | 2.55 | 6.39 | 4.01 |
| HEREDITAS | 8 | 7 | 4 | 4 | 2 | 9 | 231 | 517 | 452 | 0.84 | 2.24 | 1.96 |
| IMMUNOLOGY | 26 | 24 | 19 | 15 | 7 | 34 | 1 783 | 8 466 | 7 448 | 3.4 | 4.75 | 4.18 |
| INDIAN PEDIATR | 0 | 0 | 5 | 5 | 4 | 5 | 775 | 513 | 366 | 0.75 | 0.66 | 0.47 |
| IND HEALTH | 7 | 8 | 8 | 4 | 4 | 10 | 412 | 685 | 458 | 0.79 | 1.66 | 1.11 |
| INFECT IMMUN | 47 | 40 | 31 | 21 | 12 | 53 | 4 457 | 51 894 | 24 978 | 4 | 11.64 | 5.6 |
| JPN J APPL ENTOMOL Z | 4 | 4 | 3 | 2 | 2 | 6 | 164 | 167 | 81 | 0.41 | 1.02 | 0.49 |
| J ANAT | 18 | 16 | 15 | 10 | 5 | 23 | 923 | 3 663 | 3 135 | 2.55 | 3.97 | 3.4 |
| J ANTIBIOT | 14 | 11 | 9 | 7 | 4 | 16 | 595 | 2 363 | 1 366 | 1.3 | 3.97 | 2.3 |
| J BACTERIOL | 49 | 46 | 33 | 24 | 13 | 60 | 4 986 | 54 965 | 23 669 | 4.01 | 10.02 | 4.75 |
| J BIOL CHEM | 107 | 87 | 64 | 44 | 26 | 122 | 26 885 | 479 718 | 286 902 | 5.58 | 17.84 | 10.67 |
| J BIOMECH | 29 | 24 | 22 | 14 | 9 | 35 | 1 623 | 10 819 | 6 826 | 2.9 | 6.67 | 4.21 |
| J BONE JOINT SURG AM | 42 | 30 | 28 | 16 | 11 | 49 | 2 533 | 19 094 | 11 213 | 2.49 | 7.54 | 4.43 |
| J CELL BIOL | 79 | 62 | 48 | 33 | 18 | 90 | 2 250 | 60 279 | 38 722 | 9.6 | 26.79 | 17.21 |
| J CELL SCI | 57 | 53 | 41 | 27 | 14 | 75 | 2 643 | 48 845 | 36 010 | 6.38 | 18.48 | 13.62 |
| J CLIN ENDOCR METAB | 65 | 63 | 44 | 33 | 19 | 80 | 4 481 | 72 121 | 36 462 | 5.49 | 16.09 | 8.14 |
| J CLIN INVEST | 89 | 77 | 64 | 49 | 29 | 115 | 2 377 | 83 122 | 60 857 | 16.92 | 34.97 | 25.6 |
| J CLIN PATHOL | 22 | 24 | 17 | 14 | 7 | 30 | 1 580 | 8 426 | 7 370 | 2.43 | 5.33 | 4.66 |
| J DENT RES | 26 | 22 | 22 | 13 | 7 | 34 | 8 066 | 8 073 | 5 432 | 3.5 | 1 | 0.67 |

续表

| 刊名（缩写） | h03 | h04 | h05 | h06 | h07 | h0307 | 载文量/篇 | 被引频次 | 他引被次 | IF07 | 平均被引率 | 平均他引率 |
|---|---|---|---|---|---|---|---|---|---|---|---|---|
| J ENDOCRINOL | 26 | 22 | 20 | 13 | 9 | 34 | 1 137 | 9 350 | 7 995 | 2.64 | 8.22 | 7.03 |
| J EXP BIOL | 34 | 26 | 22 | 17 | 8 | 40 | 2 989 | 18 976 | 10 887 | 2.97 | 6.35 | 3.64 |
| J EXP BOT | 31 | 31 | 26 | 20 | 12 | 43 | 1 924 | 16 754 | 10 886 | 3.92 | 8.71 | 5.66 |
| J EXP MED | 84 | 68 | 68 | 43 | 25 | 109 | 1 753 | 69 041 | 38 257 | 15.61 | 39.38 | 21.82 |
| J GEN APPL MICROBIOL | 8 | 8 | 6 | 4 | 3 | 11 | 228 | 631 | 481 | 0.93 | 2.77 | 2.11 |
| J GEN PHYSIOL | 26 | 25 | 20 | 16 | 8 | 34 | 990 | 6 503 | 4 045 | 4.83 | 6.57 | 4.09 |
| J GEN VIROL | 33 | 30 | 23 | 17 | 10 | 40 | 2 005 | 18 065 | 11 516 | 3.12 | 9.01 | 5.74 |
| J GENET | 6 | 5 | 4 | 3 | 1 | 7 | 185 | 218 | 174 | 0.57 | 1.18 | 0.94 |
| J HERED | 16 | 12 | 13 | 7 | 6 | 21 | 456 | 2 494 | 2 164 | 1.96 | 5.47 | 4.75 |
| J HISTOCHEM CYTOCHEM | 23 | 18 | 15 | 13 | 6 | 27 | 1 080 | 6 084 | 5 505 | 2.34 | 5.36 | 5.1 |
| J IMMUNOL | 78 | 73 | 56 | 38 | 25 | 95 | 10 904 | 158 198 | 72 296 | 6.07 | 14.51 | 6.63 |
| J INFECT DIS | 50 | 45 | 41 | 27 | 17 | 62 | 3 193 | 41 117 | 25 995 | 6.04 | 12.88 | 8.14 |
| J LIPID RES | 36 | 30 | 26 | 21 | 12 | 45 | 1 403 | 17 036 | 10 989 | 4.34 | 12.14 | 7.83 |
| J MED GENET | 33 | 34 | 29 | 21 | 10 | 45 | 2 570 | 12 876 | 10 814 | 5.54 | 5.88 | 4.21 |
| J MED MICROBIOL | 21 | 19 | 15 | 11 | 6 | 26 | 1 154 | 6 187 | 5 103 | 2.09 | 5.36 | 4.42 |
| J NEUROCHEM | 48 | 41 | 31 | 23 | 14 | 55 | 7 602 | 40 285 | 28 009 | 4.45 | 5.3 | 3.68 |
| J NEUROL NEUROSUR PS | 33 | 29 | 24 | 17 | 10 | 42 | 3 707 | 17 532 | 13 372 | 3.86 | 4.73 | 3.61 |
| J NEUROPHYSIOL | 48 | 36 | 30 | 21 | 11 | 52 | 3 549 | 37 048 | 19 707 | 3.68 | 10.44 | 5.55 |
| J PHARMACOL EXP THER | 47 | 37 | 32 | 24 | 12 | 56 | 3 092 | 36 464 | 26 027 | 4 | 11.79 | 8.42 |
| J PHYSIOL-LONDON | 50 | 40 | 30 | 26 | 15 | 55 | 3 342 | 39 691 | 25 190 | 4.58 | 11.88 | 7.54 |
| J VIROL | 66 | 59 | 51 | 32 | 22 | 76 | 7 364 | 109 481 | 34 608 | 5.33 | 14.87 | 4.7 |
| LAB INVEST | 29 | 27 | 19 | 14 | 8 | 35 | 7 246 | 8 698 | 7 757 | 4.48 | 1.2 | 1.07 |
| MAYO CLIN PROC | 27 | 22 | 24 | 17 | 10 | 38 | 1 350 | 9 315 | 7 490 | 4.36 | 6.9 | 5.55 |
| MED HIST | 3 | 3 | 2 | 2 | 1 | 4 | 497 | 94 | 58 | 0.48 | 0.19 | 0.12 |
| MED J AUSTRALIA | 22 | 19 | 17 | 15 | 8 | 29 | 3 145 | 9 342 | 5 820 | 2.54 | 2.97 | 1.85 |
| MICROBIOLOGY+ | 5 | 5 | 4 | 4 | 2 | 6 | 584 | 398 | 271 | 0.6 | 0.68 | 0.46 |
| MOL PHARMACOL | 42 | 36 | 32 | 20 | 12 | 51 | 1 983 | 26 701 | 19 400 | 3.62 | 13.46 | 9.78 |
| MT SINAI J MED | 8 | 8 | 7 | 7 | 1 | 13 | 343 | 1 027 | 970 | 0.94 | 2.99 | 2.83 |

续表

| 刊名(缩写) | h03 | h04 | h05 | h06 | h07 | h0307 | 载文量/篇 | 被引频次 | 他引被次 | IF07 | 平均被引率 | 平均他引率 |
|---|---|---|---|---|---|---|---|---|---|---|---|---|
| MYCOLOGIA | 15 | 13 | 11 | 9 | 4 | 18 | 630 | 2 716 | 1 758 | 1.81 | 4.31 | 2.79 |
| J NATL CANCER I | 59 | 49 | 46 | 34 | 19 | 85 | 2 132 | 34 289 | 24 963 | 15.68 | 16.08 | 11.71 |
| NEUROL INDIA | 7 | 7 | 4 | 4 | 3 | 7 | 770 | 730 | 586 | 0.65 | 0.95 | 0.76 |
| NEW ENGL J MED | 151 | 134 | 119 | 97 | 53 | 228 | 9 012 | 224 633 | 97 456 | 52.59 | 24.93 | 10.81 |
| OBSTET GYNECOL | 38 | 33 | 28 | 18 | 12 | 47 | 3 946 | 19 433 | 12 182 | 4.28 | 4.92 | 3.09 |
| PEDIATR RES | 24 | 21 | 20 | 13 | 8 | 29 | 10 753 | 10 704 | 8 650 | 2.84 | 1 | 0.8 |
| PEDIATRICS | 53 | 46 | 37 | 27 | 14 | 67 | 4 997 | 43 149 | 25 040 | 4.47 | 8.63 | 5.01 |
| YAKUGAKU ZASSHI | 6 | 6 | 5 | 5 | 3 | 8 | 1 156 | 771 | 630 | 0.35 | 0.67 | 0.54 |
| PHARMACOL REV | 25 | 18 | 24 | 21 | 8 | 52 | 136 | 6 766 | 6 317 | 18.82 | 49.75 | 46.45 |
| PHYS THER | 16 | 12 | 12 | 10 | 5 | 20 | 662 | 2 601 | 1 832 | 2.15 | 3.93 | 2.77 |
| PHYSIOL REV | 32 | 29 | 27 | 25 | 16 | 77 | 170 | 15 626 | 14 803 | 29.6 | 91.92 | 87.08 |
| PLANT PHYSIOL | 59 | 50 | 40 | 26 | 14 | 68 | 2 710 | 48 338 | 21 813 | 6.37 | 17.84 | 8.05 |
| POSTGRAD MED J | 15 | 11 | 10 | 8 | 5 | 18 | 1 006 | 2 775 | 2 607 | 1.22 | 2.76 | 2.59 |
| PSYCHOSOM MED | 32 | 23 | 20 | 11 | 7 | 38 | 766 | 8 541 | 4 627 | 3.11 | 11.15 | 6.04 |
| PSYCHOSOMATICS | 15 | 12 | 11 | 8 | 5 | 18 | 685 | 2 220 | 1 644 | 2.2 | 3.24 | 2.4 |
| PUBLIC HEALTH REP | 11 | 11 | 10 | 6 | 7 | 16 | 605 | 1 783 | 1 261 | 1.38 | 2.95 | 2.08 |
| RADIOLOGY | 54 | 48 | 36 | 24 | 15 | 67 | 2 950 | 35 847 | 20 371 | 5.56 | 12.15 | 6.91 |
| REV BIOL TROP | 5 | 6 | 4 | 2 | 1 | 7 | 690 | 452 | 230 | 0.27 | 0.66 | 0.33 |
| REV MED CHILE | 6 | 5 | 5 | 3 | 3 | 6 | 1 089 | 742 | 385 | 0.35 | 0.68 | 0.35 |
| SCOT MED J | 3 | 5 | 4 | 3 | 1 | 6 | 358 | 193 | 167 | 0.5 | 0.54 | 0.47 |
| REV SOC BRAS MED TRO | 0 | 0 | 5 | 5 | 2 | 6 | 421 | 384 | 290 | 0.57 | 0.91 | 0.69 |
| STROKE | 55 | 45 | 39 | 27 | 15 | 65 | 7 450 | 42 725 | 20 384 | 6.3 | 5.73 | 2.74 |
| JPN J PHYS FIT SPORT | 3 | 2 | 2 | 1 | 1 | 3 | 276 | 52 | 25 | 0.02 | 0.19 | 0.09 |
| THORAX | 39 | 34 | 25 | 22 | 11 | 47 | 3 298 | 15 183 | 9 977 | 6.23 | 4.6 | 3.03 |
| TOHOKU J EXP MED | 9 | 9 | 8 | 7 | 4 | 12 | 622 | 1 650 | 1 342 | 1.13 | 2.65 | 2.16 |
| TURKISH J PEDIATR | 7 | 5 | 4 | 4 | 2 | 7 | 433 | 403 | 385 | 0.41 | 0.93 | 0.89 |
| B WORLD HEALTH ORGAN | 19 | 23 | 18 | 12 | 7 | 30 | 1 229 | 6 221 | 4 493 | 4.02 | 5.06 | 3.66 |
| WIEN KLIN WOCHENSCHR | 10 | 8 | 9 | 7 | 5 | 11 | 1 075 | 1 466 | 913 | 0.89 | 1.36 | 0.85 |

续表

| 刊名（缩写） | h03 | h04 | h05 | h06 | h07 | h0307 | 载文量/篇 | 被引频次 | 他引频次 | IF07 | 平均被引率 | 平均他引率 |
|---|---|---|---|---|---|---|---|---|---|---|---|---|
| ACTA HISTOCHEM CYTOC | 6 | 5 | 4 | 3 | 1 | 6 | 199 | 264 | 166 | 0.46 | 1.33 | 0.83 |
| AUST DENT J | 6 | 6 | 5 | 3 | 2 | 7 | 298 | 376 | 285 | 0.5 | 1.26 | 0.96 |
| ACTA NEUROBIOL EXP | 7 | 12 | 6 | 4 | 2 | 13 | 233 | 755 | 562 | 0.94 | 3.24 | 2.41 |
| ACTA PROTOZOOL | 7 | 8 | 6 | 5 | 1 | 10 | 203 | 519 | 319 | 1.23 | 2.56 | 1.57 |
| ANTIMICROB AGENTS CH | 49 | 41 | 37 | 28 | 16 | 58 | 3 946 | 46 421 | 20 229 | 4.39 | 11.76 | 5.13 |
| IHERINGIA SER ZOOL | 0 | 0 | 0 | 0 | 2 | 2 | 70 | 10 | 10 | 0.12 | 0.14 | 0.14 |
| MEM I OSWALDO CRUZ | 14 | 12 | 11 | 8 | 5 | 16 | 1 000 | 3 068 | 2 145 | 1.23 | 3.07 | 2.15 |
| RECENT PROG HORM RES | 10 | 14 | 0 | 0 | 0 | 18 | 35 | 985 | 948 | 0 | 28.14 | 27.09 |
| REV BRAS ENTOMOL | 0 | 0 | 4 | 3 | 2 | 4 | 222 | 139 | 101 | 0.43 | 0.63 | 0.45 |
| AM J PUBLIC HEALTH | 38 | 32 | 23 | 18 | 10 | 47 | 2 093 | 17 466 | 9 155 | 3.61 | 8.34 | 4.37 |
| DIALYSIS TRANSPLANT | 2 | 4 | 3 | 2 | 1 | 3 | 539 | 104 | 91 | 0.16 | 0.19 | 0.17 |
| DRUG METAB DISPOS | 37 | 31 | 25 | 18 | 10 | 45 | 1 296 | 13 939 | 7 328 | 3.91 | 10.76 | 5.65 |
| ENVIRON HEALTH PERSP | 46 | 40 | 32 | 24 | 12 | 58 | 2 983 | 24 006 | 12 305 | 5.64 | 8.05 | 4.13 |
| CELL | 113 | 107 | 94 | 73 | 43 | 165 | 2 501 | 131 747 | 82 277 | 29.89 | 52.68 | 32.9 |
| J CLIN MICROBIOL | 51 | 41 | 33 | 24 | 14 | 60 | 5 222 | 54 414 | 25 969 | 3.71 | 10.42 | 4.97 |
| MOL ASPECTS MED | 0 | 0 | 0 | 0 | 5 | 5 | 34 | 94 | 62 | 7.39 | 2.76 | 1.82 |
| JAMA-J AM MED ASSOC | 109 | 91 | 81 | 62 | 35 | 149 | 7 242 | 118 679 | 80 270 | 25.55 | 16.39 | 11.08 |
| APPL ENVIRON MICROB | 56 | 44 | 35 | 23 | 12 | 62 | 5 405 | 61 771 | 30 349 | 4 | 11.43 | 5.61 |
| BRAZ J MED BIOL RES | 15 | 12 | 11 | 7 | 6 | 20 | 1 092 | 3 518 | 3 188 | 1.15 | 3.22 | 2.92 |
| REV BRAS ZOOL | 0 | 0 | 5 | 4 | 2 | 5 | 478 | 255 | 151 | 0.42 | 0.53 | 0.32 |
| DRUG SAFETY | 20 | 18 | 16 | 9 | 6 | 25 | 1 143 | 3 671 | 3 006 | 3.54 | 3.21 | 2.63 |
| BEHAV BRAIN SCI | 10 | 11 | 14 | 7 | 4 | 23 | 1 673 | 2 404 | 1 121 | 17.46 | 1.49 | 0.67 |
| J R SOC MED | 11 | 10 | 6 | 7 | 5 | 15 | 1 412 | 1 990 | 1 379 | 1.02 | 1.41 | 0.98 |
| EUR J ORTHODONT | 9 | 9 | 7 | 4 | 3 | 13 | 438 | 1 138 | 784 | 1.02 | 2.6 | 1.79 |
| J EPIDEMIOL COMMUN H | 32 | 23 | 18 | 13 | 6 | 36 | 1 221 | 8 231 | 6 495 | 2.96 | 6.7 | 5.32 |
| CARCINOGENESIS | 36 | 34 | 26 | 22 | 11 | 46 | 1 458 | 19 108 | 14 146 | 5.41 | 13.11 | 9.7 |
| CLIN SCI | 24 | 20 | 19 | 13 | 9 | 33 | 732 | 6 218 | 5 622 | 3.9 | 8.49 | 7.68 |
| INVEST OPHTH VIS SCI | 43 | 35 | 27 | 20 | 10 | 46 | 19 987 | 33 225 | 25 293 | 3.53 | 1.66 | 1.27 |

续表

| 刊名(缩写) | h03 | h04 | h05 | h06 | h07 | h0307 | 载文量/篇 | 被引频次 | 他引被次 | IF07 | 平均被引率 | 平均他引率 |
|---|---|---|---|---|---|---|---|---|---|---|---|---|
| ORTHOPEDICS | 10 | 7 | 9 | 4 | 2 | 11 | 1 286 | 1 171 | 943 | 0.58 | 0.91 | 0.73 |
| CLIN INVEST MED | 0 | 0 | 4 | 4 | 2 | 5 | 129 | 116 | 110 | 0.65 | 0.9 | 0.85 |
| DIABETES CARE | 58 | 54 | 43 | 30 | 17 | 80 | 3 472 | 50 307 | 23 415 | 7.85 | 14.49 | 6.74 |
| J NUCL MED | 39 | 34 | 33 | 23 | 15 | 50 | 3 610 | 19 893 | 9 387 | 5.92 | 5.51 | 2.6 |
| ENDOCR REV | 32 | 27 | 31 | 19 | 12 | 62 | 221 | 11 215 | 10 260 | 18.49 | 50.75 | 46.43 |
| STUD MYCOL | 1 | 8 | 4 | 9 | 4 | 11 | 130 | 503 | 234 | 5.92 | 3.87 | 1.8 |
| J NEURO-ONCOL | 25 | 17 | 12 | 11 | 7 | 28 | 1 101 | 5 828 | 4 088 | 1.86 | 5.29 | 3.71 |
| CIENC MAR | 5 | 4 | 5 | 4 | 2 | 7 | 287 | 462 | 301 | 0.82 | 1.61 | 1.05 |
| AM J PHYSIOL-ENDOC M | 40 | 33 | 27 | 20 | 12 | 44 | 1 715 | 18 183 | 12 563 | 4.14 | 10.6 | 7.33 |
| AM J PHYSIOL-GASTR L | 30 | 29 | 20 | 20 | 9 | 36 | 1 498 | 14 758 | 10 144 | 3.76 | 9.85 | 6.77 |
| EPIDEMIOL REV | 8 | 10 | 7 | 7 | 7 | 18 | 59 | 1 020 | 701 | 5.43 | 17.29 | 11.88 |
| HYPERTENSION | 48 | 42 | 38 | 28 | 17 | 62 | 5 420 | 34 234 | 19 127 | 7.19 | 6.32 | 3.53 |
| AM J NEURORADIOL | 32 | 24 | 21 | 16 | 8 | 38 | 2 320 | 13 826 | 7 814 | 2.34 | 5.96 | 3.37 |
| EUR HEART J | 42 | 44 | 36 | 32 | 17 | 65 | 14 834 | 30 846 | 22 423 | 7.92 | 2.08 | 1.51 |
| J ANDROL | 18 | 15 | 12 | 10 | 5 | 24 | 1 212 | 3 500 | 2 499 | 2.33 | 2.89 | 2.06 |
| NEFROLOGIA | 6 | 6 | 6 | 5 | 2 | 9 | 897 | 610 | 310 | 0.52 | 0.68 | 0.35 |
| SCI MAR | 11 | 9 | 9 | 5 | 3 | 13 | 531 | 1 647 | 1 234 | 0.95 | 3.1 | 2.32 |
| RAFFLES B ZOOL | 5 | 5 | 3 | 5 | 2 | 6 | 318 | 273 | 213 | 0.65 | 0.86 | 0.67 |
| J BIOSCIENCES | 13 | 6 | 8 | 6 | 5 | 14 | 461 | 1 318 | 1 202 | 1.36 | 2.86 | 2.61 |
| EMBO J | 81 | 63 | 47 | 34 | 18 | 91 | 2 539 | 70 135 | 52 776 | 8.66 | 27.63 | 20.79 |
| FAM PRACT | 14 | 13 | 10 | 7 | 3 | 17 | 566 | 2 433 | 1 852 | 1.7 | 4.3 | 3.27 |
| BIOCHEM J | 51 | 42 | 32 | 22 | 17 | 61 | 3 271 | 42 877 | 35 986 | 4.01 | 13.11 | 11 |
| HEALTH POLICY PLANN | 11 | 11 | 10 | 6 | 3 | 15 | 257 | 1 161 | 619 | 1.65 | 4.52 | 2.41 |
| HUM REPROD | 38 | 31 | 28 | 20 | 12 | 45 | 3 845 | 23 893 | 10 769 | 3.54 | 6.23 | 2.8 |
| AIDS | 50 | 43 | 34 | 24 | 14 | 58 | 2 537 | 29 262 | 12 928 | 5.84 | 11.53 | 5.1 |
| J NEUROSCI | 87 | 69 | 56 | 40 | 22 | 95 | 6 924 | 145 700 | 69 375 | 7.49 | 21.04 | 10.02 |
| MOL CELL BIOL | 69 | 63 | 47 | 31 | 17 | 80 | 4 326 | 85 485 | 53 992 | 6.42 | 19.76 | 12.48 |
| RADIOGRAPHICS | 24 | 22 | 15 | 11 | 6 | 29 | 803 | 5 316 | 4 285 | 2.54 | 6.62 | 5.34 |

续表

| 刊名(缩写) | h03 | h04 | h05 | h06 | h07 | h0307 | 载文量/篇 | 被引频次 | 他引被次 | IF07 | 平均被引率 | 平均他引率 |
|---|---|---|---|---|---|---|---|---|---|---|---|---|
| J PEDIATR GASTR NUTR | 20 | 20 | 16 | 12 | 8 | 26 | 2 231 | 5 882 | 3 862 | 2.1 | 2.64 | 1.73 |
| ZOOL SCI | 14 | 12 | 9 | 7 | 3 | 18 | 2 843 | 2 534 | 1 940 | 1.13 | 0.89 | 0.68 |
| J INT MED RES | 6 | 8 | 7 | 4 | 4 | 9 | 469 | 722 | 676 | 0.75 | 1.54 | 1.44 |
| ARCH BRONCONEUMOL | 9 | 9 | 7 | 5 | 3 | 10 | 734 | 1 314 | 451 | 1.56 | 1.79 | 0.61 |
| NETH J MED | 10 | 9 | 8 | 6 | 4 | 11 | 572 | 1 050 | 854 | 1.55 | 1.84 | 1.49 |
| INT J EPIDEMIOL | 25 | 24 | 21 | 18 | 8 | 34 | 1 307 | 9 214 | 5 967 | 5.15 | 7.05 | 4.57 |
| UPSALA J MED SCI | 3 | 3 | 4 | 3 | 1 | 5 | 127 | 107 | 96 | 0.5 | 0.84 | 0.76 |
| VET PATHOL | 14 | 12 | 9 | 7 | 5 | 17 | 612 | 2 098 | 1 673 | 1.37 | 3.43 | 2.73 |
| J BONE JOINT SURG BR | 22 | 19 | 18 | 13 | 8 | 32 | 1 686 | 8 648 | 5 552 | 1.87 | 5.13 | 3.29 |
| NUCLEIC ACIDS RES | 81 | 68 | 61 | 44 | 25 | 115 | 5 765 | 109 708 | 60 746 | 6.95 | 19.03 | 10.54 |
| ANN BOT-LONDON | 24 | 17 | 24 | 13 | 8 | 34 | 1 130 | 8 508 | 6 195 | 2.94 | 7.53 | 5.48 |
| J ANTIMICROB CHEMOTH | 37 | 31 | 28 | 21 | 12 | 47 | 2 415 | 21 959 | 12 400 | 4.04 | 9.09 | 5.13 |
| LEPROSY REV | 7 | 6 | 6 | 4 | 2 | 8 | 336 | 445 | 160 | 1.33 | 1.32 | 0.48 |
| J MED ETHICS | 13 | 12 | 10 | 6 | 4 | 16 | 1 012 | 2 397 | 1 353 | 1.1 | 2.37 | 1.34 |
| ACTA BIOQUIM CLIN L | 2 | 1 | 1 | 1 | 0 | 2 | 252 | 33 | 12 | 0.16 | 0.13 | 0.05 |
| CHEM BIOCHEM ENG Q | 6 | 5 | 3 | 2 | 1 | 7 | 251 | 309 | 257 | 0.35 | 1.23 | 1.02 |
| CROAT MED J | 10 | 8 | 9 | 5 | 4 | 12 | 698 | 1 462 | 936 | 1.17 | 2.09 | 1.34 |
| AM J ROENTGENOL | 35 | 28 | 25 | 16 | 11 | 41 | 4 724 | 19 577 | 12 024 | 2.47 | 4.14 | 2.55 |
| AM J PHYSIOL-REG I | 32 | 30 | 25 | 17 | 11 | 41 | 2 261 | 19 032 | 12 906 | 3.66 | 8.42 | 5.71 |
| AM J PHYSIOL-HEART C | 37 | 36 | 29 | 22 | 13 | 46 | 3 613 | 33 857 | 20 530 | 3.97 | 9.37 | 5.68 |
| AM J PHYSIOL-CELL PH | 35 | 31 | 25 | 18 | 14 | 45 | 1 811 | 18 565 | 14 545 | 4.23 | 10.25 | 8.03 |
| CHINESE MED J-PEKING | 12 | 11 | 8 | 7 | 5 | 14 | 2 150 | 3 731 | 3 072 | 0.64 | 1.74 | 1.43 |
| JPN J CLIN ONCOL | 13 | 14 | 11 | 10 | 3 | 18 | 714 | 2 455 | 2 147 | 1.27 | 3.44 | 3.01 |
| CHEM SENSES | 17 | 15 | 13 | 11 | 5 | 20 | 1 630 | 3 039 | 1 759 | 1.9 | 1.86 | 1.08 |
| MICROBIOL IMMUNOL | 16 | 14 | 9 | 6 | 4 | 20 | 640 | 2 718 | 2 372 | 1.3 | 4.25 | 3.71 |
| P JPN ACAD B-PHYS | 9 | 8 | 7 | 3 | 3 | 13 | 247 | 713 | 375 | 0.81 | 2.89 | 1.52 |
| ACTA MED OKAYAMA | 5 | 7 | 5 | 5 | 3 | 9 | 220 | 347 | 327 | 0.75 | 1.58 | 1.49 |
| CELL STRUCT FUNCT | 13 | 6 | 6 | 5 | 2 | 14 | 904 | 884 | 857 | 1.88 | 0.98 | 0.95 |

续表

| 刊名(缩写) | h03 | h04 | h05 | h06 | h07 | h0307 | 载文量/篇 | 被引频次 | 他引被次 | IF07 | 平均被引率 | 平均他引率 |
|---|---|---|---|---|---|---|---|---|---|---|---|---|
| BIOMED RES-TOKYO | 4 | 3 | 6 | 5 | 2 | 6 | 199 | 279 | 206 | 1.03 | 1.4 | 1.04 |
| HAEMATOL-HEMATOL J | 27 | 22 | 14 | 5 | 0 | 30 | 673 | 5 868 | 4 931 | 5.52 | 8.72 | 7.33 |
| J RADIAT RES | 9 | 10 | 8 | 0 | 5 | 15 | 322 | 1 359 | 895 | 1.26 | 4.22 | 2.78 |
| YONSEI MED J | 10 | 12 | 7 | 7 | 3 | 14 | 814 | 1 929 | 1 794 | 0.78 | 2.37 | 2.2 |
| ACTA PHYTOTAXON SIN | 4 | 4 | 3 | 4 | 1 | 6 | 353 | 197 | 103 | 0.31 | 0.56 | 0.29 |
| ACTA PALAEONTOL POL | 10 | 9 | 6 | 5 | 3 | 13 | 290 | 927 | 657 | 1.07 | 3.2 | 2.27 |
| SCHIZOPHRENIA BULL | 20 | 16 | 16 | 15 | 11 | 31 | 2 767 | 4 702 | 2 507 | 5.84 | 1.7 | 0.91 |
| CAN J PSYCHIAT | 15 | 11 | 11 | 11 | 6 | 20 | 815 | 2 360 | 1 492 | 3.03 | 2.9 | 1.83 |
| BIOL RES | 7 | 11 | 6 | 6 | 2 | 13 | 289 | 859 | 703 | 1.06 | 2.97 | 2.43 |
| REV BIOL MAR OCEANOG | 0 | 0 | 0 | 0 | 1 | 1 | 36 | 5 | 4 | 0.58 | 0.14 | 0.11 |
| ELECTRON J BIOTECHN | 6 | 4 | 3 | 3 | 2 | 8 | 216 | 206 | 202 | 0.86 | 0.95 | 0.94 |
| TEX HEART I J | 6 | 8 | 7 | 5 | 3 | 10 | 648 | 727 | 599 | 0.6 | 1.12 | 0.92 |
| J CLIN ONCOL | 86 | 73 | 85 | 54 | 31 | 122 | 15 059 | 126 195 | 68 319 | 15.48 | 8.38 | 4.54 |
| ALCOHOL ALCOHOLISM | 15 | 15 | 12 | 8 | 4 | 18 | 501 | 2 685 | 1 749 | 2.09 | 5.36 | 3.49 |
| J AM COLL CARDIOL | 73 | 66 | 61 | 44 | 26 | 94 | 14 806 | 78 007 | 45 034 | 11.05 | 5.27 | 3.04 |
| MOL BIOL EVOL | 37 | 40 | 33 | 25 | 15 | 57 | 1 363 | 22 329 | 13 066 | 6.44 | 16.38 | 9.59 |
| J LEUKOCYTE BIOL | 35 | 32 | 25 | 19 | 13 | 45 | 1 993 | 17 168 | 13 833 | 4.13 | 8.61 | 6.94 |
| ECHOCARDIOGR-J CARD | 12 | 9 | 9 | 7 | 4 | 15 | 782 | 1 854 | 1 206 | 1.33 | 2.37 | 1.54 |
| FAM MED | 9 | 11 | 9 | 5 | 3 | 14 | 812 | 1 658 | 1 000 | 1.88 | 2.04 | 1.23 |
| TOXICOL IND HEALTH | 4 | 4 | 4 | 4 | 1 | 7 | 171 | 244 | 215 | 0.73 | 1.43 | 1.26 |
| J REHABIL RES DEV | 12 | 10 | 7 | 6 | 3 | 14 | 496 | 1 582 | 1 168 | 1.29 | 3.19 | 2.35 |
| EUR J ENDOCRINOL | 27 | 25 | 21 | 15 | 8 | 37 | 1 322 | 10 267 | 7 854 | 3.24 | 7.77 | 5.94 |
| CAN MED ASSOC J | 31 | 28 | 22 | 20 | 10 | 40 | 3 739 | 10 842 | 7 656 | 7.07 | 2.9 | 2.05 |
| CAN J ANAESTH | 16 | 14 | 12 | 10 | 5 | 20 | 1 428 | 4 021 | 2 766 | 1.81 | 2.82 | 1.94 |
| PHYSIOL RES | 13 | 15 | 9 | 7 | 4 | 20 | 577 | 2 494 | 2 082 | 1.51 | 4.32 | 3.61 |
| J PHYSIOL PHARMACOL | 12 | 12 | 9 | 7 | 4 | 16 | 406 | 1 709 | 1 255 | 4.47 | 4.21 | 3.09 |
| J GEN INTERN MED | 26 | 26 | 17 | 16 | 7 | 35 | 6 393 | 9 009 | 5 839 | 2.88 | 1.41 | 0.91 |
| ARCH OTOLARYNGOL | 18 | 19 | 11 | 9 | 4 | 23 | 1 243 | 4 825 | 3 677 | 1.43 | 3.88 | 2.96 |

续表

| 刊名（缩写） | h03 | h04 | h05 | h06 | h07 | h0307 | 载文量/篇 | 被引频次 | 他引频次 | IF07 | 平均被引率 | 平均他引率 |
|---|---|---|---|---|---|---|---|---|---|---|---|---|
| MOL ENDOCRINOL | 41 | 32 | 28 | 22 | 12 | 48 | 1 235 | 18 119 | 12 450 | 5.34 | 14.67 | 10.08 |
| GENE DEV | 76 | 72 | 53 | 44 | 23 | 102 | 1 487 | 58 963 | 39 165 | 14.8 | 39.65 | 26.34 |
| CLEV CLIN J MED | 8 | 8 | 5 | 6 | 3 | 10 | 709 | 877 | 745 | 1.31 | 1.24 | 1.05 |
| FASEB J | 56 | 48 | 37 | 25 | 14 | 66 | 39 887 | 38 961 | 36 778 | 6.79 | 0.98 | 0.92 |
| NEUROPSYCHOPHARMACOL | 41 | 37 | 29 | 23 | 13 | 51 | 3 453 | 20 425 | 12829 | 6.16 | 5.92 | 3.72 |
| CLIN MICROBIOL REV | 32 | 29 | 25 | 19 | 11 | 53 | 199 | 7 845 | 7 430 | 15.76 | 39.42 | 37.34 |
| J NEUROPSYCH CLIN N | 15 | 12 | 12 | 7 | 4 | 20 | 524 | 2 168 | 1 757 | 2.05 | 4.14 | 3.35 |
| NEURON | 86 | 73 | 57 | 44 | 23 | 106 | 2033 | 68 160 | 38 635 | 13.41 | 35.53 | 19 |
| PERITON DIALYSIS INT | 12 | 12 | 12 | 10 | 4 | 17 | 802 | 2 551 | 1 024 | 2 | 3.18 | 1.28 |
| EUR J HAEMATOL | 18 | 15 | 14 | 11 | 7 | 22 | 916 | 4 284 | 3 686 | 2.16 | 4.68 | 4.02 |
| EUR RESPIR J | 38 | 30 | 28 | 23 | 13 | 52 | 2217 | 20 550 | 12 597 | 5.35 | 9.27 | 5.68 |
| DAN MED BULL | 6 | 4 | 2 | 4 | 2 | 7 | 122 | 199 | 187 | 1.39 | 1.63 | 1.53 |
| ANN NUCL MED | 12 | 11 | 7 | 6 | 3 | 14 | 541 | 1 409 | 1 130 | 0.99 | 2.6 | 2.09 |
| ARCH HISTOL CYTOL | 10 | 9 | 6 | 4 | 2 | 14 | 188 | 748 | 641 | 0.99 | 3.98 | 3.41 |
| BIOSCI BIOTECH BIOCH | 18 | 16 | 12 | 9 | 6 | 22 | 2 223 | 7 942 | 6 213 | 1.25 | 3.57 | 2.79 |
| J REPROD DEVELOP | 10 | 11 | 9 | 7 | 6 | 14 | 507 | 1 667 | 1 194 | 1.47 | 3.29 | 2.36 |
| HYPERTENS RES | 21 | 22 | 15 | 11 | 6 | 28 | 729 | 5 226 | 3 095 | 2.95 | 7.17 | 4.25 |
| J EPIDEMIOL | 12 | 6 | 9 | 5 | 4 | 14 | 244 | 1 096 | 803 | 1.91 | 4.49 | 3.29 |
| BIOL PHARM BULL | 20 | 19 | 15 | 10 | 6 | 25 | 2 256 | 9 726 | 7 719 | 1.61 | 4.31 | 3.42 |
| ANTHROPOL SCI | 0 | 4 | 4 | 3 | 2 | 6 | 261 | 197 | 94 | 0.98 | 0.75 | 0.36 |
| ENDOCR J | 13 | 10 | 10 | 8 | 5 | 15 | 735 | 1 921 | 1 577 | 1.57 | 2.61 | 2.15 |
| ANN ONCOL | 33 | 33 | 32 | 22 | 13 | 49 | 6 819 | 20 516 | 14 422 | 4.88 | 3.01 | 2.11 |
| NEPHROL DIAL TRANSPL | 32 | 30 | 24 | 30 | 11 | 43 | 7 610 | 20 825 | 13 163 | 3.17 | 2.74 | 1.73 |
| DEVELOPMENT | 62 | 60 | 45 | 30 | 18 | 76 | 2 536 | 54 654 | 26 693 | 7.29 | 21.55 | 10.53 |
| J MOL ENDOCRINOL | 18 | 19 | 13 | 10 | 6 | 26 | 514 | 4 281 | 3 793 | 2.8 | 8.33 | 7.38 |
| INT IMMUNOL | 22 | 26 | 17 | 14 | 7 | 36 | 804 | 8114 | 7 061 | 3.29 | 10.09 | 8.78 |
| J INTERN MED | 26 | 25 | 23 | 17 | 10 | 39 | 850 | 8 613 | 7 517 | 4.9 | 10.13 | 8.84 |
| EXP PHYSIOL | 16 | 13 | 16 | 11 | 8 | 27 | 527 | 3 382 | 2 828 | 3.01 | 6.42 | 5.37 |

续表

| 刊名(缩写) | h03 | h04 | h05 | h06 | h07 | h0307 | 载文量/篇 | 被引频次 | 他引被次 | IF07 | 平均被引率 | 平均他引率 |
|---|---|---|---|---|---|---|---|---|---|---|---|---|
| GLYCOBIOLOGY | 24 | 19 | 18 | 16 | 9 | 31 | 2 039 | 6 196 | 4 333 | 3.89 | 3.04 | 2.13 |
| BRIT J GEN PRACT | 15 | 13 | 12 | 8 | 6 | 19 | 1 741 | 3 405 | 1 949 | 2.23 | 1.96 | 1.12 |
| LUPUS | 22 | 15 | 15 | 11 | 5 | 26 | 896 | 4 948 | 3 104 | 2.25 | 5.52 | 3.46 |
| PROTEIN SCI | 35 | 32 | 23 | 17 | 9 | 43 | 2 122 | 15 405 | 11 747 | 3.14 | 7.26 | 5.54 |
| OCCUP MED-OXFORD | 10 | 10 | 8 | 7 | 3 | 16 | 642 | 1 786 | 1 141 | 1.14 | 2.78 | 1.78 |
| PHILOS T R SOC B | 41 | 32 | 0 | 0 | 0 | 47 | 397 | 8 216 | 5 947 | 5.53 | 20.7 | 14.98 |
| P ROY SOC B-BIOL SCI | 47 | 34 | 8 | 0 | 0 | 49 | 903 | 17 267 | 13 161 | 4.11 | 19.06 | 14.57 |
| MEDIAT INFLAMM | 10 | 8 | 7 | 5 | 2 | 11 | 298 | 656 | 563 | 1.16 | 2.2 | 1.89 |
| TOB CONTROL | 18 | 16 | 15 | 14 | 6 | 23 | 823 | 3 889 | 1 547 | 3.28 | 4.73 | 1.88 |
| HUM MOL GENET | 56 | 48 | 45 | 30 | 16 | 70 | 1 808 | 38 443 | 26 272 | 7.81 | 21.26 | 14.53 |
| NURS ETHICS | 6 | 6 | 5 | 4 | 2 | 8 | 473 | 442 | 187 | 0.82 | 0.93 | 0.4 |
| INDIAN J MED RES | 8 | 11 | 11 | 8 | 4 | 14 | 1 144 | 2 096 | 1 610 | 1.67 | 1.83 | 1.41 |
| J KOREAN MED SCI | 12 | 9 | 9 | 5 | 3 | 14 | 1 015 | 2 217 | 2 083 | 0.82 | 2.18 | 2.05 |
| J INVEST ALLERG CLIN | 9 | 8 | 7 | 6 | 3 | 12 | 350 | 924 | 747 | 1.25 | 2.64 | 2.13 |
| INT J ONCOL | 32 | 19 | 19 | 13 | 8 | 38 | 1 912 | 14 441 | 10 865 | 2.3 | 7.55 | 5.68 |
| ONCOL REP | 20 | 19 | 16 | 12 | 6 | 25 | 2 080 | 8 972 | 7 500 | 1.6 | 4.31 | 3.61 |
| HEMATOLOGY | 0 | 0 | 10 | 4 | 4 | 11 | 320 | 539 | 520 | 1.47 | 1.68 | 1.63 |
| INT J TUBERC LUNG D | 17 | 17 | 14 | 14 | 7 | 23 | 1 352 | 5 916 | 2 707 | 2.24 | 4.38 | 2 |
| AM J PHYSIOL-LUNG C | 32 | 29 | 24 | 17 | 9 | 39 | 1 530 | 15 249 | 9 672 | 4.21 | 9.97 | 6.32 |
| PLANT CELL | 61 | 57 | 42 | 29 | 17 | 78 | 1 405 | 36 664 | 16 320 | 9.65 | 26.1 | 11.62 |
| ADV PHYSIOL EDUC | 6 | 6 | 5 | 4 | 3 | 8 | 257 | 362 | 235 | 0.98 | 1.41 | 0.91 |
| AM J RESP CELL MOL | 34 | 29 | 22 | 17 | 10 | 40 | 966 | 11 720 | 8 309 | 4.61 | 12.13 | 8.6 |
| BEHAV ECOL | 23 | 20 | 17 | 12 | 7 | 27 | 706 | 6 202 | 4 272 | 3.02 | 8.78 | 6.05 |
| J AM SOC NEPHROL | 55 | 46 | 44 | 27 | 18 | 70 | 6 470 | 38 758 | 20 965 | 7.11 | 5.99 | 3.24 |
| CEREB CORTEX | 41 | 33 | 32 | 22 | 14 | 52 | 975 | 15 345 | 10 303 | 6.52 | 15.76 | 10.57 |
| J VASC INTERV RADIOL | 25 | 18 | 20 | 14 | 5 | 31 | 1 287 | 6 701 | 3 702 | 2.21 | 5.21 | 2.88 |
| ICES J MAR SCI | 15 | 12 | 16 | 9 | 5 | 19 | 846 | 3 683 | 2 099 | 1.93 | 4.35 | 2.48 |
| CANCER EPIDEM BIOMAR | 36 | 33 | 31 | 20 | 12 | 46 | 3 448 | 21 262 | 12 489 | 4.64 | 6.17 | 3.62 |

续表

| 刊名(缩写) | h03 | h04 | h05 | h06 | h07 | h0307 | 载文量/篇 | 被引频次 | 他引被次 | IF07 | 平均被引率 | 平均他引率 |
|---|---|---|---|---|---|---|---|---|---|---|---|---|
| CLIN INFECT DIS | 57 | 53 | 43 | 34 | 22 | 79 | 4 453 | 52 073 | 27 078 | 6.75 | 11.69 | 6.08 |
| MOL BIOL CELL | 52 | 50 | 39 | 25 | 14 | 59 | 4 944 | 41 483 | 27 373 | 6.03 | 8.39 | 5.54 |
| AM J CRIT CARE | 10 | 10 | 8 | 6 | 4 | 13 | 436 | 1 042 | 797 | 1.08 | 2.39 | 1.83 |
| STEM CELLS | 27 | 38 | 32 | 29 | 17 | 57 | 1137 | 16 086 | 8 207 | 7.53 | 14.15 | 7.22 |
| J AM MED INFORM ASSN | 20 | 19 | 15 | 11 | 7 | 29 | 440 | 3 804 | 1 969 | 3.09 | 8.65 | 4.48 |
| ANN SURG ONCOL | 32 | 25 | 17 | 17 | 11 | 38 | 2 837 | 9 742 | 6 125 | 3.92 | 3.43 | 2.16 |
| LEARN MEMORY | 22 | 27 | 15 | 14 | 7 | 32 | 474 | 5 619 | 3 620 | 4.04 | 11.85 | 7.64 |
| ARCH PEDIAT ADOL MED | 29 | 23 | 20 | 15 | 9 | 35 | 1 148 | 8 607 | 5 961 | 3.73 | 7.5 | 5.19 |
| AM J RESP CRIT CARE | 60 | 46 | 42 | 35 | 19 | 73 | 2 823 | 41 485 | 22 526 | 9.07 | 14.7 | 7.98 |
| IMMUNITY | 65 | 60 | 44 | 40 | 26 | 89 | 890 | 34 003 | 21 089 | 19.27 | 38.21 | 23.7 |
| PSYCHIAT SERV | 23 | 19 | 14 | 11 | 7 | 29 | 2 359 | 6 204 | 2 608 | 2.07 | 2.63 | 1.11 |
| MOL MED | 14 | 8 | 4 | 6 | 6 | 17 | 227 | 1 164 | 1 122 | 2.08 | 5.13 | 4.94 |
| CLIN CANCER RES | 65 | 56 | 49 | 36 | 21 | 77 | 6 930 | 83 148 | 47 615 | 6.25 | 12 | 6.87 |
| ARTERIOSCL THROM VAS | 55 | 48 | 39 | 30 | 17 | 70 | 4 338 | 37 561 | 23 469 | 7.22 | 8.66 | 5.41 |
| EMERG INFECT DIS | 43 | 38 | 33 | 27 | 15 | 55 | 2 367 | 26 152 | 15 280 | 5.78 | 11.05 | 6.46 |
| ONCOLOGIST | 24 | 26 | 22 | 18 | 13 | 35 | 673 | 7 213 | 5 982 | 4.88 | 10.72 | 8.89 |
| GENOME RES | 65 | 56 | 39 | 31 | 17 | 82 | 1 176 | 35 657 | 21 804 | 11.22 | 30.31 | 18.54 |
| MOL VIS | 20 | 16 | 14 | 12 | 7 | 23 | 816 | 4 679 | 3 173 | 2.33 | 5.73 | 3.89 |
| MICROBIOL MOL BIOL R | 26 | 25 | 19 | 23 | 9 | 50 | 152 | 7 202 | 6 683 | 14.63 | 47.38 | 43.97 |
| PALAEONTOL ELECTRON | 0 | 0 | 2 | 1 | 1 | 2 | 86 | 23 | 20 | 0.88 | 0.27 | 0.23 |
| PHYSIOL GENOMICS | 28 | 27 | 18 | 12 | 9 | 33 | 722 | 7 727 | 6 263 | 3.49 | 10.7 | 8.67 |
| TOXICOL SCI | 30 | 27 | 22 | 20 | 12 | 38 | 3 538 | 14 516 | 9 255 | 3.81 | 4.1 | 2.62 |
| MOL CELL | 85 | 75 | 56 | 40 | 23 | 104 | 1 793 | 62 426 | 39 341 | 13.16 | 34.82 | 21.94 |
| EUROPACE | 11 | 13 | 8 | 9 | 6 | 17 | 739 | 2 260 | 1 579 | 1.38 | 3.06 | 2.14 |
| INT J MOL MED | 25 | 19 | 17 | 11 | 7 | 31 | 1 481 | 9 061 | 5 879 | 1.85 | 6.12 | 3.97 |
| J BIOMED BIOTECHNOL | 11 | 11 | 8 | 8 | 2 | 16 | 240 | 1 176 | 1 110 | 1.92 | 4.9 | 4.63 |
| J NEPHROL | 15 | 12 | 11 | 7 | 3 | 18 | 735 | 2 269 | 2 409 | 1.14 | 3.67 | 3.28 |
| REV ESP ENFERM DIG | 4 | 6 | 5 | 5 | 3 | 7 | 691 | 450 | 279 | 1.09 | 0.65 | 0.4 |

续表

| 刊名（缩写） | h03 | h04 | h05 | h06 | h07 | h0307 | 载文量/篇 | 被引频次 | 他引被次 | IF07 | 平均被引率 | 平均他引率 |
|---|---|---|---|---|---|---|---|---|---|---|---|---|
| NEUROCIRUGIA | 4 | 4 | 4 | 2 | 2 | 5 | 317 | 225 | 134 | 0.3 | 0.71 | 0.42 |
| AIDS REV | 0 | 13 | 9 | 8 | 4 | 14 | 143 | 742 | 686 | 3.71 | 5.19 | 4.8 |
| INT MICROBIOL | 9 | 10 | 8 | 7 | 3 | 16 | 202 | 1 049 | 901 | 2.62 | 5.19 | 4.46 |
| J PSYCHIATR NEUROSCI | 12 | 16 | 11 | 9 | 5 | 23 | 240 | 1 875 | 1631 | 3.66 | 7.81 | 6.8 |
| ACTA ZOOL ACAD SCI H | 3 | 3 | 3 | 3 | 1 | 4 | 144 | 133 | 91 | 0.56 | 0.92 | 0.63 |
| PATHOL ONCOL RES | 7 | 7 | 5 | 5 | 3 | 11 | 223 | 647 | 632 | 1.27 | 2.9 | 2.83 |
| J BIOCHEM MOL BIOL | 12 | 11 | 12 | 9 | 5 | 21 | 557 | 2 450 | 2 138 | 2.14 | 4.4 | 3.84 |
| EXP MOL MED | 15 | 12 | 11 | 9 | 5 | 21 | 410 | 2 333 | 1 973 | 2.3 | 4.69 | 4.81 |
| KOREAN J RADIOL | 9 | 8 | 5 | 4 | 2 | 10 | 260 | 596 | 496 | 1.32 | 2.29 | 1.91 |
| ANN AGR ENV MED | 10 | 9 | 6 | 5 | 3 | 11 | 261 | 854 | 469 | 1.07 | 3.27 | 1.8 |
| MED SCI MONITOR | 0 | 14 | 14 | 9 | 4 | 19 | 1 126 | 3 107 | 2 358 | 1.61 | 2.76 | 2.09 |
| J APPL GENET | 0 | 0 | 0 | 5 | 3 | 6 | 118 | 179 | 168 | 0.97 | 1.52 | 1.42 |
| ADANSONIA | 0 | 0 | 0 | 2 | 1 | 2 | 56 | 18 | 13 | 0.09 | 0.32 | 0.23 |
| ZOOSYSTEMA | 4 | 5 | 4 | 3 | 2 | 7 | 166 | 241 | 178 | 0.82 | 1.45 | 1.07 |
| GEODIVERSITAS | 6 | 5 | 4 | 4 | 1 | 7 | 127 | 292 | 218 | 0.63 | 2.3 | 1.72 |
| PEDIATR INT | 11 | 11 | 8 | 4 | 3 | 14 | 813 | 1 693 | 1 552 | 0.74 | 2.08 | 1.91 |
| FOOD TECHNOL BIOTECH | 8 | 10 | 7 | 6 | 2 | 9 | 296 | 627 | 529 | 0.91 | 2.12 | 1.79 |
| J ATHEROSCLER THROMB | 0 | 0 | 10 | 7 | 4 | 12 | 154 | 643 | 545 | 2.84 | 4.18 | 3.54 |
| EXP ANIM TOKYO | 8 | 5 | 5 | 3 | 2 | 8 | 261 | 440 | 373 | 0.55 | 1.69 | 1.43 |
| GENES GENET SYST | 9 | 6 | 8 | 5 | 3 | 10 | 1 257 | 596 | 531 | 1.22 | 0.47 | 0.42 |
| J OCCUP HEALTH | 11 | 8 | 7 | 4 | 3 | 14 | 363 | 1 216 | 983 | 1.6 | 3.35 | 2.71 |
| JPN J INFECT DIS | 8 | 10 | 7 | 6 | 3 | 12 | 540 | 1 298 | 1 151 | 1.07 | 2.4 | 2.13 |
| BREEDING SCI | 7 | 6 | 5 | 4 | 2 | 8 | 273 | 589 | 439 | 1.08 | 2.16 | 1.61 |
| J HEALTH SCI | 8 | 7 | 6 | 5 | 3 | 11 | 552 | 1 012 | 759 | 0.64 | 1.83 | 1.38 |
| CIRC J | 18 | 17 | 17 | 13 | 8 | 25 | 1439 | 7 060 | 4 092 | 2.37 | 4.91 | 2.84 |
| J PHARMACOL SCI | 18 | 19 | 16 | 14 | 5 | 26 | 6 581 | 5 542 | 4 660 | 2.41 | 0.84 | 0.71 |
| CANCER SCI | 30 | 27 | 20 | 15 | 9 | 39 | 971 | 9 009 | 7 794 | 3.17 | 9.28 | 8.03 |
| J PESTIC SCI | 5 | 6 | 6 | 4 | 2 | 8 | 329 | 418 | 282 | 0.69 | 1.27 | 0.86 |

续表

| 刊名（缩写） | h03 | h04 | h05 | h06 | h07 | h0307 | 载文量/篇 | 被引频次 | 他引被次 | IF07 | 平均被引率 | 平均他引率 |
|---|---|---|---|---|---|---|---|---|---|---|---|---|
| INT HEART J | 0 | 0 | 7 | 5 | 3 | 7 | 291 | 477 | 389 | 0.93 | 1.64 | 1.34 |
| MICROBIOL-SGM | 31 | 29 | 25 | 14 | 10 | 38 | 1 963 | 16 961 | 12 359 | 3.11 | 8.64 | 6.3 |
| ENDOCR-RELAT CANCER | 22 | 21 | 22 | 17 | 7 | 34 | 446 | 5 351 | 4 319 | 5.19 | 12 | 9.68 |
| OCCUP ENVIRON MED | 24 | 18 | 16 | 11 | 7 | 28 | 940 | 6 053 | 4 063 | 2.82 | 6.44 | 4.32 |
| MULT SCLER | 20 | 19 | 15 | 12 | 6 | 25 | 3 738 | 4 706 | 2 628 | 3.26 | 1.26 | 0.7 |
| INT J QUAL HEALTH C | 10 | 10 | 9 | 6 | 3 | 14 | 367 | 1 351 | 1 007 | 1.33 | 3.68 | 2.74 |
| INJURY PREV | 13 | 12 | 8 | 8 | 3 | 16 | 557 | 1 887 | 930 | 1.4 | 3.39 | 1.67 |
| HUM REPROD UPDATE | 21 | 21 | 20 | 17 | 8 | 34 | 253 | 4 204 | 3 482 | 7.26 | 16.62 | 13.76 |
| HEART | 35 | 26 | 21 | 19 | 10 | 42 | 3 674 | 14 742 | 11 520 | 4.14 | 4.01 | 3.14 |
| CELL STRESS CHAPERON | 15 | 14 | 8 | 7 | 3 | 21 | 207 | 1 806 | 1 389 | 2.85 | 8.72 | 6.71 |
| RNA | 36 | 31 | 26 | 22 | 12 | 50 | 997 | 15 032 | 8 438 | 5.84 | 15.08 | 8.46 |
| GENES CELLS | 21 | 22 | 16 | 13 | 8 | 28 | 523 | 5 084 | 4 641 | 3.3 | 9.72 | 8.87 |
| VASC MED | 12 | 9 | 9 | 5 | 3 | 16 | 308 | 963 | 822 | 1.19 | 3.13 | 2.67 |
| ARCH DIS CHILD-FETAL | 0 | 0 | 9 | 7 | 4 | 9 | 433 | 561 | 455 | 2.34 | 1.3 | 1.05 |
| MOL HUM REPROD | 20 | 21 | 16 | 10 | 6 | 27 | 555 | 4 677 | 3 545 | 2.87 | 8.43 | 6.39 |
| J APPL MICROBIOL. | 27 | 23 | 17 | 11 | 6 | 31 | 1 703 | 10 491 | 7 783 | 2.5 | 6.16 | 4.57 |
| BIOINFORMATICS | 56 | 48 | 46 | 26. | 13 | 77 | 3 248 | 49 006 | 29 714 | 5.04 | 15.09 | 9.15 |
| CURR OPIN DRUG DISC | 21 | 21 | 14 | 12 | 8 | 28 | 384 | 3 816 | 3 342 | 3.76 | 9.94 | 8.7 |
| SEX TRANSM INFECT | 21 | 21 | 14 | 10 | 6 | 26 | 990 | 4 873 | 2 367 | 2.62 | 4.92 | 2.39 |
| PUBLIC HEALTH NUTR | 16 | 18 | 11 | 10 | 5 | 23 | 841 | 3 874 | 2 500 | 1.86 | 4.61 | 2.97 |
| IDRUGS | 10 | 8 | 6 | 5 | 3 | 11 | 911 | 961 | 879 | 1.28 | 1.05 | 0.96 |
| CONTRIB ZOOL | 6 | 5 | 3 | 3 | 3 | 7 | 95 | 191 | 134 | 1.21 | 2.01 | 1.41 |
| J BIOSCI BIOENG | 16 | 11 | 14 | 9 | 4 | 20 | 967 | 3 872 | 3 159 | 1.78 | 4 | 3.27 |
| GENET MOL BIOL | 7 | 7 | 4 | 4 | 2 | 8 | 573 | 576 | 458 | 0.49 | 1.01 | 0.8 |
| SWISS MED WKLY | 13 | 12 | 10 | 6 | 4 | 16 | 1 448 | 1 920 | 1 741 | 1.31 | 1.33 | 1.2 |
| CELL MOL BIOL LETT | 11 | 10 | 9 | 5 | 3 | 14 | 342 | 1 219 | 1 152 | 1.68 | 3.56 | 3.37 |
| J MED INTERNET RES | 0 | 11 | 6 | 6 | 4 | 12 | 174 | 585 | 322 | 2.95 | 3.36 | 1.85 |
| QJM-INT J MED | 19 | 15 | 14 | 8 | 5 | 25 | 706 | 3 397 | 3 060 | 2.86 | 4.81 | 4.33 |

续表

| 刊名（缩写） | h03 | h04 | h05 | h06 | h07 | h0307 | 载文量/篇 | 被引频次 | 他引被次 | IF07 | 平均被引率 | 平均他引率 |
| --- | --- | --- | --- | --- | --- | --- | --- | --- | --- | --- | --- | --- |
| RHEUMATOLOGY | 27 | 28 | 24 | 19 | 11 | 37 | 3 679 | 13 916 | 9 351 | 4.05 | 3.78 | 2.54 |
| BJU INT | 28 | 26 | 24 | 16 | 9 | 36 | 4 228 | 16 452 | 10 136 | 2.75 | 3.89 | 2.4 |
| CURR OPIN MOL THER | 19 | 14 | 11 | 9 | 6 | 22 | 399 | 2 613 | 2 416 | 2.53 | 6.55 | 6.06 |
| BREAST CANCER RES | 22 | 21 | 22 | 17 | 9 | 31 | 1 048 | 6 300 | 4 878 | 4.37 | 6.01 | 4.65 |
| RESP RES | 11 | 9 | 17 | 16 | 5 | 22 | 437 | 3 153 | 2 685 | 3.62 | 7.22 | 6.14 |
| INT J SYST EVOL MICR | 31 | 25 | 19 | 13 | 9 | 35 | 2 131 | 14 780 | 5 660 | 2.38 | 6.94 | 2.66 |
| CRIT CARE | 18 | 18 | 20 | 16 | 8 | 29 | 1 295 | 6 953 | 4 401 | 3.83 | 5.37 | 3.4 |
| BRIEF BIOINFORM | 0 | 10 | 11 | 10 | 5 | 17 | 159 | 5 470 | 5 319 | 4.42 | 34.4 | 33.45 |
| EMBO REP | 40 | 36 | 27 | 23 | 11 | 51 | 1 278 | 15 876 | 14 287 | 7.45 | 12.42 | 11.18 |
| REPRODUCTION | 25 | 23 | 18 | 15 | 7 | 32 | 913 | 7 266 | 5 315 | 2.96 | 7.96 | 5.82 |
| BMC BIOINFORMATICS | 24 | 29 | 26 | 22 | 10 | 44 | 1 929 | 14 449 | 9 578 | 3.49 | 7.49 | 4.97 |
| BMC CELL BIOL | 8 | 14 | 11 | 10 | 5 | 17 | 219 | 1 408 | 1 339 | 3.09 | 6.43 | 6.11 |
| BMC DEV BIOL | 0 | 0 | 11 | 9 | 6 | 10 | 233 | 602 | 550 | 3.34 | 2.58 | 2.36 |
| BMC EVOL BIOL | 14 | 19 | 16 | 12 | 9 | 28 | 536 | 3 866 | 3 155 | 4.09 | 7.21 | 5.89 |
| BMC GENET | 13 | 13 | 12 | 7 | 5 | 20 | 623 | 2 212 | 1 765 | 1.58 | 3.55 | 2.83 |
| BMC GENOMICS | 18 | 25 | 24 | 19 | 10 | 33 | 1 143 | 8 306 | 6 675 | 4.18 | 7.27 | 5.84 |
| BMC IMMUNOL | 0 | 0 | 8 | 5 | 3 | 8 | 84 | 262 | 244 | 2.67 | 3.12 | 2.9 |
| BMC MICROBIOL | 11 | 12 | 13 | 10 | 6 | 20 | 360 | 2 061 | 1 847 | 2.98 | 5.72 | 5.13 |
| BMC MOL BIOL | 8 | 9 | 7 | 9 | 5 | 16 | 223 | 1 255 | 1 169 | 3.37 | 5.63 | 5.24 |
| BMC NEUROSCI | 12 | 13 | 14 | 11 | 5 | 21 | 365 | 2 267 | 2 138 | 2.99 | 6.21 | 5.86 |
| BMC PLANT BIOL | 0 | 0 | 10 | 8 | 6 | 12 | 125 | 561 | 514 | 3.23 | 4.49 | 4.11 |
| BMC GASTROENTEROL | 10 | 8 | 7 | 7 | 3 | 13 | 196 | 887 | 839 | 1.98 | 4.53 | 4.28 |
| BMC INFECT DIS | 9 | 13 | 11 | 11 | 5 | 19 | 536 | 2 415 | 2 187 | 2.02 | 4.51 | 4.08 |
| BMC MED GENET | 0 | 0 | 8 | 10 | 7 | 13 | 229 | 781 | 679 | 2.42 | 3.41 | 2.97 |
| BMC NEUROL | 0 | 0 | 7 | 8 | 4 | 9 | 113 | 348 | 335 | 1.9 | 3.08 | 2.96 |
| BMC CANCER | 12 | 16 | 18 | 14 | 7 | 25 | 828 | 4 576 | 4 204 | 2.71 | 5.53 | 5.08 |
| BMC PUBLIC HEALTH | 11 | 13 | 13 | 11 | 7 | 17 | 926 | 2 957 | 2 338 | 1.63 | 3.19 | 2.52 |
| BMC MUSCULOSKEL DIS | 10 | 10 | 8 | 8 | 4 | 14 | 369 | 1 263 | 1 089 | 1.32 | 3.42 | 2.95 |

续表

| 刊名(缩写) | h03 | h04 | h05 | h06 | h07 | h0307 | 载文量/篇 | 被引频次 | 他引被次 | IF07 | 平均被引率 | 平均他引率 |
|---|---|---|---|---|---|---|---|---|---|---|---|---|
| EMERG MED J | 11 | 12 | 9 | 7 | 4 | 16 | 1 735 | 2 871 | 1 958 | 0.93 | 1.65 | 1.13 |
| BMC BIOTECHNOL | 12 | 11 | 8 | 7 | 5 | 18 | 231 | 1 310 | 1 213 | 2.75 | 5.67 | 5.25 |
| BMC HEALTH SERV RES | 10 | 7 | 8 | 8 | 6 | 15 | 517 | 1 458 | 1 191 | 1.36 | 2.82 | 2.3 |
| MICROB CELL FACT | 0 | 0 | 10 | 8 | 4 | 12 | 116 | 596 | 456 | 0.55 | 5.14 | 3.93 |
| MALARIA J | 14 | 15 | 13 | 11 | 7 | 19 | 453 | 2 448 | 1 495 | 2.47 | 5.4 | 3.3 |
| QUAL SAF HEALTH CARE | 17 | 17 | 13 | 9 | 4 | 23 | 617 | 3 281 | 2 044 | 2.02 | 5.32 | 3.31 |
| MOL CANCER | 0 | 0 | 12 | 13 | 8 | 16 | 199 | 1 212 | 1 097 | 3.69 | 6.09 | 5.51 |
| REPROD BIOL ENDOCRIN | 0 | 0 | 10 | 8 | 3 | 12 | 198 | 794 | 713 | 2.37 | 4.01 | 3.6 |
| J TRANSL MED | 0 | 0 | 5 | 8 | 7 | 9 | 170 | 480 | 427 | 2.94 | 2.82 | 2.51 |
| SURG-J R COLL SURG E | 6 | 7 | 8 | 4 | 3 | 9 | 515 | 675 | 620 | 1.12 | 1.31 | 1.2 |
| BIOL PROCED ONLINE | 0 | 0 | 0 | 1 | 0 | 1 | 37 | 1 | 1 | 1.18 | 0.03 | 0.03 |
| J PHARM PHARM SCI | 12 | 10 | 8 | 5 | 3 | 14 | 238 | 1 127 | 1 075 | 1.69 | 4.74 | 4.52 |
| BRAZ ARCH BIOL TECHN | 6 | 5 | 4 | 3 | 2 | 5 | 679 | 477 | 4 052 | 0.35 | 0.7 | 5.97 |
| BRAZ J MICROBIOL | 6 | 6 | 3 | 3 | 2 | 8 | 462 | 312 | 268 | 0.34 | 0.68 | 0.58 |
| NEOTROP ENTOMOL | 0 | 7 | 6 | 3 | 2 | 8 | 556 | 611 | 431 | 0.55 | 1.1 | 0.78 |
| EUR HEART J SUPPL | 6 | 4 | 5 | 4 | 2 | 8 | 404 | 480 | 351 | 1.62 | 1.19 | 0.87 |
| ARCH FACIAL PLAST S | 0 | 0 | 7 | 5 | 3 | 7 | 236 | 326 | 234 | 0.81 | 1.38 | 0.99 |
| NEOPLASIA | 20 | 21 | 24 | 16 | 8 | 31 | 513 | 6 239 | 4 437 | 5.67 | 12.16 | 8.65 |
| J MOL DIAGN | 13 | 14 | 14 | 12 | 7 | 20 | 1 234 | 2 670 | 2 235 | 3.48 | 2.16 | 1.81 |
| J APPL CLIN MED PHYS | 0 | 0 | 6 | 4 | 2 | 7 | 138 | 220 | 189 | 0.96 | 1.59 | 1.37 |
| AAPS PHARMSCITECH | 0 | 5 | 2 | 3 | 2 | 5 | 343 | 176 | 153 | 1.35 | 0.51 | 0.45 |
| SKULL BASE-INTERD AP | 5 | 4 | 5 | 2 | 1 | 6 | 241 | 210 | 198 | 0.43 | 0.87 | 0.82 |
| COMP FUNCT GENOM | 10 | 8 | 5 | 0 | 1 | 13 | 190 | 730 | 669 | 1.62 | 3.84 | 3.52 |
| MOL INTERV | 0 | 13 | 11 | 9 | 5 | 18 | 183 | 1 102 | 1 048 | 6 | 6.02 | 5.73 |
| J VISION | 17 | 18 | 13 | 10 | 4 | 25 | 551 | 3 463 | 1 942 | 3.79 | 6.28 | 3.52 |
| EXP BIOL MED | 25 | 21 | 16 | 12 | 7 | 32 | 855 | 6 673 | 6 105 | 1.98 | 7.8 | 7.14 |
| MOL CANCER THER | 35 | 33 | 27 | 22 | 12 | 45 | 2 189 | 12 480 | 11 740 | 4.8 | 7.11 | 5.36 |
| MOL CELL PROTEOMICS | 31 | 38 | 36 | 27 | 15 | 53 | 3 681 | 15 748 | 9 121 | 9.43 | 4.28 | 2.48 |

续表

| 刊名（缩写） | h03 | h04 | h05 | h06 | h07 | h0307 | 载文量/篇 | 被引频次 | 他引频次 | IF07 | 平均被引率 | 平均他引率 |
|---|---|---|---|---|---|---|---|---|---|---|---|---|
| EUKARYOT CELL | 30 | 24 | 22 | 16 | 9 | 36 | 972 | 9 871 | 5 790 | 3.4 | 10.16 | 5.96 |
| J INSECT SCI | 0 | 6 | 6 | 4 | 2 | 7 | 528 | 235 | 215 | 0.95 | 0.45 | 0.41 |
| INTEGR COMP BIOL | 16 | 13 | 14 | 11 | 5 | 21 | 4 654 | 3 026 | 2 257 | 2.66 | 0.65 | 0.48 |
| MOL CANCER RES | 32 | 22 | 16 | 13 | 9 | 37 | 451 | 6 218 | 5 757 | 4.32 | 13.79 | 12.76 |
| ANN FAM MED | 0 | 20 | 17 | 11 | 7 | 23 | 504 | 2 728 | 1 596 | 4.54 | 5.41 | 3.17 |
| PLOS BIOL | 25 | 57 | 48 | 32 | 17 | 72 | 1 089 | 25 642 | 21 400 | 13.5 | 23.55 | 19.65 |
| PHYSIOLOGY | 0 | 17 | 21 | 15 | 7 | 29 | 175 | 2 544 | 2 455 | 6.95 | 14.54 | 14.03 |
| PLOS MED | 0 | 14 | 27 | 24 | 15 | 38 | 1 208 | 8 894 | 6 932 | 12.6 | 7.36 | 5.74 |
| AAPS J | 0 | 0 | 11 | 13 | 6 | 17 | 240 | 1 236 | 1 097 | 3.76 | 5.15 | 4.57 |
| PLOS COMPUT BIOL | 0 | 0 | 19 | 18 | 11 | 25 | 487 | 3 466 | 2 888 | 6.24 | 7.12 | 5.93 |
| PLOS PATHOG | 0 | 0 | 18 | 23 | 14 | 29 | 359 | 3 743 | 3 087 | 9.34 | 10.43 | 8.6 |
| PLOS GENET | 0 | 0 | 28 | 25 | 16 | 34 | 513 | 6 113 | 5 171 | 8.72 | 11.92 | 10.08 |
| PLOS CLIN TRIALS | 0 | 0 | 0 | 9 | 4 | 9 | 9? | 299 | 233 | 4.77 | 3.22 | 2.51 |
| CLIN VACCINE IMMUNOL | 0 | 0 | 0 | 11 | 7 | 9 | 488 | 793 | 674 | 2 | 1.63 | 1.38 |
| J AM BOARD FAM MED | 0 | 0 | 0 | 7 | 5 | 7 | 202 | 323 | 244 | 1.41 | 1.6 | 1.21 |
| DARU | 0 | 0 | 0 | 0 | 1 | 1 | 40 | 4 | 4 | 0.25 | 0.1 | 0.1 |
| ISR MED ASSOC J | 10 | 9 | 7 | 5 | 3 | 12 | 1 350 | 1 809 | 1 417 | 0.58 | 1.34 | 1.05 |
| BIOINORG CHEM APPL | 0 | 5 | 4 | 2 | 1 | 5 | 91 | 142 | 133 | 0.98 | 1.56 | 1.46 |
| AM J TRANSPLANT | 34 | 39 | 34 | 27 | 15 | 58 | 6 845 | 24 385 | 11 176 | 6.42 | 3.56 | 1.63 |
| J HEALTH POPUL NUTR | 8 | 6 | 5 | 5 | 2 | 8 | 283 | 517 | 346 | 1.06 | 1.83 | 1.22 |
| FOLIA NEUROPATHOL | 5 | 5 | 8 | 4 | 2 | 8 | 209 | 358 | 280 | 1.14 | 1.71 | 1.34 |
| ACTA PHARMACOL SIN | 16 | 16 | 12 | 8 | 5 | 20 | 3 829 | 4 712 | 3 963 | 1.68 | 1.23 | 1.03 |
| J VENOM ANIM TOXINS | 0 | 0 | 0 | 3 | 2 | 3 | 106 | 35 | 22 | 0.44 | 0.33 | 0.21 |
| NEOTROP ICHTHYOL | 0 | 0 | 0 | 5 | 3 | 4 | 112 | 72 | 36 | 1.13 | 0.64 | 0.32 |
| AFR J BIOTECHNOL | 0 | 0 | 7 | 5 | 3 | 7 | 1 215 | 780 | 580 | 0.46 | 0.64 | 0.48 |
| GEOCHRONOMETRIA | 0 | 0 | 2 | 2 | 2 | 3 | 60 | 45 | 28 | 0.67 | 0.75 | 0.47 |
| PHARMACOL REP | 0 | 0 | 12 | 9 | 5 | 14 | 638 | 1 221 | 944 | 2.29 | 1.91 | 1.48 |
| PROTEIN ENG DES SEL | 0 | 17 | 12 | 11 | 6 | 21 | 310 | 2 303 | 1 943 | 2.66 | 7.43 | 6.27 |

续表

| 刊名（缩写） | h03 | h04 | h05 | h06 | h07 | h0307 | 载文量/篇 | 被引频次 | 他引频次 | IF07 | 平均被引率 | 平均他引率 |
|---|---|---|---|---|---|---|---|---|---|---|---|---|
| EVID-BASED COMPL ALT | 0 | 0 | 14 | 8 | 3 | 14 | 214 | 919 | 514 | 2.54 | 4.29 | 2.4 |
| BMC BIOL | 0 | 0 | 11 | 11 | 7 | 16 | 125 | 859 | 815 | 5.06 | 6.87 | 6.52 |
| FEBS J | 0 | 0 | 29 | 18 | 12 | 31 | 6 094 | 9 757 | 8 696 | 3.4 | 1.6 | 1.43 |
| RETROVIROLOGY | 0 | 0 | 15 | 12 | 7 | 17 | 683 | 1 612 | 983 | 4.04 | 2.36 | 1.44 |
| MOL SYST BIOL | 0 | 0 | 8 | 14 | 11 | 17 | 188 | 1 337 | 999 | 9.95 | 7.11 | 5.31 |
| MOL PAIN | 0 | 0 | 11 | 7 | 5 | 13 | 161 | 697 | 537 | 4.13 | 4.33 | 3.34 |
| ACTA ORTHOP | 0 | 0 | 11 | 8 | 4 | 9 | 451 | 765 | 582 | 1.29 | 1.7 | 1.29 |
| TRIALS | 0 | 0 | 0 | 6 | 3 | 6 | 76 | 130 | 116 | 1.44 | 1.71 | 1.53 |
| ORPHANET J RARE DIS | 0 | 0 | 0 | 6 | 5 | 7 | 100 | 264 | 249 | 1.3 | 2.64 | 2.49 |
| J PHYSIOL SCI | 0 | 0 | 0 | 3 | 3 | 3 | 115 | 63 | 53 | 0.73 | 0.55 | 0.46 |
| OBESITY | 0 | 0 | 16 | 16 | 10 | 16 | 701 | 2 472 | 1 922 | 1.52 | 3.53 | 2.74 |
| BIOMICROFLUIDICS | 0 | 0 | 0 | 0 | 2 | 2 | 24 | 30 | 24 | 0 | 1.25 | 1 |
| J APPL PHYSIOL | 38 | 33 | 28 | 20 | 12 | 47 | 3 475 | 28 090 | 16 523 | 3.63 | 8.08 | 4.75 |

## 本章附录 4-2 类 h 指数相关数据及其排名

| 刊名（缩写） | 相对h03 | 相对h04 | 相对h05 | 相对h06 | 相对h07 | 相对总和 | 相对h排名 | h指数排名 | g指数 | g指数排名 | SRI | SRI排名 | $h_{WOS}$ | $h_{GS}$ |
|---|---|---|---|---|---|---|---|---|---|---|---|---|---|---|
| PHYSIOL REV | 0.91 | 0.81 | 0.79 | 0.78 | 0.48 | 3.78 | 1 | 33 | 125 | 33 | 8.46 | 1 | 77 | 77 |
| PHARMACOL REV | 0.86 | 0.95 | 0.8 | 0.54 | 0.42 | 3.57 | 2 | 83 | 80 | 89 | 8.04 | 3 | 52 | 53 |
| EPIDEMIOL REV | 0.8 | 0.83 | 0.54 | 0.58 | 0.58 | 3.34 | 3 | 278 | 33 | 245 | 7.09 | 7 | 18 | 21 |
| MICROBIOL MOL BIOL R | 0.93 | 0.76 | 0.68 | 0.62 | 0.35 | 3.33 | 4 | 93 | 82 | 87 | 7.79 | 4 | 50 | 49 |
| CLIN MICROBIOL REV | 0.73 | 0.6 | 0.66 | 0.51 | 0.34 | 2.85 | 5 | 80 | 84 | 80 | 7.5 | 6 | 53 | 57 |

续表

| 刊名(缩写) | 相对 h03 | 相对 h04 | 相对 h05 | 相对 h06 | 相对 h07 | 相对 h 总和 | 相对 h 排名 | h 指数 排名 | g 指数 | g 指数 排名 | SRI | SRI 排名 | $h_{WOS}$ | $h_{GS}$ |
|---|---|---|---|---|---|---|---|---|---|---|---|---|---|---|
| ENDOCR REV | 0.91 | 0.63 | 0.56 | 0.41 | 0.29 | 2.8 | 6 | 57 | 111 | 44 | 7.65 | 5 | 62 | 68 |
| STUD MYCOL | 1 | 0.14 | 0.25 | 0.31 | 0.15 | 1.85 | 7 | 371 | 18 | 344 | 4.93 | 156 | 11 | 14 |
| HUM REPROD UPDATE | 0.47 | 0.47 | 0.43 | 0.26 | 0.15 | 1.78 | 8 | 165 | 53 | 177 | 6.37 | 14 | 34 | 39 |
| BMC MOL BIOL | 0.73 | 0.41 | 0.32 | 0.19 | 0.04 | 1.68 | 9 | 303 | 10 | 430 | 5.13 | 106 | 16 | 8 |
| MOL MED | 0.48 | 0.5 | 0.5 | 0.06 | 0.08 | 1.63 | 10 | 294 | 30 | 269 | 5.22 | 89 | 17 | 19 |
| CA-CANCER J CLIN | 0.48 | 0.33 | 0.29 | 0.26 | 0.22 | 1.58 | 11 | 156 | 128 | 27 | 6.7 | 8 | 35 | 38 |
| PHYSIOLOGY | 0 | 0.59 | 0.41 | 0.31 | 0.15 | 1.46 | 12 | 199 | 46 | 199 | 6.52 | 11 | 29 | 34 |
| IMMUNITY | 0.37 | 0.37 | 0.3 | 0.19 | 0.13 | 1.36 | 13 | 21 | 135 | 23 | 6.61 | 9 | 89 | 93 |
| RECENT PROG HORM RES | 0.63 | 0.74 | 0 | 0 | 0 | 1.36 | 14 | 288 | 36 | 236 | 8.13 | 2 | 18 | 21 |
| ARCH GEN PSYCHIAT | 0.38 | 0.36 | 0.28 | 0.2 | 0.09 | 1.32 | 15 | 36 | 124 | 34 | 6.51 | 12 | 76 | 83 |
| RESP RES | 0.73 | 0.31 | 0.11 | 0.11 | 0.05 | 1.32 | 16 | 245 | 11 | 416 | 5.08 | 115 | 22 | 9 |
| BMC CELL BIOL | 0.47 | 0.28 | 0.23 | 0.25 | 0.08 | 1.31 | 17 | 293 | 10 | 428 | 5.26 | 80 | 17 | 8 |
| BMC BIOTECHNOL | 0.52 | 0.33 | 0.24 | 0.14 | 0.05 | 1.29 | 18 | 279 | 16 | 371 | 5.31 | 74 | 18 | 11 |
| BMC EVOL BIOL | 0.54 | 0.37 | 0.22 | 0.11 | 0.03 | 1.26 | 19 | 206 | 20 | 329 | 5.3 | 78 | 28 | 14 |
| CONTRIB ZOOL | 0.19 | 0.5 | 0.18 | 0.25 | 0.13 | 1.24 | 20 | 426 | 9 | 441 | 4.27 | 318 | 7 | 8 |
| J PSYCHIATR NEUROSCI | 0.23 | 0.41 | 0.2 | 0.19 | 0.11 | 1.14 | 21 | 237 | 25 | 298 | 5.72 | 34 | 23 | 15 |
| CELL STRESS CHAPERON | 0.33 | 0.35 | 0.21 | 0.16 | 0.07 | 1.13 | 22 | 250 | 33 | 251 | 5.71 | 37 | 21 | 22 |
| MOL CANCER RES | 0.34 | 0.31 | 0.23 | 0.14 | 0.07 | 1.09 | 23 | 148 | 52 | 179 | 5.91 | 24 | 37 | 33 |
| ENDOCR-RELAT CANCER | 0.25 | 0.32 | 0.23 | 0.16 | 0.08 | 1.04 | 24 | 166 | 52 | 178 | 5.78 | 27 | 34 | 37 |
| PLOS BIOL | 0.43 | 0.21 | 0.2 | 0.13 | 0.06 | 1.04 | 25 | 41 | 90 | 68 | 6.12 | 19 | 72 | 59 |
| BMC MICROBIOL | 0.44 | 0.24 | 0.2 | 0.1 | 0.05 | 1.03 | 26 | 259 | 21 | 322 | 5.09 | 114 | 20 | 13 |
| CURR OPIN DRUG DISC | 0.24 | 0.27 | 0.19 | 0.18 | 0.1 | 0.98 | 27 | 207 | 26 | 287 | 5.6 | 44 | 28 | 20 |
| LEARN MEMORY | 0.37 | 0.25 | 0.17 | 0.12 | 0.07 | 0.98 | 28 | 180 | 47 | 194 | 5.63 | 41 | 32 | 32 |
| NEOPLASIA | 0.34 | 0.23 | 0.2 | 0.14 | 0.06 | 0.97 | 29 | 186 | 46 | 198 | 5.5 | 51 | 31 | 34 |
| CELL | 0.31 | 0.28 | 0.2 | 0.11 | 0.07 | 0.97 | 30 | 2 | 271 | 3 | 6.53 | 10 | 165 | 172 |
| MALARIA J | 0.31 | 0.3 | 0.21 | 0.09 | 0.04 | 0.95 | 31 | 271 | 25 | 301 | 4.81 | 188 | 19 | 20 |
| BMC NEUROSCI | 0.36 | 0.23 | 0.19 | 0.12 | 0.05 | 0.95 | 32 | 249 | 16 | 370 | 5.16 | 101 | 21 | 10 |

续表

| 刊名(缩写) | 相对 h03 | 相对 h04 | 相对 h05 | 相对 h06 | 相对 h07 | 相对 h 总和 | 相对 h 排名 | h 指数排名 | g 指数 | g 指数排名 | SRI | SRI 排名 | $h_{WOS}$ | $h_{GS}$ |
|---|---|---|---|---|---|---|---|---|---|---|---|---|---|---|
| AIDS REV | 0 | 0.34 | 0.26 | 0.23 | 0.11 | 0.95 | 33 | 324 | 4 | 474 | 5.32 | 72 | 14 | 2 |
| STEM CELLS | 0.36 | 0.27 | 0.18 | 0.09 | 0.04 | 0.94 | 34 | 72 | 93 | 64 | 5.75 | 28 | 57 | 67 |
| BMC GASTROENTEROL | 0.29 | 0.24 | 0.18 | 0.16 | 0.07 | 0.94 | 35 | 349 | 14 | 385 | 4.86 | 172 | 13 | 9 |
| BRIEF BIOINFORM | 0 | 0.24 | 0.29 | 0.29 | 0.11 | 0.93 | 36 | 290 | 76 | 97 | 5.59 | 46 | 17 | 24 |
| GENE DEV | 0.27 | 0.26 | 0.18 | 0.14 | 0.07 | 0.92 | 37 | 14 | 160 | 12 | 6.33 | 15 | 102 | 109 |
| INT MICROBIOL | 0.21 | 0.24 | 0.2 | 0.17 | 0.08 | 0.91 | 38 | 304 | 26 | 285 | 5.22 | 90 | 16 | 16 |
| J PHARM PHARM SCI | 0.35 | 0.24 | 0.13 | 0.12 | 0.05 | 0.9 | 39 | 330 | 7 | 456 | 4.82 | 184 | 14 | 5 |
| J BIOMED BIOTECHNOL | 0.32 | 0.21 | 0.18 | 0.13 | 0.04 | 0.88 | 40 | 305 | 27 | 282 | 5.06 | 123 | 16 | 18 |
| J AM MED INFORM ASSN | 0.26 | 0.26 | 0.18 | 0.12 | 0.06 | 0.87 | 41 | 201 | 65 | 133 | 5.53 | 49 | 29 | 41 |
| GENOME RES | 0.22 | 0.19 | 0.19 | 0.17 | 0.08 | 0.86 | 42 | 24 | 136 | 21 | 6.23 | 17 | 82 | 92 |
| P ROY SOC B-BIOL SCI | 0.12 | 0.07 | 0.67 | 0 | 0 | 0.85 | 43 | 97 | 71 | 111 | 5.72 | 35 | 49 | 54 |
| CEREB CORTEX | 0.28 | 0.24 | 0.17 | 0.11 | 0.05 | 0.85 | 44 | 84 | 77 | 95 | 5.74 | 30 | 52 | 56 |
| ONCOLOGIST | 0.27 | 0.21 | 0.17 | 0.12 | 0.07 | 0.85 | 45 | 157 | 62 | 148 | 5.46 | 57 | 35 | 45 |
| MOL INTERV | 0 | 0.3 | 0.22 | 0.19 | 0.12 | 0.83 | 46 | 277 | 39 | 229 | 5.55 | 48 | 18 | 24 |
| BMC MUSCULOSKEL DIS | 0.37 | 0.2 | 0.13 | 0.08 | 0.03 | 0.81 | 47 | 339 | 11 | 417 | 4.46 | 277 | 14 | 8 |
| J EXP MED | 0.23 | 0.2 | 0.17 | 0.13 | 0.08 | 0.81 | 48 | 10 | 140 | 19 | 6.28 | 16 | 109 | 92 |
| DAN MED BULL | 0.23 | 0.17 | 0.17 | 0.18 | 0.05 | 0.8 | 49 | 424 | 10 | 425 | 4.05 | 354 | 7 | 6 |
| BMC GENOMICS | 0.34 | 0.25 | 0.13 | 0.06 | 0.02 | 0.8 | 50 | 174 | 43 | 213 | 4.97 | 145 | 33 | 32 |
| BMC BIOL | 0 | 0 | 0.41 | 0.27 | 0.12 | 0.8 | 51 | 300 | 15 | 380 | 5.74 | 31 | 16 | 11 |
| MOL CELL | 0.26 | 0.2 | 0.16 | 0.11 | 0.06 | 0.79 | 52 | 12 | 148 | 18 | 6.2 | 18 | 104 | 104 |
| GENES CELLS | 0.24 | 0.19 | 0.16 | 0.12 | 0.07 | 0.79 | 53 | 208 | 43 | 210 | 5.32 | 73 | 28 | 30 |
| HEALTH POLICY PLANN | 0.23 | 0.19 | 0.16 | 0.14 | 0.07 | 0.78 | 54 | 317 | 30 | 266 | 4.88 | 169 | 15 | 22 |
| ARCH HISTOL CYTOL | 0.23 | 0.2 | 0.16 | 0.12 | 0.07 | 0.78 | 55 | 342 | 19 | 338 | 5.04 | 129 | 14 | 14 |
| CELL STRUCT FUNCT | 0.33 | 0.01 | 0.02 | 0.29 | 0.13 | 0.77 | 56 | 328 | 27 | 279 | 3.88 | 377 | 14 | 15 |
| GEODIVERSITAS | 0.24 | 0.19 | 0.14 | 0.15 | 0.05 | 0.77 | 57 | 436 | 8 | 449 | 4.02 | 357 | 7 | 6 |
| J PHYSIOL PHARMACOL | 0.24 | 0.19 | 0.17 | 0.14 | 0.02 | 0.76 | 58 | 301 | 31 | 259 | 4.62 | 245 | 16 | 19 |
| PLANT CELL | 0.25 | 0.2 | 0.15 | 0.1 | 0.05 | 0.76 | 59 | 32 | 110 | 48 | 6.01 | 22 | 78 | 80 |

续表

| 刊名(缩写) | 相对 h03 | 相对 h04 | 相对 h05 | 相对 h06 | 相对 h07 | 相对 h 总和 | 相对 h 排名 | h 指数 排名 | g 指数 | g 指数 排名 | SRI | SRI 排名 | $h_{WOS}$ | $h_{GS}$ |
|---|---|---|---|---|---|---|---|---|---|---|---|---|---|---|
| BMC HEALTH SERV RES | 0.4 | 0.18 | 0.1 | 0.05 | 0.03 | 0.75 | 60 | 319 | 10 | 432 | 4.33 | 307 | 15 | 9 |
| BMC PLANT BIOL | 0 | 0 | 0.4 | 0.24 | 0.09 | 0.73 | 61 | 359 | 19 | 341 | 5.15 | 104 | 12 | 12 |
| CURR OPIN MOL THER | 0.2 | 0.17 | 0.14 | 0.13 | 0.08 | 0.72 | 62 | 246 | 13 | 394 | 5.16 | 102 | 22 | 10 |
| J EPIDEMIOL | 0.21 | 0.14 | 0.13 | 0.13 | 0.11 | 0.72 | 63 | 327 | 15 | 376 | 4.8 | 193 | 14 | 11 |
| BMC CANCER | 0.36 | 0.16 | 0.11 | 0.05 | 0.03 | 0.71 | 64 | 227 | 33 | 252 | 4.79 | 199 | 25 | 26 |
| PLOS PATHOG | 0 | 0 | 0.44 | 0.19 | 0.07 | 0.7 | 65 | 198 | 11 | 420 | 5.72 | 36 | 29 | 7 |
| J VISION | 0.23 | 0.2 | 0.16 | 0.09 | 0.02 | 0.7 | 66 | 223 | 39 | 230 | 5.1 | 113 | 25 | 27 |
| BMC INFECT DIS | 0.3 | 0.21 | 0.09 | 0.06 | 0.03 | 0.7 | 67 | 273 | 18 | 349 | 4.69 | 223 | 19 | 11 |
| NEURON | 0.2 | 0.18 | 0.13 | 0.11 | 0.06 | 0.69 | 68 | 11 | 151 | 16 | 6.12 | 20 | 106 | 108 |
| BRAIN | 0.23 | 0.17 | 0.13 | 0.1 | 0.06 | 0.69 | 69 | 50 | 97 | 59 | 5.74 | 32 | 66 | 73 |
| PHYSIOL GENOMICS | 0.24 | 0.18 | 0.13 | 0.08 | 0.06 | 0.68 | 70 | 176 | 44 | 205 | 5.31 | 75 | 33 | 34 |
| BMC GENET | 0.06 | 0.38 | 0.06 | 0.13 | 0.06 | 0.68 | 71 | 267 | 17 | 362 | 4.66 | 233 | 20 | 12 |
| VASC MED | 0.23 | 0.16 | 0.16 | 0.09 | 0.03 | 0.67 | 72 | 313 | 22 | 316 | 4.84 | 177 | 16 | 18 |
| RNA | 0.23 | 0.16 | 0.13 | 0.1 | 0.05 | 0.67 | 73 | 95 | 87 | 76 | 5.67 | 38 | 50 | 53 |
| ACTA PROTOZOOL | 0.18 | 0.2 | 0.14 | 0.11 | 0.03 | 0.66 | 74 | 386 | 12 | 399 | 4.33 | 308 | 10 | 8 |
| MOL HUM REPROD | 0.2 | 0.17 | 0.13 | 0.1 | 0.06 | 0.66 | 75 | 214 | 43 | 211 | 5.22 | 91 | 27 | 31 |
| TOXICOL IND HEALTH | 0.2 | 0.22 | 0.13 | 0.08 | 0.02 | 0.65 | 76 | 434 | 9 | 437 | 3.78 | 390 | 7 | 7 |
| EXP MOL MED | 0.19 | 0.16 | 0.14 | 0.1 | 0.05 | 0.65 | 77 | 253 | 34 | 243 | 5.06 | 124 | 21 | 23 |
| ANN AGR ENV MED | 0.23 | 0.16 | 0.11 | 0.09 | 0.06 | 0.65 | 78 | 377 | 12 | 404 | 4.31 | 311 | 11 | 10 |
| AM MUS NOVIT | 0.19 | 0.14 | 0.16 | 0.11 | 0.05 | 0.65 | 79 | 410 | 16 | 364 | 3.88 | 378 | 8 | 13 |
| ACTA NEUROBIOL EXP | 0.18 | 0.2 | 0.13 | 0.08 | 0.05 | 0.64 | 80 | 357 | 14 | 382 | 4.71 | 215 | 13 | 12 |
| J CLIN INVEST | 0.18 | 0.16 | 0.13 | 0.12 | 0.06 | 0.64 | 81 | 8 | 185 | 9 | 6.1 | 21 | 115 | 129 |
| J MOL ENDOCRINOL | 0.21 | 0.15 | 0.11 | 0.1 | 0.07 | 0.64 | 82 | 216 | 41 | 221 | 5.22 | 92 | 26 | 27 |
| J GEN APPL MICROBIOL | 0.19 | 0.17 | 0.12 | 0.09 | 0.07 | 0.64 | 83 | 378 | 22 | 310 | 4.42 | 284 | 11 | 12 |
| KOREAN J RADIOL | 0.23 | 0.2 | 0.11 | 0.08 | 0.02 | 0.64 | 84 | 384 | 18 | 348 | 4.14 | 344 | 10 | 12 |
| J RADIAT RES | 0.19 | 0.14 | 0.14 | 0.09 | 0.07 | 0.63 | 85 | 321 | 20 | 326 | 4.69 | 224 | 15 | 16 |
| PATHOL ONCOL RES | 0.18 | 0.17 | 0.12 | 0.11 | 0.05 | 0.63 | 86 | 375 | 18 | 347 | 4.43 | 281 | 11 | 12 |

续表

| 刊名(缩写) | 相对h03 | 相对h04 | 相对h05 | 相对h06 | 相对h07 | 相对h总和 | 相对h排名 | h指数排名 | g指数 | g指数排名 | SRI | SRI排名 | $h_{WOS}$ | $h_{GS}$ |
|---|---|---|---|---|---|---|---|---|---|---|---|---|---|---|
| EXP PHYSIOL | 0.18 | 0.16 | 0.14 | 0.1 | 0.07 | 0.63 | 87 | 213 | 28 | 274 | 5.26 | 81 | 27 | 17 |
| J MED INTERNET RES | 0 | 0.23 | 0.11 | 0.19 | 0.1 | 0.63 | 88 | 360 | 34 | 244 | 4.82 | 185 | 12 | 24 |
| J HERED | 0.21 | 0.16 | 0.11 | 0.09 | 0.06 | 0.63 | 89 | 255 | 47 | 193 | 4.97 | 146 | 21 | 24 |
| AM J HUM GENET | 0.02 | 0.2 | 0.21 | 0.12 | 0.07 | 0.62 | 90 | 23 | 134 | 24 | 5.33 | 70 | 84 | 94 |
| UPSALA J MED SCI | 0.18 | 0.16 | 0.17 | 0.08 | 0.03 | 0.62 | 91 | 463 | 7 | 452 | 3.32 | 437 | 5 | 5 |
| HEREDITAS | 0.12 | 0.09 | 0.24 | 0.11 | 0.06 | 0.62 | 92 | 400 | 13 | 387 | 4.04 | 356 | 9 | 11 |
| BMC BIOINFORMATICS | 0.36 | 0.14 | 0.06 | 0.03 | 0.02 | 0.62 | 93 | 122 | 64 | 138 | 5 | 141 | 44 | 46 |
| J GENET | 0.3 | 0.13 | 0.09 | 0.07 | 0.03 | 0.61 | 94 | 437 | 8 | 444 | 3.73 | 396 | 7 | 2 |
| ZOOSYSTEMA | 0.2 | 0.15 | 0.13 | 0.05 | 0.08 | 0.61 | 95 | 432 | 9 | 440 | 3.81 | 385 | 7 | 6 |
| J INTERN MED | 0.16 | 0.1 | 0.15 | 0.12 | 0.07 | 0.6 | 96 | 136 | 68 | 126 | 5.43 | 60 | 39 | 48 |
| BMC IMMUNOL | 0 | 0 | 0.33 | 0.17 | 0.1 | 0.6 | 97 | 407 | 10 | 429 | 4.69 | 225 | 8 | 7 |
| PSYCHOSOM MED | 0.21 | 0.15 | 0.12 | 0.08 | 0.05 | 0.6 | 98 | 144 | 63 | 142 | 5.48 | 53 | 38 | 41 |
| ACTA PALAEONTOL POL | 0.18 | 0.2 | 0.09 | 0.08 | 0.05 | 0.6 | 99 | 352 | 14 | 383 | 4.52 | 265 | 13 | 12 |
| P JPN ACAD B-PHYS | 0.2 | 0.13 | 0.14 | 0.06 | 0.08 | 0.6 | 100 | 358 | 11 | 414 | 4.66 | 234 | 13 | 7 |
| BMC PUBLIC HEALTH | 0.26 | 0.19 | 0.09 | 0.04 | 0.02 | 0.6 | 101 | 297 | 27 | 283 | 4.15 | 343 | 17 | 21 |
| MOL CANCER THER | 0.23 | 0.17 | 0.12 | 0.06 | 0.01 | 0.59 | 102 | 112 | 64 | 139 | 4.95 | 150 | 45 | 49 |
| CANCER SCI | 0.16 | 0.17 | 0.16 | 0.07 | 0.03 | 0.59 | 103 | 138 | 63 | 145 | 5.33 | 71 | 39 | 46 |
| ACTA MED OKAYAMA | 0.12 | 0.18 | 0.12 | 0.1 | 0.06 | 0.59 | 104 | 403 | 16 | 367 | 4.07 | 351 | 9 | 10 |
| PROTEIN ENG DES SEL | 0 | 0.17 | 0.17 | 0.16 | 0.08 | 0.59 | 105 | 251 | 26 | 290 | 5.31 | 76 | 21 | 16 |
| CLIN SCI | 0.13 | 0.12 | 0.16 | 0.12 | 0.06 | 0.58 | 106 | 175 | 51 | 181 | 5.3 | 79 | 33 | 38 |
| SCHIZOPHRENIA BULL | 0.26 | 0.17 | 0.01 | 0.13 | 0.01 | 0.58 | 107 | 185 | 44 | 204 | 4.33 | 309 | 31 | 31 |
| BMC DEV BIOL | 0 | 0 | 0.39 | 0.14 | 0.04 | 0.58 | 108 | 382 | 14 | 384 | 4.22 | 328 | 10 | 9 |
| MOL SYST BIOL | 0 | 0 | 0.25 | 0.2 | 0.13 | 0.58 | 109 | 289 | 31 | 262 | 5.41 | 62 | 17 | 20 |
| FOOD TECHNOL BIOTECH | 0.15 | 0.19 | 0.12 | 0.09 | 0.03 | 0.58 | 110 | 399 | 13 | 392 | 3.86 | 381 | 9 | 11 |
| AM J RESP CELL MOL | 0.16 | 0.13 | 0.14 | 0.08 | 0.05 | 0.58 | 111 | 133 | 59 | 159 | 5.37 | 66 | 40 | 43 |
| J NEUROPSYCH CLIN N | 0.19 | 0.16 | 0.13 | 0.08 | 0.02 | 0.58 | 112 | 261 | 49 | 186 | 4.78 | 202 | 20 | 24 |
| MICROB CELL FACT | 0 | 0 | 0.28 | 0.2 | 0.1 | 0.58 | 113 | 370 | 18 | 350 | 5.23 | 86 | 12 | 12 |

续表

| 刊名(缩写) | 相对 h03 | 相对 h04 | 相对 h05 | 相对 h06 | 相对 h07 | 相对 h 总和 | 相对 h 排名 | h 指数 排名 | g 指数 | g 指数 排名 | SRI | SRI 排名 | $h_{wos}$ | $h_{GS}$ |
|---|---|---|---|---|---|---|---|---|---|---|---|---|---|---|
| EUKARYOT CELL | 0.21 | 0.15 | 0.1 | 0.08 | 0.04 | 0.58 | 114 | 152 | 48 | 191 | 5.21 | 94 | 36 | 36 |
| AUST J PHYSIOTHER | 0.16 | 0.16 | 0.13 | 0.09 | 0.03 | 0.57 | 115 | 363 | 19 | 332 | 4.4 | 288 | 12 | 13 |
| HEALTH SERV RES | 0.19 | 0.12 | 0.12 | 0.08 | 0.05 | 0.57 | 116 | 231 | 41 | 219 | 4.95 | 151 | 24 | 31 |
| BEHAV ECOL | 0.18 | 0.14 | 0.12 | 0.09 | 0.05 | 0.57 | 117 | 212 | 38 | 232 | 5.02 | 135 | 27 | 28 |
| BREAST CANCER RES | 0.2 | 0.2 | 0.06 | 0.07 | 0.04 | 0.57 | 118 | 187 | 17 | 361 | 4.94 | 152 | 31 | 12 |
| FOLIA NEUROPATHOL | 0.13 | 0.13 | 0.18 | 0.09 | 0.05 | 0.57 | 119 | 411 | 11 | 421 | 3.89 | 375 | 8 | 9 |
| MOL BIOL EVOL | 0.16 | 0.16 | 0.11 | 0.09 | 0.05 | 0.57 | 120 | 73 | 103 | 53 | 5.6 | 45 | 57 | 60 |
| BIOL BULL-US | 0.13 | 0.1 | 0.16 | 0.1 | 0.08 | 0.57 | 121 | 306 | 15 | 373 | 4.67 | 229 | 16 | 10 |
| MOL ENDOCRINOL | 0.2 | 0.13 | 0.11 | 0.08 | 0.05 | 0.56 | 122 | 99 | 71 | 110 | 5.44 | 59 | 48 | 51 |
| MEDIAT INFLAMM | 0.2 | 0.14 | 0.12 | 0.07 | 0.03 | 0.56 | 123 | 376 | 19 | 339 | 4.21 | 332 | 11 | 15 |
| BIOL RES | 0.16 | 0.14 | 0.14 | 0.08 | 0.04 | 0.56 | 124 | 353 | 19 | 336 | 4.53 | 262 | 13 | 15 |
| BMC NEUROL | 0 | 0 | 0.29 | 0.16 | 0.1 | 0.55 | 125 | 396 | 10 | 431 | 4.65 | 238 | 9 | 9 |
| PLOS GENET | 0 | 0 | 0.36 | 0.12 | 0.07 | 0.55 | 126 | 164 | 15 | 378 | 5.65 | 40 | 34 | 9 |
| CELL MOL BIOL LETT | 0.1 | 0.14 | 0.15 | 0.1 | 0.06 | 0.55 | 127 | 331 | 22 | 317 | 4.52 | 266 | 14 | 14 |
| J INVEST ALLERG CLIN | 0.17 | 0.16 | 0.12 | 0.08 | 0.03 | 0.55 | 128 | 364 | 12 | 402 | 4.24 | 321 | 12 | 10 |
| BIOINORG CHEM APPL | 0 | 0.25 | 0.17 | 0.09 | 0.04 | 0.55 | 129 | 459 | 5 | 467 | 3.57 | 411 | 5 | 5 |
| MOL CANCER | 0 | 0 | 0.28 | 0.17 | 0.1 | 0.55 | 130 | 302 | 7 | 455 | 5.24 | 85 | 16 | 7 |
| ALCOHOL ALCOHOLISM | 0.15 | 0.16 | 0.13 | 0.07 | 0.04 | 0.55 | 131 | 281 | 28 | 272 | 4.65 | 239 | 18 | 21 |
| MOL CELL PROTEOMICS | 0.4 | 0.04 | 0.03 | 0.02 | 0.05 | 0.54 | 132 | 81 | 84 | 82 | 4.84 | 178 | 53 | 53 |
| EMBO REP | 0.16 | 0.15 | 0.1 | 0.09 | 0.04 | 0.54 | 133 | 87 | 78 | 91 | 5.5 | 52 | 51 | 55 |
| ANN SURG | 0.15 | 0.15 | 0.13 | 0.07 | 0.04 | 0.54 | 134 | 55 | 105 | 50 | 5.63 | 42 | 63 | 81 |
| J CELL BIOL | 0.17 | 0.15 | 0.1 | 0.08 | 0.04 | 0.54 | 135 | 20 | 125 | 32 | 5.83 | 25 | 90 | 90 |
| MOL VIS | 0.22 | 0.13 | 0.1 | 0.06 | 0.03 | 0.54 | 136 | 240 | 5 | 466 | 4.68 | 227 | 23 | 4 |
| HUM MOL GENET | 0.15 | 0.14 | 0.11 | 0.08 | 0.05 | 0.54 | 137 | 43 | 97 | 61 | 5.66 | 39 | 70 | 76 |
| HYPERTENS RES | 0.13 | 0.17 | 0.11 | 0.08 | 0.03 | 0.53 | 138 | 209 | 27 | 281 | 5.06 | 125 | 28 | 18 |
| INT IMMUNOL | 0.15 | 0.14 | 0.11 | 0.08 | 0.05 | 0.53 | 139 | 153 | 61 | 150 | 5.36 | 68 | 36 | 37 |
| ADV PHYSIOL EDUC | 0.16 | 0.14 | 0.11 | 0.08 | 0.04 | 0.53 | 140 | 414 | 17 | 359 | 3.75 | 393 | 8 | 12 |

续表

| 刊名(缩写) | 相对 h03 | 相对 h04 | 相对 h05 | 相对 h06 | 相对 h07 | 相对 h 总和 | 相对 h 排名 | h 指数 排名 | g 指数 | g 指数 排名 | SRI | SRI 排名 | $h_{WOS}$ | $h_{GS}$ |
|---|---|---|---|---|---|---|---|---|---|---|---|---|---|---|
| JPN J APPL ENTOMOL Z | 0.22 | 0.1 | 0.09 | 0.05 | 0.07 | 0.52 | 141 | 454 | 4 | 469 | 3.51 | 421 | 6 | 3 |
| ANN OCCUP HYG | 0.14 | 0.14 | 0.1 | 0.08 | 0.05 | 0.52 | 142 | 334 | 23 | 308 | 4.39 | 292 | 14 | 17 |
| EXP BIOL MED | 0.14 | 0.15 | 0.14 | 0.05 | 0.04 | 0.52 | 143 | 183 | 29 | 271 | 5.13 | 107 | 32 | 20 |
| ACTA ZOOL ACAD SCI H | 0.06 | 0.14 | 0.13 | 0.15 | 0.04 | 0.51 | 144 | 468 | 3 | 481 | 2.79 | 460 | 4 | 3 |
| BIOMED RES-TOKYO | 0.1 | 0.08 | 0.16 | 0.12 | 0.05 | 0.51 | 145 | 444 | 8 | 447 | 3.38 | 432 | 6 | 7 |
| MOL PAIN | 0 | 0 | 0.31 | 0.08 | 0.12 | 0.51 | 146 | 347 | 7 | 458 | 5.05 | 126 | 13 | 7 |
| INT J QUAL HEALTH C | 0.12 | 0.13 | 0.13 | 0.08 | 0.05 | 0.51 | 147 | 338 | 26 | 286 | 4.47 | 273 | 14 | 18 |
| MT SINAI J MED | 0.13 | 0.12 | 0.09 | 0.06 | 0.11 | 0.51 | 148 | 356 | 25 | 291 | 4.39 | 293 | 13 | 17 |
| J MOL DIAGN | 0.34 | 0.05 | 0.05 | 0.04 | 0.02 | 0.5 | 149 | 257 | 33 | 253 | 4.21 | 333 | 20 | 22 |
| DRUG METAB DISPOS | 0.17 | 0.14 | 0.1 | 0.06 | 0.03 | 0.5 | 150 | 117 | 60 | 154 | 5.31 | 77 | 45 | 46 |
| REPRODUCTION | 0.15 | 0.14 | 0.1 | 0.07 | 0.04 | 0.5 | 151 | 181 | 47 | 197 | 5.08 | 116 | 32 | 36 |
| J GEN PHYSIOL | 0.12 | 0.12 | 0.07 | 0.12 | 0.05 | 0.49 | 152 | 168 | 44 | 203 | 5.11 | 111 | 34 | 34 |
| ACTA BIOCHIM POL | 0.15 | 0.13 | 0.09 | 0.06 | 0.05 | 0.49 | 153 | 256 | 32 | 255 | 4.84 | 179 | 21 | 21 |
| PHYS THER | 0.17 | 0.13 | 0.1 | 0.06 | 0.03 | 0.48 | 154 | 260 | 34 | 241 | 4.61 | 249 | 20 | 25 |
| RADIOGRAPHICS | 0.15 | 0.13 | 0.1 | 0.07 | 0.04 | 0.48 | 155 | 203 | 53 | 176 | 5.03 | 134 | 29 | 40 |
| ELECTRON J BIOTECHN | 0.19 | 0.12 | 0.09 | 0.06 | 0.03 | 0.48 | 156 | 415 | 17 | 357 | 3.87 | 379 | 8 | 12 |
| ACTA HAEMATOL-BASEL | 0.1 | 0.15 | 0.11 | 0.07 | 0.04 | 0.48 | 157 | 337 | 6 | 459 | 4.34 | 303 | 14 | 3 |
| J NATL CANCER I | 0.13 | 0.11 | 0.1 | 0.09 | 0.05 | 0.48 | 158 | 22 | 68 | 123 | 5.8 | 26 | 85 | 38 |
| EMBO J | 0.13 | 0.13 | 0.12 | 0.06 | 0.04 | 0.48 | 159 | 18 | 128 | 28 | 5.75 | 29 | 91 | 97 |
| J HEALTH POPUL NUTR | 0.16 | 0.11 | 0.1 | 0.08 | 0.03 | 0.48 | 160 | 413 | 15 | 379 | 3.68 | 401 | 8 | 11 |
| J REPROD DEVELOP | 0.14 | 0.13 | 0.09 | 0.07 | 0.04 | 0.48 | 161 | 335 | 20 | 328 | 4.24 | 322 | 14 | 15 |
| COMP FUNCT GENOM | 0.13 | 0.12 | 0.15 | 0 | 0.07 | 0.47 | 162 | 350 | 21 | 323 | 4.89 | 167 | 13 | 16 |
| J ANAT | 0.16 | 0.17 | 0.08 | 0.04 | 0.02 | 0.47 | 163 | 239 | 37 | 233 | 4.59 | 253 | 23 | 24 |
| CHEM SENSES | 0.2 | 0.17 | 0.06 | 0.01 | 0.03 | 0.47 | 164 | 263 | 25 | 293 | 4.05 | 355 | 20 | 21 |
| QUAL SAF HEALTH CARE | 0.12 | 0.12 | 0.1 | 0.08 | 0.04 | 0.47 | 165 | 242 | 84 | 81 | 4.88 | 170 | 23 | 39 |
| ACTA HISTOCHEM CYTOC | 0.1 | 0.11 | 0.08 | 0.13 | 0.05 | 0.47 | 166 | 452 | 8 | 445 | 3.38 | 433 | 6 | 7 |
| J BIOCHEM MOL BIOL | 0.13 | 0.1 | 0.11 | 0.08 | 0.03 | 0.46 | 167 | 254 | 33 | 249 | 4.82 | 186 | 21 | 19 |

续表

| 刊名（缩写） | 相对 h03 | 相对 h04 | 相对 h05 | 相对 h06 | 相对 h07 | 相对 h 总和 | 相对 h 排名 | h指数 排名 | g指数 | g指数 排名 | SRI | SRI 排名 | $h_{wos}$ | $h_{GS}$ |
|---|---|---|---|---|---|---|---|---|---|---|---|---|---|---|
| CARCINOGENESIS | 0.15 | 0.11 | 0.1 | 0.07 | 0.03 | 0.46 | 168 | 106 | 68 | 124 | 5.26 | 82 | 46 | 52 |
| AM J CRIT CARE | 0.13 | 0.13 | 0.09 | 0.07 | 0.04 | 0.46 | 169 | 351 | 25 | 297 | 4.22 | 329 | 13 | 19 |
| J OCCUP HEALTH | 0.16 | 0.11 | 0.09 | 0.06 | 0.04 | 0.46 | 170 | 333 | 22 | 315 | 4.48 | 268 | 14 | 16 |
| CIRC RES | 0.16 | 0.14 | 0.07 | 0.05 | 0.04 | 0.46 | 171 | 25 | 135 | 22 | 5.57 | 47 | 81 | 95 |
| J LIPID RES | 0.13 | 0.11 | 0.09 | 0.07 | 0.04 | 0.45 | 172 | 114 | 67 | 127 | 5.25 | 84 | 45 | 46 |
| BREEDING SCI | 0.15 | 0.11 | 0.07 | 0.07 | 0.04 | 0.44 | 173 | 412 | 13 | 393 | 3.71 | 399 | 8 | 10 |
| IND HEALTH | 0.14 | 0.13 | 0.09 | 0.04 | 0.04 | 0.44 | 174 | 389 | 14 | 381 | 3.82 | 384 | 10 | 11 |
| DRUG SAFETY | 0.23 | 0.07 | 0.08 | 0.03 | 0.02 | 0.44 | 175 | 224 | 59 | 158 | 4.57 | 255 | 25 | 32 |
| ANN INTERN MED | 0.12 | 0.1 | 0.09 | 0.08 | 0.05 | 0.44 | 176 | 19 | 155 | 13 | 5.73 | 33 | 90 | 110 |
| ANN FAM MED | 0 | 0.14 | 0.14 | 0.09 | 0.06 | 0.43 | 177 | 236 | 43 | 214 | 5.04 | 130 | 23 | 32 |
| PHYSIOL RES | 0.13 | 0.12 | 0.09 | 0.06 | 0.03 | 0.43 | 178 | 268 | 25 | 294 | 4.71 | 216 | 20 | 17 |
| EXP ANIM TOKYO | 0.14 | 0.08 | 0.1 | 0.06 | 0.05 | 0.43 | 179 | 418 | 12 | 405 | 3.74 | 395 | 8 | 9 |
| EUROPACE | 0.15 | 0.14 | 0.07 | 0.05 | 0.02 | 0.42 | 180 | 298 | 33 | 248 | 4.29 | 313 | 17 | 22 |
| J BIOSCIENCES | 0.13 | 0.09 | 0.09 | 0.08 | 0.04 | 0.42 | 181 | 336 | 22 | 312 | 4.3 | 312 | 14 | 14 |
| PLOS COMPUT BIOL | 0 | 0 | 0.27 | 0.11 | 0.04 | 0.42 | 182 | 222 | 12 | 412 | 5.2 | 96 | 25 | 8 |
| ARCH NEUROL-CHICAGO | 0.12 | 0.1 | 0.09 | 0.07 | 0.04 | 0.42 | 183 | 79 | 90 | 66 | 5.38 | 64 | 54 | 59 |
| QJM-INT J MED | 0.12 | 0.11 | 0.09 | 0.06 | 0.04 | 0.42 | 184 | 226 | 43 | 212 | 4.91 | 160 | 25 | 31 |
| AUST DENT J | 0.12 | 0.16 | 0.07 | 0.05 | 0.03 | 0.42 | 185 | 438 | 17 | 355 | 3.42 | 430 | 7 | 13 |
| TOB CONTROL | 0.11 | 0.1 | 0.1 | 0.07 | 0.04 | 0.42 | 186 | 238 | 42 | 217 | 4.67 | 230 | 23 | 31 |
| AM J BOT | 0.12 | 0.14 | 0.07 | 0.06 | 0.03 | 0.42 | 187 | 190 | 48 | 188 | 4.97 | 147 | 31 | 33 |
| ARCH PEDIAT ADOL MED | 0.13 | 0.1 | 0.08 | 0.07 | 0.04 | 0.41 | 188 | 159 | 64 | 137 | 5.05 | 127 | 35 | 44 |
| PUBLIC HEALTH NUTR | 0.14 | 0.13 | 0.07 | 0.05 | 0.02 | 0.41 | 189 | 243 | 69 | 121 | 4.66 | 235 | 23 | 48 |
| AM J PHYSIOL-ENDOC M | 0.13 | 0.11 | 0.09 | 0.06 | 0.03 | 0.41 | 190 | 120 | 70 | 115 | 5.08 | 117 | 44 | 53 |
| J ENDOCRINOL | 0.13 | 0.1 | 0.1 | 0.05 | 0.04 | 0.41 | 191 | 172 | 56 | 167 | 5.01 | 138 | 34 | 37 |
| DEVELOPMENT | 0.11 | 0.11 | 0.09 | 0.06 | 0.04 | 0.41 | 192 | 37 | 97 | 60 | 5.53 | 50 | 76 | 75 |
| INJURY PREV | 0.13 | 0.12 | 0.08 | 0.06 | 0.03 | 0.41 | 193 | 308 | 19 | 340 | 4.39 | 294 | 16 | 14 |
| AAPS J | 0 | 0 | 0.12 | 0.15 | 0.14 | 0.41 | 194 | 292 | 25 | 302 | 5.17 | 100 | 17 | 18 |

| 刊名(缩写) | 相对 h03 | 相对 h04 | 相对 h05 | 相对 h06 | 相对 h07 | 相对 h 总和 | 相对 h 排名 | h 指数排名 | g 指数 | g 指数排名 | SRI | SRI 排名 | $h_{WOS}$ | $h_{GS}$ |
|---|---|---|---|---|---|---|---|---|---|---|---|---|---|---|
| AM J PATHOL | 0.12 | 0.11 | 0.09 | 0.06 | 0.04 | 0.41 | 195 | 56 | 89 | 69 | 5.43 | 61 | 63 | 74 |
| ARCH INTERN MED | 0.1 | 0.11 | 0.09 | 0.06 | 0.04 | 0.41 | 196 | 42 | 126 | 30 | 5.48 | 54 | 71 | 90 |
| VET PATHOL | 0.13 | 0.11 | 0.08 | 0.05 | 0.03 | 0.41 | 197 | 299 | 27 | 278 | 4.42 | 285 | 17 | 18 |
| PLOS MED | 0 | 0.23 | 0.08 | 0.05 | 0.04 | 0.4 | 198 | 139 | 64 | 140 | 5.13 | 108 | 38 | 36 |
| SEX TRANSM INFECT | 0.13 | 0.12 | 0.1 | 0.03 | 0.03 | 0.4 | 199 | 217 | 47 | 196 | 4.72 | 210 | 26 | 36 |
| J ATHEROSCLER THROMB | 0 | 0 | 0.18 | 0.15 | 0.08 | 0.4 | 200 | 361 | 28 | 275 | 4.93 | 157 | 12 | 17 |
| MYCOLOGIA | 0.11 | 0.09 | 0.08 | 0.08 | 0.04 | 0.4 | 201 | 282 | 24 | 305 | 4.48 | 269 | 18 | 18 |
| ANN BOT-LONDON | 0.12 | 0.1 | 0.1 | 0.05 | 0.03 | 0.4 | 202 | 171 | 60 | 155 | 5.02 | 136 | 34 | 38 |
| AMEGHINIANA | 0.14 | 0.1 | 0.08 | 0.05 | 0.03 | 0.4 | 203 | 449 | 10 | 422 | 3.14 | 448 | 6 | 9 |
| J REHABIL RES DEV | 0.14 | 0.1 | 0.06 | 0.06 | 0.03 | 0.4 | 204 | 340 | 20 | 327 | 4.25 | 320 | 14 | 12 |
| FAM PRACT | 0.1 | 0.1 | 0.09 | 0.07 | 0.03 | 0.4 | 205 | 296 | 30 | 265 | 4.47 | 274 | 17 | 23 |
| SKULL BASE-INTERD AP | 0.14 | 0.08 | 0.12 | 0.05 | 0.01 | 0.4 | 206 | 453 | 10 | 433 | 3.27 | 440 | 6 | 8 |
| OCCUP ENVIRON MED | 0.1 | 0.09 | 0.09 | 0.07 | 0.04 | 0.39 | 207 | 210 | 47 | 195 | 4.87 | 171 | 28 | 35 |
| PUBLIC HEALTH REP | 0.1 | 0.11 | 0.08 | 0.05 | 0.05 | 0.39 | 208 | 309 | 30 | 263 | 4.33 | 310 | 16 | 18 |
| EUR J ENDOCRINOL | 0.15 | 0.09 | 0.05 | 0.06 | 0.04 | 0.39 | 209 | 150 | 49 | 185 | 5.02 | 137 | 37 | 35 |
| MICROBIOL IMMUNOL | 0.13 | 0.11 | 0.07 | 0.05 | 0.03 | 0.39 | 210 | 269 | 30 | 267 | 4.64 | 242 | 20 | 21 |
| RAFFLES B ZOOL | 0.13 | 0.07 | 0.04 | 0.12 | 0.02 | 0.38 | 211 | 447 | 8 | 446 | 3.11 | 449 | 6 | 6 |
| EUR J ORTHODONT | 0.12 | 0.11 | 0.08 | 0.04 | 0.03 | 0.38 | 212 | 354 | 21 | 320 | 4.22 | 330 | 13 | 16 |
| J HISTOCHEM CYTOCHEM | 0.12 | 0.04 | 0.08 | 0.09 | 0.05 | 0.38 | 213 | 215 | 40 | 222 | 4.72 | 211 | 27 | 31 |
| IMMUNOLOGY | 0.13 | 0.12 | 0.03 | 0.08 | 0.01 | 0.38 | 214 | 170 | 54 | 172 | 4.71 | 217 | 34 | 36 |
| LEPROSY REV | 0.1 | 0.07 | 0.1 | 0.08 | 0.03 | 0.38 | 215 | 409 | 13 | 391 | 3.57 | 412 | 8 | 10 |
| MAYO CLIN PROC | 0.12 | 0.07 | 0.09 | 0.06 | 0.04 | 0.38 | 216 | 140 | 69 | 120 | 5.05 | 128 | 38 | 45 |
| AM J PHYSIOL-GASTR L | 0.11 | 0.11 | 0.07 | 0.07 | 0.03 | 0.38 | 217 | 151 | 58 | 161 | 4.9 | 164 | 36 | 42 |
| JPN J CLIN ONCOL | 0.11 | 0.11 | 0.08 | 0.06 | 0.02 | 0.38 | 218 | 284 | 33 | 247 | 4.4 | 289 | 18 | 24 |
| LUPUS | 0.12 | 0.08 | 0.08 | 0.06 | 0.03 | 0.38 | 219 | 219 | 40 | 224 | 4.79 | 200 | 26 | 31 |
| AM J PHYSIOL-LUNG C | 0.11 | 0.09 | 0.09 | 0.06 | 0.03 | 0.37 | 220 | 137 | 65 | 132 | 5 | 142 | 39 | 48 |
| BMC MED GENET | 0 | 0 | 0.19 | 0.12 | 0.07 | 0.37 | 221 | 348 | 8 | 450 | 4.72 | 212 | 13 | 7 |

续表

| 刊名(缩写) | 相对 h03 | 相对 h04 | 相对 h05 | 相对 h06 | 相对 h07 | 相对 h 总和 | 相对 h 排名 | h 指数 排名 | g 指数 | g 指数 排名 | SRI | SRI 排名 | $h_{WOS}$ | $h_{GS}$ |
|---|---|---|---|---|---|---|---|---|---|---|---|---|---|---|
| INT J EPIDEMIOL | 0.11 | 0.09 | 0.08 | 0.06 | 0.03 | 0.37 | 222 | 167 | 86 | 78 | 4.91 | 161 | 34 | 46 |
| EUR J HAEMATOL | 0.12 | 0.09 | 0.06 | 0.06 | 0.04 | 0.37 | 223 | 247 | 34 | 242 | 4.53 | 263 | 22 | 28 |
| J ANTIBIOT | 0.09 | 0.09 | 0.08 | 0.06 | 0.04 | 0.37 | 224 | 311 | 15 | 374 | 4.34 | 304 | 16 | 13 |
| J EPIDEMIOL COMMUN H | 0.11 | 0.1 | 0.08 | 0.06 | 0.03 | 0.37 | 225 | 154 | 65 | 130 | 5.04 | 131 | 36 | 44 |
| GEOCHRONOMETRIA | 0 | 0 | 0.13 | 0.18 | 0.06 | 0.37 | 226 | 472 | 4 | 477 | 2.68 | 464 | 3 | 3 |
| ENDOCR J | 0.12 | 0.11 | 0.04 | 0.07 | 0.03 | 0.37 | 227 | 318 | 18 | 346 | 4.1 | 348 | 15 | 14 |
| MOL PHARMACOL | 0.12 | 0.1 | 0.07 | 0.04 | 0.03 | 0.37 | 228 | 92 | 71 | 108 | 5.18 | 98 | 51 | 51 |
| PHILOS T R SOC B | 0.19 | 0.17 | 0 | 0 | 0 | 0.37 | 229 | 101 | 83 | 84 | 6.43 | 13 | 47 | 57 |
| CRIT CARE | 0.14 | 0.09 | 0.07 | 0.04 | 0.03 | 0.37 | 230 | 200 | 26 | 289 | 4.7 | 219 | 29 | 17 |
| CHEM BIOCHEM ENG Q | 0.15 | 0.1 | 0.06 | 0.04 | 0.02 | 0.36 | 231 | 441 | 7 | 453 | 3.52 | 417 | 7 | 6 |
| ANTHROPOL SCI | 0 | 0.15 | 0.12 | 0.02 | 0.08 | 0.36 | 232 | 445 | 6 | 462 | 3.22 | 445 | 6 | 5 |
| PSYCHOSOMATICS | 0.09 | 0.08 | 0.07 | 0.07 | 0.05 | 0.36 | 233 | 280 | 32 | 256 | 4.43 | 282 | 18 | 23 |
| AGE AGEING | 0.1 | 0.1 | 0.07 | 0.06 | 0.03 | 0.36 | 234 | 233 | 39 | 225 | 4.66 | 236 | 24 | 29 |
| J LEUKOCYTE BIOL | 0.15 | 0.07 | 0.05 | 0.06 | 0.03 | 0.36 | 235 | 116 | 77 | 94 | 5.01 | 139 | 45 | 50 |
| J CELL SCI | 0.12 | 0.08 | 0.07 | 0.05 | 0.03 | 0.36 | 236 | 39 | 115 | 39 | 5.48 | 55 | 75 | 80 |
| J TRANSL MED | 0 | 0 | 0.11 | 0.15 | 0.1 | 0.36 | 237 | 393 | 15 | 377 | 4.28 | 316 | 9 | 10 |
| ICES J MAR SCI | 0.11 | 0.08 | 0.09 | 0.05 | 0.02 | 0.36 | 238 | 274 | 24 | 306 | 4.37 | 298 | 19 | 20 |
| SCI MAR | 0.11 | 0.09 | 0.05 | 0.03 | 0.04 | 0.36 | 239 | 355 | 18 | 345 | 4.09 | 349 | 13 | 13 |
| J BIOMECH | 0.12 | 0.1 | 0.07 | 0.04 | 0.02 | 0.36 | 240 | 161 | 47 | 192 | 4.81 | 189 | 35 | 37 |
| ANN NUCL MED | 0.1 | 0.11 | 0.06 | 0.05 | 0.03 | 0.35 | 241 | 341 | 22 | 314 | 4.19 | 336 | 14 | 15 |
| CAN J PSYCHIAT | 0.11 | 0.09 | 0.06 | 0.06 | 0.03 | 0.35 | 242 | 258 | 38 | 231 | 4.47 | 275 | 20 | 30 |
| J NEURO-ONCOL | 0.14 | 0.08 | 0.05 | 0.05 | 0.03 | 0.35 | 243 | 211 | 45 | 202 | 4.76 | 206 | 28 | 34 |
| EVID-BASED COMPL ALT | 0 | 0 | 0.2 | 0.11 | 0.04 | 0.35 | 244 | 325 | 20 | 331 | 4.92 | 159 | 14 | 16 |
| AM J RESP CRIT CARE | 0.09 | 0.07 | 0.07 | 0.07 | 0.04 | 0.35 | 245 | 40 | 114 | 40 | 5.4 | 63 | 73 | 82 |
| AM J PHYSIOL-CELL PH | 0.1 | 0.09 | 0.08 | 0.05 | 0.03 | 0.35 | 246 | 115 | 65 | 131 | 5.07 | 121 | 45 | 44 |
| J PESTIC SCI | 0.06 | 0.09 | 0.1 | 0.05 | 0.04 | 0.35 | 247 | 417 | 10 | 426 | 3.59 | 410 | 8 | 8 |
| J MED MICROBIOL | 0.12 | 0.1 | 0.07 | 0.04 | 0.02 | 0.35 | 248 | 221 | 41 | 220 | 4.62 | 246 | 26 | 30 |

续表

| 刊名(缩写) | 相对 h03 | 相对 h04 | 相对 h05 | 相对 h06 | 相对 h07 | 相对 h 总和 | 相对 h 排名 | h 指数 排名 | g 指数 | g 指数 排名 | SRI | SRI 排名 | $h_{WOS}$ | $h_{GS}$ |
|---|---|---|---|---|---|---|---|---|---|---|---|---|---|---|
| JPN J INFECT DIS | 0.12 | 0.1 | 0.06 | 0.05 | 0.02 | 0.34 | 249 | 367 | 11 | 415 | 3.95 | 364 | 12 | 8 |
| EMERG INFECT DIS | 0.12 | 0.07 | 0.07 | 0.06 | 0.03 | 0.34 | 250 | 76 | 97 | 63 | 5.16 | 103 | 55 | 65 |
| CIENC MAR | 0.08 | 0.07 | 0.08 | 0.06 | 0.05 | 0.34 | 251 | 431 | 6 | 461 | 3.44 | 426 | 7 | 5 |
| J DENT RES | 0 | 0.13 | 0.11 | 0.07 | 0.03 | 0.34 | 252 | 169 | 53 | 175 | 3.92 | 373 | 34 | 39 |
| PLANT PHYSIOL | 0.09 | 0.09 | 0.07 | 0.06 | 0.03 | 0.34 | 253 | 47 | 101 | 54 | 5.34 | 69 | 68 | 78 |
| PERITON DIALYSIS INT | 0.07 | 0.1 | 0.07 | 0.07 | 0.02 | 0.34 | 254 | 295 | 27 | 280 | 4.24 | 323 | 17 | 19 |
| J VASC INTERV RADIOL | 0.12 | 0.08 | 0.08 | 0.05 | 0.02 | 0.34 | 255 | 192 | 61 | 151 | 4.8 | 194 | 31 | 45 |
| J EXP BOT | 0.06 | 0.11 | 0.08 | 0.05 | 0.03 | 0.33 | 256 | 124 | 64 | 135 | 4.97 | 148 | 43 | 47 |
| AIDS | 0.1 | 0.09 | 0.07 | 0.05 | 0.02 | 0.33 | 257 | 67 | 98 | 57 | 5.18 | 99 | 58 | 71 |
| SWISS MED WKLY | 0.12 | 0.1 | 0.09 | 0.02 | 0.01 | 0.33 | 258 | 310 | 26 | 288 | 3.81 | 386 | 16 | 20 |
| CAN J SURG | 0.11 | 0.06 | 0.08 | 0.05 | 0.03 | 0.33 | 259 | 368 | 19 | 333 | 3.96 | 363 | 12 | 15 |
| J NEPHROL | 0.09 | 0.08 | 0.09 | 0.04 | 0.03 | 0.33 | 260 | 286 | 99 | 56 | 4.38 | 297 | 18 | 74 |
| NETH J MED | 0.09 | 0.08 | 0.08 | 0.05 | 0.03 | 0.33 | 261 | 372 | 5 | 464 | 3.78 | 391 | 11 | 4 |
| APPL ENTOMOL ZOOL | 0.11 | 0.07 | 0.08 | 0.05 | 0.02 | 0.32 | 262 | 402 | 12 | 396 | 3.61 | 407 | 9 | 11 |
| AM J PSYCHIAT | 0.1 | 0.08 | 0.06 | 0.05 | 0.03 | 0.32 | 263 | 30 | 133 | 25 | 5.45 | 58 | 79 | 85 |
| BIOINFORMATICS | 0.13 | 0.08 | 0.05 | 0.04 | 0.02 | 0.32 | 264 | 35 | 165 | 11 | 5.37 | 67 | 77 | 97 |
| HAEMATOL-HEMATOL J | 0.1 | 0.07 | 0.15 | 0 | 0 | 0.32 | 265 | 194 | 56 | 169 | 5.22 | 93 | 30 | 41 |
| B WORLD HEALTH ORGAN | 0.07 | 0.08 | 0.08 | 0.05 | 0.03 | 0.32 | 266 | 195 | 70 | 114 | 4.78 | 203 | 30 | 41 |
| J INT MED RES | 0.07 | 0.09 | 0.08 | 0.04 | 0.04 | 0.32 | 267 | 404 | 15 | 375 | 3.57 | 413 | 9 | 9 |
| J AM SOC NEPHROL | 0.01 | 0.11 | 0.09 | 0.06 | 0.05 | 0.32 | 268 | 45 | 111 | 46 | 4.84 | 180 | 70 | 81 |
| TOHOKU J EXP MED | 0.1 | 0.08 | 0.06 | 0.05 | 0.03 | 0.32 | 269 | 366 | 20 | 325 | 3.86 | 382 | 12 | 15 |
| PROTEIN SCI | 0.12 | 0.03 | 0.07 | 0.06 | 0.03 | 0.31 | 270 | 126 | 60 | 156 | 4.91 | 162 | 43 | 43 |
| ARCH SURG-CHICAGO | 0.1 | 0.07 | 0.07 | 0.05 | 0.03 | 0.31 | 271 | 160 | 64 | 134 | 4.84 | 181 | 35 | 48 |
| PLOS CLIN TRIALS | 0 | 0 | 0 | 0.24 | 0.07 | 0.31 | 272 | 392 | 6 | 463 | 4.85 | 174 | 9 | 4 |
| CLIN EXP IMMUNOL | 0.08 | 0.08 | 0.07 | 0.04 | 0.04 | 0.31 | 273 | 179 | 49 | 183 | 4.8 | 195 | 33 | 36 |
| FLA ENTOMOL | 0.13 | 0.06 | 0.05 | 0.04 | 0.02 | 0.31 | 274 | 405 | 16 | 366 | 3.52 | 418 | 9 | 11 |
| NEW ENGL J MED | 0.08 | 0.07 | 0.07 | 0.05 | 0.03 | 0.31 | 275 | 1 | 403 | 1 | 5.96 | 23 | 228 | 255 |

续表

| 刊名(缩写) | 相对 h03 | 相对 h04 | 相对 h05 | 相对 h06 | 相对 h07 | 相对 h 总和 | 相对 h 排名 | h 指数 排名 | g 指数 | g 指数 排名 | SRI | SRI 排名 | $h_{WOS}$ | $h_{GS}$ |
|---|---|---|---|---|---|---|---|---|---|---|---|---|---|---|
| OCCUP MED-OXFORD | 0.09 | 0.08 | 0.06 | 0.05 | 0.02 | 0.31 | 276 | 314 | 30 | 268 | 4.29 | 314 | 16 | 20 |
| MOL BIOL CELL | 0.13 | 0.02 | 0.08 | 0.05 | 0.03 | 0.3 | 277 | 65 | 82 | 86 | 4.79 | 201 | 59 | 64 |
| REPROD BIOL ENDOCRIN | 0 | 0 | 0.14 | 0.1 | 0.06 | 0.3 | 278 | 362 | 14 | 386 | 4.7 | 220 | 12 | 10 |
| BRIT J PSYCHIAT | 0.08 | 0.08 | 0.06 | 0.04 | 0.03 | 0.3 | 279 | 127 | 68 | 122 | 4.93 | 158 | 42 | 49 |
| EUR RESPIR J | 0.07 | 0.07 | 0.07 | 0.05 | 0.03 | 0.3 | 280 | 85 | 98 | 58 | 5.13 | 109 | 52 | 63 |
| BRIT J RADIOL | 0.11 | 0.06 | 0.05 | 0.05 | 0.03 | 0.3 | 281 | 234 | 43 | 209 | 4.55 | 258 | 24 | 29 |
| RADIOLOGY | 0.09 | 0.08 | 0.05 | 0.04 | 0.03 | 0.29 | 282 | 48 | 117 | 38 | 5.26 | 83 | 67 | 82 |
| SCOT MED J | 0.08 | 0.11 | 0.06 | 0.03 | 0.01 | 0.29 | 283 | 451 | 10 | 423 | 3.05 | 451 | 6 | 8 |
| DIABETES CARE | 0.08 | 0.08 | 0.07 | 0.04 | 0.03 | 0.29 | 284 | 27 | 152 | 14 | 5.38 | 65 | 80 | 94 |
| NEUROPSYCHOPHARMACOL | 0.14 | 0.04 | 0.03 | 0.02 | 0.05 | 0.29 | 285 | 89 | 56 | 170 | 4.83 | 182 | 51 | 41 |
| J GEN VIROL | 0.09 | 0.07 | 0.06 | 0.04 | 0.02 | 0.28 | 286 | 134 | 63 | 141 | 4.85 | 175 | 40 | 43 |
| AM J PUBLIC HEALTH | 0.08 | 0.08 | 0.05 | 0.04 | 0.03 | 0.28 | 287 | 105 | 105 | 51 | 5.04 | 132 | 47 | 59 |
| J INFECT DIS | 0.08 | 0.07 | 0.06 | 0.05 | 0.03 | 0.28 | 288 | 59 | 75 | 99 | 5.11 | 112 | 62 | 58 |
| ANGLE ORTHOD | 0.1 | 0.09 | 0.04 | 0.04 | 0.02 | 0.28 | 289 | 323 | 16 | 365 | 4.01 | 358 | 15 | 12 |
| J ANDROL | 0.13 | 0.05 | 0.05 | 0.04 | 0.02 | 0.28 | 290 | 232 | 30 | 264 | 4.48 | 270 | 24 | 24 |
| ARCH OPHTHALMOL-CHIC | 0.09 | 0.07 | 0.05 | 0.04 | 0.03 | 0.28 | 291 | 119 | 72 | 104 | 5.04 | 133 | 45 | 45 |
| MICROBIOL-SGM | 0.09 | 0.07 | 0.06 | 0.04 | 0.02 | 0.28 | 292 | 143 | 49 | 187 | 4.8 | 196 | 38 | 37 |
| ECHOCARDIOGR-J CARD | 0.09 | 0.07 | 0.07 | 0.04 | 0.02 | 0.28 | 293 | 320 | 12 | 401 | 4.07 | 352 | 15 | 9 |
| J BIOSCI BIOENG | 0.07 | 0.07 | 0.07 | 0.05 | 0.02 | 0.28 | 294 | 265 | 28 | 276 | 4.36 | 299 | 20 | 20 |
| J HEALTH SCI | 0.09 | 0.07 | 0.05 | 0.04 | 0.03 | 0.28 | 295 | 380 | 12 | 406 | 3.8 | 388 | 11 | 10 |
| J CLIN PATHOL | 0.09 | 0.07 | 0.05 | 0.05 | 0.02 | 0.28 | 296 | 197 | 54 | 173 | 4.62 | 247 | 30 | 39 |
| AM J PHYSIOL-REG I | 0.08 | 0.08 | 0.05 | 0.04 | 0.02 | 0.27 | 297 | 130 | 68 | 125 | 4.81 | 190 | 41 | 44 |
| SURG-J R COLL SURG E | 0.06 | 0.06 | 0.08 | 0.04 | 0.03 | 0.27 | 298 | 398 | 9 | 442 | 3.52 | 419 | 9 | 6 |
| GENETICS | 0.1 | 0.07 | 0.05 | 0.03 | 0.02 | 0.27 | 299 | 74 | 77 | 93 | 5.08 | 118 | 57 | 52 |
| GENES GENET SYST | 0.2 | 0.02 | 0.02 | 0.02 | 0.01 | 0.27 | 300 | 387 | 16 | 369 | 3.23 | 443 | 10 | 11 |
| CIRC J | 0.08 | 0.07 | 0.06 | 0.04 | 0.02 | 0.27 | 301 | 228 | 36 | 237 | 4.43 | 283 | 25 | 27 |
| BRIT J PHARMACOL | 0.04 | 0.08 | 0.07 | 0.05 | 0.03 | 0.27 | 302 | 109 | 62 | 147 | 4.89 | 168 | 46 | 46 |

续表

| 刊名(缩写) | 相对h03 | 相对h04 | 相对h05 | 相对h06 | 相对h07 | 相对h总和 | 相对h排名 | h指数排名 | g指数 | g指数排名 | SRI | SRI排名 | $h_{WOS}$ | $h_{GS}$ |
|---|---|---|---|---|---|---|---|---|---|---|---|---|---|---|
| J ANTIMICROB CHEMOTH | 0.08 | 0.07 | 0.06 | 0.04 | 0.02 | 0.27 | 303 | 103 | 72 | 107 | 4.94 | 153 | 47 | 55 |
| J APPL CLIN MED PHYS | 0 | 0 | 0.13 | 0.1 | 0.04 | 0.27 | 304 | 428 | 17 | 363 | 3.95 | 365 | 7 | 13 |
| ENDOCRINOLOGY | 0.08 | 0.06 | 0.06 | 0.04 | 0.02 | 0.27 | 305 | 54 | 104 | 52 | 5.12 | 110 | 64 | 73 |
| J APPL MICROBIOL | 0.09 | 0.07 | 0.05 | 0.04 | 0.01 | 0.27 | 306 | 191 | 39 | 228 | 4.62 | 248 | 31 | 31 |
| TOXICOL SCI | 0.01 | 0.09 | 0.07 | 0.06 | 0.04 | 0.26 | 307 | 142 | 58 | 162 | 4.45 | 279 | 38 | 38 |
| J NUCL MED | 0.02 | 0.08 | 0.08 | 0.06 | 0.03 | 0.26 | 308 | 94 | 57 | 166 | 4.78 | 204 | 50 | 38 |
| INT J MOL MED | 0.09 | 0.04 | 0.05 | 0.03 | 0.03 | 0.26 | 309 | 193 | 42 | 218 | 4.7 | 221 | 31 | 28 |
| EUR HEART J SUPPL | 0.08 | 0.07 | 0.06 | 0.05 | 0.03 | 0.26 | 310 | 408 | 12 | 410 | 3.46 | 424 | 8 | 9 |
| MOL CELL BIOL | 0.08 | 0.09 | 0.05 | 0.04 | 0.02 | 0.26 | 311 | 28 | 111 | 45 | 5.23 | 87 | 80 | 85 |
| BRAZ J MICROBIOL | 0.08 | 0.06 | 0.04 | 0.03 | 0.01 | 0.26 | 312 | 422 | 11 | 419 | 3.39 | 431 | 8 | 8 |
| JAMA-J AM MED ASSOC | 0.07 | 0.06 | 0.06 | 0.04 | 0.03 | 0.26 | 313 | 3 | 290 | 2 | 5.63 | 43 | 149 | 179 |
| ENVIRON HEALTH PERSP | 0.08 | 0.06 | 0.05 | 0.05 | 0.02 | 0.26 | 314 | 68 | 87 | 74 | 5.08 | 119 | 58 | 62 |
| ACTA PHYTOTAXON SIN | 0.07 | 0.07 | 0.06 | 0.03 | 0.01 | 0.26 | 315 | 456 | 7 | 454 | 3.05 | 452 | 6 | 6 |
| INT J SYST EVOL MICR | 0.1 | 0.07 | 0.04 | 0.03 | 0.02 | 0.26 | 316 | 163 | 44 | 206 | 4.64 | 243 | 35 | 33 |
| CROAT MED J | 0.08 | 0.05 | 0.06 | 0.04 | 0.04 | 0.26 | 317 | 365 | 19 | 335 | 3.79 | 389 | 12 | 14 |
| TURKISH J PEDIATR | 0.08 | 0.06 | 0.04 | 0.05 | 0.02 | 0.25 | 318 | 440 | 13 | 388 | 3.21 | 447 | 7 | 11 |
| INT J TUBERC LUNG D | 0.06 | 0.07 | 0.05 | 0.05 | 0.03 | 0.25 | 319 | 241 | 25 | 296 | 4.35 | 300 | 23 | 20 |
| MEM I OSWALDO CRUZ | 0.07 | 0.07 | 0.06 | 0.03 | 0.03 | 0.25 | 320 | 312 | 4 | 472 | 4.01 | 359 | 16 | 4 |
| MULT SCLER | 0.19 | 0.02 | 0.02 | 0.01 | 0.01 | 0.25 | 321 | 225 | 36 | 238 | 3.91 | 374 | 25 | 28 |
| NEUROCIRUGIA | 0.07 | 0.06 | 0.06 | 0.03 | 0.03 | 0.25 | 322 | 466 | 8 | 448 | 2.79 | 461 | 5 | 7 |
| ARCH DERMATOL | 0.09 | 0.06 | 0.05 | 0.03 | 0.02 | 0.25 | 323 | 177 | 62 | 146 | 4.67 | 231 | 33 | 43 |
| INDIAN J MED RES | 0.11 | 0.06 | 0.02 | 0.04 | 0.02 | 0.25 | 324 | 332 | 25 | 295 | 3.75 | 394 | 14 | 20 |
| J BONE JOINT SURG BR | 0.07 | 0.07 | 0.05 | 0.04 | 0.02 | 0.25 | 325 | 184 | 56 | 168 | 4.66 | 237 | 32 | 36 |
| J BONE JOINT SURG AM | 0.07 | 0.06 | 0.06 | 0.03 | 0.02 | 0.25 | 326 | 98 | 90 | 67 | 4.97 | 149 | 49 | 60 |
| TRIALS | 0 | 0 | 0 | 0.17 | 0.07 | 0.24 | 327 | 443 | 4 | 478 | 4.14 | 345 | 6 | 3 |
| J PHARMACOL EXP THER | 0.08 | 0.06 | 0.05 | 0.04 | 0.02 | 0.24 | 328 | 75 | 72 | 105 | 5.01 | 140 | 56 | 55 |
| J PHYSIOL-LONDON | 0.07 | 0.07 | 0.04 | 0.04 | 0.02 | 0.24 | 329 | 77 | 72 | 106 | 4.94 | 154 | 55 | 50 |

续表

| 刊名(缩写) | 相对 h03 | 相对 h04 | 相对 h05 | 相对 h06 | 相对 h07 | 相对 h 总和 | 相对 h 排名 | h 指数 排名 | g 指数 | g 指数 排名 | SRI | SRI 排名 | $h_{WOS}$ | $h_{GS}$ |
|---|---|---|---|---|---|---|---|---|---|---|---|---|---|---|
| J MED GENET | 0.06 | 0.06 | 0.06 | 0.04 | 0.02 | 0.24 | 330 | 111 | 69 | 118 | 4.85 | 176 | 45 | 52 |
| NUCLEIC ACIDS RES | 0.07 | 0.06 | 0.05 | 0.04 | 0.02 | 0.24 | 331 | 9 | 247 | 5 | 5.48 | 56 | 115 | 127 |
| J CLIN ENDOCR METAB | 0.07 | 0.06 | 0.04 | 0.04 | 0.03 | 0.24 | 332 | 29 | 112 | 42 | 5.21 | 95 | 80 | 84 |
| BIOCHEM J | 0.07 | 0.05 | 0.04 | 0.04 | 0.04 | 0.24 | 333 | 62 | 81 | 88 | 5.08 | 120 | 61 | 60 |
| POSTGRAD MED J | 0.06 | 0.06 | 0.05 | 0.04 | 0.03 | 0.24 | 334 | 285 | 40 | 223 | 4.18 | 338 | 18 | 26 |
| ARCH OTOLARYNGOL | 0.06 | 0.07 | 0.04 | 0.04 | 0.02 | 0.24 | 335 | 244 | 37 | 234 | 4.4 | 290 | 23 | 29 |
| NURS ETHICS | 0.06 | 0.06 | 0.05 | 0.05 | 0.02 | 0.24 | 336 | 416 | 17 | 358 | 3.38 | 434 | 8 | 14 |
| GLYCOBIOLOGY | 0.06 | 0.03 | 0.05 | 0.03 | 0.06 | 0.24 | 337 | 188 | 42 | 216 | 4.51 | 267 | 31 | 28 |
| INT J ONCOL | 0.08 | 0.05 | 0.05 | 0.04 | 0.02 | 0.23 | 338 | 146 | 48 | 190 | 4.81 | 191 | 38 | 37 |
| CLIN INFECT DIS | 0.07 | 0.06 | 0.04 | 0.04 | 0.03 | 0.23 | 339 | 31 | 132 | 26 | 5.2 | 97 | 79 | 89 |
| TEX HEART I J | 0.07 | 0.07 | 0.04 | 0.04 | 0.02 | 0.23 | 340 | 390 | 19 | 337 | 3.56 | 414 | 10 | 15 |
| J MED ETHICS | 0.08 | 0.06 | 0.05 | 0.03 | 0.02 | 0.23 | 341 | 315 | 25 | 292 | 4.01 | 360 | 16 | 18 |
| AM J TRANSPLANT | 0.13 | 0.02 | 0.02 | 0.06 | 0.01 | 0.23 | 342 | 66 | 92 | 65 | 4.6 | 252 | 58 | 65 |
| GENET MOL BIOL | 0.09 | 0.07 | 0.03 | 0.03 | 0.01 | 0.23 | 343 | 420 | 10 | 427 | 3.27 | 441 | 8 | 7 |
| PEDIATR INT | 0.07 | 0.07 | 0.05 | 0.03 | 0.02 | 0.23 | 344 | 345 | 25 | 299 | 3.94 | 368 | 14 | 20 |
| BRAZ J MED BIOL RES | 0.07 | 0.05 | 0.05 | 0.04 | 0.03 | 0.23 | 345 | 270 | 31 | 258 | 4.28 | 317 | 20 | 22 |
| CLIN INVEST MED | 0 | 0 | 0.09 | 0.09 | 0.05 | 0.23 | 346 | 462 | 18 | 343 | 3.31 | 438 | 5 | 11 |
| J PEDIATR GASTR NUTR | 0.08 | 0.07 | 0.02 | 0.04 | 0.01 | 0.23 | 347 | 220 | 48 | 189 | 4.23 | 324 | 26 | 35 |
| ARCH BRONCONEUMOL | 0.06 | 0.07 | 0.05 | 0.04 | 0.02 | 0.23 | 348 | 383 | 17 | 356 | 3.49 | 423 | 10 | 12 |
| YONSEI MED J | 0.06 | 0.06 | 0.05 | 0.04 | 0.02 | 0.22 | 349 | 344 | 21 | 321 | 3.94 | 369 | 14 | 14 |
| AM J NEURORADIOL | 0.07 | 0.06 | 0.04 | 0.03 | 0.02 | 0.22 | 350 | 145 | 64 | 136 | 4.69 | 226 | 38 | 48 |
| ARTERIOSCL THROM VAS | 0.07 | 0.05 | 0.05 | 0.04 | 0.02 | 0.22 | 351 | 44 | 124 | 35 | 5.07 | 122 | 70 | 87 |
| J INSECT SCI | 0 | 0.06 | 0.07 | 0.08 | 0.01 | 0.22 | 352 | 429 | 12 | 411 | 3.1 | 450 | 7 | 8 |
| ORPHANET J RARE DIS | 0 | 0 | 0 | 0.12 | 0.1 | 0.22 | 353 | 425 | 9 | 443 | 4.23 | 325 | 7 | 7 |
| FAM MED | 0.05 | 0.06 | 0.05 | 0.04 | 0.02 | 0.22 | 354 | 329 | 5 | 465 | 3.94 | 370 | 14 | 3 |
| ANTIMICROB AGENTS CH | 0.07 | 0.05 | 0.04 | 0.04 | 0.02 | 0.22 | 355 | 69 | 88 | 71 | 4.9 | 165 | 58 | 66 |
| CLEV CLIN J MED | 0.06 | 0.07 | 0.03 | 0.04 | 0.02 | 0.22 | 356 | 385 | 22 | 313 | 3.51 | 422 | 10 | 18 |

续表

| 刊名（缩写） | 相对 h03 | 相对 h04 | 相对 h05 | 相对 h06 | 相对 h07 | 相对 h 总和 | 相对 h 排名 | h 指数 排名 | g 指数 | g 指数 排名 | SRI | SRI 排名 | $h_{\text{WOS}}$ | $h_{\text{GS}}$ |
|---|---|---|---|---|---|---|---|---|---|---|---|---|---|---|
| ACTA PHARMACOL SIN | 0.08 | 0.06 | 0.05 | 0 | 0.02 | 0.21 | 357 | 266 | 28 | 277 | 3.63 | 403 | 20 | 23 |
| ANN ONCOL | 0.1 | 0.08 | 0.02 | 0.01 | 0.01 | 0.21 | 358 | 96 | 87 | 75 | 4.41 | 286 | 49 | 60 |
| J NEUROPHYSIOL | 0.07 | 0.06 | 0.04 | 0.03 | 0.01 | 0.21 | 359 | 86 | 69 | 119 | 4.83 | 183 | 52 | 55 |
| HUM REPROD | 0.07 | 0.06 | 0.05 | 0.02 | 0.01 | 0.21 | 360 | 118 | 71 | 109 | 4.61 | 250 | 45 | 57 |
| J NEUROSCI | 0.07 | 0.05 | 0.04 | 0.03 | 0.01 | 0.21 | 361 | 15 | 122 | 36 | 5.15 | 105 | 95 | 98 |
| CANCER RES | 0.06 | 0.05 | 0.04 | 0.03 | 0.02 | 0.2 | 362 | 13 | 151 | 15 | 5.23 | 88 | 104 | 113 |
| ANN SURG ONCOL | 0.07 | 0.05 | 0.04 | 0.03 | 0.01 | 0.2 | 363 | 141 | 61 | 152 | 4.58 | 254 | 38 | 45 |
| THORAX | 0.06 | 0.05 | 0.04 | 0.03 | 0.02 | 0.2 | 364 | 100 | 83 | 83 | 4.75 | 207 | 47 | 60 |
| AM J TROP MED HYG | 0.09 | 0.08 | 0.01 | 0.01 | 0.01 | 0.2 | 365 | 173 | 51 | 180 | 4.12 | 346 | 34 | 36 |
| GUT | 0.05 | 0.04 | 0.04 | 0.03 | 0.02 | 0.2 | 366 | 46 | 112 | 41 | 5 | 143 | 68 | 83 |
| J KOREAN MED SCI | 0.07 | 0.05 | 0.04 | 0.02 | 0.01 | 0.2 | 367 | 343 | 23 | 309 | 3.81 | 387 | 14 | 17 |
| AM J PHYSIOL-HEART C | 0.06 | 0.05 | 0.04 | 0.03 | 0.02 | 0.2 | 368 | 108 | 75 | 101 | 4.67 | 232 | 46 | 53 |
| GERIATRICS | 0.06 | 0.05 | 0.04 | 0.02 | 0.02 | 0.2 | 369 | 401 | 57 | 165 | 3.36 | 435 | 9 | 37 |
| CAN J ANAESTH | 0.05 | 0.05 | 0.04 | 0.04 | 0.02 | 0.2 | 370 | 264 | 9 | 438 | 4.12 | 347 | 20 | 7 |
| JPN J PHYS FIT SPORT | 0.05 | 0.05 | 0.06 | 0.01 | 0.02 | 0.19 | 371 | 475 | 4 | 471 | 1.95 | 475 | 3 | 4 |
| CANCER EPIDEM BIOMAR | 0.06 | 0.04 | 0.03 | 0.04 | 0.02 | 0.19 | 372 | 107 | 63 | 144 | 4.7 | 222 | 46 | 51 |
| J APPL PHYSIOL | 0.06 | 0.05 | 0.04 | 0.03 | 0.02 | 0.19 | 373 | 104 | 67 | 128 | 4.72 | 213 | 47 | 51 |
| ARCH FACIAL PLAST S | 0 | 0 | 0.09 | 0.07 | 0.04 | 0.19 | 374 | 433 | 20 | 330 | 3.56 | 415 | 7 | 16 |
| RHEUMATOLOGY | 0.07 | 0.06 | 0.03 | 0.02 | 0.01 | 0.19 | 375 | 149 | 58 | 163 | 4.4 | 291 | 37 | 42 |
| BRIT J OPHTHALMOL | 0.05 | 0.04 | 0.04 | 0.03 | 0.02 | 0.19 | 376 | 182 | 58 | 160 | 4.44 | 280 | 32 | 40 |
| PEDIATRICS | 0.06 | 0.05 | 0.04 | 0.02 | 0.01 | 0.19 | 377 | 49 | 110 | 47 | 4.94 | 155 | 67 | 83 |
| WIEN KLIN WOCHENSCHR | 0.05 | 0.04 | 0.05 | 0.03 | 0.02 | 0.18 | 378 | 379 | 17 | 354 | 3.44 | 427 | 11 | 14 |
| REV ESP ENFERM DIG | 0.04 | 0.05 | 0.05 | 0.03 | 0.02 | 0.18 | 379 | 427 | 12 | 403 | 2.98 | 453 | 7 | 10 |
| J EXP BIOL | 0.07 | 0.04 | 0.04 | 0.03 | 0.01 | 0.18 | 380 | 135 | 54 | 174 | 4.61 | 251 | 40 | 39 |
| ONCOL REP | 0.06 | 0.05 | 0.04 | 0.03 | 0.01 | 0.18 | 381 | 230 | 37 | 235 | 4.21 | 334 | 25 | 27 |
| IDRUGS | 0.05 | 0.06 | 0.03 | 0.03 | 0.02 | 0.18 | 382 | 374 | 17 | 360 | 3.52 | 420 | 11 | 15 |
| ANESTHESIOLOGY | 0.05 | 0.04 | 0.04 | 0.03 | 0.02 | 0.18 | 383 | 113 | 75 | 98 | 4.65 | 240 | 45 | 57 |

续表

| 刊名（缩写） | 相对 h03 | 相对 h04 | 相对 h05 | 相对 h06 | 相对 h07 | 相对 h 总和 | 相对 h 排名 | h 指数 排名 | g 指数 | g 指数 排名 | SRI | SRI 排名 | $h_{WOS}$ | $h_{GS}$ |
|---|---|---|---|---|---|---|---|---|---|---|---|---|---|---|
| OBSTET GYNECOL | 0.07 | 0.04 | 0.03 | 0.02 | 0.01 | 0.18 | 384 | 102 | 26 | 284 | 4.65 | 241 | 47 | 21 |
| ARCH DIS CHILD | 0.04 | 0.04 | 0.03 | 0.04 | 0.02 | 0.17 | 385 | 178 | 57 | 164 | 4.47 | 276 | 33 | 43 |
| BRIT J ANAESTH | 0.04 | 0.03 | 0.05 | 0.03 | 0.02 | 0.17 | 386 | 196 | 55 | 171 | 4.35 | 301 | 30 | 43 |
| J CLIN ONCOL | 0.1 | 0.02 | 0.02 | 0.02 | 0.02 | 0.17 | 387 | 5 | 212 | 7 | 4.99 | 144 | 122 | 141 |
| CHEM PHARM BULL | 0.05 | 0.04 | 0.03 | 0.02 | 0.02 | 0.17 | 388 | 276 | 24 | 304 | 3.94 | 371 | 19 | 17 |
| MICROBIOLOGY+ | 0.04 | 0.04 | 0.04 | 0.03 | 0.02 | 0.17 | 389 | 448 | 9 | 435 | 2.81 | 459 | 6 | 8 |
| J BACTERIOL | 0.05 | 0.05 | 0.03 | 0.02 | 0.01 | 0.17 | 390 | 63 | 85 | 79 | 4.81 | 192 | 60 | 64 |
| CLIN CANCER RES | 0.04 | 0.05 | 0.02 | 0.03 | 0.02 | 0.17 | 391 | 34 | 97 | 62 | 4.91 | 163 | 77 | 61 |
| AM J PHARM EDUC | 0.05 | 0.04 | 0.04 | 0.02 | 0.02 | 0.17 | 392 | 461 | 9 | 434 | 2.52 | 468 | 5 | 7 |
| HYPERTENSION | 0.05 | 0.04 | 0.03 | 0.03 | 0.02 | 0.17 | 393 | 58 | 106 | 49 | 4.8 | 197 | 62 | 75 |
| RETROVIROLOGY | 0 | 0 | 0.05 | 0.04 | 0.07 | 0.17 | 394 | 291 | 32 | 257 | 4.34 | 305 | 17 | 23 |
| INFECT IMMUN | 0.05 | 0.04 | 0.03 | 0.03 | 0.02 | 0.16 | 395 | 82 | 70 | 113 | 4.73 | 208 | 53 | 56 |
| HEMATOLOGY | 0 | 0 | 0.06 | 0.06 | 0.04 | 0.16 | 396 | 373 | 39 | 226 | 4.16 | 342 | 11 | 25 |
| BRAZ ARCH BIOL TECHN | 0.06 | 0.04 | 0.03 | 0.02 | 0.01 | 0.16 | 397 | 465 | 11 | 418 | 2.47 | 469 | 5 | 9 |
| BIOL PHARM BULL | 0.05 | 0.04 | 0.03 | 0.02 | 0.01 | 0.16 | 398 | 229 | 35 | 240 | 4.17 | 340 | 25 | 27 |
| AM J EPIDEMIOL | 0.05 | 0.05 | 0.03 | 0.02 | 0.01 | 0.16 | 399 | 90 | 87 | 72 | 4.63 | 244 | 51 | 61 |
| NEUROL INDIA | 0.04 | 0.04 | 0.04 | 0.02 | 0.03 | 0.16 | 400 | 435 | 12 | 397 | 2.93 | 458 | 7 | 10 |
| APPL ENVIRON MICROB | 0.05 | 0.04 | 0.03 | 0.02 | 0.01 | 0.16 | 401 | 60 | 80 | 90 | 4.8 | 198 | 62 | 63 |
| LAB INVEST | 0.02 | 0.12 | 0.01 | 0.01 | 0 | 0.16 | 402 | 158 | 45 | 200 | 4 | 362 | 35 | 32 |
| PSYCHIAT SERV | 0.05 | 0.04 | 0.03 | 0.02 | 0.02 | 0.16 | 403 | 205 | 39 | 227 | 4.34 | 306 | 29 | 30 |
| J VIROL | 0.05 | 0.04 | 0.03 | 0.02 | 0.02 | 0.16 | 404 | 38 | 112 | 43 | 4.86 | 173 | 76 | 83 |
| BRIT J GEN PRACT | 0.04 | 0.03 | 0.04 | 0.03 | 0.02 | 0.15 | 405 | 272 | 31 | 260 | 3.95 | 366 | 19 | 22 |
| J AM DENT ASSOC | 0.05 | 0.03 | 0.03 | 0.03 | 0.02 | 0.15 | 406 | 283 | 24 | 303 | 3.89 | 376 | 18 | 15 |
| PALAEONTOL ELECTRON | 0 | 0 | 0.05 | 0.07 | 0.03 | 0.15 | 407 | 476 | 9 | 439 | 1.56 | 479 | 2 | 7 |
| AAPS PHARMSCITECH | 0 | 0.08 | 0.03 | 0.03 | 0.02 | 0.15 | 408 | 458 | 18 | 351 | 2.76 | 462 | 5 | 14 |
| HEART | 0.05 | 0.03 | 0.03 | 0.02 | 0.01 | 0.15 | 409 | 128 | 76 | 96 | 4.55 | 259 | 42 | 56 |
| J CLIN MICROBIOL | 0.04 | 0.04 | 0.03 | 0.03 | 0.02 | 0.15 | 410 | 64 | 86 | 77 | 4.78 | 205 | 60 | 65 |

续表

| 刊名（缩写） | 相对 h03 | 相对 h04 | 相对 h05 | 相对 h06 | 相对 h07 | 相对 h 总和 | 相对 h 排名 | h 指数 排名 | g 指数 | g 指数 排名 | SRI | SRI 排名 | $h_{WOS}$ | $h_{GS}$ |
|---|---|---|---|---|---|---|---|---|---|---|---|---|---|---|
| INT HEART J | 0 | 0 | 0.06 | 0.05 | 0.04 | 0.15 | 411 | 430 | 12 | 407 | 3.43 | 429 | 7 | 9 |
| J NEUROL NEUROSUR PS | 0.04 | 0.04 | 0.03 | 0.03 | 0.02 | 0.15 | 412 | 129 | 61 | 149 | 4.55 | 260 | 42 | 48 |
| ACTA ORTHOP | 0 | 0 | 0.07 | 0.05 | 0.03 | 0.15 | 413 | 397 | 22 | 318 | 3.6 | 408 | 9 | 17 |
| YAKUGAKU ZASSHI | 0.06 | 0.03 | 0.02 | 0.03 | 0.01 | 0.15 | 414 | 421 | 12 | 398 | 2.95 | 456 | 8 | 8 |
| NEOTROP ICHTHYOL | 0 | 0 | 0 | 0.1 | 0.05 | 0.15 | 415 | 467 | 7 | 457 | 2.94 | 457 | 4 | 6 |
| FEBS LETT | 0.05 | 0.03 | 0.03 | 0.02 | 0.01 | 0.15 | 416 | 71 | 87 | 73 | 4.72 | 214 | 58 | 64 |
| MOL ASPECTS MED | 0 | 0 | 0 | 0 | 0.15 | 0.15 | 417 | 457 | 42 | 215 | 4.56 | 256 | 5 | 30 |
| CAN MED ASSOC J | 0.04 | 0.04 | 0.03 | 0.03 | 0.02 | 0.15 | 418 | 132 | 66 | 129 | 4.48 | 271 | 40 | 43 |
| ARCH DIS CHILD-FETAL | 0 | 0 | 0.07 | 0.05 | 0.02 | 0.15 | 419 | 394 | 25 | 300 | 3.62 | 406 | 9 | 19 |
| NEFROLOGIA | 0.03 | 0.04 | 0.04 | 0.02 | 0.01 | 0.14 | 420 | 406 | 10 | 424 | 3.23 | 444 | 9 | 7 |
| EMERG MED J | 0.05 | 0.04 | 0.02 | 0.02 | 0.01 | 0.14 | 421 | 316 | 31 | 261 | 3.72 | 398 | 16 | 21 |
| MED SCI MONITOR | 0 | 0.05 | 0.04 | 0.03 | 0.02 | 0.14 | 422 | 275 | 24 | 307 | 4.19 | 337 | 19 | 17 |
| BIOSCI BIOTECH BIOCH | 0.04 | 0.04 | 0.03 | 0.02 | 0.01 | 0.14 | 423 | 248 | 28 | 273 | 4.01 | 361 | 22 | 21 |
| J IMMUNOL | 0.05 | 0.04 | 0.03 | 0.01 | 0.01 | 0.14 | 424 | 16 | 149 | 17 | 4.9 | 166 | 95 | 65 |
| J R SOC MED | 0.04 | 0.03 | 0.02 | 0.03 | 0.02 | 0.14 | 425 | 322 | 4 | 473 | 3.73 | 397 | 15 | 3 |
| ZOOL SCI | 0.08 | 0.01 | 0.01 | 0.01 | 0.02 | 0.14 | 426 | 287 | 19 | 334 | 3.63 | 404 | 18 | 14 |
| J APPL GENET | 0 | 0 | 0.04 | 0.08 | 0.05 | 0.13 | 427 | 446 | 16 | 368 | 3.76 | 392 | 6 | 11 |
| NEOTROP ENTOMOL | 0 | 0.06 | 0.04 | 0.02 | 0.01 | 0.13 | 428 | 419 | 12 | 409 | 3.29 | 439 | 8 | 10 |
| PHARMACOL REP | 0 | 0 | 0.06 | 0.05 | 0.02 | 0.13 | 429 | 326 | 12 | 413 | 4.09 | 350 | 14 | 10 |
| BEHAV BRAIN SCI | 0.03 | 0.03 | 0.04 | 0.02 | 0.02 | 0.13 | 430 | 235 | 73 | 103 | 4.22 | 331 | 23 | 44 |
| BJU INT | 0.05 | 0.03 | 0.02 | 0.02 | 0.01 | 0.13 | 431 | 155 | 61 | 153 | 4.29 | 315 | 36 | 45 |
| REV BIOL TROP | 0.03 | 0.04 | 0.03 | 0.01 | 0.01 | 0.13 | 432 | 442 | 6 | 460 | 2.98 | 454 | 7 | 6 |
| ARQ NEURO-PSIQUIAT | 0.04 | 0.03 | 0.03 | 0.02 | 0.01 | 0.13 | 433 | 391 | 20 | 324 | 3.25 | 442 | 10 | 14 |
| STROKE | 0.05 | 0.02 | 0.02 | 0.02 | 0.01 | 0.13 | 434 | 53 | 119 | 37 | 4.68 | 228 | 65 | 85 |
| AM J ROENTGENOL | 0.05 | 0.02 | 0.02 | 0.03 | 0.01 | 0.13 | 435 | 131 | 70 | 116 | 4.39 | 295 | 41 | 53 |
| MED J AUSTRALIA | 0.03 | 0.03 | 0.03 | 0.03 | 0.01 | 0.13 | 436 | 204 | 49 | 184 | 4.18 | 339 | 29 | 34 |
| ORTHOPEDICS | 0.04 | 0.03 | 0.04 | 0.01 | 0.01 | 0.13 | 437 | 381 | 22 | 311 | 3.35 | 436 | 11 | 15 |

续表

| 刊名（缩写） | 相对 h03 | 相对 h04 | 相对 h05 | 相对 h06 | 相对 h07 | 相对 h 总和 | 相对 h 排名 | h 指数 排名 | g 指数 | g 指数 排名 | SRI | SRI 排名 | $h_{WOS}$ | $h_{GS}$ |
|---|---|---|---|---|---|---|---|---|---|---|---|---|---|---|
| ISR MED ASSOC J | 0.03 | 0.03 | 0.03 | 0.02 | 0.01 | 0.13 | 438 | 369 | 18 | 352 | 3.45 | 425 | 12 | 14 |
| AM FAM PHYSICIAN | 0.04 | 0.03 | 0.02 | 0.01 | 0.02 | 0.13 | 439 | 262 | 35 | 239 | 3.86 | 383 | 20 | 28 |
| REV BRAS ENTOMOL | 0 | 0 | 0.05 | 0.04 | 0.02 | 0.12 | 440 | 470 | 12 | 400 | 2.57 | 466 | 4 | 8 |
| J AM BOARD FAM MED | 0 | 0 | 0 | 0.07 | 0.05 | 0.12 | 441 | 423 | 33 | 254 | 3.67 | 402 | 7 | 21 |
| MED HIST | 0.04 | 0.03 | 0.02 | 0.02 | 0.01 | 0.12 | 442 | 469 | 4 | 470 | 2.23 | 473 | 4 | 4 |
| DIALYSIS TRANSPLANT | 0.02 | 0.04 | 0.03 | 0.01 | 0.01 | 0.12 | 443 | 474 | 7 | 451 | 1.75 | 476 | 3 | 5 |
| CLIN CHEM | 0.04 | 0.03 | 0.02 | 0.02 | 0.01 | 0.12 | 444 | 91 | 88 | 70 | 4.53 | 264 | 51 | 62 |
| CAN FAM PHYSICIAN | 0.03 | 0.03 | 0.02 | 0.02 | 0.01 | 0.12 | 445 | 388 | 21 | 319 | 3.22 | 446 | 10 | 16 |
| ACTA BIOQUIM CLIN L | 0.05 | 0.03 | 0.02 | 0.02 | 0 | 0.12 | 446 | 477 | 3 | 479 | 1.25 | 480 | 2 | 2 |
| NEPHROL DIAL TRANSPL | 0.05 | 0.04 | 0.01 | 0.01 | 0.01 | 0.12 | 447 | 125 | 70 | 117 | 4.21 | 335 | 43 | 50 |
| INTEGR COMP BIOL | 0.01 | 0.01 | 0.01 | 0.01 | 0.06 | 0.11 | 448 | 252 | 30 | 270 | 3.6 | 409 | 21 | 22 |
| ANN THORAC SURG | 0.03 | 0.03 | 0.02 | 0.02 | 0.01 | 0.11 | 449 | 123 | 77 | 92 | 4.41 | 287 | 44 | 60 |
| J PHYSIOL SCI | 0 | 0 | 0 | 0.05 | 0.06 | 0.11 | 450 | 471 | 3 | 482 | 2.32 | 472 | 3 | 3 |
| ADANSONIA | 0 | 0 | 0 | 0.06 | 0.04 | 0.1 | 451 | 479 | 4 | 475 | 1.72 | 477 | 2 | 3 |
| J NEUROCHEM | 0.03 | 0.03 | 0.02 | 0.02 | 0.01 | 0.1 | 452 | 78 | 75 | 100 | 4.48 | 272 | 55 | 57 |
| REV MED CHILE | 0.03 | 0.02 | 0.02 | 0.01 | 0.01 | 0.1 | 453 | 455 | 9 | 436 | 2.56 | 467 | 6 | 7 |
| BIOL REPROD | 0.03 | 0.02 | 0.02 | 0.02 | 0.01 | 0.1 | 454 | 121 | 70 | 112 | 4.39 | 296 | 44 | 50 |
| ANESTH ANALG | 0.03 | 0.02 | 0.02 | 0.02 | 0.01 | 0.1 | 455 | 147 | 59 | 157 | 4.26 | 319 | 38 | 42 |
| CHINESE MED J-PEKING | 0.03 | 0.03 | 0.02 | 0.02 | 0.01 | 0.1 | 456 | 346 | 33 | 246 | 3.44 | 428 | 14 | 23 |
| J VENOM ANIM TOXINS | 0 | 0 | 0 | 0.06 | 0.04 | 0.1 | 457 | 473 | 5 | 468 | 2.36 | 471 | 3 | 5 |
| CHEST | 0.03 | 0.03 | 0.01 | 0.02 | 0.01 | 0.09 | 458 | 70 | 136 | 20 | 4.46 | 278 | 58 | 79 |
| J AM COLL CARDIOL | 0.02 | 0.02 | 0.02 | 0.02 | 0.01 | 0.09 | 459 | 17 | 185 | 10 | 4.73 | 209 | 94 | 126 |
| REV SOC BRAS MED TRO | 0 | 0 | 0.03 | 0.04 | 0.01 | 0.09 | 460 | 450 | 17 | 353 | 2.97 | 455 | 6 | 13 |
| BIOMICROFLUIDICS | 0 | 0 | 0 | 0 | 0.08 | 0.08 | 461 | 480 | 2 | 483 | 2.18 | 474 | 2 | 2 |
| PEDIATR RES | 0.01 | 0.01 | 0.02 | 0.03 | 0.02 | 0.08 | 462 | 202 | 45 | 201 | 3.63 | 405 | 29 | 35 |
| BIOL PROCED ONLINE | 0 | 0 | 0 | 0.08 | 0 | 0.08 | 463 | 481 | 12 | 408 | 0 | 481 | 1 | 8 |
| OBESITY | 0 | 0 | 0 | 0.05 | 0.03 | 0.08 | 464 | 307 | 13 | 395 | 4.23 | 326 | 16 | 10 |

续表

| 刊名(缩写) | 相对 h03 | 相对 h04 | 相对 h05 | 相对 h06 | 相对 h07 | 相对 h 总和 | 相对 h 排名 | h 指数 排名 | g 指数 | g 指数 排名 | SRI | SRI 排名 | $h_{WOS}$ | $h_{GS}$ |
|---|---|---|---|---|---|---|---|---|---|---|---|---|---|---|
| CLIN VACCINE IMMUNOL | 0 | 0 | 0 | 0.05 | 0.03 | 0.08 | 465 | 395 | 44 | 207 | 3.55 | 416 | 9 | 31 |
| J GEN INTERN MED | 0.02 | 0.02 | 0.01 | 0.01 | 0.01 | 0.07 | 466 | 162 | 50 | 182 | 4.06 | 353 | 35 | 38 |
| DIABETES | 0.02 | 0.02 | 0.01 | 0.01 | 0.01 | 0.07 | 467 | 26 | 127 | 29 | 4.56 | 257 | 81 | 94 |
| EUR HEART J | 0.01 | 0.01 | 0.01 | 0.01 | 0.03 | 0.07 | 468 | 52 | 126 | 31 | 4.35 | 302 | 65 | 79 |
| REV BRAS ZOOL | 0 | 0 | 0.03 | 0.03 | 0.01 | 0.07 | 469 | 464 | 13 | 390 | 2.61 | 465 | 5 | 11 |
| BIOPHYS J | 0.01 | 0.01 | 0.01 | 0.03 | 0 | 0.07 | 470 | 61 | 74 | 102 | 4.23 | 327 | 61 | 58 |
| CIRCULATION | 0.02 | 0.02 | 0.01 | 0.01 | 0.01 | 0.06 | 471 | 4 | 258 | 4 | 4.82 | 187 | 143 | 179 |
| ANN RHEUM DIS | 0.02 | 0.02 | 0.01 | 0.01 | 0.01 | 0.06 | 472 | 88 | 82 | 85 | 4.17 | 341 | 51 | 58 |
| J BIOL CHEM | 0.02 | 0.01 | 0.01 | 0.03 | 0.01 | 0.06 | 473 | 6 | 231 | 6 | 4.71 | 218 | 122 | 147 |
| INVEST OPHTH VIS SCI | 0.01 | 0.01 | 0 | 0.02 | 0.01 | 0.06 | 474 | 110 | 63 | 143 | 3.87 | 380 | 46 | 55 |
| INDIAN PEDIATR | 0 | 0 | 0.02 | 0.02 | 0.02 | 0.05 | 475 | 460 | 18 | 342 | 2.42 | 470 | 5 | 13 |
| J PHARMACOL SCI | 0.01 | 0.01 | 0.01 | 0.01 | 0 | 0.05 | 476 | 218 | 33 | 250 | 3.71 | 400 | 26 | 27 |
| BLOOD | 0.01 | 0.01 | 0.01 | 0.01 | 0 | 0.05 | 477 | 7 | 188 | 8 | 4.54 | 261 | 116 | 139 |
| AFR J BIOTECHNOL | 0 | 0 | 0.03 | 0.01 | 0.01 | 0.04 | 478 | 439 | 16 | 372 | 2.74 | 463 | 7 | 13 |
| IHERINGIA SER ZOOL | 0 | 0 | 0 | 0 | 0.03 | 0.03 | 479 | 478 | 13 | 389 | 1.63 | 478 | 2 | 10 |
| FEBS J | 0 | 0 | 0.01 | 0.01 | 0.01 | 0.03 | 480 | 189 | 44 | 208 | 3.94 | 372 | 31 | 31 |
| REV BIOL MAR OCEANOG | 0 | 0 | 0 | 0 | 0.03 | 0.03 | 481 | 482 | 3 | 480 | 0 | 482 | 1 | 3 |
| DARU | 0 | 0 | 0 | 0 | 0.03 | 0.03 | 482 | 483 | 4 | 476 | 0 | 483 | 1 | 4 |
| FASEB J | 0.01 | 0.01 | 0 | 0 | 0 | 0.02 | 483 | 51 | 101 | 55 | 3.95 | 367 | 66 | 75 |

# 第五章
# OA 期刊学术质量综合评价指标体系
# 与评价模型研究

自从 OA 运动在世界范围内广泛开展以来，作为 OA 运动首倡的出版模式，OA 期刊的数量迅速增加，已涵盖了几乎所有学科领域。作为科学研究中新型的学术资源，其学术价值逐渐得到科研人员的承认，并越来越多地被传统文摘索引工具收摘，在科学研究中发挥着越来越重要的作用。然而，如何广泛、全面、客观地评价 OA 期刊的学术质量，如何公正看待 OA 期刊的学术影响，如何科学、有效地选择和利用（投稿和引用）OA 期刊，已成为科学界、出版界、图书馆和广大科研人员关注的热点问题。

目前国内外学者采用影响因子、被引频次等引文指标对 OA 期刊的学术影响力进行研究，如 2004 年，Thomson Reuters 发布了 OA 期刊 JCR（Thomson Reuters，2004；McVeigh，2004），对比分析了 SCI 中 OA 期刊与非 OA 期刊的被引用情况。马景娣（2005a）利用 SSCI 和 JCR 根据被引频次、影响因子、即年指数、被引半衰期等指标评价了 9 种社会科学领域的 OA 期刊的影响力。这些研究虽然在一定程度上反映了 OA 期刊的学术影响力和质量，但是存在诸多不足之处：其一，都只采用引文指标对其影响力进行评价；其二，研究的 OA 期刊都局限于 SCI 或 SSCI，并未对所有的 OA 期刊进行研究，且比较对象不均等，如 ISI 把只占 2％的 OA 期刊与 98％的非 OA 期刊进行比较，所以其结论受到同行专家学者质疑（Pringle，2006）；其三，未能反映 OA 期刊之间真正的质量差异。

而目前传统期刊评价指标只能反映它作为期刊的特性，不能反映它作为一种网络、免费、开放、作者付费的出版模式的特性。因此，传统期刊评价指标不足以反映 OA 期刊学术质量，构建 OA 期刊学术质量评价体系尤显必要。

南京工业大学张红芹等（2007，2008）虽然构建了 OA 期刊质量评价指标体系，并进行了实证验证，但是其指标仅包括载文量、传统引文率、网络引文率、链接流行度、网络述及、网站性能 6 个，虽然将传统引文率纳入其中，却不包括最重要的期刊影响因子等指标，因而，该指标体系不足以全面、系统地评价 OA 期刊的学术质量。同时，网站性能是采用问卷形式进行专家调查，获取数据，结果受专家主观因素影响较大，而且专家要浏览每一个网站才能做出评价，所以该指标体系的可操作性较差，主观性较强。因此，迫切需要构建一套科学、合理、实用的 OA 期刊学术质量综合评价指标体系和评价模型。

# 第一节　学术期刊评价现状

## 一、国外著名检索系统选刊评价体系

### 1. WOS 的选刊评价

WOS 始建于 1961 年，是涉及生命科学、临床医学、物理、化学、农业、生物、地球科学、工程技术等学科领域的大型综合性引文检索系统，现由 Thomson Reuters 营运。

Thomson Reuters 致力于期刊的评价与选择，通过定性、定量、文献计量与专家评估相结合的方法，从世界近 15 万种期刊中挑选出 10 000 多种作为来源期刊，建成 WOS 数据库，包括 256 个学科领域，覆盖约 60 个国家和地区。

现在，每两周进行一次从 WOS 中增加或删除期刊的工作，每年 Thomson Reuters 编辑人员评审期刊近 2 000 种，在所评审的期刊中只有 10%～12%被选用，退回率达 88%。而且 Thomson Reuters 也对 WOS 数据库的现有期刊进行评审和筛选更新。每种期刊在决定取舍前均经过严格评审，为了确保选刊的公正与权威性，Thomson Reuters 编辑人员需要经常咨询特定领域的学科专家。

Thomson Reuters 编辑人员遵循一贯严格的国际性期刊的选刊标准（Thomson Reuters，2008）。正如 Thomson Reuters 编辑发展与出版部的高级总监 Testa 先生所强调的，WOS 之所以普遍被 STM 业界作为首选的数据库产品，主要是我们一贯聚焦所选期刊的质量，而不是检索期刊的数量。WOS 选择期刊的标准主要有以下五个方面。

（1）出版标准。这包括出版及时、国际编辑惯例、英文文献编目信息和同行评议过程等。出版及时是指期刊按预定出版日期出版的能力，是 WOS 选刊的首要依据。Thomson Reuters 的编辑专家认为，能按时出版意味着期刊稿源充足，这对于期刊的发展和质量水平提高是必不可少的。编辑专家在评价一种期刊时，往往要求编辑部将期刊样本寄往 Thomson Reuters 总部。在收到第一期刊物时，编辑专家是不可能着手进行期刊评价的，只有在对该期刊的出版时限进行一定时间的观察后才着手进行评价，一般来说，通常对待评期刊连续追踪 3 期，以考察其是否按出版时限准时出版。对于已收录期刊，如果不能按时限出版，编辑专家将对该期刊出示警示报告，如果仍未改观，则该期刊作为 SCI 源期刊的资格将被取消。

期刊的编排体例和格式是否遵循国际通行的编辑惯例，载文所提供的信息是否完整规范，这些会影响 Thomson Reuters 专家做出是否收录的决定。主要编辑惯例有：明确的刊名信息、叙述完整的篇名信息、文摘信息和参考文献及全部作者的详细信息。对于非英文期刊，要求提供用英文撰写的论文标题、关键词、摘要、英文目录、作者名、作者地址及编辑部与编委会成员的英文名称和地址，以及审稿人的同行审阅制度等。

（2）学术内容。期刊论文质量是 WOS 选刊的重要因素。Thomson Reuters 评价期刊时，主要看刊载的论文能否反映学科的最新进展，是否发表热点问题、热点领域或有特殊意义领域的论文，能否进一步丰富 ISI 数据库，并强调所刊载的论文必须经过严格审稿，以确保论文的科学性和较高的学术与质量水平。另外，代表论文质量水平的其他因素，如是否接受基金资助也是 WOS 选刊的参考因素之一。

（3）国际化程度。在论文水平上考察期刊，主要看期刊中论文的作者和其引文作者是否来自世界各地，同时也注重期刊编辑和编委会的国际化，包括论文来源和论文被引的广泛性，以及编委会成员的国际化。WOS 较多选择跨地区跨国界、多国籍作者合作发表论文的期刊，近年来也注意收录地区内最优秀期刊。

（4）引文数据。这包括被引频次、影响因子、即时指数、引用半衰期等各项指标，利用这些指标对期刊进行定量评价。其中影响因子是一个很重要的衡量标准。影响因子高的期刊即重点期刊。WOS 对入选的刊物进行动态管理，每年评出有前景的新刊，淘汰利用率不高的旧刊。

（5）专家评判。ISI 编委会的 21 名成员中有 2 人是诺贝尔奖得主，编委会每年根据订户、期刊编辑、出版者等各方面对期刊的反馈意见，对期刊进行综合评判。

1994 年 7 月 ISI 选用了第一份电子版期刊 *The Online Journal of Knowledge Synthesis for Nursing*，到 1998 年 4 月，ISI 共选用了 17 种电子版期刊作为期刊源。2004 年，Thomson Reuters 首次报道了 191 种 OA 期刊入选 WOS，并符合 WOS 的选刊标准（Thomson Reuters，2004）。OA 期刊和电子期刊的选刊标准在传统期刊选刊标准的基础上，增加了电子期刊的格式这一标准，要求电子期刊具有刊名、出版年卷期、论文标题、页码或论文号，作者姓名和地址，论文标识号如 DOI（生产日期）号、PII（个人身份信息）号或论文号，每一期完整的目次等。

JCR 是 Thomson Reuters 利用 WOS 的引文相关数据，开发出来的对收录的学术期刊进行定量评价的有效工具，JCR（2007 年版）共收录期刊 6000 多种。JCR 提供的评价指标有当年载文量、被引频次、影响因子、即时指数、引文半衰期、被引半衰期等。

2. PubMed 选刊评价

PubMed 由美国国家医学图书馆建立和维护，是国际权威的生物医学文献书目型数据库。PubMed 收录了 80 多个国家和地区的 5000 多种生物医学及相关学科期刊。PubMed 涉及的学科包括基础医学、临床医学、药理学、预防医学、护理学、口腔医学、兽医学、生物学、环境科学和情报科学等。

为保证收录期刊的质量，美国国家医学图书馆于 1988 年成立了文献选择技术审查委员会（Literature Selection Technical Review Cornnittee，LSTRC），专门从事审核期刊、评价其内容、增选新刊，同时剔除不符合要求的已收录期刊。LSTRC 选择刊物，主要考虑刊物的质量（包括科学性和创新性）及其内容对 PubMed 美国用户的重要性。其选刊标准主要有以下几个方面（NLM，1988）。

（1）期刊的学科范围和覆盖面。PubMed 收录的期刊主要是生物医学及其相关期刊。LSTRC 注重期刊的学科范围和覆盖面，委员会不仅要审查论文的质量，还要看其对学科的覆盖面，如果期刊论文大部分与生物医学期刊无关，或者偶尔涉及生物医学，通常不被收录。

（2）学术质量。学术质量可靠性、重要性、创新性及该刊对本领域的贡献是决定能否收录的最重要因素。

（3）编辑质量。期刊应证明论文的客观性、可信性及整体质量，如录用稿件的方法，尤其是外送同行专家审稿的明确而详细的程序；遵守伦理学准则；作者已声明可能对其工作产生影响的各种利益冲突；及时勘误；必要时可声明收回已发表的论文；为读者提供发表意见和争鸣的机会。以上这些因素对评价期刊的学术质量都有直接的影响，而期刊中的广告及商业资助等内容不影响论文的客观性。

（4）出版质量。版面设计、印刷质量、图表及其注释等出版质量也是 ISTRC 评审期刊的重要因素之一。虽然 PubMed 对印刷纸张没有明确要求，但要求有收藏价值的期刊应使用无酸纸。

（5）目标读者。PubMed 的目标读者是医学研究人员、执业医师、教育人员、医学管理人员、医学和卫生专业人员（包括医师、护士、牙医、兽医及其他相关卫生专业人员）。

（6）论文类型。期刊论文类型主要有原始研究报告、含有分析和讨论的临床观察、有关卫生和生物医学领域的哲学、伦理学、社会方面的分析、评论性综述、有经统计学处理数据的论文、对方法或程序的评价性描述、有讨论的病例报告。

（7）文种要求。在同等情况下，PubMed 对非英文期刊与英文期刊一视同仁，但对于非英文期刊优先考虑有足够英文摘要的期刊。

（8）地理范围。高质量和学术价值期刊的选定不考虑其出版地，特别关注国际范围的研究、公共卫生、流行病学、卫生标准等。

3. EI 选刊评价

美国《工程索引》（*Engineering Index*，EI）创建于 1884 年 10 月，是世界上最早的以提供检索和为了解全世界工程文献服务为目的的文献摘要和检索工具。现由美国工程情报公司（The Engineering Information Incorporation）编辑出版，主要收录工程技术期刊和会议文献，是国际三大著名检索系统之一，也是国际通用的文献统计源。EI 包括 Compendex 和 Page One 两大数据库。

Compendex 是最全面的工程文摘数据库，包含选自全球的 5000 多种工程类期刊、会议论文集和技术报告的书目记录和文摘。内容涵盖工程和应用科学领域的各学科，如核技术、生物工程、交通运输、化学和工艺工程、照明和光学技术、农业工程和食品技术、计算机和数据处理、应用物理、电子和通信、控制工程、土木工程、机械工程、材料工程、石油、宇航、汽车工程，以及这些领域的子学科。

EI 总部每年都要对收录期刊进行审查，并定期调整期刊数量。如果期刊质量降低，就有可能被"淘汰"；而未被收录的期刊，须经编辑部申请，EI 总部审查合格后才能被收录。

学术期刊的专业、学术水平和读者群是 EI 数据库选刊的主要考虑因素（EI，2011），另外，为刊物的出版国家和语种，对于非英语期刊，其英文题目和摘要的质量是选刊的重要因素。首先，EI 优先收录美国、英国、澳大利亚等国家出版的期刊，其次是西欧、日本和俄罗斯出版的期刊，最后是其他国家出版的一些重要期刊。

EI 要求期刊有详细的出版信息，最好有英文摘要，有完整的作者通信信息，且对参考文献书写有具体要求。若有网络版，则要求在纸质版注明完整的出版者信息，否则不予收录。若期刊质量下降，将有选择地收录高质量原始研究文章；若期刊质量下降至收录标准以下，则将剔除出收录系统。

4. BA 选刊评价

美国《生物学文摘》（*Biological Abstracts*，BA）于 1926 年由《细菌学文摘》（*Abstracts of Bacteriology*）和《植物学文摘》（*Botanical Abstracts*）合并而成，是由美国生物科学信息服务社（Biosciences Information Service，BIO-

SIS) 编辑出版的有关生命科学的大型文摘索引数据库。它收录世界上 100 多个国家和地区的 5500 多种生命科学期刊和 1650 多种非期刊文献，如学术会议、研讨会、评论论文、美国专利、书籍、软件评论等。数据每周更新，每年新增记录 56 万多条。

BA 收录内容涵盖生物学、农业、解剖学、细菌学、行为科学、生物化学、生物工程、生物物理、生物技术、植物学、临床医学、实验医学、遗传学、免疫学、微生物学、营养学、职业健康、寄生虫学、病理学、药理学、生理学、公共健康、毒理学、兽医学、病毒学、动物学等学科，内容侧重于基础和理论方法的研究。

BIOSIS 选刊时需根据一系列标准，包括学科、地理分布、同行评议、出版能力及其他因素，并非所有被评估的期刊均被收录。

5. CA 选刊评价

《化学文摘》(*Chemical Abstracts*，CA) 创刊于 1907 年，由美国化学文摘服务社 (Chemical Abstracts Service，CAS) 编辑出版。它收录了世界上发表的 98% 以上的化学化工文献，内容包括纯化学和应用化学领域的科研成果，还涉及生物、医学、轻工、冶金、物理等领域，CA 收录的期刊多达 9000 余种，另外还包括来自 47 个国家和 3 个国际性专利组织的专利说明书、评论、技术报告、专题论文、会议录、讨论会文集等，涉及世界 200 多个国家和地区 60 多种语种的文献，反映了当前世界上化学化工领域的最高水平、最新成就及发展趋势，堪称世界上收录范围最广、信息量最大、利用率最高、编排最科学的文献检索工具之一。

CA 无严格的选刊标准，只要与其收录主题一致，均有可能被收录。

6. IPA 选刊评价

《国际药学文摘》(*International Pharmaceutical Abstracts*，IPA) 是美国药师协会 (American Society of Health-System Pharmacists，ASHP) 编辑出版的著名药学文献书目数据库，创建于 1964 年，出版印刷版，1970 年后实现了计算机化服务。现每半月出版一期印刷版，同时其电子产品（包括在线检索和光盘数据库）由 Cambridge Scientific Abstracts、DataStar、Dialog、EBSCO、OVID、STN 等向用户提供，但仅限注册和订购用户，不提供免费检索。

IPA 收录了 1970 年以来世界各地出版的 750 多种药学期刊的文献摘要，其中包括美国所有的药学期刊以及大部分化妆品出版物。1985 年起收录范围扩大到报道相关法律条例、人力资源和薪资方面的信息。1988 年开始收录 ASHP 的主要会议论文文摘，现也收集美国药学协会 (American Pharmaceutical Association，APhA) 和美国药学学院协会 (American Association of Colleges of Pharmacy，AACP）年会论文文摘，并计划收录由特定专家和医生推荐的药学院学位论文文摘。累计文献量达 35 万篇，并以每年 1.8 万篇的速度递增。涉及的主要学科领域有药物信息、药理学、药物化学、生物制药、微生物学、药物副作用、毒理学、药物评价、药物经济学等，也包括药学实践、药学教育、制药业政策与法规等信息。

ASHP 选刊对文章语种和期刊尺寸或可读性没有限制，无论通信、述评、评论或其他栏目，凡是与药学有关的重要信息均可被收录。

总之，通过对国际著名检索系统选刊评价调查分析发现，对选刊的评价主要有两类：一类具有严格的选刊标准和评价体系，如 WOS、PubMed、EI、BA。选刊标准包括学科及地域覆盖面、期刊的学术质量、编辑出版规范、国际化程度和引文数据。评价体系包括成立选刊专家委员会、制定选刊标准、专家评估和动态评估。另一类是宽松的选刊标准和评价体系，如 CA、IPA。只要与其收录主题一致，均有可能被收录。

## 二、我国期刊评价现状

根据新闻出版总署 2008 年 8 月 1 日公布的数据（中华人民共和国新闻出版总署，2008）。我国 2007 年共出版期刊 9468 种，其中，综合类 479 种；哲学、社会科学类 2339 种；自然科学、技术类 4713 种，占期刊总品种数的 49.78%；文化、教育类 1175 种，占期刊总品种数的 12.41%；文学、艺术类 613 种；少儿读物类 98 种；画刊类 51 种。哲学、社会科学类和自然科学、技术类的期刊数量达到 7052 种，占 74.48%。面对如此众多的社会科学和自然科学期刊，开展科技期刊质量评价势在必行，然而我国还没有统一的期刊质量评价体系。

1. 我国期刊评价的国家标准

1994 年，国家科学技术委员会、中共中央宣传部、新闻出版署共同颁布了《五大类科技期刊质量要求及评估标准》（国家科学技术委员会，1994），1995 年，新闻出版署发布了《社会科学质量管理标准》（中华人民共和国新闻出版总署政策法规司，1995）。这两个文件是新闻出版管理部门从管理的角度对自然科学期刊的五大类、社会科学期刊的七大类进行质量监管的依据，也是各种期刊评奖、评优活动的主要依据。除此之外，我国政府未颁布其他任何科技期刊评价标准。

《五大类科技期刊质量要求及评估标准》将科技期刊分为学术类、技术类、科普类、指导类和检索类。对学术类期刊评优主要从政治标准（3 项）、学术标准（4 项）、编辑标准（8 项）和出版标准（3 项）四个方面（18 项）提出的标准进行评估，见表 5-1。

**表 5-1　科技期刊学术类质量要求及其评估标准**

| 一级类目 | 二级类目 |
|---|---|
| 1 政治标准 | (1.1) 坚持党的基本路线，执行国家有关科技、出版的政策法令 |
|  | (1.2) 期刊获奖情况 |
|  | (1.3) 全年各期平均发行量增长情况 |
| 2 学术标准 | (2.1) 选入本学科的核心文章的情况 |
|  | (2.2) 发表获省、部级以上科技奖项目的论文篇数 |
|  | (2.3) 刊出论文属国家和省、部级基金资助项目的比例 |
|  | (2.4) 被国内外重要数据库和权威性文摘期刊收录的种数 |
| 3 编辑标准 | (3.1) 执行国家标准 |
|  | (3.2) 执行法定计量单位 |
|  | (3.3) 执行办刊宗旨，发挥导向作用，完成报道计划 |
|  | (3.4) 报道时差 |
|  | (3.5) 稿件采用率 |
|  | (3.6) 信息密度 |
|  | (3.7) 图表 |
|  | (3.8) 文字表达、标点符号及校对 |
| 4 出版标准 | (4.1) 封面和版面设计 |
|  | (4.2) 印刷装订 |
|  | (4.3) 出版发行 |

　　上述《五大类科技期刊质量要求及评估标准》和《社会科学期刊质量管理标准》是我国对学术理论类期刊的业务标准的要求和评估，不能作为判断期刊学术水平高低的权威标准。

　　2. 我国期刊评奖评选体系

　　为了促进我国科技文化事业的发展，从国家到地方，都曾组织过各类期刊评奖、评优活动。1992 年，中央宣传部、新闻出版署和国家科学技术委员会联合组织了全国首届优秀科技期刊评比；1996 年，组织了全国第 2 届优秀科技期刊评比；从 1997 年起，新闻出版署先后组织了 3 次"国家期刊奖"评选。2004年，第三届国家期刊奖评委会对参评的 976 种期刊进行了参评资格审查、出版规范审查、编校质量审查、广告质量审查等严格的检查程序，本着"坚持导向，注重质量；严格标准，客观公正；滚动评比，优胜劣汰；突出重点，有所兼顾"的指导原则进行了认真、严格的评选，最后评选出 357 种获奖期刊，其中，60种期刊获得"国家期刊奖"，100 种期刊获得"国家期刊奖提名奖"、197 种期刊获得"国家期刊奖百种重点期刊奖"。

　　2000 年 8 月，新闻出版总署根据中国期刊的发展现状和中国即将加入世界贸易组织的形势而提出了"中国期刊方阵"战略。中国期刊方阵构成宝塔形结构，分为四个层面：第一个层面为"双效"期刊，以全国现有 8725 种期刊为基数，按 10%～15% 的比例选取社会效益、经济效益好的 1000 余种期刊，作为"中国期刊方阵"的基础，通过各省、自治区、直辖市和中央部委评比产生。第二个层面为"双百"期刊，即通过每两年一届评比产生的百种重点社会科学期刊、百种重点科技期刊，是"中国期刊方阵"的中坚。每届全国"双百"重点期刊的数量控制在 200 种左右。第三个层面为"双奖"期刊，即在全国"双百"重点期刊基础上评选出的国家期刊奖、国家期刊奖提名奖的期刊，这一层面的期刊是建设的重点，利用期刊品牌的效应，通过兼并等形式，形成品牌系列期刊，这一层面的期刊数量为 100 种左右。第四个层面为"双高"期刊，即高知名度、高学术水平的期刊。据世界期刊协会和其他国际权威质量认证机构提供的信息，我国社会科学期刊有 20 余种排在世界同类期刊 500 强的前 50 名，有 60 余种科技期刊在国际科技学术界有影响。这一层面的期刊，是创造世界名牌期刊的基础，重点抓 50 种左右。新闻出版总署于 2001 年 12 月 9 日正式批准并公布了 1518 种"中国期刊方阵"期刊（王云娣，2004）。

以上期刊评选均是基于期刊总体质量的评价，并且评比的目的和标准不一，因此评选结果缺乏可比性，不能推广用于期刊之间的评价。

3. 我国期刊的文献计量学评价

自 20 世纪 60 年代，美国文献计量学家加菲尔德（E. Garfield）创建 SCI 以来，引文索引逐渐成为评价期刊的重要工具，引文及其相关数据已成为人们遴选核心期刊、评价期刊质量的重要计量学指标。我国自 20 世纪 90 年代初开始对期刊进行文献计量学评价以来，逐渐形成了六大期刊评价工具及成果，分别是北京大学图书馆主持编制的《中文核心期刊要目总览》、ISTIC 的中国科技论文与引文数据库及其《中国科技期刊引证报告》、中国科学院文献情报中心的中国科学引文数据库及其《中国科学计量指标：论文与引文统计》、清华同方的《中国学术期刊综合引证报告》、南京大学中国社会科学评价中心的《中文社会科学引文索引》和武汉大学中国科学评价研究中心的《中国学术期刊评价研究报告》。

1)《中文核心期刊要目总览》

《中文核心期刊要目总览》（以下简称《总览》）自 1992 年推出第一版以来，以后每隔 4 年修订一次，至今已出版了 4 版，2008 年第 5 版出版。《总览》的出版在社会上引起了较大反响，在图书情报界、学术界、出版界和科研管理部门的影响力不断提高，已成为中文学术期刊的评估和采购、图书馆导读和参考咨询、学术研究成果评价、论文投稿指导、文献数据库来源期刊选择等的重要参考工具。

为了及时反映中文期刊发展变化的新情况，《总览》的评价指标不断推陈出新，从第一版的被索量、被摘量、被引量 3 个指标，到第二、第三版的被索量、被摘量、被引量、载文量、被摘率、影响因子 6 个指标，到第四版的被索量、被摘量、被引量、他引量、被摘率、影响因子、获奖或被重要检索工具收录 7 个指标，即将出版的第五版包括被索量、被摘量、被引量、他引量、影响因子、被摘率、被重要检索工具收录、全文下载量、基金论文比例 9 个指标（戴龙基等，2004）。

2）中国科技论文与引文数据库及其《中国科技期刊引证报告》

ISTIC 受国家科学技术部的委托，从 1987 年开始对中国科技人员在国内外发表论文数量和被引用情况进行统计分析，并利用统计数据建立了中国科技论文与引文数据库，在此基础上，推出了《中国科技期刊引证报告》。自 1997 年第一部《中国科技期刊引证报告》出版以来，已连续出版 10 年，成为期刊引用分析研究的重要检索评价工具。2007 年版的《中国科技期刊引证报告》选择了总被引频次、影响因子、即年指标、被引半衰期、所载文献的地区数、基金论文比等十几种期刊评价指标（潘云涛等，2008）。《中国科技期刊引证报告》的出版不仅为使我国的广大科技工作者、期刊编辑部和科研管理部门能够科学快速地评价期刊，客观准确地选择和利用期刊，为科技期刊和科研人员客观地了解自身的学术影响力，提供公正、合理、科学、客观的评价依据。同时，它为国家期刊奖的评定、中国科学技术协会择优支持期刊评定以及国家自然科学基金委员会、中国科学院和地方省市的期刊管理部门提供了大量的各类评估数据，大大提高了我国科技期刊科学管理的水平，促进我国科技期刊评价管理工作进一步向科学化、定量化和规范化方向发展。

3）中国科学引文数据库及其《中国科学计量指标：期刊引证报告》

中国科学引文数据库（Chinese Science Citation Database，CSCD）创建于 1989 年，收录我国数学、物理、化学、天文学、地学、生物学、农林科学、医药卫生、工程技术、环境科学和管理科学等领域出版的中英文科技核心期刊和优秀期刊千余种，从 1989 年到现在已积累论文记录 300 万条，引文记录近 1700 万条。1995 年 CSCD 我国第一本印刷本《中国科学引文索引》出版，1998 年出版了我国第一张中国科学引文数据库检索光盘。2003 年 CSCD 上网服务，推出了网络版。2007 年中国科学引文数据库与美国 Thomson Reuters 合作，中国科学引文数据库将以 ISI WOS 为平台，实现与 WOS 的跨库检索。中国科学引文数据库已在我国科研院所、高等学校的课题查新、基金资助、项目评估、成果申报、人才选拔以及文献计量与评价研究等多方面作为权威文献检索工具获得广泛应用。

基于 CSCD 和 SCI 数据，中国科学院文献情报中心从 1998 年开始，每年出版一卷《中国科学计量指标：论文与引文统计》。自 2005 年起，将论文与引文统计和期刊引证报告分别编制出版，2005 年版的《中国科学计量指标：期刊引证报告》对期刊的评价指标主要有发文量、基金论文数、发文机构数、篇均参考文献数、自引率、期刊引用半衰期、影响因子、即年指数、总被引频次、他引频次、自被引率、被引半衰期、期刊在学科论文中被引次数等（张建勇，2007）。

4)《中国学术期刊综合引证报告》

CAJCCR 是在中国学术期刊综合评价数据库（CAJCED）6000 余种统计源期刊的基础上，按照《中国学术期刊（光盘版）检索与评价数据规范》对其中学术性论文的引文数据进行规范化加工处理，经统计分析后编制而成的一部综合性跨学科大型科学文献计量年报。CAJCCR 受到期刊编辑部、图书情报、文献评价和科研管理等部门的广泛应用和好评，已成为我国科学文献计量评价的参考工具。

CAJCCR 按年编卷出版，每卷以上一年的中英文期刊引文统计数据以及 CNKI 中心网站全文下载数据为引证报告依据。自 2002 年试刊问世以来，至 2008 年，CAJCCR 已经连续编制 6 卷。自 2005 年版（总第 4 卷）起由科学出版社正式出版。《中国学术期刊综合引证年度报告》2007 年版（总第 6 卷），根据 CAJCED2006 年 6500 余种统计源析出的 290 余万条中国期刊引文数据及 CNKI 中心网站 2006 年 1～12 月全文下载记录（2.1 亿余篇次）的大样本数据统计分析得到的年度报告数据。CAJCCR 采用的文献计量指标主要有载文量、总引用频次、影响因子、5 年影响因子、即年指标、被引半衰期、他引总引比、基金论文比、网络即年下载率、h 指数等（中国科学文献计量评价研究中心，2008）。

5)《中文社会科学引文索引》

1998 年，南京大学中国社会科学评价中心开始启动《中文社会科学引文索引》项目，2000 年研制成功了我国第一部社会科学引文索引，迄今已累积 8 年的引文数据，并提供网络服务。从 2000 年开始，《中国社会科学研究计量指标——论文、引文与期刊引用统计》出版，至 2005 年，已出版 4 个年度的中国社会科学研究计量指标，主要评价指标有期刊载文与录用数、来源文献类型与引用文献类型统计、机构发文与被引统计、期刊总被引频次、期刊影响因子等。2006 年，利用该引文索引数据对我国的人文社会科学的学术影响力进行了较为全面的分析，并出版了《中国人文社会科学学术影响力报告》，评价指标有期刊学科被引总次数、期刊影响因子、期刊影响广度和期刊被引半衰期等指标（苏新宁，2007）。

6)《中国学术期刊评价研究报告：RCCSE 权威、核心期刊排行榜与指南》

《中国学术期刊评价研究报告：RCCSE 权威、核心期刊排行榜与指南》是国内外期刊评价中第一种分类分级排行榜和权威与核心期刊指南（邱均平等，2009）。全书分为四个部分：一是中国学术期刊评价的意义、理念和做法，包括研究背景、目的、意义和特色以及中国学术期刊评价的具体做法。二是中国学术期刊排行榜与结果分析。采用定量评价与定性分析相结合的方法，构建了科学、合理的多指标评价体系，得出了 65 个学术期刊排行榜，包括分学科的 61 个排行榜和分类型的 4 个高校学报排行榜。这次共有 6170 种中国学术期刊参与评价，计 1324 种学术期刊进入核心区，其中权威期刊 311 种、核心期刊 1013 种，约占总数的 21.46%；并分析了核心期刊的学科分布、地区分布，自然科学类核心期刊被国外重要数据库收录，综合性核心期刊的核心效应，中国英文学术期刊的国际学术影响力等状况。三是 1324 种权威期刊与核心期刊的基本信息与投稿指南。四是附录，汇集了 SCI、EI 收录的中国期刊和中国出版的其他英文学术期刊及缩略语表等，便于广大读者阅读和投稿时查阅使用。《中国学术期刊评价研究报告：RCCSE 权威、核心期刊排行榜与指南》全面、系统地评价了中国学术期刊的质量、水平和学术影响力，并提供了详细的评价结果。其内容丰富、观点新颖、数据翔实、结论可靠、创新性强、适用面广。

## 三、学术期刊综合评价研究

近年来，国内学者较多采用综合评价法对学术期刊质量进行评价。较早采用的是层次分析法（AHP），如 1995 年，胡国亮等（1995）根据美国 ISI 出版的 JCR 的有关数据，对其中收录期刊进行定量评价，采用 3 项评价指标，用层次分析法确定指标的权重，建立指数分析模型，按综合指数的大小进行排序并分类，最后用数理统计方法对评价分类结果进行校验，得到满意的结果。

2000 年，庞景安等（2000）利用层次分析法原理，结合德尔菲专家调查法和模糊隶属度分析等多种定量分析方法，建立了中国科技期刊综合评价指标体系，并对评价指标、具体评价过程和应用方法进行了解释说明。何卫（2001）采用层次分析法，针对黑龙江省水利科学研究院五类科技期刊进行了优化排序。

随后，主成分分析法日渐应用于期刊综合评价，如管进等（2003，2004）提出用主成分分析法对中文期刊进行评价，以探讨一种新的核心期刊评价方法，并对评价核心期刊的主要影响因素及各种因素的权重作进一步分析。

张爱丽等（2003）提出了一种新的科技期刊综合评价模型：核主成分分析（KPCA）。通过一个非线性变换，KPCA 首先将原变量空间映射到高维特征空间，然后在这个高维特征空间中进行线性主成分分析。通过核技巧，KPCA 评价方法只需在原空间进行点积计算，而不必知道非线性变换的确切形式。10 种科技期刊综合评价的实证表明，KPCA 评价方法具有一定的实际应用价值。

杨文燕等（2008）利用 SAS 统计软件对 23 种肿瘤类期刊的载文量、基金论文比、总被引频次、影响因子、即年指标、被引半衰期、他引总引比、5 年影响因子和网络即年下载率 8 个指标进行了主成分分析，得出了 23 种肿瘤类期刊的综合得分和排序。

秩和比法在科技期刊学术质量综合评价中的应用研究主要有以下一些。

王玖（2003）介绍了加权秩和比法在科技期刊学术质量综合评价中的应用，以 12 种医学科技期刊为例，通过对反映期刊学术质量的影响因子、平均引文率等 5 项指标综合加权排序，合理分档，不但排出了各种期刊学术质量的名次，而且给出了优劣档次，取得了满意效果。

姚红（2006）以我国 2001 年综合类高等学校自然科学学报为例，介绍了秩和比法在期刊的综合评价中的应用。

康兰媛（2008）以我国 2005 年高校主办的（15 种）和学会主办的（15 种）共计 30 种农业类期刊为例，对秩和比法在期刊被引指标综合水平评价中的应用进行了介绍。结果表明：在被引指标综合水平测评中，高校主办的农业类期刊总体上优于学会主办的农业类期刊，在一定程度上表明高校的综合办刊水平优于学会的综合办刊水平。

灰色关联分析法在科技期刊学术质量综合评价中的应用研究，主要有以下一些。

姚红（2003）运用灰色关联分析法对我国 2000 年综合类学术期刊进行了综合评价，与常用的专家评定法以及模糊数学法相比，主观因素少，比较公平、客观，是一种非常实用的综合评价期刊的方法。

吕淑仪（2004）介绍了灰色系统理论的原理、灰色关联度综合评价数学模型的建立及计算方法，并以《中国期刊引证报告》中 15 种数学类中文期刊为例，进行建模、计算、分析。结果表明，该评价方法能够科学、客观地评价期刊的学术水平。

白雨虹等（2008）介绍了灰色关联度分析法的基本原理，选取了相关的参数因子，以部分 SCI 和 EI 检索系统收录的国内外光学期刊为例，以各期刊的多项引证指标为基础数据，计算了各期刊的关联度系数，分析了国内外光学期刊影响因子与关联度系数的比较结果。结果表明，灰色系统理论中的关联度分析法可以全面完善科技期刊的评价方法。

此外，模糊数学理论（陈笑梅，2000）和属性数学理论（林春艳，2004）也应用于学术期刊质量的综合评价。

总之，从以上评价工具及其评价指标可以发现：第一，各评价工具的期刊评价指标日益增多，如《中文核心期刊要目总览》从第一版的 3 个指标，增加到第五版的 9 个指标；第二，各评价工具的期刊评价指标不断修正，更趋向科学、合理，如他引率、学科影响因子、5 年影响因子等；第三，随着近年来文献计量学的发展，一些新的计量学指标引入到期刊评价当中，如网络即年下载率、h 指数等。但是由于各评价工具收录期刊各不相同，各自提供的指标和数据缺乏可比性，给应用带来了一定的困扰，目前它们在应用上的区别更多体现在部门的分割上。第四，近几年来，各评价工具的期刊评价指标虽然有所增加，但都是对单个指标数据进行分析与排序，不能反映期刊的综合影响力。第五，多种综合评价方法如层次分析法、主成分分析法、秩和比法、灰色关联分析法、模糊数学、属性数学等被应用到科技期刊的学术质量评价当中，但是尚未应用到 OA 期刊的综合评价中。因此，我国目前还没有一种能够全面客观地评价 OA 期刊学术质量的标准、体系和模型。

## 第二节　OA 期刊学术质量综合评价指标体系研究

### 一、OA 期刊质量与学术质量

OA 期刊质量是 OA 期刊的生命，质量的高低直接影响 OA 期刊的生存和发展。OA 期刊质量是一个有自在结构的系统，包括学术质量、编校质量、出版质量等，由此构成期刊的整体质量。OA 期刊学术质量是 OA 期刊刊载论文的学术水平，是 OA 期刊质量的核心。

### 二、OA 期刊学术质量的系统分析

OA 期刊具有传统期刊学术交流的特性，同时具有以网站为载体的网络学术交流的特性。因此，OA 期刊不仅具有学术影响力和网络影响力，最终表现为学术绩效，而产生这种影响力的源泉是 OA 期刊的学术质量，其基础是 OA 期刊的学术含量和 OA 期刊网站的丰余度。因此，将 OA 期刊的学术质量作为一个系统来考察，那么各个评价子系统的关系如图 5-1 所示。

### 三、评价指标选取原则

OA 期刊是近年来新兴的一种期刊类型，其学术质量评价是 OA 期刊重要的研究方向和内容。OA 期刊学术质量的评价方法、评价体系、评价模式等，在国内外尚处于探索阶段。要进行 OA 期刊学术质量评价，就要筛选评价指标，它是 OA 期刊学术质量评价工作的基础，指标选取是否合适是决定 OA 期刊学术质量评价成功与否的关键。因此，本研究在参阅我国目前几种典型的科技期刊

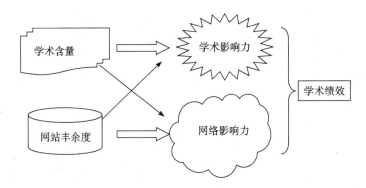

图 5-1　OA 期刊的学术质量各评价子系统的关系

评价指标体系的基础上，结合 OA 期刊的特点，确立了以下 OA 期刊学术质量评价指标选取的原则。

（1）科学性和先进性原则。指标应有效地反映 OA 期刊的基本特征。

（2）系统性原则。指标应能全面地反映被评价对象的综合情况，从中抓住主要因素，既能反映直接效果，又能反映间接效果，以保证综合评价的全面性和可信度。

（3）可度量原则。量化问题也是指标选取的原则之一。如果只是定性分析，很难给人明确的概念，而从量化的角度表示 OA 期刊的学术质量，则可以更加直观地反映 OA 期刊的学术质量现状，有助于人们采取有效的措施。

（4）可操作性原则。选取时还要兼顾指标的可操作性（即指标的易获取性），指标含义明确，数据易于获得且具有选择、比较性，计算简单，易于掌握。

（5）定性分析与定量分析结合原则。为了进行综合评价，必须将部分反映信息系统基本特点的定性指标定量化、规范化，为采用定量评价方法打下基础。

## 四、OA 期刊学术质量综合评价指标框架

由此我们从学术含量、学术影响力、网站丰余度、网络影响力、学术绩效五个方面构建 OA 期刊学术质量综合评价指标框架，如表 5-2 所示。

表 5-2　OA 期刊学术质量综合评价指标框架

| 目标层 | 第一层指标 | 第二层指标 |
| --- | --- | --- |
| 生物医学类 OA 期刊学术质量 | 学术含量 | 载文量<br>篇均作者数<br>发文国家地区广度<br>篇均作者机构数<br>机构标注比例<br>篇均参考文献数 |

续表

| 目标层 | 第一层指标 | 第二层指标 |
|---|---|---|
| 生物医学类OA期刊学术质量 | 学术影响力 | 影响因子<br>即年指数<br>总被引频次<br>平均被引率<br>权威数据库收摘量 |
| | 网站丰余度 | 网络文献量<br>总网页数 |
| | 网络影响力 | 网络引文量<br>总链接数<br>外部链接数<br>总网络影响因子<br>外部网络影响因子<br>IP访问量<br>页面浏览量<br>人均页面浏览量 |
| | 学术绩效 | h指数<br>g指数<br>hc指数 |

## 五、评价指标的筛选

### 1.采用文献资料分析优选法筛选评价指标

文献资料分析优选法是全面查阅有关评价指标设计的文献资料，分析各指标的优缺点并加以取舍。为此，本研究首先对我国的五大期刊评价工具中的评价指标进行分析（表5-3）。五大期刊评价工具是我国国家支持开发的重要科研成果，具有极其重要的指导意义，然而其指标各不相同并且没有形成一个统一的指标体系；都是对期刊的单个指标排序和评价。OA期刊具有一般学术期刊的共性，因此，五大期刊评价工具中的共有指标对于OA期刊评价指标的筛选具有重要指导意义。

表5-3　五大期刊评价工具中的评价指标

| 评价工具或来源文献 | 指标数 | 指标 | | | |
|---|---|---|---|---|---|
| | | 引文指标 | 载文指标 | 转载指标 | 其他指标 |
| 《中文核心期刊要目总览》（2008年版） | 9 | 被引量、他引量、影响因子 | 基金论文比 | 被索量、被摘量、被摘率、被重要检索工具收录 | 全文下载量 |

续表

| 评价工具或来源文献 | 指标数 | 指标 | | | |
|---|---|---|---|---|---|
| | | 引文指标 | 载文指标 | 转载指标 | 其他指标 |
| 《中国科技期刊引证报告》 | 17 | 总被引频次、影响因子、即年指标、自引率、他引率、被引半衰期 | 来源文献量、参考文献量、平均引用率、平均作者数、地区分布数、机构数、国际论文比、基金论文比、引用半衰期 | | 普赖斯指数、老化系数 |
| 《中国科学计量指标：期刊引证报告》 | 13 | 影响因子、即年指数、总被引频次、他引频次、自被引率、被引半衰期、期刊在学科论文中被引次数、自引率 | 发文量、基金论文数、发文机构数、篇均参考文献数、期刊引用半衰期 | | |
| 《中国学术期刊综合引证报告》 | 10 | 总引用频次、影响因子、5 年影响因子、即年指标、被引半衰期、他引总引比 | 载文量、基金论文比 | | 网络即年下载率、h 指数 |
| 《中文社会科学引文索引》 | 7 | 总被引频次、影响因子、期刊影响广度、期刊被引半衰期 | 期刊载文与录用数、来源文献类型与引用文献统计、机构发文与被引统计地区分布数、国际论文比、平均引用率 | | |
| 中国科技期刊综合评价指标体系 | 8 | 总被引频次、影响因子、即年指标、他引率 | | | 普赖斯指数 |
| 自然科学学术期刊综合评价指标体系 | 12 | 影响因子、被引频次、平均引文率、期刊他引率、影响因子平均增长率 | 论文机构分布数、国际著者论文数、基金资助项目论文比例 | 被国内重要检索系统收录数、被国际著名检索系统收录数 | 反应速率、稳定指数 |
| 人文社会科学学术期刊评价体系 | 18 | 总被引、影响因子（总影响因子、他引影响因子、学科影响因子）、即年指数（被引速率、学科引用速率、他刊引用速率）、期刊影响广度、期刊被引半衰期、他刊引用数 | 篇均引用文献数基金论文比、本机构论文比、本地区论文比、本学科论文比、期刊引用半衰期 | 二次文献转载 | 网络即年下载率 |

　　然后利用"期刊"和"指标"，限定在"标题"（万方数据资源）或"篇名"（中国学术文献网络出版总库），分别对网络版万方数据资源和中国学术文献网络出版总库进行检索，万方数据资源检出 269 条记录，中国学术文献网络出版

总库检出 322 条记录，其中绝大多数是关于五大期刊评价工具中指标的研究、报道和应用（钟旭，2002；万锦堃等，2007；赵惠祥等，2008），此外是关于某一学科领域（曾文军，2007；冉强辉，2008）或某一类型（余恒鑫，2005；张红芹，2007）的评价指标体系研究。最后筛选出 3 项最具代表性的期刊评价指标体系，即庞景安等中国科技期刊综合评价指标体系的研究（庞景安等，2000）、自然科学学术期刊评价指标体系研究课题组的自然科学学术期刊综合评价指标体系研究（自然科学学术期刊评价指标体系研究课题组，2001），苏新宁教授的人文社会科学期刊评价指标体系研究（苏新宁，2006，2008）。

1）评价指标的属性分析

（1）引文指标是当今期刊评价的主要指标，形成了一个计量指标群，主要包括被引频次（总被引频次、平均被引频次、自引率/量、他引率/量等）、影响因子（5 年影响因子、相对影响因子、学科影响因子等）、即年指标、被引半衰期、引用刊数、扩散因子等。引文指标的直接反映属性是期刊的学术影响力，即影响的强度、广度及速度，间接反映属性是期刊的学术质量（学术水平）。间接反映属性基于以下推断：学术质量高（学术水平高）的刊物更有参考价值，会产生更多的引用或应用。该类指标一般都是客观的计量统计指标。不同的统计机构、不同的统计数据库、不同的统计样本，其统计出的数值有所差别。

（2）载文指标反映期刊出版的信息数量和质量。该类指标主要有载文量（发文量、来源文献数）、参考文献量（篇均引用文献量）、平均作者数、地区分布数、机构分布数、作者机构标注比率、基金论文比、海外论文比、引用半衰期等。载文指标直接反映属性是期刊的学术含量（载文量或发文量），间接反映属性是期刊的学术质量。间接反映属性基于以下推断：引文情况、作者情况、基金资助情况与学术质量是正相关的。该类指标一般也是客观的计量统计指标。

（3）转载指标指期刊论文被著名数据库或检索系统收摘和转载的数量，主要指标有被索量、被摘量、被摘率、被重要检索工具收录、被国内重要检索系统收录数、被国际著名检索系统收录数、二次文献转载数等。

转载指标测度期刊在文献交流中的作用和地位，直接反映属性是期刊在科学活动中的重要程度，以及对学科热点的跟踪程度和对学术走向的关注程度。间接反映属性是期刊的学术质量。间接反映属性基于以下推断：著名数据库或检索系统收摘和转载量与学术质量是正相关的。

2）评价指标的共性与个性分析

上述五大评价工具和来源文献的评价指标中，相同或相近的评价指标有影响因子、（总）被引频次、即年指标（指数）、（期刊）他（被）引率、被引半衰期、来源文献量（载文量）、参考文献量、平均引文率、地区分布数、（论文）

机构（分布）数、普赖斯指数、国际论文比（数）、基金论文比（数）等。

个性化的评价指标有反应速率、学科引用速率、他刊引用速率、期刊影响广度、本学科论文比、稳定指数、老化系数、h 指数等。

3）评价指标的核心指标分析

将上述五大评价工具和 3 个指标体系中的评价指标进行归并，释出各指标频度，见表 5-4。

**表 5-4　各指标在 5 大评价工具和 3 个指标体系中出现的频度**

| 指标 | 相近指标 | 频度 |
| --- | --- | --- |
| 影响因子 | 5 年影响因子、期刊影响广度、总影响因子、学科影响因子、他引影响因子 | 8 |
| 总被引频次 | 被引量、被引频次 | 8 |
| 他引率 | 他引量、他引频次、他引总引比、他刊引用数量 | 8 |
| 即年指数 | 即年指标（被引速率） | 5 |
| 被引半衰期 | | 5 |
| 基金论文比 | 基金资助项目论文比例 | 5 |
| 参考文献量 | 平均引用率、篇均参考文献数、篇均引用文献数 | 5 |
| 机构数 | 发文机构数、论文机构分布数、本机构论文比 | 5 |
| 载文量 | 发文量、来源文献数 | 4 |
| 网络即年下载率 | 全文下载量 | 3 |
| 收摘和转载 | | 3 |
| 期刊引用半衰期 | | 3 |
| 国际论文比 | | 3 |
| 普赖斯指数 | | 2 |
| 自引率 | | 2 |
| 期刊影响广度 | | 2 |
| 地区分布数 | | 2 |
| 本学科引用论文数 | | 1 |
| 自被引率 | | 1 |
| 反应速率 | | 1 |
| 稳定指数 | | 1 |
| 老化系数 | | 1 |

从表 5-4 可以发现，在当前期刊学术评价的指标体系中，核心指标主要有影响因子、总被引频次、他引率、即年指数、被引半衰期、基金论文比、参考文献量、机构数。这些核心指标也可用于 OA 期刊的学术质量评价。

2. 采用专家调查法筛选评价指标

一方面，OA 期刊虽然本质上是一种期刊，与传统期刊的许多相似之处，但是完全借助传统期刊的评价指标，不足以反映 OA 期刊的学术质量和 OA 特性。另一方面，OA 期刊的质量评价才刚刚起步，虽然国外已有对 OA 期刊的学术质量的研究，但较多利用引文指标进行评价研究，很少涉及指标体系研究。国内早期也较多采用引文指标对 OA 期刊进行评价，现在仅有张红芹等（2007，2008）对 OA 期刊质量评价指标体系进行了初步研究，但所选指标仅 6 个。由于缺乏足够丰富的 OA 期刊评价指标研究资料，所以本研究采用专家调查法筛选评价指标。

1）咨询专家遴选

为了构建科学有效并具有可操作性的 OA 期刊质量综合评价指标体系，减少主观因素如学科差异、学术水平、研究领域等对评价结果的影响。在构建 OA 期刊学术质量评价指标体系时，邀请情报学、图书馆学专家和期刊编辑方面专家参与评价指标的选择以及指标权重的确定。共进行了二轮专家咨询。专家构成情况见表 5-5。

表 5-5　专家构成情况　　　　　　　　　　单位：人

| 学科 | 人数 | 高级专业技术职务 | 副高级专业技术职务 |
|---|---|---|---|
| 情报学 | 9 | 6 | 3 |
| 图书馆学 | 9 | 4 | 5 |
| 期刊编辑 | 5 | 3 | 2 |

2）指标筛选

在大量文献调研，充分吸收国内外现有期刊评价指标以及专家学者意见的基础上，初步拟定 OA 期刊学术质量评价指标，设计了 OA 期刊学术质量评价指标专家咨询问卷（附录 A）。

第一轮问卷调查时间为 2008 年 9 月 18 日至 10 月 3 日，共发放问卷 23 份，回收 23 份，对 23 份有效问卷进行定量统计，结果见表 5-6。

表 5-6　第一轮专家咨询的评价结果

| 一级指标 | 二级指标 | 重要性判断 | | | | | 前两项所占比例/% |
|---|---|---|---|---|---|---|---|
| | | 极为重要 | 比较重要 | 一般重要 | 不重要 | 完全不必要 | |
| 学术含量 | | 8 | 11 | 4 | | | 82.61 |
| | 载文量 | 3 | 4 | 9 | 6 | 1 | 30.43 |
| | 篇均作者数 | | 10 | 7 | 4 | 2 | 43.48 |
| | 发文国家地区广度 | 4 | 15 | 2 | 1 | 1 | 82.61 |
| | 篇均作者机构数 | 5 | 13 | 3 | 1 | 1 | 78.26 |
| | 机构标注比例 | 1 | 9 | 6 | 5 | 2 | 43.48 |
| | 篇均参考文献数 | 4 | 15 | 3 | 1 | | 82.61 |
| 学术影响力 | | 20 | 3 | | | | 100.00 |
| | 影响因子 | 14 | 9 | | | | 100.00 |
| | 即年指数 | 7 | 14 | 2 | | | 91.30 |
| | 总被引频次 | 8 | 13 | 2 | | | 91.30 |
| | 平均被引率 | 7 | 9 | 6 | 1 | | 69.57 |
| | 权威数据库收摘量 | 10 | 10 | 3 | | | 86.96 |
| 网站丰余度 | | | | | | | |
| | 网络文献量 | 3 | 15 | 3 | 1 | 1 | 78.26 |
| | 总网页数 | 2 | 6 | 10 | 4 | 1 | 34.78 |

续表

| 一级指标 | 二级指标 | 重要性判断 | | | | | 前两项所占比例/% |
| --- | --- | --- | --- | --- | --- | --- | --- |
| | | 极为重要 | 比较重要 | 一般重要 | 不重要 | 完全不必要 | |
| 网络影响力 | | 9 | 12 | 2 | | | 91.30 |
| | 网络引文量 | 5 | 14 | 3 | 1 | | 82.61 |
| | 总链接数 | 2 | 8 | 10 | 2 | 1 | 43.48 |
| | 外部链接数 | 6 | 13 | 3 | 1 | | 82.61 |
| | 总网络影响因子 | 6 | 10 | 5 | 1 | 1 | 69.57 |
| | 外部网络影响因子 | 7 | 14 | 2 | | | 91.30 |
| | IP 访问量 | 8 | 12 | 2 | 1 | | 86.96 |
| | 页面浏览量 | 4 | 15 | 3 | | 1 | 82.61 |
| | 人均页面浏览量 | 2 | 11 | 8 | 1 | 1 | 56.52 |
| 学术绩效 | | 10 | 12 | 1 | | | 95.65 |
| | h 指数 | 6 | 13 | 2 | 1 | | 82.61 |
| | g 指数 | 4 | 16 | 2 | | 1 | 86.96 |
| | hc 指数 | 10 | 11 | 1 | | 1 | 91.30 |

根据三位专家的建议新增加了两个二级指标：他引率和内部链接数。其中两位专家建议增加基金论文比，一位专家建议增加自引率。均纳入本轮调查。

因此，在专家反馈的基础上，制作了第二轮 OA 期刊学术质量评价指标筛选和权重确定问卷调查表（附录 B），进行第二轮问卷咨询。

第二轮问卷调查时间为 2008 年 10 月 18 日至 11 月 3 日。发放问卷 23 份，回收 23 份，均为有效问卷。采用同样的换算标准，对 23 份有效问卷进行定量统计，结果见表 5-7。

表 5-7　第二轮专家咨询的评价结果

| 指标 | N | 最小值 | 最大值 | 前两项的比例/% | 后两项的比例/% | 均值 | 标准差 |
| --- | --- | --- | --- | --- | --- | --- | --- |
| C 学术含量 | 23 | 3.00 | 7.00 | 86.956 5 | 0.000 0 | 5.695 7 | 1.428 12 |
| F 学术影响力 | 23 | 5.00 | 7.00 | 100.000 0 | 0.000 0 | 6.739 1 | 0.688 70 |
| S 网站丰余度 | 23 | 1.00 | 7.00 | 78.260 9 | 4.347 8 | 4.565 2 | 1.342 52 |
| W 网络影响力 | 23 | 3.00 | 7.00 | 78.260 9 | 0.000 0 | 5.608 7 | 1.644 25 |
| J 学术绩效 | 23 | 1.00 | 7.00 | 78.260 9 | 8.695 7 | 5.260 9 | 1.935 73 |
| C1 发文国家地区广度 | 23 | 3.00 | 7.00 | 73.913 0 | 0.000 0 | 4.826 1 | 1.336 62 |
| C2 篇均作者机构数 | 23 | 3.00 | 5.00 | 69.565 2 | 0.000 0 | 4.391 3 | 0.940 94 |
| C3 篇均参考文献数 | 23 | 3.00 | 7.00 | 91.304 3 | 0.000 0 | 5.000 0 | 0.852 80 |
| C4 载文量 | 23 | 0.00 | 7.00 | 30.434 8 | 30.434 8 | 2.913 0 | 1.998 02 |
| C5 篇均作者 | 23 | 0.00 | 5.00 | 8.695 7 | 65.217 4 | 1.521 7 | 1.620 03 |
| C6 机构标注比例 | 23 | 0.00 | 5.00 | 13.043 5 | 60.869 6 | 1.565 2 | 1.854 38 |
| C7 基金论文比 | 23 | 0.00 | 7.00 | 60.869 6 | 17.391 3 | 3.869 6 | 1.961 08 |
| F1 影响因子 | 23 | 5.00 | 7.00 | 100.000 0 | 0.000 0 | 6.391 3 | 0.940 94 |
| F2 即年指数 | 23 | 3.00 | 7.00 | 86.956 5 | 0.000 0 | 5.521 7 | 1.377 40 |
| F3 总被引频次 | 23 | 3.00 | 7.00 | 91.304 3 | 0.000 0 | 5.260 9 | 1.096 17 |

续表

| 指标 | N | 最小值 | 最大值 | 前两项的<br>比例/.% | 后两项的<br>比例/% | 均值 | 标准差 |
|---|---|---|---|---|---|---|---|
| F4 平均被引率 | 23 | 0.00 | 7.00 | 78.260 9 | 4.347 8 | 4.956 5 | 1.718 30 |
| F5 权威数据库收摘量 | 23 | 3.00 | 7.00 | 78.260 9 | 0.000 0 | 5.173 9 | 1.466 36 |
| F6 他引率 | 23 | 0.00 | 7.00 | 82.608 7 | 4.347 8 | 5.043 5 | 1.664 56 |
| F7 自引率 | 23 | 0.00 | 5.00 | 17.391 3 | 60.869 6 | 1.869 6 | 1.816 70 |
| S1 网络文献量 | 23 | 3.00 | 7.00 | 69.565 2 | 0.000 0 | 4.565 2 | 1.199 47 |
| S2 总网页数 | 23 | 0.00 | 5.00 | 17.391 3 | 60.869 6 | 1.695 7 | 1.940 82 |
| S3 站内链接数 | 23 | 1.00 | 7.00 | 69.565 2 | 13.043 5 | 4.043 5 | 1.664 56 |
| W1 网络引文量 | 23 | 1.00 | 7.00 | 82.608 7 | 4.347 8 | 5.087 0 | 1.534 84 |
| W2 总链接数 | 23 | 1.00 | 5.00 | 39.130 4 | 17.391 3 | 3.434 8 | 1.471 74 |
| W3 外部链接数 | 23 | 1.00 | 7.00 | 78.260 9 | 8.695 7 | 4.565 2 | 1.471 74 |
| W4 总网络影响因子 | 23 | 3.00 | 7.00 | 73.913 0 | 0.000 0 | 4.826 1 | 1.336 62 |
| W5 外部网络影响因子 | 23 | 1.00 | 7.00 | 91.304 3 | 4.347 8 | 5.434 8 | 1.471 74 |
| W6 IP访问量 | 23 | 0.00 | 7.00 | 86.956 5 | 4.347 8 | 5.304 3 | 1.690 48 |
| W7 页面浏览量 | 23 | 0.00 | 7.00 | 82.608 7 | 4.347 8 | 4.869 6 | 1.546 38 |
| W8 人均页面浏览量 | 23 | 0.00 | 7.00 | 39.130 4 | 21.739 1 | 3.391 3 | 1.777 11 |
| J1 h 指数 | 23 | 1.00 | 7.00 | 82.608 7 | 4.347 8 | 5.087 0 | 1.534 84 |
| J2 g 指数 | 23 | 1.00 | 7.00 | 82.608 7 | 8.695 7 | 4.913 0 | 1.649 05 |
| J3 hc 指数 | 23 | 1.00 | 7.00 | 78.260 9 | 4.347 8 | 5.000 0 | 1.595 45 |

　　根据每位专家对每个指标的重要性判断换算成分值。换算标准是绝对重要计 7 分，比较重要计 5 分，一般重要计 3 分，不重要计 1，完全不必要计 0 分。然后计算每个指标的前两项的比例%、后两项的比例%、均数和标准差。最后根据每一项指标的前两项的比例%＞65%、最后两项的比例%＜15%、均数＞4，确立了纳入指标，见表 5-8。

表 5-8　纳入指标集

| 指标 | N | 最小值 | 最大值 | 前两项的<br>比例/% | 后两项的<br>比例/% | 均值 | 标准差 |
|---|---|---|---|---|---|---|---|
| C 学术含量 | 23 | 3.00 | 7.00 | 86.956 5 | 0.000 0 | 5.695 7 | 1.428 12 |
| F 学术影响力 | 23 | 5.00 | 7.00 | 100.000 0 | 0.000 0 | 6.739 1 | 0.688 70 |
| S 网站丰余度 | 23 | 1.00 | 7.00 | 78.260 9 | 4.347 8 | 4.565 2 | 1.342 52 |
| W 网络影响力 | 23 | 3.00 | 7.00 | 78.260 9 | 0.000 0 | 5.608 7 | 1.644 25 |
| J 学术绩效 | 23 | 1.00 | 7.00 | 78.260 9 | 8.695 7 | 5.260 9 | 1.935 73 |
| C1 发文国家地区广度 | 23 | 3.00 | 7.00 | 73.913 0 | 0.000 0 | 4.826 1 | 1.336 62 |
| C2 篇均作者机构数 | 23 | 3.00 | 5.00 | 69.565 2 | 0.000 0 | 4.391 3 | 0.940 94 |
| C3 篇均参考文献数 | 23 | 3.00 | 7.00 | 91.304 3 | 0.000 0 | 5.000 0 | 0.852 80 |
| F1 影响因子 | 23 | 5.00 | 7.00 | 100.000 0 | 0.000 0 | 6.391 3 | 0.940 94 |
| F2 即年指数 | 23 | 3.00 | 7.00 | 86.956 5 | 0.000 0 | 5.521 7 | 1.377 40 |
| F3 总被引频次 | 23 | 3.00 | 7.00 | 91.304 3 | 0.000 0 | 5.260 9 | 1.096 17 |
| F4 平均被引率 | 23 | 0.00 | 7.00 | 78.260 9 | 4.347 8 | 4.956 5 | 1.718 30 |
| F5 权威数据库收摘量 | 23 | 3.00 | 7.00 | 78.260 9 | 0.000 0 | 5.173 9 | 1.466 36 |

续表

| 指标 | N | 最小值 | 最大值 | 前两项的比例/% | 后两项的比例/% | 均值 | 标准差 |
|------|---|--------|--------|----------------|----------------|------|--------|
| F6 他引率 | 23 | 0.00 | 7.00 | 82.608 7 | 4.347 8 | 5.043 5 | 1.664 56 |
| S1 网络文献量 | 23 | 3.00 | 7.00 | 69.565 2 | 0.000 0 | 4.565 2 | 1.199 47 |
| S2 站内链接数 | 23 | 0.00 | 5.00 | 69.565 2 | 13.043 5 | 4.043 5 | 1.664 56 |
| W1 网络引文量 | 23 | 1.00 | 7.00 | 82.608 7 | 4.347 8 | 5.087 0 | 1.534 84 |
| W2 外部链接数 | 23 | 1.00 | 7.00 | 78.260 9 | 8.695 7 | 4.565 2 | 1.471 74 |
| W3 总网络影响因子 | 23 | 3.00 | 7.00 | 73.913 0 | 0.000 0 | 4.826 1 | 1.336 62 |
| W4 外部网络影响因子 | 23 | 1.00 | 7.00 | 91.304 3 | 4.347 8 | 5.434 8 | 1.471 74 |
| W5 IP 访问量 | 23 | 0.00 | 7.00 | 86.956 5 | 4.347 8 | 5.304 3 | 1.690 48 |
| W6 页面浏览量 | 23 | 0.00 | 7.00 | 82.608 7 | 4.347 8 | 4.869 6 | 1.546 38 |
| J1 h 指数 | 23 | 1.00 | 7.00 | 82.608 7 | 4.347 8 | 5.087 0 | 1.534 84 |
| J2 g 指数 | 23 | 1.00 | 7.00 | 82.608 7 | 8.695 7 | 4.913 0 | 1.649 05 |
| J3 hc 指数 | 23 | 1.00 | 7.00 | 78.260 9 | 4.347 8 | 5.000 0 | 1.595 45 |

## 六、评价指标的最终确定及其分析

经过评价体系的系统分析法、文献资料分析优选和两轮专家咨询调查，最终筛选出了期刊学术含量、学术影响力、期刊网站丰余度、网络影响力和学术绩效 5 个一级指标，发文国家地区广度、篇均论文机构数、篇均参考文献数、影响因子、即年指数外部链接、外部影响因子、h 指数等 20 个二级指标。现就每一个指标进行分析，探讨它们在评价中的作用和意义。

1. 期刊学术含量

期刊学术含量是指期刊刊载论文的数量和质量，可以通过期刊所载论文的数量和质量、学术规范和作者的涉及地区等反映出来。载文量是期刊学术含量的一个重要指标，但是期刊刊载论文数量并不等于质量，王钟健等（2008）研究发现，期刊载文数量的增加与期刊学术质量之间没有必然的联系。此外，《中文核心期刊要目总览》等期刊评价指标体系已不将载文量作为评价指标。况且本研究是从学术质量的角度构建 OA 期刊综合评价指标体系，而且专家咨询结果也反映了这一点。因此，未将载文量作为本研究的评价指标。

只有期刊刊载论文的新颖度、创新性、前沿性才能真正揭示期刊的学术含量，而这些指标很难定量反映。因此，本研究采用苏新宁教授的间接定量方法，从众多指标中筛选出最能表征学术含量的定量指标：发文国家地区广度、篇均作者机构数和篇均参考文献数（苏新宁，2008）。虽然这些指标均是间接指标，但是从不同侧面或多或少地反映了期刊的学术含量。

（1）发文国家地区广度，是论文作者来源的国家/地区数量，是衡量期刊国际化程度的重要指标。作为学术信息传播的重要载体，促进学术交流、展现科研成果是学术性期刊的基本任务之一，对于 OA 期刊，更是如此。期刊论文作者的国家地区分布从一个侧面反映期刊在促进学术交流、展现科研成果方面所作的贡献，以及对不同地区的学术影响和学者关注的程度，同时也反映了 OA 期刊的规范程度。

(2) 篇均作者机构数，指载文作者来源的机构（单位）数。一般来说，期刊论文作者机构数多，一方面体现该刊对作者影响范围较广（论文独著较多导致的机构数增多），另一方面体现该刊的作者合著度较高（论文合著度增高导致机构数增多），因此作者机构数越多，越能全面地反映该学科领域研究状况。为了消除载文量的影响，将某刊一定时期内的论文的作者机构数除以论文篇数，计算篇均作者机构数。

(3) 篇均参考文献数，是期刊的论文平均参考文献数量，即期刊所有论文的参考文献数量之和除以该刊所刊载的论文数量。参考文献是学术论文必不可少的组成部分，一方面，反映了学术研究的继承性和关联性，揭示了论文的科学依据；另一方面，标注参考文献是对前人研究的继续和拓展，是对某一领域的创新性研究成果或论证性研究成果的展示，不仅体现了对他人研究成果的尊重，也体现了科研人员的学术规范和论文的学术深度。因此，考察期刊论文的篇均参考文献数，可以分析期刊的学术规范和学术深度。

2. 期刊学术影响力

期刊学术影响力是期刊产生影响的强度、广度及速度，间接反映期刊的学术质量（学术水平）。一般而言，期刊学术影响力越强，其质量越好（学术水平越高）。直接反映期刊学术影响力的指标主要有引文指标如影响因子、即年指数、总被引频次、他引率等，以及转载指标如权威数据库收摘量。

(1) 影响因子，指期刊在一定的来源期刊范围内指定年份中，该期刊前两年论文在这一范围内被引用的数量与该期刊前两年刊载论文数量之比。影响因子于 1955 年由加菲尔德提出，反映期刊重要性的宏观测度，被用来计算期刊在一个学科领域的学术影响。一般情况下，影响因子越大，可以认为该期刊在科学发展和文献交流过程中的作用和影响相对越大。当然，影响因子也具有一定的片面性，例如，对于小篇幅期刊而言具有明显的优势。因此，它与期刊总被引等指标是一个很好的互补。

(2) 即年指数，指期刊所载论文发表的当年被引数量与发文数量之比，即指定期刊所发表的论文在当年的篇均被引率。即年指数反映了期刊被引用的速度，可以衡量期刊对本学科热点问题的关注程度、是否处于学术前沿、是否被学术界和读者及时关注。即年指数越高，表明该刊处于学术前沿，关注本学科热点问题，被学术界和读者的利用率越高。

(3) 总被引频次，指期刊所刊载的论文被统计源中来源期刊论文引用的次数。被引次数反映了期刊自创刊以来的长期学术影响，用来计算期刊在一个学科领域的长期的、实际的学术影响。该指标可客观地说明该期刊总体被使用和受重视的程度，以及在科学交流中的作用和地位。该指标数值越高，说明影响越大。

（4）平均被引率，是指在给定时间内期刊刊载的全部论文平均被引用率，是被引频次与载文量的比值。由于削弱了载文量的影响，因此能够在不同出版年龄的期刊间进行比较。

（5）他引率，是指该期刊全部被引次数中，被其他刊所引用次数所占的比例。该指标主要是为了杜绝一些期刊通过盲目自引来扩大本刊的数据，同时也为非统计源期刊提供一种更加公平竞争的可能性。

（6）权威数据库收摘量，反映期刊的国际影响程度。一些重要的文献检索数据库在收录学术期刊时，都有较高的评估标准，而凭借它们的广泛影响，被收录的学术期刊更易引起科研人员的关注和引用，因此，考察学术期刊被国内、国际著名检索数据库收录的情况，可以较客观地评估其学术影响力。本研究主要选取的国际检索数据库为 WOS。

### 3. 期刊网站丰余度

期刊网站丰余度是 OA 期刊网站信息组织和内容的丰富程度。期刊网站组织涉及站内导航、页面之间的链接、网站风格布局、美工字体、声音动画等，其中最能体现期刊学术质量的主要是站内链接，包括站内导航、页面之间的链接。网站内容包括期刊介绍、编辑委员会、征稿约稿、期刊目次及论文摘要或全文等静态信息，以及期刊最新信息发布、订阅办法、注册系统、投稿系统、电子信箱、论坛（BBS）和留言簿等动态交互信息，其中最能体现期刊学术质量的是期刊目次及论文摘要或全文，即网络文献。基于以上分析，本研究提出站内链接数和网络文献量作为评价期刊网站丰余的定量指标。

站内链接数是期刊网站站内链接的数量，直接反映期刊网站信息的交互性和/或获得性，有助于提高站内信息的利用率，间接反映网站的性能和期刊的学术质量。

网络文献量是网站发布期刊论文题名、摘要或全文的数量。一般而言，OA 期刊的网络文献量越大，说明该 OA 期刊稿源丰富、影响面广，受众广泛。从考察 OA 期刊的学术价值的角度出发，期刊网络文献量的多少，在一定程度上表明期刊受用户认可的程度和影响的广度。

### 4. 网络影响力

所谓网络影响力是指网络信息资源被利用的情况，主要体现为其被引用、被链接和被访问的情况，即反映被引用的指标有网络引文量，反映被链接的指标有外部链接数和外部影响因子，反映被访问的指标有 IP 访问量和页面浏览量。

（1）网络引文量，指在一定统计周期内 Google Scholar 中 OA 期刊论文的被引频次。网络引文克服了 ISI 传统引文受其选择期刊的限制，能反映 OA 期刊更广泛的影响力。从对图书情报学（Vaughan et al.，2008）、生命科学（Kousha et al.，2007a）、生物学、遗传学、医学和综合性学科（Kousha et al.，2008）等学科期刊的研究发现，网络引文与 SCI 传统引文和 ISI 期刊影响因子具有显著相关性。

（2）外部链接数，是 OA 期刊网站被其他网站链接的次数，反映该网站的网络影响力。其理论依据是，一个网站被另一个网站所链接是对该网站的赞许和利用，而且两者的内容是相关的；一个网站的外部链接数越多，其影响力越大。邱均平等（2003）研究发现，期刊的影响因子与外部链接数之间存在着有意义的相关关系，认为网站的外部链接数可作为网站评价的重要指标。

（3）外部网络影响因子，是期刊网站的外部链接数除以该网站的总网页数。反映了每个网页的平均外部链接数，反映网站影响力大小。研究发现，期刊的影响因子与外部网络影响因子之间均存在相关性。因此，网站影响力的大小从一个侧面反映期刊的影响力。

（4）IP 访问量，指在一定统计周期内（如每天、每周、每月）访问某一网站的 IP 数量。每一个 IP 访问者只代表一个唯一的用户，无论他访问这个网站多少次。IP 访问量越多，说明网站推广越有成效，意味着网络资源和网络服务的效果卓有成效，更能体现出 OA 期刊网站的网络影响力。因此，对 OA 期刊建设和评价具有重要意义。

（5）页面浏览量，又称点击量，在一定统计周期内任何访问者浏览的页面数量，通常作为网站流量统计的主要指标。Perneger（2004）研究发现，点击数与被引次数存在相关性，认为点击数在一定程度上可以增加论文的被引次数，点击数可以作为评价医学论文学术价值的一种潜在有用指标。Godlee（2008）也认为点击率和在线量（online profile）与引文同等重要，甚至比引文更重要。

5. 期刊学术绩效

期刊学术绩效是由编校质量、稿件录用率、印刷质量、发行量、论文学术水平等综合表现出来的学术成就和学术影响。2005 年，美国赫希（Hirsch）提出将 h 指数作为评价科学家科研绩效的新指标（Hirsch，2005）；布劳温（T. Braunh）等将其扩展为期刊 h 指数，用于期刊的学术绩效评价（Braun et al.，2005）；随后比利时著名科学计量学家埃格赫（Egghe）提出 g 指数（Egghe，2006），希腊 Sidiropoulos 于 2006 年提出 hc 指数（Sidiropoulos et al.，2007）。

无论 h 指数，还是 g 指数或者 hc 指数，都只是一种单一的文献计量指标，只能从不同方面反映学术期刊的学术绩效，每一个指标都存在其不足之处。因此，应在充分了解每个指标实际意义的基础上，将多个指标综合起来评价期刊的学术绩效。

（1）h 指数，是在 2005 年由美国物理学家 Hirsch 教授提出的、用于评价科学家个人学术绩效的新指标。同年，匈牙利信息科学与计量学研究中心、《科学计量学》主编 Braunh 将该指标加以扩展，并应用于期刊评价中，创立了期刊 h 指数。期刊 h 指数类似于科学家 h 指数，即某一期刊发表论文在一定的引文时间内，有 $h$ 篇论文每篇至少被引用了 $h$ 次。期刊 h 指数越大，其学术绩效就越大，期刊的学术质量越好。国内外许多研究（Miller，2006；姜春林等，2006；郑惠伶，2008）表明，h 指数的评价结果更为公正合理。

（2）g 指数，是比利时著名科学计量学家 Egghe（2006a）提出的一种基于学者以往贡献的 g 指数，即将论文按被引次数高低排序，并且将排序的序号进行平方，同时被引次数逐次累加，当序号平方等于累计被引次数时，序号就被定义为 g 指数；如果序号平方不能恰好等于而是小于对应的累计被引次数，则最接近累计被引次数的序号就是 g 指数。g 值越大，表明学者的学术成就越大。姜春林等（2006）将 g 指数扩展应用到期刊评价中。本书第四章研究发现，g 指数不仅可以用于解决 h 指数缺乏区分度的问题，还可以在一定程度上解决 h 指数在评价时缺乏灵敏度的问题。g 指数比 h 指数更能准确反映期刊的持久影响力。

（3）hc 指数，是由希腊亚里士多德大学（Aristotle University）的 Sidiropoulos 于 2006 年提出的。对于期刊而言，其含义是一种期刊的分值为 hc，当且仅当在它发表的 Np 篇论文中有 hc 篇论文每篇获得了不少于 $S^c$ 的引文数，剩下的（Np－hc）论文中每篇论文的引文数都小于 $S^c$。其中，$S^c$ 是根据论文年龄计算出来的被引频次，其计算公式如下：

$$S^c(i) = \gamma \times [Y(_{now}) - Y(i) + 1]^{-\delta} \times |C(i)| \tag{5-1}$$

式中，$Y(i)$ 为第 $i$ 篇论文发表的年代；$C(i)$ 为第 $i$ 篇论文的被引频次；如设 $\delta = 1$，那么 $S^c(i)$ 表示第 $i$ 篇论文的被引频次/第 $i$ 篇论文年龄。$\gamma$ 为系数，实验表明，$\gamma$ 取 4 较合适，表示当年发表的论文，其被引频次扩大 4 倍；相反，4 年前发表的论文，其被引频次只有 1 倍；6 年前发表的论文，其被引频次只有4/6倍。因此，hc 是评价期刊的当前影响力和活跃程度的一种指标。

## 七、评价指标权重的确定

目前，对于期刊评价，一般采用多指标综合评价法，而不同指标对评价结果的贡献各不相同，需要对评价指标赋予不同的权重。因此，指标权重赋值是期刊评价中的重要环节。目前，用于确定指标权重的方法很多，如专家评分法、成对比较法、Saaty's 权重法、模糊定权法、秩和比法、熵权法、相关系数法等。本研究采用层次分析法和 Saaty's 权重法确定每个指标的权重（孙振球，2005）。

1. 采用层次分析法构建指标层次维度

指标层次维度如图 5-2 所示。

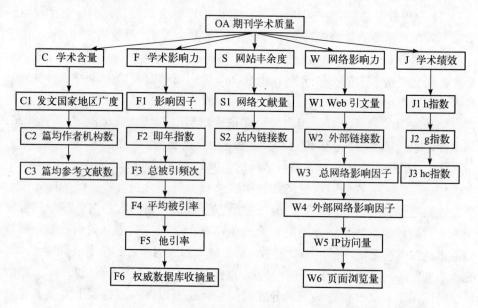

图 5-2　指标层次维度

2. 依次计算各判断矩阵中的指标权重系数

邀请专家自上而下对指标体系中各层次指标进行两两相互重要程度的判别比较。本研究采用 Satty 评分标准将任意两指标重要性之比分为 1～9 个等级，如表 5-9 所示。

表 5-9　Satty 评分标准

| 对比打分 | 相对重要 | 程度说明 |
|---|---|---|
| 1 | 同等重要 | 两指标贡献相同 |
| 3 | 略为重要 | 根据经验一个指标比另一个指标稍重要 |
| 5 | 基本重要 | 根据经验一个指标比另一个指标比较重要 |
| 7 | 确实重要 | 根据经验一个指标比另一个指标相当重要 |
| 9 | 绝对重要 | 根据经验一个指标比另一个指标绝对重要 |
| 2，4，6，8 | 两相邻程度的中间值 | 需要折中时采用 |

以一级指标层 C 学术含量、F 学术影响力、S 网站丰余度、W 网络影响力、J 学术绩效为例，5 个指标组成对比判断优先矩阵，如表 5-10 所示。

表 5-10　一级指标层 5 个指标对比判断优先矩阵

| | C 学术含量 | F 学术影响力 | S 网站丰余度 | W 网络影响力 | J 学术绩效 |
|---|---|---|---|---|---|
| C 学术含量 | 1 ($a_{11}$) | 1/2 ($a_{12}$) | 4 ($a_{13}$) | 1 ($a_{14}$) | 2 ($a_{15}$) |
| F 学术影响力 | 2 ($a_{21}$) | 1 ($a_{22}$) | 9 ($a_{23}$) | 3 ($a_{24}$) | 5 ($a_{25}$) |
| S 网站丰余度 | 1/4 ($a_{31}$) | 1/9 ($a_{32}$) | 1 ($a_{33}$) | 1/4 ($a_{34}$) | 1/2 ($a_{35}$) |
| W 网络影响力 | 1 ($a_{41}$) | 1/3 ($a_{42}$) | 4 ($a_{43}$) | 1 ($a_{44}$) | 2 ($a_{45}$) |
| J 学术绩效 | 1/2 ($a_{51}$) | 1/5 ($a_{52}$) | 2 ($a_{53}$) | 1/2 ($a_{54}$) | 1 ($a_{55}$) |

按公式 $W_1' = \sqrt[m]{a_{i1} \times a_{i2} \times \cdots \times a_{im}}$ 计算初始权重系数，得

$W_1' = \sqrt[5]{1 \times 1/2 \times 4 \times 1 \times 2} = 1.320$，同理得 $W_2' = 3.064$，$W_3' = 0.322$，$W_4' = 1.217$，$W_5' = 0.631$。

按公式 $W_1 = W_i' / \sum\limits_{i=1}^{m} W_i'$ 计算归一化处理，得 $W_1 = 0.2014$（学术含量），$W_2 = 0.4675$（F 学术影响力），$W_3 = 0.0492$（S 网站丰余度），$W_4 = 0.1857$（W 网络影响力），$W_5 = 0.0963$（J 学术绩效）。

同理可得二级指标经归一化处理的权重系数。

3. 一致性检验

为了度量不同阶判断矩阵是否具有满意的一致性，我们引入判断矩阵的平均随机一致性指标 RI 值。对于 1～9 阶判断矩阵，RI 值见表 5-11。

表 5-11　1～9 阶平均随机一致性指标 RI 的取值

| 阶数 | 1 | 2 | 3 | 4 | 5 | 6 | 7 | 8 | 9 |
|---|---|---|---|---|---|---|---|---|---|
| RI | 0.00 | 0.00 | 0.58 | 0.90 | 1.12 | 1.24 | 1.32 | 1.41 | 1.45 |

按公式

$$CI = (\lambda_{\max} - m)/(m - 1)$$

$$\lambda_{\max} = \sum_{i=1}^{m} \lambda_i / m \tag{5-1}$$

$$\lambda_i = \sum_{j=1}^{m} a_{ij} w_j / w_i$$

计算 CI 值，并根据表 5-11 查得 RI 值，按公式 $CR = CI/RI$，计算 CR 值。当 $CR < 0.10$ 时，即认为判断矩阵具有满意的一致性，否则就需要调整判断矩阵，并使之具有满意的一致性。

经计算可得如下结果。

第 1 层：最大特征根 $\lambda_{\max} = 5.0128$，$CI = 0.0032$，$CR = 0.0029 < 0.10$，可以认为第一层子目标各项权重判断无逻辑错误，判断矩阵具有满意一致性。

第 2 层：C 学术含量子目标最大特征根 $\lambda_{\max} = 3$，$CI = 0.0000$，$CR = 0.0000 < 0.10$。F 学术影响力子目标最大特征根 $\lambda_{\max} = 6.0295$，$CI = 0.0059$，$CR = 0.0048 <$

0.10。S 网站丰余度子目标最大特征根 $\lambda_{max}=2$，CI＝0.0000，CR＝0.0000＜0.10。W 网络影响力子目标最大特征根 $\lambda_{max}=6.049$，CI＝0.0098，CR＝0.0079＜0.10。J 学术绩效子目标最大特征根 $\lambda_{max}=3$，CI＝0.0000，CR＝0.0000＜0.10。

据此认为，各层子目标权重估计无逻辑错误。

## 八、OA 期刊学术质量综合评价指标体系

本研究通过文献资料分析优选法、系统分析法和专家咨询筛选出与 OA 期刊学术质量密切相关的 20 个指标，通过 Saaty's 权重法氏法进行权重估计，构建了一个分为 2 层，含有 5 个一级指标和 20 个二级指标的 OA 期刊学术质量综合评价指标体系，见表 5-12。

**表 5-12　OA 期刊学术质量综合评价指标体系**

| 一级指标 | 权重 | 二级指标 | 权重 |
|---|---|---|---|
| C 学术含量 | 0.2013 | C1 发文国家地区广度 | 0.0366 |
| | | C2 篇均作者机构数 | 0.0183 |
| | | C3 篇均参考文献数 | 0.1464 |
| F 学术影响力 | 0.4675 | F1 影响因子 | 0.1985 |
| | | F2 即年指数 | 0.1068 |
| | | F3 总被引频次 | 0.0573 |
| | | F4 平均被引率 | 0.0161 |
| | | F5 他引率 | 0.0315 |
| | | F6 权威数据库收摘量 | 0.0573 |
| S 网站丰余度 | 0.0492 | S1 网络文献量 | 0.0410 |
| | | S2 站内链接数 | 0.0082 |
| W 网络影响力 | 0.1857 | W1 网络引文量 | 0.0274 |
| | | W2 外部链接数 | 0.0081 |
| | | W3 总网络影响因子 | 0.0092 |
| | | W4 外部网络影响因子 | 0.0754 |
| | | W5 IP 访问量 | 0.0452 |
| | | W6 页面浏览量 | 0.0203 |
| J 学术绩效 | 0.0963 | J1 h 指数 | 0.0096 |
| | | J2 g 指数 | 0.0289 |
| | | J3 hc 指数 | 0.0578 |

（1）从指标分类和来源来看，该指标体系科学、合理。按指标反映的质量关系分类，该指标体系不仅包括量效指标，如发文国家地区广度、篇均作者机构数、篇均参考文献数、权威数据库收摘量、网络文献量、站内链接数、IP 访问量、页面浏览量 8 个指标，而且包括质效指标，如影响因子、即年指数、总被引频次、平均被引率、他引率、网络引文量、外部链接数、总网络影响因子、

外部网络影响因子 9 个指标，此外还包括质量效益综合指标，如 h 指数、g 指数、hc 指数 3 个指标。

从指标来源上看，该指标体系不仅包括来自于 OA 期刊本身的指标，如发文国家地区广度、篇均作者机构数、篇均参考文献数、权威数据库收摘量、影响因子、即年指数、总被引频次、平均被引率、他引率等，而且包括来自于 OA 期刊网站的指标，如网络文献量、站内链接数、IP 访问量、页面浏览量、网络引文量、外部链接数、总网络影响因子、外部网络影响因子，还包括来自两者综合所表现出来的绩效指标，如 h 指数、g 指数、hc 指数。

（2）从指标体系构成来看，该指标体系全面、系统。该指标体系从学术含量、学术影响力、网站丰余度、网络影响力和学术绩效 5 个方面系统、全面地评价了 OA 期刊的学术质量，因而评价结果更全面、更客观、更符合 OA 期刊的特点及用户需求。

（3）从指标数据的来源来看，该指标体系具有可操作性和适用性。一方面，指标数据来源广泛，既有来源于权威数据库如 WOS、JCR 的指标数据，又有来源于重要的搜索引擎如 Google Scholar、AllTheWeb、AltaVista 的指标数据，还有来源于专门的统计软件如 Alexa 的指标数据。另一方面，指标数据更多来源于广阔的网络环境，数据的采集免费、快捷，可量化，可以及时、动态地反映 OA 期刊的学术质量。此外，引文数据更加全面，既有来源于 WOS、JCR 的期刊引文数据，又有来源于 Google Scholar 的网络引文，网络引文涵盖了期刊、图书、科技报告甚至专利等多种文献类型的引文。因此，该指标体系具有可操作性和适用性。

# 第三节　OA 期刊学术质量综合评价模型研究

由于 OA 期刊具有传统印刷型期刊和电子期刊双重属性，仅仅将同行评议、引文分析法、网络计量学方法等用于 OA 期刊学术质量评价，均存在各自的优势与不足。因此，采用综合评价法对 OA 期刊学术质量进行评价势在必行。

用于科技期刊质量评价的综合评价法主要有层次分析法、主成分分析法、秩和比法、灰色关联分析法等。林春艳提出了自然科学学术期刊质量指标体系的属性数学综合评价模型，更加客观、合理地对学术期刊的质量进行了评价（林春艳，2004）。因此，本研究将程乾生教授于 1994 年创立的属性数学理论

（程乾生，1997a，1997b，1997c，1998）和赵克勤教授于 1989 年所创立的联系数学理论（赵克勤，1996；赵克勤等，1996）结合起来，提出一种新的基于属性数学与联系数学的 OA 期刊学术质量综合评价模型，用于 OA 期刊学术质量的等级评定和序位。

## 一、理论基础

### 1. 属性数学理论

属性数学是我国学者程乾生教授于 1994 年所提出并创立的一门新的数学分支。经过短短十几年的发展，这一理论已初具规模，并广泛应用于人工智能、模式识别、决策系统及质量评价等方面（程乾生，1997a，1997b，1997c），为人们更加科学地认识和研究社会现象及自然现象，提供了一种崭新的、具有生命力的着眼于理论和应用的综合方法。

属性数学是从人的形象思维与定性描述开始的，人们对自然现象和社会现象的认识，主要是对客观世界的感性认识，是形象思维，是定性描述。对事物或自然现象的定性描述，称为属性（程乾生，1997b）。一方面，属性简洁地刻画了事物的性质，如某期刊学术质量好，人们对该期刊有了一个初步的了解；另一方面，属性本身对事物的刻画过于"笼统"，如说该期刊学术质量好，究竟有多好呢？这就需要对属性进行测度。

属性数学的基础是属性集和属性测度。下面举例来对这两个概念进行解释。

设 $X$ 为研究对象的全体，称为研究对象空间，或简称对象空间。例如，$X=$ ｛所有的 OA 期刊｝，$X$ 中的元素 $x$ 表示某一种 OA 期刊。要研究 $X$ 中元素的某类性质，该类性质记为 $F$ 称为属性空间。例如，要评价 OA 期刊的学术质量，可以令 $F=$ ｛学术质量等级｝。属性空间 $F$ 中的任何一种情况，都称为一个属性集。例如，$C_1=$ ｛优｝，$C_2=$ ｛良｝，$C_3=$ ｛中｝，$C_4=$ ｛一般｝，$C_5=$ ｛差｝。$C_1$、$C_2$、$C_3$、$C_4$、$C_5$ 都是属性空间 $F=$ ｛学术质量等级｝中的一种情况，所以 $C_1$、$C_2$、$C_3$、$C_4$、$C_5$ 都是属性集，都可看成 $F$ 的子集。

对于属性集，可以定义属性集的运算，关于属性集运算可详见程乾生（1997a）的研究。

设 $x$ 为 $X$ 中的一个元素，$A$ 为一个属性集，用"$x \in A$"表示"$x$ 具有属性 $A$"。"$x \in A$"仅是一种定性的描述，需要用一个数来定量地形容"$x$ 具有属性 $A$"的程度。这个数记为 $\mu(x \in A)$ 或 $\mu_x(A)$，称它为 $x \in A$ 的属性测度。在 ［0，1］之间取值。

对不同的属性集都可以给出相应的属性测度，但不是任意给出的，必须满足一定的规则，详见程乾生（1998）的研究。

设（$F$，$B$）为属性可测空间，对 $B$ 中的任一个属性集 $A$ 都有一个数

$\mu_x$ (A)与之对应。如果 $\mu_x$ 满足：

$$\mu_x(A) \geqslant 0, \ \forall A \in B \tag{5-2}$$

$$\mu_x(F) = 1, \tag{5-3}$$

若 $A_i \in B, A_i \bigcap A_j = \phi(i,j)$ ，有 $\mu_x(\bigcup_i A_i) = \sum_i \mu_x(A_i)$ \hfill (5-4)

则称 $\mu_x$ 为（$F,B$）上的属性测度，称（$F,B,\mu_x$）为属性测度空间。式（5-4）称为属性测度的可加性公式。

设 $F$ 为 $X$ 上某类属性空间，$C_1$，$C_2$，…，$C_k$ 为属性空间 $F$ 中的 $K$ 个属性集。如果 $\{C_1$，$C_2$，…，$C_k\}$ 满足

$$F = \bigcup_{i=1}^{k} C_i, C_i = C_i \bigcap C_j = \phi, i \neq j$$

则称 $\{C_1, C_2, \cdots, C_k\}$ 为属性空间的分割。例如，设 $F$ 为 OA 期刊学术质量等级，把 $F$ 分为 5 类：$C_1 = \{优\}$，$C_2 = \{良\}$，$C_3 = \{中等\}$，$C_4 = \{一般\}$，$C_5 = \{差\}$。这 5 类彼此不相交，$\{C_1$，$C_2$，…，$C_5\}$ 是属性空间 $F$ 的分割。

如果 $\{C_1$，$C_2$，…，$C_k\}$ 为属性空间 $F$ 的分割，而且 $C_1 > C_2 >$，…，$> C_k$ 或者 $C_1 < C_2 <$，…，$< C_k$，则称 $\{C_1$，$C_2$，…，$C_k\}$ 为属性空间 $F$ 的有序分割。对有序分割 $\{C_1$，$C_2$，…，$C_k\}$，当 $C_1 > C_2 >$，…，$> C_k$ 时，为强序分割，当 $C_1 < C_2 <$，…，$< C_k$ 时，为弱序分割。

### 2. 联系数学理论

1989 年，我国学者赵克勤首次提出了集对分析（set pair analysis，SPA）。集对分析是一种研究不确定性的数学方法，其核心思想是把对客观事物的确定性测度与不确定性测度作为一个系统来进行系统处理，主要数学工具是联系度（赵克勤，1996）；1996 年，赵克勤等又把集对分析中的联系度推广为联系数（赵克勤等，1996），宣告了联系数学的诞生。

根据相关文献（赵克勤，1996）、（赵克勤等，1996），联系数 $\mu$ 是联系数学中的一个重要概念。联系数的一般形式为

$$\mu = a + b_i + c_j \tag{5-5}$$

式中，$a$ 为同一度分量；$b$ 为差异度分量（不确定度分量）；$c$ 为对立度分量。$a$、$b$、$c$ 通称为联系分量，$a$、$b$、$c \in [0，1]$ 为实数，且满足归一化条件 $a + b + c = 1$。$i$ 为差异度系数，在 $[-1，1]$ 区间视不同情况取值（有时 $i$ 仅起标记的作用）；$j$ 为对立度系数，规定其取值恒为 $-1$（有时 $j$ 也仅起标记的作用），可以证明 $\mu \in [-1，1]$。由于联系数中 $i$ 的取值不确定，故在确定 $a$、$b$、$c$ 之后，整个联系数仍因 $i$ 的不确定取值而呈现出既确定又不确定的特征，包含着丰富的系统结构信息，便于我们从结构和层次的角度进行系统分析，把握事物的本质。

根据不同的研究对象将一般形式作不同层次的展开，得到多元联系数，如

五元联系数

$$\mu = a + b_i + c_j + d_k + e_l \tag{5-6}$$

式中，$a$、$b$、$c$、$d$、$e \in [0, 1]$ 为实数，且满足归一化条件 $a+b+c+d+e = 1$。$i$，$j$，$k$ 为差异度系数，在 $[-1, 1]$ 区间视不同情况取值，$l$ 为对立度系数，规定其取值恒为 $-1$，可以证明 $\mu \in [-1, 1]$。

该理论已在信息处理、农业科研、知识创新、体育、工程技术、人工智能、系统控制、管理决策、系统决策、大气环境质量、教育评价、水质评价、地面沉降、医疗质量、气象预报和污水处理等方面得到广泛应用（徐忆琳，2003；金英伟等，2005；覃杰等，2006；张晶，2007；汪新凡，2007；范悦昕等，2008；王红芳等，2008；金菊良等，2008）。最近一些学者将该理论在四元联系数、五元联系数、多元联系数等方面加以推广，促进了其更广泛的应用（覃杰等，2004；张珏和张玥，2006；陈仙祥等，2007；王国平等，2006；陈丽燕等，2008）。

## 二、基于属性数学与联系数学的 OA 期刊学术质量综合评价模型

设评价对象空间 $\chi = \{$OA 期刊 $\chi_1$，OA 期刊 $\chi_2$，…，OA 期刊 $\chi_n\}$。对每一种 OA 期刊测量 $m$ 个指标 $I_1$，$I_2$，…，$I_m$。设第 $i$ 个 OA 期刊的第 $j$ 个指标 $I_j$ 的测量值 $\chi_{ij}$，$\chi_i$ 则可表示为一个 $m$ 维向量 $\chi_i = (\chi_{i1}$，$\chi_{i2}$，…，$\chi_{im})$ $(1 \leqslant i \leqslant m)$。属性空间 $F = \{$期刊质量优劣度$\}$，评价集为 $\{C_1$，$C_2$，…，$C_k\}$。因此，对于 $\chi_i$ 的每一指标 $I_j$ 的测量值 $\chi_{ij}$，都有 $k$ 个评价等级 $C_k$（$k = 1, 2, 3, …, K$）。这样，就可以确定 $\chi_{ij}$ 的等级，并对 $\chi_i$ 进行综合评价，以确定等级和序位。

基于属性数学与联系数学的 OA 期刊学术质量综合评价模型包括三个方面：单指标属性测度；多指标综合属性测度和联系数确定；属性联系数识别分析。

### 1. 单指标属性测度

对于单指标 $I_j$ 的测量值 $\chi_{ij}$，$\chi_{ij} \in C_k$，表示"$\chi_{ij}$ 属于第 $k$ 类的 $C_k$"，它的属性测度为 $\mu_{ijk} = \mu(\chi_{ij} \in C_k)$（$1 \leqslant k \leqslant K$）。要进行单指标属性测度需要构建单指标属性测度函数。要构建单指标属性测度函数，需要先建立 OA 期刊学术质量单指标分级标准。

目前，科技期刊学术质量评价指标的分级标准只有少量文献报道（国家科委科技信息司，1999；王汝宽等，2001；朱晓东等，2007；陈光宇等，2007），主要涉及总被引频次、影响因子、他引率等指标的分级标准，但是这些指标主要是根据国内期刊学术质量的实际情况制定的，不适用于 OA 期刊评价指标分级。

为此，我们首先将每个指标分为优、良、中、一般、差五级，建立学术质量评价等级：$\{C_1$，$C_2$，$C_3$，$C_4$，$C_5\} = \{$优，良，中，一般，差$\}$。然后分别对 483 种 OA 期刊各指标的实测值按从大到小降序排列，平均分成 5 等分，分成

5 组，然后采用 SPSS15.0 计算每一组的均数和标准差，再根据实际情况，制定了 20 个评价指标的分级标准，见表 5-13。

**表 5-13　OA 期刊学术质量单指标分级标准**

| 一级指标权重 | 二级指标 | 权重 | A | B | C | D | E |
|---|---|---|---|---|---|---|---|
| C 学术含量 0.2014 | C1 发文国家地区广度 | 0.036 6 | 65~105 | 50~65 | 40~50 | 30~40 | 0~30 |
| | C2 篇均作者机构数 | 0.018 3 | 1.2~2 | 0.9~1.2 | 0.7~0.9 | 0.5~0.7 | 0~0.5 |
| | C3 篇均参考文献数 | 0.146 4 | 45~65 | 35~45 | 30~35 | 25~30 | 0~25 |
| F 学术影响力 (0.467 5) | F1 影响因子 | 0.198 5 | 5.0~20.0 | 3.0~5.0 | 2.0~3.0 | 1.0~2.0 | 0~1.0 |
| | F2 即年指数 | 0.106 8 | 1.2~3.2 | 0.6~1.2 | 0.3~0.6 | 0.1~0.3 | 0~0.1 |
| | F3 总被引频次 | 0.057 3 | 17 000~50 000 | 5 000~17 000 | 1 600~5 000 | 600~1 600 | 0~600 |
| | F4 平均被引率 | 0.016 1 | 10.0~20.0 | 5.0~10.0 | 3.0~5.0 | 1.5~3.0 | 0~1.5 |
| | F5 他引率 | 0.031 5 | 6.0~18 | 4.0~6.0 | 2.5~4.0 | 1.25~2.5 | 0~1.25 |
| | F6 权威数据库收摘量 | 0.057 3 | 2 500~5 000 | 1 250~2 500 | 500~1 250 | 250~500 | 0~250 |
| S 网站丰余度 (0.049 2) | S1 网络文献量 | 0.041 | 2 000~4 000 | 1 000~2 000 | 500~1 000 | 250~500 | 0~250 |
| | S2 站内链接数 | 0.008 2 | 17 000~50 000 | 5 000~17 000 | 500~5 000 | 100~500 | 0~100 |
| W 网络影响力 (0.185 7) | W1 网络引文量 | 0.027 4 | 20 000~100 000 | 7 000~20 000 | 2 000~7 000 | 600~2 000 | 0~600 |
| | W2 外部链接数 | 0.008 1 | 8 000~16 000 | 1 200~8 000 | 200~1 200 | 20~200 | 0~20 |
| | W3 总网络影响因子 | 0.009 2 | 4.0~20 | 1.5~4.0 | 0.75~1.5 | 0.45~0.75 | 0~0.45 |
| | W4 外部网络影响因子 | 0.075 4 | 0.3~1 | 0.15~0.3 | 0.1~0.15 | 0.05~0.1 | 0~0.05 |
| | W5 IP 访问量 | 0.045 2 | 3 000~300 000 | 1 200~3 000 | 400~1 200 | 50~400 | 0~50 |
| | W6 页面浏览量 | 0.020 3 | 7 000~100 000 | 2 600~7 000 | 1 000~2 600 | 100~1 000 | 0~100 |
| J 学术绩效 (0.096 3) | J1 h 指数 | 0.009 6 | 50~150 | 30~50 | 20~30 | 10~20 | 0~10 |
| | J2 g 指数 | 0.028 9 | 80~240 | 50~80 | 25~50 | 15~25 | 0~15 |
| | J3 hc 指数 | 0.057 8 | 50~150 | 30~50 | 20~30 | 10~20 | 0~10 |

在表 5-13 中，$a_{jk}$ 满足 $a_{j0} < a_{j1} < \cdots < a_{jk}$ 或者 $a_{j0} > a_{j1} > \cdots > a_{jk}$。

令 $b_{jk} = (a_{jk-1} + a_{jk})/2, \quad k = 1,2,\cdots,K$。

$d_{jk} = \min(|b_{jk} - a_{jk}|, |b_{jk+1} - a_{jk}|), k = 1,2,\cdots,K-1$。

设 $\chi_{ij} = t$，当 $a_{j0} < a_{j1} < \cdots < a_{jk}$ 时，单指标属性测定函数 $\mu_{ijk}(t)$ 按式（5-7）~（5-9）确定。

$$\mu_{ij1}(t) = \begin{cases} 1, & t < a_{j1} - d_{j1} \\ (t - a_{j1} - d_{j1})/2d_{j1}, & a_{j1} - d_{j1} \leq t \leq a_{j1} + d_{j1} \\ 0, & a_{j1} + d_{j1} < t \end{cases} \tag{5-7}$$

$$\mu_{ijk}(t) = \begin{cases} 1, & a_{jk-1} + d_{jk-1} < t \\ (t - a_{jk-1} + d_{jk-1})/2d_{jk-1}, & a_{jk-1} - d_{jk-1} \leq t \leq a_{jk-1} + d_{jk-1} \\ 0, & t < a_{jk-1} - d_{jk-1} \end{cases} \tag{5-8}$$

$$\mu_{iji}(t) = \begin{cases} 0, & t < a_{ji-1} - d_{ji-1} \\ (t - a_{ji-1} + d_{ji-1})/2d_{ji-1}, & a_{ji-1} - d_{ji-1} \leq t \leq a_{ji-1} + d_{ji-1} \\ 1, & a_{ji-1} + d_{ji-1} < t < a_{ji-1} - d_{ji-1} \\ (t - a_{ji} - d_{ji})/2d_{ji}, & a_{ji} - d_{ji} \leq t \leq a_{ji} + d_{ji} \\ 0, & a_{ji} + d_{ji} < t \end{cases} \tag{5-9}$$

当 $a_{j0} > a_{j1} > \cdots > a_{jk}$ 时,单指标属性测定函数 $\mu_{ijk}(t)$ 按式(5-10)~式(5-12)确定。

$$\mu_{ij1}(t) = \begin{cases} 1, a_{j1}+d_{j1} < t \\ (t-a_{j1}+d_{j1})/2d_{j1}, a_{j1}-d_{j1} \leqslant t \leqslant a_{j1}+d_{j1} \\ 0, t < a_{j1}-d_{j1} \end{cases} \quad (5\text{-}10)$$

$$\mu_{ijk}(t) \begin{cases} 1, \ t < a_{jk-1}-d_{jk-1} \\ (t-a_{jk-1}-d_{jk-1})/2d_{jk-1}, \quad a_{jk-1}-d_{jk-1} \leqslant t \leqslant a_{jk-1}+d_{jk-1} \\ 0, \ a_{jk-1}+d_{jk-1} < t \end{cases} \quad (5\text{-}11)$$

$$\mu_{iji}(t) = \begin{cases} 0, t < a_{ji-1}-d_{ji-1} \\ (t-a_{ji-1}-d_{ji-1})/2d_{ji-1}, \quad a_{ji-1}-d_{ji-1} \leqslant t \leqslant a_{ji-1}+d_{ji-1} \\ 1, a_{ji-1}+d_{ji-1} < t < a_{ji-1}-d_{ji-1} \\ (t-a_{ji}+d_{ji})/2d_{ji}, \quad a_{ji}-d_{ji} \leqslant t \leqslant a_{ji}+d_{ji} \\ 0, a_{ji}+d_{ji} < t \end{cases} \quad (5\text{-}12)$$

$$j = 1,2,3,\cdots,m; i = 1,2,3,\cdots,K-1$$

按式(5-7)~(5-12)构造 20 个二级指标的单指标属性测度函数,共 100 个。详见附录 C。

### 2. 多指标综合属性测度和联系数确定

对于 OA 期刊 $\chi_i$,已计算得其各个单指标 $I_j(1 \leqslant j \leqslant m)$ 的属性测度为 $\mu_{ijk} = \mu(\chi_{ij} \in C_k)$($1 \leqslant k \leqslant K$),由于各指标的权重不同,将 $\mu_{ijk}$ 加权和得到 $\chi_i$ 综合属性测度并表示成 $n$ 元联系数 $\mu_i$,即

$$\mu_i = W\mu_{ijk}E = \sum_{j=1}^{m}W_j\mu_{ij1} + \left\{\sum_{j=1}^{m}W_j\mu_{ij2}\right\}i_1$$
$$+ \left\{\sum_{j=1}^{m}W_j\mu_{ij3}\right\}i_2 + \cdots + \left\{\sum_{j=1}^{m}W_j\mu_{ijk}\right\}j \quad (5\text{-}13)$$

式中,$E = (1,i_1,i_2,\cdots,i_k,i)^T$ 为联系分量系数矩阵,当论域作 3 个等级划分时,$E = (1,i,j)^T$;当论域作 4 个等级划分时,$E = (1,i,j,k)^T$;当论域作 5 个等级划分时,$E = (1,i,j,k,l)^T$;$W = (W_1,W_2,\cdots,W_m)$,$W_j$ 是第 $j$ 个指标 $I_j$ 的权重,$W_j \geqslant 0$,$W_1+W_2+\cdots+W_m = 1$,$W_j$ 可以由专家咨询确定,本章的权重见表 5-12。

### 3. 属性联系数识别分析

(1)确定联系数 $\mu_i(1 \leqslant i \leqslant n)$ 中 $i_1,i_2,\cdots,j$ 的取值及各等组的联系数值范围,注意这里有多种方法。本研究采用"均分原则"。由于 $\mu_i \in [-1,1]$,先将区间等分为 $j,i_{k-2},i_{k-1},\cdots,i_2,i_1$,依次取前($k-1$)个分点值;再将 $[-1,1]$ 区间 $k$ 等分,则从右至左每个区间依次分别对应 $C_1,C_2,\cdots,C_k$ 共 $k$ 个等级;然后计算得到各种 OA 期刊的综合评价联系数值并确定等级。

（2）如果需要，可以根据各种 OA 期刊的综合评价联系数值进行排序和择优。

（3）如有必要，可以作不确定数 $i_1, i_2, \cdots, j$ 的取值分析，以检验上述结论是否可靠和稳定。

# 第四节　OA 期刊学术质量综合评价实证研究

为了评价上述评价指标体系和模型的科学性、合理性、有效性，本研究采用上述建立的 OA 期刊学术质量综合评价指标体系和评价模型对 OA 期刊学术质量进行综合评价。

## 一、评价对象

样本来源于第二、第三、第四章统计得到的 483 种 OA 期刊。采用分层随机抽样方法：首先将 483 种 OA 期刊按影响因子从大到小排序，去掉 4 个最高值和 4 个最低值，共计 475 种；其次将 475 种期刊分 5 等分，每一等分 95 种期刊；最后从每一等分中随机抽取 2 种，共 10 种，用 A～J 的英文字母表示，组成评价对象空间 $X = \{A, B, C, D, E, F, G, H, I, J\}$。

## 二、评价指标体系

利用本章第二节构建的 OA 期刊学术质量综合评价指标体系，如表 5-12 所示。

## 三、评价指标数据的收集与处理

1. 发文国家地区广度、篇均作者机构数指标数据的收集与处理

利用 WOS 网络版的 general search 功能；输入刊名，选择期刊名称字段，输入 2003～2007，选择出版年字段，两者的逻辑组配关系为 AND；数据库时间跨度为 1985～2008.10；然后点击检索，得到检索结果。

利用 WOS 的检索结果分析（analyze results）的功能，从国家/地区、机构进行统计分析，得到发文国家地区数、作者机构数。将作者机构数除以论文篇数，得到篇均作者机构数。

2. 影响因子、即年指数、总被引频次、篇均参考文献数指标数据的收集与处理

利用网络版 JCR 数据库，选择 2007，输入刊名，得到该刊的影响因子、即年指数、总被引频次、参考文献数。在参考文献数部分，JCR 列出了总参考文献数，论著的参考文献数和综述的参考文献数。为了反映期刊学术质量的原创

性，本研究取的参考文献数为论著的参考文献数，再除以 2007 年的论著数，得到篇均参考文献数。

3. 平均被引率、他引率、权威数据库收摘量指标数据的收集与处理

在 WOS 检索页面，"publication name" 检索框中输入 OA 期刊的全称，"published year" 检索框中输入期刊出版的年份，如 2003，数据库的时间跨度限定在 1985～2008.11，得到检索结果，然后利用 WOS 的创建引文报告功能，即可检索得到 2003～2007 年平均被引率、他引率（排除自引）、WOS 的收摘量等。

4. 网络文献量、站内链接数、网络引文量、外部链接数、总网络影响因子、外部网络影响因子、IP 访问量、页面浏览量指标数据的收集与处理

采用第三章第二节中 "3. 指标数据收集与处理" 得到。

5. h 指数、g 指数、hc 指数指标数据的收集与处理

采用第四章第二节中 "3. 指标数据收集与处理" 得到。

采用上述方法收集 10 种 OA 期刊 $\chi_i (i = 1, 2, 3, \cdots, 10)$ 各指标的实测值，如表 5-14 所示。

**表 5-14  10 种 OA 期刊 20 个指标的实测值**

| | C1 | C2 | C3 | F1 | F2 | F3 | F4 | F5 | F6 | S1 |
|---|---|---|---|---|---|---|---|---|---|---|
| A | 59 | 1.05 | 38.5 | 15.68 | 3.57 | 33 111 | 16.08 | 11.71 | 2 102 | 1 052 |
| B | 60 | 0.34 | 52.3 | 7.49 | 1.13 | 112 914 | 21.04 | 10.02 | 6 796 | 5 996 |
| C | 59 | 0.54 | 23.7 | 5.04 | 0.53 | 26 676 | 15.09 | 9.15 | 3 194 | 4 633 |
| D | 74 | 0.66 | 51.2 | 3.92 | 0.6 | 13 043 | 8.71 | 5.66 | 1 843 | 1 833 |
| E | 37 | 1.26 | 48.4 | 2.99 | 0.28 | 1 015 | 6.21 | 5.86 | 321 | 647 |
| F | 56 | 0.69 | 28.9 | 2.25 | 0.19 | 3 293 | 5.52 | 3.46 | 868 | 1 045 |
| G | 44 | 1.06 | 22.7 | 1.91 | 0.7 | 3 660 | 4.15 | 3.04 | 895 | 993 |
| H | 47 | 0.7 | 28.1 | 1.51 | 0.17 | 1 445 | 4.32 | 3.61 | 523 | 307 |
| I | 30 | 0.31 | 19.9 | 0.6 | 0.13 | 1 167 | 0.68 | 0.46 | 561 | 522 |
| J | 23 | 0.68 | 30.3 | 0.52 | 0.07 | 450 | 0.68 | 0.35 | 854 | 970 |
| | S2 | W1 | W2 | W3 | W4 | W5 | W6 | h | g | hc |
| A | 31 500 | 6770 | 259 | 0.12 | 10.06 | 2 832 | 6 428.64 | 85 | 68 | 44 |
| B | 50 500 | 137 512 | 18 075 | 0.08 | 0.56 | 7 200 | 15 840 | 95 | 122 | 81 |
| C | 27 100 | 72 016 | 15 800 | 0.28 | 1.51 | 7 776 | 40 435.2 | 77 | 165 | 83 |
| D | 17 600 | 19 299 | 7 710 | 0.15 | 0.43 | 2 208 | 5 034.24 | 43 | 64 | 45 |
| E | 49 | 643 | 22 | 0.33 | 22.81 | 2.84 | 5.12 | 21 | 16 | 13 |
| F | 120 | 6711 | 72 | 0.01 | 1.09 | 448 | 1 693.2 | 26 | 40 | 25 |
| G | 8 690 | 5 040 | 3 964 | 0.2 | 1.36 | 1 314 | 2 601.71 | 24 | 39 | 26 |
| H | 707 | 1 464 | 168 | 0.06 | 0.26 | 2 127 | 5 104.81 | 20 | 25 | 15 |
| I | 8 350 | 601 | 3411 | 0.06 | 0.6 | 3 240 | 8 100 | 6 | 9 | 7 |
| J | 5 | 600 | 4 | 0 | 0.04 | 1 080 | 2 268 | 9 | 10 | 8 |

## 四、计算二级指标单指标属性测度

按照附录 C 计算 $\chi_i$ 20 个二级单指标属性测度值，详见表 5-15。

表 5-15　20 个二级单指标属性测度值

| | C1 发文国家地区广度 | | | | | C2 篇均作者机构数 | | | | | C3 篇均参考文献数 | | | | |
|---|---|---|---|---|---|---|---|---|---|---|---|---|---|---|---|
| | $C_1$ | $C_2$ | $C_3$ | $C_4$ | $C_5$ | $C_1$ | $C_2$ | $C_3$ | $C_4$ | $C_5$ | $C_1$ | $C_2$ | $C_3$ | $C_4$ | $C_5$ |
| A | 0.1 | 0.9 | 0 | 0 | 0 | 0 | 1 | 0 | 0 | 0 | 0 | 1 | 0 | 0 | 0 |
| B | 0.1667 | 0.8333 | 0 | 0 | 0 | 0 | 0 | 0 | 0 | 1 | 1 | 0 | 0 | 0 | 0 |
| C | 0.1 | 0.9 | 0 | 0 | 0 | 0 | 0 | 0 | 0.7 | 0.3 | 0 | 0 | 0 | 0.1 | 0.9 |
| D | 1 | 0 | 0 | 0 | 0 | 0 | 0 | 0.3 | 0.7 | 0 | 1 | 0 | 0 | 0 | 0 |
| E | 0 | 0 | 0.2 | 0.8 | 0 | 0.7 | 0.3 | 0 | 0 | 0 | 0.84 | 0.16 | 0 | 0 | 0 |
| F | 0 | 1 | 0 | 0 | 0 | 0 | 0 | 0.45 | 0.55 | 0 | 0 | 0 | 0.28 | 0.72 | 0 |
| G | 0 | 0 | 0.9 | 0.1 | 0 | 0.0333 | 0.9667 | 0 | 0 | 0 | 0 | 0 | 0 | 0.04 | 0.96 |
| H | 0 | 0.2 | 0.8 | 0 | 0 | 0 | 0 | 0.5 | 0.5 | 0 | 0 | 0 | 0.12 | 0.88 | 0 |
| I | 0 | 0 | 0 | 0.5 | 0.5 | 0 | 0 | 0 | 0 | 1 | 0 | 0 | 0 | 0 | 1 |
| J | 0 | 0 | 0 | 0 | 1 | 0 | 0 | 0.4 | 0.6 | 0 | 0 | 0 | 0.56 | 0.44 | 0 |

| | F1 影响因子 | | | | | F2 即年指数 | | | | | F3 总被引频次 | | | | |
|---|---|---|---|---|---|---|---|---|---|---|---|---|---|---|---|
| | $C_1$ | $C_2$ | $C_3$ | $C_4$ | $C_5$ | $C_1$ | $C_2$ | $C_3$ | $C_4$ | $C_5$ | $C_1$ | $C_2$ | $C_3$ | $C_4$ | $C_5$ |
| A | 1 | 0 | 0 | 0 | 0 | 1 | 0 | 0 | 0 | 0 | 1 | 0 | 0 | 0 | 0 |
| B | 1 | 0 | 0 | 0 | 0 | 0.3833 | 0.6167 | 0 | 0 | 0 | 1 | 0 | 0 | 0 | 0 |
| C | 0 | 0.52 | 0.48 | 0 | 0 | 0 | 0.2667 | 0.7333 | 0 | 0 | 1 | 0 | 0 | 0 | 0 |
| D | 0 | 1 | 0 | 0 | 0 | 0 | 0.5 | 0.5 | 0 | 0 | 0.1703 | 0.8297 | 0 | 0 | 0 |
| E | 0 | 0.49 | 0.51 | 0 | 0 | 0 | 0.4 | 0.6 | 0 | 0 | 0 | 0 | 0 | 1 | 0 |
| F | 0 | 0 | 0.75 | 0.25 | 0 | 0 | 0 | 0 | 1 | 0 | 0 | 0 | 1 | 0 | 0 |
| G | 0 | 0 | 0.41 | 0.59 | 0 | 0.8333 | 0.1667 | 0 | 0 | 0 | 0 | 0.1059 | 0.8941 | 0 | 0 |
| H | 0 | 0 | 0.01 | 0.99 | 0 | 0 | 0 | 0 | 1 | 0 | 0 | 0 | 0.345 | 0.655 | 0 |
| I | 0 | 0 | 0 | 0.1 | 0.9 | 0 | 0 | 0 | 0.8 | 0.2 | 0 | 0 | 0.067 | 0.933 | 0 |
| J | 0 | 0 | 0 | 0.02 | 1 | 0 | 0 | 0 | 0.2 | 0.8 | 0 | 0 | 0 | 0.25 | 0.75 |

| | F4 平均被引率 | | | | | F5 他引率 | | | | | F6 权威数据库收摘量 | | | | |
|---|---|---|---|---|---|---|---|---|---|---|---|---|---|---|---|
| | $C_1$ | $C_2$ | $C_3$ | $C_4$ | $C_5$ | $C_1$ | $C_2$ | $C_3$ | $C_4$ | $C_5$ | $C_1$ | $C_2$ | $C_3$ | $C_4$ | $C_5$ |
| A | 1 | 0 | 0 | 0 | 0 | 1 | 0 | 0 | 0 | 0 | 0.1816 | 0.8184 | 0 | 0 | 0 |
| B | 1 | 0 | 0 | 0 | 0 | 1 | 0 | 0 | 0 | 0 | 1 | 0 | 0 | 0 | 0 |
| C | 1 | 0 | 0 | 0 | 0 | 1 | 0 | 0 | 0 | 0 | 1 | 0 | 0 | 0 | 0 |
| D | 0.242 | 0.758 | 0 | 0 | 0 | 0.33 | 0.67 | 0 | 0 | 0 | 0 | 1 | 0 | 0 | 0 |
| E | 0 | 1 | 0 | 0 | 0 | 0.43 | 0.57 | 0 | 0 | 0 | 0 | 0 | 0 | 0.784 | 0.216 |
| F | 0 | 0.76 | 0.24 | 0 | 0 | 0 | 0.14 | 0.86 | 0 | 0 | 0 | 0 | 1 | 0 | 0 |
| G | 0 | 0.075 | 0.925 | 0 | 0 | 0 | 0 | 0.932 | 0.068 | 0 | 0 | 0.0267 | 0.9733 | 0 | 0 |
| H | 0 | 0.16 | 0.84 | 0 | 0 | 0 | 0.24 | 0.76 | 0 | 0 | 0 | 0 | 0.592 | 0.408 | 0 |
| I | 0 | 0 | 0 | 0 | 1 | 0 | 0 | 0 | 0 | 1 | 0 | 0 | 0.744 | 0.256 | 0 |
| J | 0 | 0 | 0 | 0 | 1 | 0 | 0 | 0 | 0 | 1 | 0 | 0 | 1 | 0 | 0 |

| | S1 网络文献量 | | | | | S2 站内链接数 | | | | | W1 网络引文量 | | | | |
|---|---|---|---|---|---|---|---|---|---|---|---|---|---|---|---|
| | $C_1$ | $C_2$ | $C_3$ | $C_4$ | $C_5$ | $C_1$ | $C_2$ | $C_3$ | $C_4$ | $C_5$ | $C_1$ | $C_2$ | $C_3$ | $C_4$ | $C_5$ |
| A | 0 | 0.604 | 0.396 | 0 | 0 | 1 | 0 | 0 | 0 | 0 | 0 | 0.454 | 0.546 | 0 | 0 |
| B | 1 | 0 | 0 | 0 | 0 | 1 | 0 | 0 | 0 | 0 | 1 | 0 | 0 | 0 | 0 |
| C | 1 | 0 | 0 | 0 | 0 | 1 | 0 | 0 | 0 | 0 | 1 | 0 | 0 | 0 | 0 |
| D | 0.333 | 0.6667 | 0 | 0 | 0 | 0.55 | 0.45 | 0 | 0 | 0 | 0.4461 | 0.5539 | 0 | 0 | 0 |
| E | 0 | 0 | 1 | 0 | 0 | 0 | 0 | 0 | 0 | 1 | 0 | 0 | 0 | 0.5717 | 0.4283 |
| F | 0 | 0.59 | 0.41 | 0 | 0 | 0 | 0 | 0 | 0.7 | 0.3 | 0 | 0.4422 | 0.5578 | 0 | 0 |
| G | 0 | 0.486 | 0.514 | 0 | 0 | 0 | 1 | 0 | 0 | 0 | 0 | 0.108 | 0.892 | 0 | 0 |
| H | 0 | 0 | 0 | 0.728 | 0.272 | 0 | 0 | 1 | 0 | 0 | 0 | 0.1171 | 0.8829 | 0 | 0 |
| I | 0 | 0 | 0.588 | 0.412 | 0 | 0 | 1 | 0 | 0 | 0 | 0 | 0 | 0 | 0.5017 | 0.4983 |
| J | 0 | 0.44 | 0.56 | 0 | 0 | 0 | 0 | 0 | 0 | 1 | 0 | 0 | 0 | 0.5 | 0.5 |

续表

| | W2 外部链接数 | | | | | W3 总网络影响因子 | | | | | W4 外部网络影响因子 | | | | |
|---|---|---|---|---|---|---|---|---|---|---|---|---|---|---|---|
| | $C_1$ | $C_2$ | $C_3$ | $C_4$ | $C_5$ | $C_1$ | $C_2$ | $C_3$ | $C_4$ | $C_5$ | $C_1$ | $C_2$ | $C_3$ | $C_4$ | $C_5$ |
| A | 0 | 0 | 0.8278 | 0.1722 | 0 | 0 | 0 | 0 | 0 | 1 | 1 | 0 | 0 | 0 | 0 |
| B | 1 | 0 | 0 | 0 | 0 | 0 | 0 | 0 | 0 | 1 | 1 | 0 | 0 | 0 | 0 |
| C | 1 | 0 | 0 | 0 | 0 | 0 | 0 | 0 | 0 | 1 | 1 | 0 | 0 | 0 | 0 |
| D | 0.4574 | 0.5426 | 0 | 0 | 0 | 0 | 0 | 0 | 0 | 1 | 1 | 0 | 0 | 0 | 0 |
| E | 0 | 0 | 0 | 0.6 | 0.4 | 0 | 0 | 0 | 0.1 | 0.9 | 1 | 0 | 0 | 0 | 0 |
| F | 0 | 0 | 0 | 1 | 0 | 0 | 0 | 0 | 0 | 1 | 1 | 0 | 0 | 0 | 0 |
| G | 0 | 1 | 0 | 0 | 0 | 0 | 0 | 0 | 0 | 1 | 1 | 0 | 0 | 0 | 0 |
| H | 0 | 0 | 0.3222 | 0.6778 | 0 | 0 | 0 | 0 | 0 | 1 | 0.2333 | 0.7667 | 0 | 0 | 0 |
| I | 0 | 1 | 0 | 0 | 0 | 0 | 0 | 0 | 0 | 1 | 1 | 0 | 0 | 0 | 0 |
| J | 0 | 0 | 0 | 0 | 1 | 0 | 0 | 0 | 0 | 1 | 0 | 0 | 0 | 0 | 1 |

| | W5IP 访问量 | | | | | W6 页面浏览量 | | | | | J1h 指数 | | | | |
|---|---|---|---|---|---|---|---|---|---|---|---|---|---|---|---|
| | $C_1$ | $C_2$ | $C_3$ | $C_4$ | $C_5$ | $C_1$ | $C_2$ | $C_3$ | $C_4$ | $C_5$ | $C_1$ | $C_2$ | $C_3$ | $C_4$ | $C_5$ |
| A | 0.4067 | 0.5933 | 0 | 0 | 0 | 0.3701 | 0.6299 | 0 | 0 | 0 | 1 | 0 | 0 | 0 | 0 |
| B | 1 | 0 | 0 | 0 | 0 | 1 | 0 | 0 | 0 | 0 | 1 | 0 | 0 | 0 | 0 |
| C | 1 | 0 | 0 | 0 | 0 | 1 | 0 | 0 | 0 | 0 | 1 | 0 | 0 | 0 | 0 |
| D | 0.06 | 0.94 | 0 | 0 | 0 | 0.0532 | 0.9468 | 0 | 0 | 0 | 0.15 | 0.85 | 0 | 0 | 0 |
| E | 0 | 0 | 0 | 0 | 1 | 0 | 0 | 0 | 0 | 1 | 0 | 0 | 0.6 | 0.4 | 0 |
| F | 0 | 0 | 0.6371 | 0.3629 | 0 | 0 | 0 | 0 | 1 | 0 | 0 | 0 | 0.1 | 0.9 | 0 |
| G | 0 | 0.6425 | 0.3575 | 0 | 0 | 0 | 0.5011 | 0.4989 | 0 | 0 | 0 | 0 | 0.9 | 0.1 | 0 |
| H | 0.015 | 0.985 | 0 | 0 | 0 | 0.0693 | 0.9307 | 0 | 0 | 0 | 0 | 0 | 0.5 | 0.5 | 0 |
| I | 0.6333 | 0.3667 | 0 | 0 | 0 | 0.75 | 0.25 | 0 | 0 | 0 | 0 | 0 | 0 | 0.1 | 0.9 |
| J | 0 | 0.35 | 0.65 | 0 | 0 | 0 | 0.2925 | 0.7075 | 0 | 0 | 0 | 0 | 0 | 0.4 | 0.6 |

| | J2g 指数 | | | | | J3hc 指数 | | | | |
|---|---|---|---|---|---|---|---|---|---|---|
| | $C_1$ | $C_2$ | $C_3$ | $C_4$ | $C_5$ | $C_1$ | $C_2$ | $C_3$ | $C_4$ | $C_5$ |
| A | 0.1 | 0.9 | 0 | 0 | 0 | 0.2 | 0.8 | 0 | 0 | 0 |
| B | 1 | 0 | 0 | 0 | 0 | 1 | 0 | 0 | 0 | 0 |
| C | 1 | 0 | 0 | 0 | 0 | 1 | 0 | 0 | 0 | 0 |
| D | 0 | 1 | 0 | 0 | 0 | 0.25 | 0.75 | 0 | 0 | 0 |
| E | 0 | 0 | 0 | 0.6 | 0.4 | 0 | 0 | 0 | 0.7 | 0.3 |
| F | 0 | 0.1 | 0.9 | 0 | 0 | 0 | 0 | 1 | 0 | 0 |
| G | 0 | 0.06 | 0.94 | 0 | 0 | 0 | 0.1 | 0.9 | 0 | 0 |
| H | 0 | 0 | 0.5 | 0.5 | 0 | 0 | 0 | 0 | 0.5 | 0.5 |
| I | 0 | 0 | 0 | 0 | 1 | 0 | 0 | 0 | 0.2 | 0.8 |
| J | 0 | 0 | 0 | 0 | 1 | 0 | 0 | 0 | 0.3 | 0.7 |

## 五、计算一级指标及总指标的综合属性测度，并表示成五元联系数

利用式（5-13）计算各 OA 期刊学术质量的 5 个一级指标的属性测度值，见表 5-16。

表 5-16　5 个一级指标的属性测度值

| | C 学术含量 | | | | | F 学术影响力 | | | | |
|---|---|---|---|---|---|---|---|---|---|---|
| | $C_1$ | $C_2$ | $C_3$ | $C_4$ | $C_5$ | $C_1$ | $C_2$ | $C_3$ | $C_4$ | $C_5$ |
| A | 0.0037 | 0.1976 | 0 | 0 | 0 | 0.4206 | 0.0469 | 0 | 0 | 0 |
| B | 0.1525 | 0.0305 | 0 | 0 | 0.0183 | 0.4016 | 0.0659 | 0 | 0 | 0 |
| C | 0.0037 | 0.0329 | 0 | 0.0275 | 0.1373 | 0.1622 | 0.1317 | 0.1736 | 0 | 0 |
| D | 0.183 | 0 | 0.0055 | 0.0128 | 0 | 0.024 | 0.3901 | 0.0534 | 0 | 0 |
| E | 0.1358 | 0.0289 | 0.0073 | 0.0293 | 0 | 0.0135 | 0.1313 | 0.144 | 0.1663 | 0.0124 |

续表

| | C学术含量 | | | | | F学术影响力 | | | | |
|---|---|---|---|---|---|---|---|---|---|---|
| | $C_1$ | $C_2$ | $C_3$ | $C_4$ | $C_5$ | $C_1$ | $C_2$ | $C_3$ | $C_4$ | $C_5$ |
| F | 0 | 0.0366 | 0.0492 | 0.1155 | 0 | 0 | 0.0166 | 0.2944 | 0.1564 | 0 |
| G | 0.0006 | 0.0177 | 0.0329 | 0.0095 | 0.1405 | 0 | 0.0978 | 0.2504 | 0.1193 | 0 |
| H | 0 | 0.0073 | 0.056 | 0.138 | 0 | 0 | 0.0101 | 0.0931 | 0.3642 | 0 |
| I | 0 | 0 | 0 | 0.0183 | 0.183 | 0 | 0 | 0.0465 | 0.1734 | 0.2476 |
| J | 0 | 0 | 0.0893 | 0.0754 | 0.0366 | 0 | 0 | 0.0573 | 0.0397 | 0.3705 |

| | S网站丰余度 | | | | | W网络影响力 | | | | | J学术绩效 | | | | |
|---|---|---|---|---|---|---|---|---|---|---|---|---|---|---|---|
| | $C_1$ | $C_2$ | $C_3$ | $C_4$ | $C_5$ | $C_1$ | $C_2$ | $C_3$ | $C_4$ | $C_5$ | $C_1$ | $C_2$ | $C_3$ | $C_4$ | $C_5$ |
| A | 0.0082 | 0.0248 | 0.0162 | 0 | 0 | 0.1013 | 0.052 | 0.0217 | 0.0014 | 0.0092 | 0.0241 | 0.0723 | 0 | 0 | 0 |
| B | 0.0492 | 0 | 0 | 0 | 0 | 0.1764 | 0 | 0 | 0 | 0.0092 | 0.0963 | 0 | 0 | 0 | 0 |
| C | 0.0492 | 0 | 0 | 0 | 0 | 0.1764 | 0 | 0 | 0 | 0.0092 | 0.0963 | 0 | 0 | 0 | 0 |
| D | 0.0182 | 0.031 | 0 | 0 | 0 | 0.0951 | 0.0813 | 0 | 0 | 0.0092 | 0.0159 | 0.0804 | 0 | 0 | 0 |
| E | 0 | 0 | 0.041 | 0 | 0.0082 | 0.0754 | 0 | 0 | 0.0214 | 0.0888 | 0 | 0 | 0.0058 | 0.0616 | |
| F | 0 | 0.0242 | 0.0168 | 0.0057 | 0.0025 | 0.0754 | 0.0121 | 0.0644 | 0.0245 | 0.0092 | 0 | 0.0039 | 0.0925 | | |
| G | 0 | 0.0281 | 0.0211 | 0 | | 0.0754 | 0.0503 | 0.0507 | 0 | 0.0092 | 0 | 0.0075 | 0.0878 | 0.001 | |
| H | 0 | 0 | 0.0082 | 0.0298 | 0.0112 | 0.0197 | 0.1212 | 0.0058 | 0.0297 | 0.0092 | 0 | 0 | 0.0193 | 0.0771 | |
| I | 0 | 0.0082 | 0.0241 | 0.0169 | | 0.1193 | 0.0297 | | 0.0137 | 0.0229 | 0 | 0 | | 0.0125 | 0.1 |
| J | 0 | 0.018 | 0.023 | 0 | 0.0082 | 0 | 0.0218 | 0.0437 | 0.0363 | 0.0838 | 0 | 0 | | 0.0212 | 0.1 |

　　最后计算 10 种 OA 期刊学术质量的综合属性测度值，并表示成五元联系数，见表 5-17。

**表 5-17　OA 期刊学术质量综合评价结果**

| 样本 | 综合属性测度五元联系数 | 综合评价联系数值 | 序位 | 评价等级 | 加权秩和比序位 | 加权 TOPSIS 序位 | 影响因子序位 |
|---|---|---|---|---|---|---|---|
| A | $0.5578 + 0.3936i + 0.0379j + 0.0014k + 0.0092l$ | 0.7447 | 2 | 优 | 2 | 2 | 1 |
| B | $0.8760 + 0.0964i + 0j + 0k + 0.0275l$ | 0.8967 | 1 | 优 | 1 | 1 | 2 |
| C | $0.4878 + 0.1646i + 0.1736j + 0.0275k + 0.1465l$ | 0.4099 | 4 | 良 | 4 | 3 | 3 |
| D | $0.3362 + 0.5828i + 0.0589j + 0.0128k + 0.0092l$ | 0.6120 | 3 | 优 | 3 | 4 | 4 |
| E | $0.2247 + 0.1602i + 0.1980j + 0.2787k + 0.1382l$ | 0.0273 | 5 | 中 | 5 | 5 | 5 |
| F | $0.0754 + 0.0934i + 0.5173j + 0.3021k + 0.0117l$ | −0.0406 | 7 | 中 | 7 | 6 | 6 |
| G | $0.0760 + 0.2014i + 0.4430j + 0.1297k + 0.1497l$ | −0.0379 | 6 | 中 | 6 | 7 | 7 |
| H | $0.0197 + 0.1387i + 0.1824j + 0.6388k + 0.0204l$ | −0.2507 | 8 | 一般 | 8 | 8 | 8 |
| I | $0.1193 + 0.0379i + 0.0706j + 0.2349k + 0.5372l$ | −0.5165 | 9 | 一般 | 9 | 10 | 9 |

续表

| 样本 | 综合属性测度五元联系数 | 综合评价联系数值 | 序位 | 评价等级 | 加权秩和比序位 | 加权TOPSIS序位 | 影响因子序位 |
|---|---|---|---|---|---|---|---|
| J | $0 + 0.0398i + 0.2133j + 0.1726k + 0.5742l$ | $-0.6406$ | 10 | 差 | 10 | 9 | 10 |

$$\sum d_1{}^2 = 0 \quad \sum d_2{}^2 = 6$$

$$r_{s1} = 1 \quad r_{s2} = 0.964$$

$$P < 0.01 \quad P < 0.01$$

## 六、属性联系数识别分析

根据"均分原则",五元联系数中 $i$, $j$, $k$, $l$ 分别取值 0.5, 0, $-0.5$, $-1$;又根据"均分原则"将 $[-1, 1]$ 区间 5 等分,可确定五元联系数值 $\mu$ 的 5 个范围区间 $[0.6, 1]$, $[0.2, 0.6]$, $[-0.2, 0.2]$, $[-0.6, -0.2]$, $[-1, -0.6]$,分别对应 $C_1 = \{优\}$, $C_2 = \{良\}$, $C_3 = \{中\}$, $C_4 = \{一般\}$, $C_5 = \{差\}$ 5 个等级,由此可知 10 种 OA 期刊的学术质量综合评价等级,见表 5-17。

三种综合评价法的序位结果的一致性采用 Spearman 秩相关分析,其中,$r_{s1}$ 为属性联系数识别法与加权秩和比法的相关系数,$r_{s2}$ 为属性联系数识别法与加权 TOPSIS 法的相关系数。

由表 5-17 可见,三种综合评价法的序位结果有统计学意义,$p < 0.01$。这表明三种综合评价法对 OA 期刊学术质量指标体系的实证研究结果具有较好的一致性,同时也证实了基于属性数学与联系数学的 OA 期刊学术质量综合评价模型是科学、合理和可行的。此外,发现该模型序位结果与秩和比法序位结果完全一致,与加权 TOPSIS 法的序位结果基本吻合,个别样本(如样本 D、G、I、J)出现存在差异则是联系属性方法考虑到了 OA 期刊学术质量的不确定性,因而认为其评价结果更具有科学性和合理性。

其次,从影响因子评价结果来看,属性联系数识别法序位结果与影响因子序位结果只有 4 种期刊(E、H、I、J),一致率为 40%,而其他 6 种 OA 期刊(A、B、C、D、F、G)序位结果不一致,不一致率达 60%,其中 B(7.49)、D(3.92)、G(1.91)的影响因子均分别低于 A(15.68)、C(5.04)、F(2.25),但是它们的属性联系数识别法序位均高于 A、C、F,究其原因,OA 期刊 B、D、G 除了学术影响力分别低于 A、C、F 外,它们的学术含量、网站丰余度、网络影响力和学术绩效分别高于 A、C、F。因此，该模型综合评价结果比单个影响因子评价更客观、科学、合理。

　　此外，从单指标属性测度来看，除了总网络影响因子评价偏低，外部网络影响因子评价偏高，两个指标的区分度不够外，其他评价指标表现出很好的梯度和区分度。从一级指标的属性测度和综合属性测度来看，均表现出很好的梯度和区分度。从最终序位结果来看，与加权秩和比法和加权 TOPSIS 法评价结果具有较好的一致性。同时发现，属性联系数综合评价序位与影响因子序位结果一致率为 40%（E、H、I、J），不一致率达 60%（A、B、C、D、F、G）。因此，上述实证结果不仅表明该指标体系的指标设置合理、权重估计科学，而且表明该指标体系比单指标影响因子更优越、更客观有效。

　　因此，与其他综合评价法相比，该模型属性联系数识别法具有以下三个优点：①利用属性数学理论和联系数学理论确定评价指标的属性测度和联系数，这是联系数学中联系数确定方法的一大突破。②利用属性测度与联系数表示 OA 期刊学术质量，虽然联系分量 a，b，c，d，e 确定，但由于联系数中 $i$，$j$，$k$ 取值的不确定性和多值性，综合联系数值仍因 $i$，$j$，$k$ 的不确定取值而呈现既确定又不确定的特征，并且包含着丰富的系统结构信息，便于从结构和层次的角度进行系统分析，整体把握 OA 期刊学术质量的倾向性和优势与劣势。③该模型克服了"置信度准则"设置的弱点，减少"置信度准则"设置的主观随意性，尽可能降低人为因素对评价结果的干扰。

　　但是该模型是建立在 OA 期刊学术质量评价指标分级标准的基础上，评价指标分级标准至今仍未得到彻底解决，有待进一步研究。

# 第六章
# OA 期刊质量控制机制研究

OA 是 20 世纪 90 年代发展起来的一种新的出版模式，它的出现极大地促进了学术交流和知识共享（李武，2005；王应宽等，2006）。OA 期刊是实现开放存取的重要方式之一，又称为 BOAI-2 模式，是开放存取的"金色之路"（Harnad，2005）。根据 OA 期刊目录的定义，OA 期刊采用不向读者或机构收取使用费，用户可以免费"阅读、下载、复制、传播、打印、检索、链接论文全文"[①]。

OA 期刊一诞生就引起了国内外众多专家和学者的关注和研究。为了提高 OA 期刊出版论文的质量，增强人们对 OA 期刊的信任，许多 OA 期刊都采取了一定机制来控制其出版论文的质量。同行评议是质量控制中比较重要的一环，同行评议机制在传统学术期刊中已经是比较成熟的质量控制机制，开放存取环境不仅给同行评议带来了前所未有的便捷，同时也促进了这种机制的发展，产生了开放同行评议（open peer review）机制。但不是全部，要提高 OA 期刊的质量，需要从整体着手，对稿件提交、出版前期审稿、出版中期格式规范和出版后期的质量评价等各个环节进行严格的控制。

PLoS 和 BMC 是目前国际上致力于开放存取出版最具代表性且已经在学术界取得广泛影响的出版商和机构。为了保证其出版论文的高质量，PLoS 和 BMC 都采取了一定的质量控制机制，本章从 PLoS 和 BMC 的论文提交系统、编辑部组成、编委会构成、国外编委构成、审稿制度和审稿流程、出版周期、论文格式规范、论文出版后质量评价等进行了系统的调查分析，然后从稿件提交、出版前期审稿、出版中期格式规范和出版后期的质量评价四个出版环节，探讨 OA 期刊的质量控制机制，最后提出了相应的对策与建议。

## 第一节　PLoS OA 期刊质量控制机制分析

总部设在美国加利福尼亚州旧金山的 PLoS 是目前国际上致力于开放存取出

---

① http://www.doaj.org/doaj? func=loadTempl & templ=faq#definition [2008-04-25]

版最具代表性且已经在学术界取得广泛影响的出版机构。从 2003 年秋天开始，PLoS 成功地创办了 7 种 OA 期刊：*PLoS Biology*，*PLoS Medicine*，*PLoS Computational Biology*，*PLoS Genetics*，*PLoS Pathogens*，*PLoS ONE* 和 *PLoS Neglected Tropical Diseases*（NTD），已经出版了几千篇同行评议研究论文和几百篇杂文、辩论、概要和其他与医疗主题相关的论文，所有论文都可以通过网络免费获取。

PLoS 采取了一系列比较成熟且切实可靠的质量控制机制保证其出版论文的高质量。为此，本章从论文提交系统、编辑部组成、编委会构成、国外编委构成、审稿制度和审稿流程、出版周期、论文出版后质量评价共七个方面深入探讨 PLoS OA 期刊质量控制机制，以期对我国的 OA 期刊质量控制提供借鉴和参考。

## 一、PLoS 稿件提交系统

PLoS 出版的 7 种 OA 期刊均有自己在线提交系统和详细的提交程序，并且在学术内容方面，各刊会根据自身的特点给予细致的规定。

在使用 PLoS 在线提交系统之前，系统向作者提供了一个检查表，帮助作者准备各种需要提交的论文相关材料。除了论文本身，作者还需要提交一些附加信息和文件，例如，是否包含所有作者及其所属机构，论文文摘是否包括背景、方法、结果和结论，论文是否标注页码等。检查表的作用是保证作者提供完整的论文信息，且稿件格式已经得到了妥善的处理。

PLoS 对稿件内容的一般要求有题目、作者、作者单位、文摘（作者简介）、引言、材料和方法、结果、讨论、致谢、参考文献、插图和表格。稿件可采用 Word 格式和 RTF 格式，图表可采用 EPS 格式或者 TIFF 格式。PLoS 期刊虽然对稿件的长度没有限制，但是提倡语言精练。

在论文提交之前，首先，需要阅读许可协议（license agreement），保证所有作者的利益；其次，提供规避或熟知的评审专家名单，以帮助期刊确定潜在的或有利益冲突的评审专家；再次，需要准备一封附信解释为什么向本刊投稿，论文的创新之处及其意义和作用；最后，需要提交所有作者的相关信息，并且注明所有作者是否知晓出版费用。

此外，*PLoS Medicine* 和 *PLoS NTD* 鼓励作者预提交论文，并解释为什么此论文适合于本刊，还要附上不少于 500 字的论文摘要，用以描述论文背景、方法、关键结果和主要结论。*PLoS Medicine* 和 *PLoS NTD* 将在 48 小时内给予答复，如通过，作者可进行正式提交。

## 二、PLoS 编辑部组成

PLoS 的 7 种 OA 期刊有 4 个编辑部（editorial team）：*PLoS Biology*、

*PLoS Medicine*、*PLoS ONE* 和其他 4 种社区期刊（community journal）共用的编辑部，其编辑部组成如表 6-1 所示。

表 6-1　PLoS 期刊的编辑部人员组成

| 编辑部名称 | 编辑部人员组成 |
| --- | --- |
| *PLoS Biology* | 主编 1 人，高级编辑 3 人，副编辑 3 人，高级科学编辑 1 人，实习编辑 1 人，出版经理 1 人，出版助手 4 人 |
| *PLoS Medicine* | 主编 1 人，高级编辑 3 人，副编辑 1 人，实习编辑 1 人，出版经理 1 人，出版助手 2 人 |
| *PLoS ONE* | 管理编辑 1 人，副编辑 1 人，出版经理 1 人，出版助手 4 人 |
| *PLoS Community Journals* | 管理编辑 1 人，出版经理 3 人，出版助手 4 人 |

注：*PLoS Community Journals* 包含 *PLoS Computational Biology*，*PLoS Genetics*，*PLoS Pathogens* 和 *PLoS NTD* 4 种期刊。

*PLoS Biology* 编辑部人员总数为 14 人，有 6 人获得了哲学博士学位（PhD），其中有 4 人在博士后工作站深造过；*PLoS Medicine* 编辑部中，有 1 人副教授，3 位博士，1 位理学硕士；*PLoS ONE* 编辑部中，管理编辑和助理编辑都获得了 PhD。纵观所有编辑部人员，他们都来自学科领域中某一著名科研机构或者大学，具有资深的学历、丰富的科研经历和期刊管理经验。另外，这些人员并非都来自美国，在 4 个编辑部中，国外编辑人数分别为 4 人、6 人、4 人和 4 人，分别占总的编辑人数的 28.43％、66.7％、57.14％和 50％。

### 三、PLoS 编委会构成

编委会（editorial board）一般为外部聘请专家，主要为编辑部提供稿件学术质量方面的建议。随着期刊的发展，编委会人数不断增加。PLoS 期刊的编委是来自世界上众多国家各大学或学术研究机构的专家学者，在稿件接收、稿件审查以及论文发表方面起到了非常重要的指导和监督作用。PLoS 期刊的编委会构成情况见表 6-2。

表 6-2　PLoS 期刊的编委会构成及其人数

| 序号 | 期刊名称 | 编委会构成及其人数 | 总人数/人 | 编委所属国家数/个 |
| --- | --- | --- | --- | --- |
| 1 | *PLoS Biology* | 学术主编 1 人，编委成员 126 人 | 127 | 17 |
| 2 | *PLoS Medicine* | 编委成员 113 人，统计顾问 14 人 | 127 | 23 |
| 3 | *PLoS Computational Biology* | 创办编辑 3 人（其中主编 1 人），责任编辑 7 人，评议编辑 2 人，教育编辑 1 人，ISCB 编辑 1 人，副编辑 55 人 | 69 | 14 |
| 4 | *PLoS Genetics* | 主编 1 人，责任编辑 1 人，评议编辑 4 人，领域编辑 3 人，访谈编辑 1 人，副编辑 59 人 | 69 | 10 |
| 5 | *PLoS Pathogens* | 主编 1 人，责任主编 1 人，评议编辑 1 人，领域编辑 15 人，意见编辑 2 人，副编辑 62 人，团队编辑 5 人 | 87 | 10 |

续表

| 序号 | 期刊名称 | 编委会构成及其人数 | 总人数/人 | 编委所属国家数/个 |
|---|---|---|---|---|
| 6 | *PLoS ONE* | 编委成员 465 人，顾问委员会 11 人，统计顾问 13 人，领域编辑 28 人 | 517 | 40 |
| 7 | *PLoS NTD* | 主编 1 人，责任编辑 9 人，副编辑 69 人，编辑顾问 10 人 | 89 | 27 |

从表 6-2 中可以发现，PLoS 各 OA 期刊的编委会构成不同，编委会中各组成成员与编辑部的成员并非相同的人员，他们分工明确，各司其职。如 *PLoS ONE* 中，顾问委员会成员提供该刊所有方面的建议和观点；领域编辑提供专门学科领域的建议，在保证稿件处理的连续性和有效性起辅助作用。目前，领域编辑成员还较少，该刊期望成员数不断增长，直到覆盖整个领域；编委成员对稿件进行同行评议，有时也可对编辑政策提出建议；统计顾问提供某些类型稿件的统计方法，对这些稿件的统计方面是否依照所要求的技术标准执行提出建议。

## 四、PLoS 国外编委构成

国外编委是指其工作单位不在本国的编委成员。国外编委与本国编委接受教育模式、知识结构、思维方式甚至价值倾向等主观因素有较大的差别，从而对论文评议有各自独到的见解。因此，国外编委对于期刊质量控制起着非常重要的作用。

从表 6-3 可以看出，7 种期刊的编委人数都较多，尤其是 *PLoS ONE*。国外编委人数比例较高，*PLoS Medicine* 最高，达到了 68.50%，最低的 *PLoS Genetics* 也有 26.09%，平均为 46.14%。因此，PLoS 期刊集中了全世界优秀的科研专家来对提交的稿件进行评审。

表 6-3　PLoS 期刊的国外编委人数及构成比

| 序号 | 期刊名称 | 编委人数/人 | 本国（美）编委人数/人 | 国外编委人数/人 | 国外编委人数比例/% |
|---|---|---|---|---|---|
| 1 | *PLoS Biology* | 127 | 75 | 52 | 40.94 |
| 2 | *PLoS Medicine* | 127 | 40 | 87 | 68.50 |
| 3 | *PLoS Computational Biology* | 69 | 42 | 27 | 39.13 |
| 4 | *PLoS Genetics* | 69 | 51 | 18 | 26.09 |
| 5 | *PLoS Pathogens* | 87 | 57 | 30 | 34.48 |
| 6 | *PLoS ONE* | 517 | 219 | 298 | 57.64 |
| 7 | *PLoS NTD* | 89 | 39 | 50 | 56.18 |

## 五、PLoS 期刊审稿制度和审稿流程

PLoS 期刊有明确的稿件评审的核心原则：开放存取、优秀精品、科学正直、拓宽范围、广泛合作、财务公正透明、服务社会、国际性、视科学为公共

资源。各刊的评审过程有所差异，但是大体上还是相同的。稿件的评审需要分若干组成部分，若干阶段，这些都需要不同的专家负责。

在 *PLoS Genetic* 中，首先由主编（EIC）、责任编辑或者一位领域编辑审查，决定是否应进一步审查，如需要，就交给副编辑进一步审查。副编辑一般是编委会成员，也有可能是外部专家。副编辑对稿件在专业领域的领先性和学术水平进行评估。副编辑并没有决定稿件录用的权力，但是在咨询其他编辑以后，如果都认为不适合，可以不进行外审，直接拒绝录用。其次，如果副编辑没有对稿件是否可以录用做出判断，稿件就需要送外审。最多需要 5 位专家对稿件的重要性、创新性、质量和规范性进行评估。在收到外审专家的意见以后，副编辑在咨询其他编委会成员和主编或责任编辑的基础上，衡量所有评论，最后做出决定，并与主编、责任编辑或一个领域编辑联合署名。

其他期刊的审稿流程与 *PLoS Genetic* 大同小异。通常，决定稿件是否录用的权力并不完全掌握在编委会手中。*PLoS Biology* 通常由一位职业编辑在一位学术编辑的协助下对稿件进行评估，这位职业编辑通常是来自编辑部的，学术编辑来自编委会。而 *PLoS Medicine* 首先将稿件交给编辑部处理，判定稿件内容的是否符合该刊的发表范围，然后由编委会中从事相关领域的学术编辑对稿件质量进行评估。编辑和编委会成员迅速对稿件内容的新颖性，证据的充分完整性进行判定，如果符合要求即送外审。职业编辑和学术编辑基于外审评议员的意见做出最终决定。而 *PLoS ONE* 由学术编辑（AEs）组织一些编委成员进行审稿，最终由学术编辑做出是否录用的决定。在决定录用的稿件中，有 91% 的稿件会送外审，平均每篇录用的文章被 2.8 个专家评审过（一个学术编辑和 1.8 个外部同行评议人员）。作者可推荐学术编辑，但是 *PLoS ONE* 可以不采纳。

由于学科和专业差异，不同的编委会编辑也有自己独特的见解和主张，在遵循论文评审原则和不影响论文出版质量的前提下，充分发挥各学科特色和主编特长。在 PLoS 各期刊的编委构成中，助理编辑或者编委成员人数众多，对于同一篇稿件，并不需要如此多的编委成员去审查，在主编或者副编辑审查完毕以后，他们会结合作者意愿和实际情况，选出几位合适的编委成员对稿件进行审查，有时候会聘请外部专家。编委成员多不仅表明该期刊需要处理稿件的数量多，同时还与学科性质和学科涵盖范围有关，某些学科专业知识数据的精准程度和结论的可靠性需要更多人去把握，方能评审出优秀论文。

同行评议制度是质量控制机制中最主要的环节，是学术期刊在其不断发展过程中形成的一整套质量控制机制。结合传统学术期刊的同行评议，OA 期刊的同行评议在网络上实施对稿件的审查。选择适当的评议员对于评议的成功与否是首要的。PLoS 对评议员进行选择有其独特完善的方法：①对潜在评议员进行选择，PLoS 把它作为编辑审稿程序的一部分，在把稿件送给评议员进行评议之前，对于某一特定稿件，PloS 会根据其专业知识、声誉、稿件作者和学术编辑的具体建议，以及编辑对于评议员过去表现的了解等诸多因素选择潜在的评议员。②作者在提交稿件时，也可以对自己论文的评议员进行选择，但是这只作为编辑选择评议员的一种潜在建议，一般而言，编辑部尊重作者的要求，只要这些要求不影响对这篇论文进行客观的和整体性的评估。③ PLoS 期刊对于稿件支持匿名评审，PLoS 期刊的同行评议都是严格保密的，包括对本领域的同行或者其他领域的专家。除非评议员明确要求公开，一般不会让作者或其他评议员知道他们的名字。学术编辑对于作者和评议员来说也是匿名的，直到稿件已经被接受可以发表，届时学术编辑的名字才会出现在发表的论文上。

评议意见清晰地给出了支持或反对论文发表的理由，因此具有很高的价值。同行评议员是本领域的专家，对论文研究的专深程度、研究方法的可行性以及结果的可靠性和有用性能做出比较准确的判断。每篇论文都有几位同行评议员，不同的论文数量不等。

稿件提交后经过审查、同行评议有几种可能的结果：接受稿件；轻微修订；重大修改；退回（因为稿件不适合本刊发表标准）。当不同评议员对同一稿件的建议出现不同的意见时，专业编辑或学术编辑权衡所有的意见，最后达成一个平衡的决定。在这整个过程中，评议员应该提供尽可能多的信息给编辑以协助编辑做出决定，编辑人员在根据整体评议意见做出决定以后通常会告知评议员。

## 六、PLoS 出版周期

及时出版是 OA 期刊的一大特点，也是其创办的宗旨之一。因此，OA 期刊的出版周期应该尽可能短，才不会与它本身为加速知识交流而诞生的目的相违背。

调查发现，*PLoS Biology*，*PLoS Genetics*，*PLoS ONE* 为周刊，*PLoS Medicine*，*PLoS Computational Biology*，*PLoS Pathogens*，*PLoS NTD* 为月刊，但是它们按规律地一月出版 4～5 次，只是将一月内的出版文章放在同一期中。这些期刊有比较稳定的稿件来源，每次出版都有相当数量的文章在网络上公布。这说明，随着社会各界趋于对 OA 期刊的认同，投稿人数和使用人数逐年上升，最近几年上升速度尤为迅速。

## 七、PLoS 出版后的质量评价

在论文出版后 PLoS 同样实行了同行评价，由三部分组成：注释、评论和评级。注释适用于网络版论文的某一特定内容，对于这特定内容做出补充或澄清，或查明和链接到包含了更广泛的相关讨论的材料。评论可以补充到论文以对论文进行线索式的讨论和一篇具体论文的结论中。用户还可以对论文进行个人评级，最后聚集起来，提供论文总的评定等级。读者不能对论文进行重复评级，但是可以修改曾做出的评级分数。PLoS 数据库允许读者凭主观的"质量标准"对论文进行评级。为了反映综合评级数，论文可以从三个方面去评定：创新性、可靠性和文体。每个方面的级数都是从 1 到 5，1 级最低，5 级最高。评议员或者读者在评议过程中，对 PLoS 网上论文进行的所有注释、评论、评级都要使用 PLoS 专用术语。

其次，PLoS 期刊不仅被 PubMed 收录，有的期刊被 WOS 数据库收录，产生了较高的影响因子，详见表 6-4。

**表 6-4　部分 PLoS 期刊的影响因子**

| 刊名 | 总被引频次 | 影响因子 | 即时指数 | 论文量/篇 | 半衰期 |
|---|---|---|---|---|---|
| *PLoS Biology* | 6100 | 14.101 | 2.667 | 192 | 2.1 |
| *PLoS Computational Biology* | 401 | 4.914 | 0.823 | 141 | 1.3 |
| *PLoS Genetics* | 830 | 7.671 | 1.505 | 192 | 1.2 |
| *PLoS Medicine* | 1998 | 13.75 | 3.419 | 148 | 1.4 |
| *PLoS Pathogens* | 397 | 6.056 | 1.762 | 101 | 1.1 |

从表 6-4 可以发现，PLoS 期刊的影响因子都较高，尤其是 *PLoS Biology* 和 *PLoS Medicine* 这两本期刊，影响因子已经达到了相当高的水平。PLoS 完善的质量控制机制是其期刊影响因子较高的根本原因。

## 第二节　BMC OA 期刊质量控制机制分析

BMC 是一个独立的出版机构，提供同行评议生物医学研究论文的及时开放存取。所有 BMC 出版的原始研究论文都是可以永久及时在线免费获取的。这是为了保证科研成果快速有效地在学术界传播交流。BMC 是最重要的 OA 杂志出版商之一，目前出版 188 种生物医学类学术期刊，收录的期刊范围涵盖了生物学和医学的所有主要领域，包括麻醉学、生物化学、生物信息学、生物技术、癌症等 63 个分支学科。BMC 大多数期刊发表的研究论文都即时在 PubMed Central 存档并进入 PubMed 的书目数据库，方便读者检索与浏览全文。

### 一、BMC 稿件提交系统

为了加速出版和最小化管理费用，BMC 只接受在线提交，同样有一个在线提交系统。需要在 BMC 期刊上发表的稿件必须由其作者之一来提交，提交的作者在提交和同行评议期间要对稿件负责。

稿件提交需要版本 3.0 以上的 IE 浏览器和 Netscape Navigator，以及大多数现代的浏览器，可以在装配 Windows 系统的电脑（PC）、苹果电脑（MAC）或者 Unix 平台上使用。作者在提交时文件可以作为一个组提交，也可以一个接一个提交。另外，任何类型的其他文件，如影片，动画或原数据文件，都可以作者出版物的一部分提交。提交时需要提供一封附信，在附信中需要解释为什么你的稿件适合于在此期刊中出版，阐述与出版政策相关的问题并且在作者指导中详细阐述，声明任何潜在的竞争利益。在稿件准备和提交过程中遇到任何问题，可以咨询客户帮助热线。

BMC 期刊对于接收的研究稿件严格把关，一般包含以下几个部分：标题页，文摘，背景，方法，结果，讨论，简称表（如果有的话），竞争利益，作者贡献，鸣谢，参考论文，插图及描述（如果有的话），表格和说明（如果有的话），额外数据文件的描述（如果有的话）。关于各部分的格式要求，BMC 提供模板下载，作者可以参考模板。

BMC 对各部分都有严格的规定。标题页包括研究设计，所有作者的全名，机构地址和邮箱地址，还要指出合作者；文摘不多于 350 字，结构分成如下几个部分：背景，方法，结果，讨论，试验注册（特殊的期刊有特殊的格式，如 *Journal of Medical Case Reports* 期刊的文摘结构为介绍、病例报道、结论）；所有的 BMC 期刊都接受以下几种图表文件格式：EPS（图表的优选格式），PDF（也适合于图表），TIFF（对于图像和屏幕截取图，如果可能的话要 300 dpi[①]）。另外，很多 BMC 期刊也接受这几种图表格式：PNG（用于图像或者照片），Microsoft Word（版本 5 以上，图表必须单独占一个页面），PowerPoint（图表必须单独占一个页面），JPEG，BMP。每个图表必须作为一个单独的图形文件提交，而不是作为主要文档的一部分。如果一个图表包含多个组成部分，那么需要将所有部分都包含在一个文件中提交，这点很重要。对于额外文件不需要特殊平台，能使用免费的广泛使用的工具阅读。适合的格式有：PDF（对于文档），SWF（对于动画），MOV 和 MPG（对于影片），XLS 和 CLV（对于表格数据）。

BMC 期刊在接受论文的语言等方面也有详细的规定。例如，目前 *BMC Genomics* 只接受用英语创作的稿件。拼写可以使用美式英语或者英式英语，但是不能混合使用。论文长度没有限制，但是应该精练。在图表、表格或者附加的文件数量方面也没有限制，图表和表格应该被连续引用。稿件应该附上所有相关支持数据文件。*BMC Genomics* 不对稿件的文体或者语言进行编辑；如果有语

---

① dots per inch 的缩写，每英寸所打印的点数。

法错误，评审员可以退回稿件。作者在写作时应该清晰明了，在提交稿件之前应该先给同行检查一下。

## 二、BMC 编辑部和编委构成

将 BMC 中期刊按照学科领域统计其编辑部和编委构成情况，见表 6-5。

表 6-5　BMC 期刊的编辑部和编委构成

| 期刊名称 | 编委组成情况 |
| --- | --- |
| *BMC Biology* | 主编 1 人，生物编辑 1 人，内部编辑 1 人，编委 49 人 |
| *BMC Medicine* | 主编 1 人，生物编辑 1 人，内部编辑 1 人，编委 57 人，统计顾问 27 人 |
| *BMC Proceedings* | 主编 1 人，项目经理 3 人，编委 30 人 |
| *BMC Research Notes* | 不详 |
| *BioPsychoSocial Medicine* | 主编 1 人，副编辑 2 人，助理编辑 2 人，编委 33 人，顾问委员会 16 人 |
| *Chinese Medicine* | 主编 1 人，行政编辑 1 人，助理编辑 9 人，编委 63 人，顾问委员会 31 人，统计顾问 1 人 |
| *Conflict and Health* | 主编 3 人，编委 32 人 |
| ★*Fibrogenesis and Tissue Repair* | 主编 1 人，部门编辑 4 人，编委 26 人 |
| *Genome Biology* | 顾问委员会 111 人 |
| *Journal of Biological Engineering* | 主编 1 人，助理编辑 6 人，编委 19 人 |
| *Journal of Biology* | 编委 20 人 |
| *Journal of Biomedical Discovery and Collaboration* | 主编 1 人，副编辑 1 人，编委 39 人 |
| *Journal of Medical Case Reports* | 主编 1 人，副编辑 5 人，助理编辑 84 人 |
| *Journal of Negative Results in BioMedicine* | 主编 1 人，副编辑 1 人，编委 13 人 |
| *Journal of Translational Medicine* | 主编 1 人，副编辑 2 人，助理编辑 3 人，部门编辑 4 人，检测编辑 11 人，编委 38 人，顾问委员会 6 人 |
| *Osteopathic Medicine and Primary Care* | 主编 1 人，助理编辑 1 人，编委 31 人 |
| *The Scientist* | 非 OA 期刊 |
| *Trials* | 主编 4 人，助理编辑 9 人，顾问委员会 28 人，统计顾问 17 人 |
| *BMC Anesthesiology* | 主编 1 人，医学编辑 1 人，内部编辑 1 人，编委 29 人，统计顾问 27 人 |
| *Critical Care* | 主编 1 人，部门编辑 14 人，学术编辑 12 人，顾问委员会 38 人 |
| *Patient Safety in Surgery* | 主编 2 人，副编辑 2 人，助理编辑 9 人，编委 34 人，统计顾问 2 人 |
| *BioMagnetic Research and Technology* | 主编 2 人，编委 26 人 |
| *BMC Biochemistry* | 主编 1 人，生物编辑 1 人，内部编辑 1 人，编委 26 人 |
| *BMC Structural Biology* | 主编 1 人，生物编辑 1 人，内部编辑 1 人，编委 17 人 |
| ★*CBD Lipid Signaling* | 主编 1 人，副编辑 2 人，助理编辑 7 人，编委 53 人 |
| *Cell Communication and Signaling* | 主编 1 人，副编辑 1 人，评议编辑 1 人，编委 18 人 |
| *Cell Division* | 主编 2 人，编委 39 人 |
| *Chemistry Central Journal* | 部门编辑 42 人，编委 167 人 |
| *Journal of Molecular Signaling* | 主编 1 人，副编辑 3 人，部门编辑 9 人，编委 35 人，学术编辑 1 人 |

续表

| 期刊名称 | 编委组成情况 |
|---|---|
| Journal of the International Society of Sports Nutrition | 主编1人，助理编辑3人，编委29人 |
| Nonlinear Biomedical Physics | 主编3人，创始编辑1人，管理编辑1人，编委53人 |
| Nutrition & Metabolism | 主编2人，管理编辑2人，助理编辑32人 |
| Proteome Science | 主编1人，部门编辑1人，管理编辑1人，助理编辑4人，编委18人 |
| Theoretical Biology and Medical Modelling | 主编3人，副编辑1人，助理编辑11人 |
| Algorithms for Molecular Biology | 主编2人，助理编辑6人，编委18人 |
| ★BioData Mining | 主编2人，管理编辑1人，编委20人，顾问委员会1人 |
| Biology Direct | 主编3人，部门编辑7人，编委229人 |
| BMC Bioinformatics | 主编1人，生物编辑1人，内部编辑1人，编委61人 |
| BMC Genomics | 主编1人，生物编辑1人，内部编辑1人，编委48人 |
| Genome Biology | 顾问委员会111人 |
| Immunome Research | 主编1人，助理编辑2人，副编辑1人，部门编辑15人，编委15人 |
| Nonlinear Biomedical Physics | 主编3人，管理编辑1人，创始编辑1人，编委53人 |
| Plant Methods | 主编1人，副编辑1人，编委25人 |
| Source Code for Biology and Medicine | 主编2人，编委25人 |
| Algorithms for Molecular Biology | 主编2人，助理编辑6人，编委18人 |
| Biotechnology for Biofuels | 主编3人，助理编辑9人，编委41人 |
| BMC Biotechnology | 主编1人，生物编辑1人，内部编辑1人，编委31人 |
| Chemistry Central Journal | 部门编辑42人，编委167人 |
| Current Opinion in Molecular Therapeutics | 需要订阅的评议期刊 |
| Infectious Agents and Cancer | 主编3人，管理编辑1人，编委45人，顾问委员会1人 |
| Journal of Biological Engineering | 主编1人，助理编辑6人，编委19人 |
| Journal of Nanobiotechnology | 主编1人，编委21人 |
| Microbial Cell Factories | 主编1人，管理编辑4人，编委24人，顾问委员会9人，学术编辑多人 |
| Nonlinear Biomedical Physics | 主编3人，创始编辑1人，管理编辑1人，编委53人 |
| BMC Blood Disorders | 主编1人，医学编辑1人，内部编辑1人，编委数人 |
| ★Journal of Hematology & Oncology | 主编1人，助理编辑14人，管理编辑1人，编委27人 |
| Orphanet Journal of Rare Diseases | 主编3人，编委34人 |
| Thrombosis Journal | 主编1人，副编辑2人，助理编辑1人，编委33人 |
| BMC Cancer | 主编1人，医学编辑1人，内部编辑1人，编委55人，统计顾问27人 |
| Breast Cancer Research | 主编1人，部门编辑4人，副编辑4人，助理编辑15人，退休编辑1人，编委56人 |
| Cancer Cell International | 主编1人，助理编辑13人 |
| Infectious Agents and Cancer | 主编3人，管理编辑1人，编委45人，顾问委员会9人 |
| International Seminars in Surgical Oncology | 主编2人，助理编辑1人，部门编辑2人，学术编辑1人，编委32人 |

续表

| 期刊名称 | 编委组成情况 |
|---|---|
| *Journal of Carcinogenesis* | 主编1人，助理编辑2人，部门编辑4人，管理编辑1人，编委13人，顾问委员会14人 |
| *Journal of Experimental & Clinical Cancer Research* | 主编1人，助理编辑6人，编委33人 |
| *Journal of Molecular Signaling* | 主编1人，副编辑3人，学术编辑1人，部门编辑9人，编委35人 |
| *Molecular Cancer* | 主编1人，副编辑4人，助理编辑5人，编委27人 |
| *Radiation Oncology* | 主编1人，副编辑1人，部门编辑4人，编委22人 |
| *World Journal of Surgical Oncology* | 主编1人，副编辑1人，助理编辑1人，部门编辑3人，学术编辑2人，编委24人 |
| *BMC Cardiovascular disorders* | 主编1人，医学编辑1人，内部编辑1人，编委25人，顾问委员会27人 |
| *Cardiovascular Diabetology* | 主编2人，编委60人 |
| *Cardiovascular Ultrasound* | 主编1人，副编辑1人，助理编辑1人，部门编辑11人，管理编辑1人，编委6人，统计顾问1人 |
| *Fibrogenesis and Tissue Repair* | 主编1人，部门编辑4人，编委26人 |
| *Journal of Cardiothoracic Surgery* | 主编2人，编委32人 |
| *Journal of Cardiovascular Magnetic Resonance* | 主编1人，副编辑1人，助理编辑5人，管理编辑1人，编委49人 |
| *Lipids in Health and Disease* | 主编1人，管理编辑1人，编委19人 |
| *Nutrition Journal* | 主编1人，副编辑1人，管理编辑2人，编委26人 |
| *Orphanet Journal of Rare Diseases* | 主编3人，编委34人 |
| *BMC Cell biology* | 主编1人，生物编辑1人，内部编辑1人，编委52人 |
| *Cancer Cell International* | 主编1人，助理编辑13人 |
| ★*CBD Lipid Signaling* | 主编1人，副编辑2人，助理编辑7人，编委57人 |
| *Cell & Chromosome* | 主编1人，副编辑1人，编委28人 |
| *Cell Communication and Signaling* | 主编1人，副编辑1人，评议编辑1人，编委18人 |
| *Cell Division* | 主编2人，助理编辑41人 |
| ★*Fibrogenesis and Tissue Repair* | 主编1人，部门编辑4人，编委26人 |
| *Journal of Experimental & Clinical Cancer Research* | 主编1人，助理编辑6人，编委33人 |
| *Journal of Inflammation* | 主编2人，助理编辑7人，编委25人，高级编辑1人 |
| *Journal of Molecular Signaling* | 主编1人，副编辑2人，部门编辑9人，编委35人，学术编辑1人 |
| *Molecular Cancer* | 主编1人，副编辑4人，助理编辑5人，编委27人 |
| *Molecular Cytogenetics* | 主编3人，管理编辑1人，编委39人 |
| *Molecular Neurodegeneration* | 主编2人，助理编辑8人，管理编辑1人，编委36人 |
| *Neural Development* | 主编4人，编委49人 |
| *Nonlinear Biomedical Physics* | 主编3人，创始编辑1人，管理编辑1人，编委52人 |
| ★*PathoGenetics* | 主编2人，管理编辑1人，编委39人 |
| ★*Tobacco Induced Diseases* | 主编1人，部门编辑5人，编委18人 |
| *BMC Biotechnology* | 主编1人，生物编辑1人，内部编辑1人，编委31人 |
| *BMC Chemical Biology* | 主编1人，生物编辑1人，内部编辑1人，编委10人 |
| *Carbon Balance and Management* | 主编3人，副编辑1人，编委21人 |

续表

| 期刊名称 | 编委组成情况 |
| --- | --- |
| *Chemistry Central Journal* | 部门编辑42人，编委167人 |
| *Annals of Clinical Microbiology and Antimicrobials* | 主编1人，编委33人 |
| *BMC Clinical Pathology* | 主编1人，医学编辑1人，内部编辑1人，编委9人，统计顾问27人 |
| *CytoJournal* | 主编2人，助理编辑1人，管理编辑1人，编委42人，统计顾问1人 |
| *Diagnostic Pathology* | 主编1人，副编辑2人，部门编辑9人，编委34人 |
| *BMC Clinical Pharmacology* | 主编1人，医学编辑1人，内部编辑1人，编委24人，统计顾问27人 |
| *BMC Pharmacology* | 主编1人，医学编辑1人，内部编辑1人，编委40人 |
| *Journal of Inflammation* | 主编2人，高级编辑1人，助理编辑7人，编委25人 |
| *BMC Complementary and Alternative Medicine* | 主编1人，医学编辑1人，编委19人，统计顾问27人 |
| *Chinese Medicine* | 主编1人，行政编辑1人，助理编辑9人，编委63人，顾问委员会31人，统计顾问1人 |
| *Chiropractic & Osteopathy* | 主编1人，助理编辑4人，编委34人 |
| *Journal of Ethnobiology and Ethnomedicine* | 主编1人，副编辑3人，助理编辑16人，编委35人 |
| *BMC Dermatology* | 主编1人，医学编辑1人，内部编辑1人，编委15人，统计顾问27人 |
| *BMC Developmental Biology* | 主编1人，医学编辑1人，内部编辑1人，编委62人 |
| ★*Epigenetics & Chromatin* | 主编2人，编委72人 |
| *Neural Development* | 主编4人，编委49人 |
| ★*PathoGenetics* | 主编2人，管理编辑1人，编委39人 |
| *BMC Ear, Nose and Throat Disorders* | 主编1人，医学编辑1人，内部编辑1人，编委5人，统计顾问27人 |
| *Cough* | 主编2人，编委21人，统计顾问1人 |
| *Head & Face Medicine* | 主编3人，副编辑1人，行政编辑1人，部门编辑4人，编委35人，统计顾问1人 |
| *BMC Ecology* | 主编1人，医学编辑1人，内部编辑1人，编委34人 |
| *Carbon Balance and Management* | 主编3人，副编辑1人，编委21人 |
| *Nonlinear Biomedical Physics* | 主编3人，创始编辑1人，管理编辑1人，编委53人 |
| *Saline Systems* | 主编1人，助理编辑6人，编委36人 |
| *BMC Emergency Medicine* | 主编1人，医学编辑1人，内部编辑1人，编委15人，统计顾问27人 |
| *Critical Care* | 主编1人，部门编辑14人，学术编辑12人，顾问委员会38人 |
| *Journal of Trauma Management & Outcomes* | 主编1人，副编辑1人，行政编辑1人，助理编辑1人，管理编辑1人，部门编辑1人，学术编辑1人，编委11人，统计顾问1人 |
| *World Journal of Emergency Surgery* | 主编2人，副编辑1人，学术编辑2人，编委44人，顾问委员会2人，部门编辑1人，管理编辑1人，助理编辑2人 |

注：加★的是新创办的期刊，正在接收稿件。

资料来源：本研究对BMC期刊的统计。

由表6-5可见，BMC系列期刊组成比较统一，都有一位主编、一位医学编辑或者生物编辑、一位内部编辑、若干编委，有些BMC系列期刊还有统计顾问或者顾问委员会。BMC系列各位编委成员负责部分较一致，它们有一致的管理机构和统一的管理机制。BMC 系列以外的期刊编委有各自的管理方法和制度，其构成情况各有不同，但是这些期刊基本都有 1～4 位主编，只有极少数的期刊没有，编委机构组成由这些主编负责，主编都是本学科领域的极其优秀的专家，根据学科特色和主编风格设置编委机构，对提交稿件的质量进行评审，因此不同学科的编委机构有所不同，甚至有很大差别。

这些机构中比较常见的设置有副编辑、助理编辑、部门编辑、编委成员、统计顾问、顾问委员会等，还有一些有行政编辑、管理编辑、学术编辑等。在稿件评审过程中这些编辑的负责项目也由主编来安排。

另外，总的编委成员数量也有较大差异。与 PLoS 相比，编委数量相对较少。数量差异的原因在于需要评审稿件的数量和评审过程的区别，而评审稿件的数量主要由学科性质、发展状态以及科研人员数量决定，评审过程除了有学科性质的原因外，还有部分编委成员主观意识的反映。

## 三、BMC 编委的学历构成

编委的构成与人数并不是出版论文质量保证的唯一因素，编委成员的学位，对专业知识的把握以及专深程度等方面对评审稿件都有极其重要的影响。关于 BMC 编委成员学历的调查情况，详见表 6-6。

### 表 6-6　BMC 期刊的编委学历

| 期刊名称 | 编委总数 | Dr | PhD | MD | Prof | Assistant Prof | Associate Prof | 其他 |
|---|---|---|---|---|---|---|---|---|
| *BioPsychoSocial Medicine* | 54 | 22 | 35 | 45 | 34 | 5 | 6 | VFJSIM, MSc, FRCPC, FRSM, FRCP, DPM 等 |
| *Chinese Medicine* | 106 | 1 | 8 | 12 | 104 | — | 1 | — |
| *Conflict and Health* | 35 | 25 | 12 | 19 | 12 | 3 | 2 | MSc（5），MPH（5），RN (2)，MBChB（3） |
| *Journal of Biological Engineering* | 26 | 26 | 25 | — | 11 | 5 | 7 | DSc |
| *Journal of Biology* | | | | | | | | |
| *Journal of Biomedical Discovery and Collaboration* | 40 | 7 | 1 | — | 30 | 3 | 1 | — |
| *Journal of Medical Case Reports* | 90 | 68 | 9 | 29 | 17 | 11 | 6 | MSc (4)，MS (8)，FRCS (7) |
| *Journal of Negative Results in BioMedicine* | 15 | 14 | — | — | 1 | — | — | MB |
| *Journal of Translational Medicine* | 65 | 62 | 34 | 45 | 2 | 2 | 4 | BMed Sc MB BS FRACP FACP |
| *Osteopathic Medicine and Primary Care* | 33 | 33 | 5 | 12 | 7 | — | 2 | MPH（12），DO（13），MS (3)，AAFP |

续表

| 期刊名称 | 编委总数 | Dr | PhD | MD | Prof | Assistant Prof | Associate Prof | 其他 |
|---|---|---|---|---|---|---|---|---|
| *Trials* | 59 | 42 | 3 | 4 | 20 | | 1 | MRCPsych，FRACGP |
| *Critical Care* | 65 | 39 | 1 | 11 | 28 | 2 | 2 | FCCM（3），FRCA（2），FACEP，MPH，FRCP，FCCP，MSc |
| *Patient Safety in Surgery* | 49 | 17 | 10 | 46 | 32 | 1 | 2 | FACS（7），FRCS（8），FRCO，JB，MB，ChB，FCCM等 |
| *BioMagnetic Research and Technology* | 28 | 15 | 8 | — | 13 | 1 | 3 | — |
| *Cell Division* | 41 | 40 | 5 | 4 | 8 | 3 | 16 | — |
| *Chemistry Central Journal* | 209 | 92 | — | — | 134 | 1 | 4 | Adjunct Prof |
| *Journal of Molecular Signaling* | 49 | 47 | — | — | 21 | 1 | 1 | — |
| *Journal of the International Society of Sports Nutrition* | 33 | 20 | 28 | | 13 | 2 | 2 | FACSM（10），FISSN（3），CSCS（9），CISSN（3），ATC，FNAASO等 |
| *Nonlinear Biomedical Physics* | 58 | 4 | 47 | 6 | 49 | 1 | 1 | DSc（17），Dhcsmult（2），FIEAust，SMEIEEE |
| *Nutrition & Metabolism* | 36 | 36 | 2 | | 1 | 2 | 9 | |
| *Proteome Science* | 25 | 19 | 5 | | 5 | | | |
| *Theoretical Biology and Medical Modelling* | 15 | 6 | 1 | — | 9 | — | — | MSW，FGSA，FCSB |
| *Algorithms for Molecular Biology* | 26 | 14 | — | — | 10 | 1 | 1 | — |
| *Biology Direct* | 234 | 207 | 1 | 2 | 17 | 1 | 1 | — |
| *Immunome Research* | 34 | 17 | 1 | 1 | 21 | — | 3 | FRACP |
| *Nonlinear Biomedical Physics* | 58 | 4 | 47 | 6 | 49 | 1 | 1 | DSc（17），Dhcsmult（2），FIEAust，SMEIEEE |
| *Source Code for Biology and Medicine* | 27 | 27 | 27 | — | 9 | 5 | 5 | — |
| *Plant Methods* | 30 | 19 | — | — | 12 | 1 | 6 | |
| *Algorithms for Molecular Biology* | 26 | 15 | — | — | 11 | 1 | 1 | — |
| *Biotechnology for Biofuels* | 53 | 44 | — | — | 9 | | — | — |
| *Chemistry Central Journal* | 209 | 92 | — | — | 134 | 1 | 4 | Adjunct Prof |
| *Infectious Agents and Cancer* | 58 | 17 | 12 | 20 | 44 | — | — | — |
| *Journal of Nanobiotechnology* | 22 | 17 | 1 | — | 6 | — | — | — |
| *Microbial Cell Factories* | 48 | 27 | — | — | 21 | | 1 | — |
| *Nonlinear Biomedical Physics* | 58 | 4 | 47 | 6 | 49 | 1 | 1 | DSc（17），Dhcsmult（2），FIEAust，SMEIEEE |

续表

| 期刊名称 | 编委总数 | Dr | PhD | MD | Prof | Assistant Prof | Associate Prof | 其他 |
|---|---|---|---|---|---|---|---|---|
| *Orphanet Journal of Rare Diseases* | 37 | 9 | — | 3 | 30 | — | — | — |
| *Thrombosis Journal* | 37 | 16 | 11 | 22 | 22 | 1 | 1 | FACC |
| *Breast Cancer Research* | 81 | 72 | 2 | 1 | 12 | 1 | 4 | — |
| *Cancer Cell International* | 14 | 12 | 1 | 1 | 2 | — | — | — |
| *Infectious Agents and Cancer* | 58 | 17 | 12 | 20 | 44 | — | — | — |
| *International Seminars in Surgical Oncology* | 38 | 31 | 3 | 12 | 5 | — | — | DSc（2）, MRCS（3）, BSc（5）, MSc（1）, FRCS（5）, FRACS（2）, MS（2）, MA, MRCP, MRCR |
| *Journal of Carcinogenesis* | 25 | 22 | 16 | 2 | 7 | 2 | 2 | MS |
| *Journal of Experimental & Clinical Cancer Research* | 40 | — | 8 | 30 | 39 | — | 1 | — |
| *Journal of Molecular Signaling* | 49 | 47 | — | — | 21 | 1 | 1 | — |
| *Molecular Cancer* | 37 | 8 | 32 | 13 | 10 | 8 | 11 | MS（2） |
| *Radiation Oncology* | 28 | 13 | — | — | 16 | — | — | — |
| *World Journal of Surgical Oncology* | 32 | 26 | 1 | 2 | 7 | 1 | 3 | MS, MBA, FACS |
| *Cardiovascular Diabetology* | 62 | 53 | 15 | 55 | 13 | — | — | FACC（3）, DSc（3）, FESC, FAHA, FACP, BPharm |
| *Cardiovascular Ultrasound* | 22 | 12 | 5 | 7 | 12 | — | — | FACC（4）, FESC（3）, FAHA, FRCP, FRACP, MB BS |
| *Journal of Cardiothoracic Surgery* | 34 | 19 | — | 29 | — | — | — | FACC, FCCP |
| *Journal of Cardiovascular Magnetic Resonance* | 57 | 56 | — | — | 1 | — | — | — |
| *Lipids in Health and Disease* | 21 | 14 | 16 | 5 | 6 | — | 1 | FESC（2）, FAMS MA, DBA MedSci, MACE FACE |
| *Nutrition Journal* | 30 | 29 | 8 | 15 | 5 | 2 | 5 | MPH, FACN, MS, RD |
| *Cancer Cell International* | 14 | 12 | 1 | 1 | 2 | — | — | — |
| *Cell & Chromosome* | 30 | 28 | 4 | — | 2 | — | — | FACMG-E |
| *Cell Communication and Signaling Cell Division* | 43 | 41 | 4 | 3 | 9 | 4 | 15 | — |
| *Journal of Experimental & Clinical Cancer Research* | 40 | — | 10 | 33 | 37 | — | 3 | — |
| *Journal of Inflammation* | 35 | 27 | 2 | — | 8 | — | 1 | — |
| *Journal of Molecular Signaling* | 49 | 47 | — | — | 21 | 1 | 1 | — |
| *Molecular Cancer* | 37 | 8 | 32 | 13 | 10 | 8 | 11 | MS（2） |

续表

| 期刊名称 | 编委总数 | Dr | PhD | MD | Prof | Assistant Prof | Associate Prof | 其他 |
|---|---|---|---|---|---|---|---|---|
| *Molecular Cytogenetics* | 43 | 29 | 42 | 3 | 23 | 3 | 3 | — |
| *Molecular Neurodegeneration* | 47 | 47 | 42 | 12 | 20 | 7 | 13 | — |
| *Neural Development* | 53 | 53 | — | — | — | — | — | — |
| *Nonlinear Biomedical Physics* | 58 | 4 | 47 | 6 | 49 | 1 | 1 | DSc（17），Dhcsmult（2），FIEAust，SMEIEEE |
| *Carbon Balance and Management* | 25 | 11 | — | — | 15 | 1 | — | — |
| *Chemistry Central Journal* | 209 | 92 | — | — | 134 | 1 | 4 | Adjunct Prof |
| *Annals of Clinical Microbiology and Antimicrobials* | 14 | 4 | — | 9 | 9 | — | — | F（AAM） |
| *CytoJournal* | 47 | 45 | 7 | 43 | 21 | 3 | 5 | FIAC（3），MIAC（1），FRCPath（2），FAMS |
| *Diagnostic Pathology* | 46 | 26 | 4 | 4 | 20 | — | — | FRCPath FIAC |
| *Chiropractic & Osteopathy* | 39 | 39 | 4 | — | 12 | — | 6 | DC（4），MPH（2） |
| *Journal of Ethnobiology and Ethnomedicine* | 55 | 35 | — | — | 21 | 2 | 4 | — |
| *Neural Development* | 53 | 50 | — | — | 5 | — | — | FRS |
| *Cough* | 24 | 12 | — | — | 10 | — | 3 | — |
| *Head & Face Medicine* | 45 | 27 | 4 | 5 | 17 | 6 | 1 | DDS（2） |
| *Carbon Balance and Management* | 25 | 11 | — | — | 15 | 1 | — | — |
| *Nonlinear Biomedical Physics* | 58 | 4 | 47 | 6 | 49 | 1 | 1 | DSc（17），Dhcsmult（2），FIEAust，SMEIEEE |
| *Saline Systems* | 44 | 44 | — | — | 13 | 4 | 2 | — |
| *Critical Care* | 65 | 39 | 1 | 11 | 28 | 2 | 2 | FCCM（3），FRCA（2），FACEP，MPH，FRCP，FCCP，MSc |
| *Journal of Trauma Management & Outcomes* | 18 | 7 | 5 | 16 | 11 | — | — | MSc（2），FRCS，EEC（Orth），MBBS，FACEM，JD，MPH，FRCSC |
| *World Journal of Emergency Surgery* | 55 | 34 | — | 1 | 23 | 1 | — | — |

资料来源：本研究对 BMC 期刊的统计。

表 6-6 中的 Dr 代表博士，MD 代表医学博士，即在国内念完本科或者研究生，出国以后即可称为 MD；PhD 是在国外获得博士学位者，即哲学博士，英美国家的理工科博士一般都称为"哲学博士"。Prof 是 professor 的缩写，associate professor 指副教授，assistant prof 指助理教授，还有一些其他国际上的学位名称。

从表 6-6 可以看出，这些编委都是在学术上拔尖的比较有建树的科研人员，他们的专业知识水平极高，对于稿件的质量问题尤其是专业内容方面的探讨能够给予比较精深的把握和权威的建议，对于出版论文质量的把握有其独到的一面，保证开放存取性质并不削弱论文质量，真正做到加速人类之间的知识传播和信息交流。

## 四、BMC 国外编委构成

BMC 期刊的国外编委有关情况也按照学科分类来统计，结果见表 6-7。

表 6-7　BMC 期刊的海外编委构成 *

| 期刊名称 | 编委总数/人 | 来自美国的编委数/人 | 来自本国（英国）的编委数/人 | 编委来源国家数目/个 | 编委数目最多的国家 | 国外编委比例/% |
|---|---|---|---|---|---|---|
| *BMC Biology* | 49 | 27 | 7 | 11 | 美国 | 85.71 |
| *BMC Medicine* | 83 | 26 | 24 | 18 | 美国 | 71.08 |
| *BMC Proceedings* | 30 | 13 | 6 | 8 | 美国 | 80.00 |
| *BMC Research Notes* | | | | | | |
| *BioPsychoSocial Medicine* | 54 | 10 | 0 | 7 | 日本（36） | 100 |
| *Chinese Medicine* | 106 | 17 | 1 | 10 | 中国（74） | 99.06 |
| *Conflict and Health* | 35 | 5 | 3 | 13 | 加拿大（13） | 91.43 |
| *Fibrogenesis and Tissue Repair* | 31 | 8 | 8 | 11 | 美国、英国 | 74.19 |
| *Genome Biology* | 111 | 28 | 65 | 7 | 美国 | 41.44 |
| *Journal of Biological Engineering* | 26 | 19 | 1 | 7 | 美国 | 96.15 |
| *Journal of Biology* | 20 | 16 | 4 | 4 | 美国 | 80.00 |
| *Journal of Biomedical Discovery and Collaboration* | 41 | 34 | 1 | 6 | 美国 | 97.56 |
| *Journal of Medical Case Reports* | 90 | 33 | 13 | 19 | 美国 | 85.56 |
| *Journal of Negative Results in BioMedicine* | 15 | 13 | 0 | 3 | 美国 | 100 |
| *Osteopathic Medicine and Primary Care* | 33 | 31 | 1 | 3 | 美国 | 96.97 |
| *Trials* | 54 | 17 | 25 | 12 | 英国 | 53.70 |
| *BMC Anesthesiology* | 56 | 15 | 11 | 16 | 美国 | 80.36 |
| *Critical Care* | 65 | 15 | 12 | 17 | 美国 | 81.54 |

续表

| 期刊名称 | 编委总数/人 | 来自美国的编委数/人 | 来自本国（英国）的编委数/人 | 编委来源国家数目/个 | 编委数目最多的国家 | 国外编委比例/% |
|---|---|---|---|---|---|---|
| *Patient Safety in Surgery* | 49 | 18 | 2 | 13 | 美国 | 95.92 |
| *BioMagnetic Research and Technology* | 28 | 3 | 1 | 17 | 德国（6） | 96.43 |
| *BMC Biochemistry* | 45 | 16 | 7 | 15 | 美国 | 84.44 |
| *BMC Structural Biology* | 17 | 6 | 4 | 7 | 美国 | 76.47 |
| ★*CBD Lipid Signaling* | 63 | 17 | 20 | 14 | 英国 | 68.25 |
| *Cell Communication and Signaling* | | | | | | |
| *Cell Division* | 41 | 31 | 1 | 10 | 美国 | 97.56 |
| *Chemistry Central Journal* | 209 | 59 | 63 | 38 | 英国 | 69.86 |
| *Journal of Molecular Signaling* | 49 | 29 | 2 | 15 | 美国 | 95.92 |
| *Journal of the International Society of Sports Nutrition* | 33 | 29 | 3 | 3 | 美国 | 90.91 |
| *Nonlinear Biomedical Physics* | 58 | 12 | 3 | 21 | 波兰（13） | 96.55 |
| *Nutrition & Metabolism* | 36 | 30 | 0 | 6 | 美国 | 100 |
| *Proteome Science* | 25 | 13 | 1 | 5 | 美国 | 96 |
| *Theoretical Biology and Medical Modelling* | 15 | 5 | 3 | 8 | 美国 | 80 |
| *Algorithms for Molecular Biology* | 26 | 3 | 1 | 12 | 德国（6） | 96.15 |
| ★*BioData Mining* | 24 | 9 | 1 | 10 | 美国 | 95.83 |
| *Biology Direct* | 244 | 161 | 13 | 19 | 美国 | 94.67 |
| *BMC Bioinformatics* | 61 | 25 | 5 | 17 | 美国 | 91.80 |
| *BMC Genomics* | 48 | 27 | 3 | 13 | 美国 | 93.75 |
| *Genome Biology* | 114 | 68 | 30 | 10 | 美国 | 73.68 |
| *Immunome Research* | 34 | 10 | 4 | 12 | 美国 | 88.24 |
| *Nonlinear Biomedical Physics* | 58 | 12 | 3 | 21 | 波兰（13） | 94.83 |
| *Plant Methods* | 30 | 11 | 6 | 10 | 美国 | 80 |
| *Source Code for Biology and Medicine* | 27 | 10 | 3 | 9 | 美国 | 88.89 |
| *Algorithms for Molecular Biology* | 26 | 3 | 1 | 12 | 德国（6） | 96.15 |
| *Biotechnology for Biofuels* | 53 | 29 | 1 | 13 | 美国 | 98.11 |
| *BMC Biotechnology* | 31 | 15 | 2 | 10 | 美国 | 93.55 |
| *Chemistry Central Journal* | 209 | 59 | 63 | 38 | 英国 | 69.86 |
| *Current Opinion in Molecular Therapeutics* | 需要订阅的评议期刊 | | | | | |
| *Infectious Agents and Cancer* | 58 | 18 | 5 | 16 | 美国 | 91.38 |

续表

| 期刊名称 | 编委总数/人 | 来自美国的编委数/人 | 来自本国（英国）的编委数/人 | 编委来源国家数目/个 | 编委数目最多的国家 | 国外编委比例/% |
|---|---|---|---|---|---|---|
| *Journal of Biological Engineering* | 26 | 16 | 1 | 7 | 美国 | 96.15 |
| *Journal of Nanobiotechnology* | 22 | 0 | 12 | 9 | 英国 | 45.45 |
| *Microbial Cell Factories* | 48 | 8 | 1 | 17 | 美国 | 97.92 |
| *Nonlinear Biomedical Physics* | 58 | 12 | 3 | 21 | 波兰（13） | 96.55 |
| *BMC Blood Disorders* | 42 | 12 | 9 | 12 | 美国 | 78.57 |
| ★*Journal of Hematology & Oncology* | 43 | 36 | 1 | 5 | 美国 | 97.67 |
| *Orphanet Journal of Rare Diseases* | 37 | 0 | 7 | 8 | 英国 | 81.08 |
| *Thrombosis Journal* | 37 | 9 | 1 | 17 | 美国 | 97.30 |
| *BMC Cancer* | 84 | 28 | 17 | 18 | 美国 | 79.76 |
| *Breast Cancer Research* | 81 | 44 | 17 | 16 | 美国 | 79.01 |
| *Cancer Cell International* | 14 | 4 | 1 | 10 | 美国 | 92.86 |
| *Infectious Agents and Cancer* | 58 | 18 | 5 | 16 | 美国 | 91.38 |
| *International Seminars in Surgical Oncology* | 38 | 11 | 11 | 14 | 美国、英国 | 71.05 |
| *Journal of Carcinogenesis* | 25 | 16 | 1 | 9 | 美国 | 96 |
| *Journal of Experimental & Clinical Cancer Research* | 40 | 11 | 0 | 4 | 意大利（17） | 100 |
| *Journal of Molecular Signaling* | 49 | 29 | 2 | 15 | 美国 | 95.92 |
| *Molecular Cancer* | 37 | 22 | 0 | 10 | 美国 | 100 |
| *Radiation Oncology* | 28 | 4 | 1 | 8 | 德国（14） | 96.43 |
| *World Journal of Surgical Oncology* | 32 | 8 | 3 | 18 | 美国 | 90.63 |
| *BMC Cardiovascular disorders* | 52 | 12 | 20 | 15 | 英国 | 61.54 |
| *Cardiovascular Diabetology* | 62 | 18 | 5 | 18 | 美国 | 91.94 |
| *Cardiovascular Ultrasound* | 22 | 2 | 2 | 11 | 意大利（9） | 90.91 |
| *Fibrogenesis and Tissue Repair* | 31 | 8 | 8 | 11 | 美国、英国 | 74.19 |
| *Journal of Cardiothoracic Surgery* | 34 | 11 | 8 | 13 | 美国 | 76.47 |
| *Journal of Cardiovascular Magnetic Resonance* | 57 | 23 | 9 | 21 | 美国 | 84.21 |
| *Lipids in Health and Disease* | 21 | 7 | 0 | 9 | 美国 | 100 |
| *Nutrition Journal* | 30 | 18 | 1 | 8 | 美国 | 96.67 |

续表

| 期刊名称 | 编委总数/人 | 来自美国的编委数/人 | 来自本国（英国）的编委数/人 | 编委来源国家数目/个 | 编委数目最多的国家 | 国外编委比例/% |
|---|---|---|---|---|---|---|
| *Orphanet Journal of Rare Diseases* | 37 | 0 | 7 | 8 | 英国 | 81.08 |
| *BMC Cell biology* | 52 | 36 | 6 | 7 | 美国 | 88.46 |
| *Cancer Cell International* | 14 | 3 | 1 | 10 | 美国 | 92.86 |
| ★*CBD Lipid Signaling* | 63 | 17 | 20 | 14 | 美国 | 68.25 |
| *Cell & Chromosome* | 30 | 9 | 1 | 10 | 美国 | 96.67 |
| *Cell Communication and Signaling* | | | | | | |
| *Cell Division* | 41 | 31 | 1 | 10 | 美国 | 97.56 |
| ★*Fibrogenesis and Tissue Repair* | 31 | 8 | 8 | 11 | 美国、英国 | 74.19 |
| *Journal of Experimental & Clinical Cancer Research* | 40 | 11 | 0 | 4 | 意大利（17） | 100 |
| *Journal of Inflammation* | 35 | 7 | 19 | 5 | 英国 | 45.71 |
| *Journal of Molecular Signaling* | 49 | 29 | 2 | 15 | 美国 | 95.92 |
| *Molecular Cancer* | 37 | 22 | 0 | 9 | 美国 | 100 |
| *Molecular Cytogenetics* | 43 | 8 | 5 | 22 | 美国 | 88.37 |
| *Molecular Neurodegeneration* | 47 | 38 | 0 | 7 | 美国 | 100 |
| *Neural Development* | 53 | 33 | 10 | 9 | 美国 | 81.13 |
| *Nonlinear Biomedical Physics* | 58 | 12 | 3 | 21 | 波兰（13） | 94.83 |
| ★*PathoGenetics* | 42 | 12 | 3 | 15 | 美国 | 92.86 |
| ★*Tobacco Induced Diseases* | 24 | 6 | 0 | 13 | 美国 | 100 |
| *BMC Biotechnology* | 31 | 15 | 2 | 10 | 美国 | 93.55 |
| *BMC Chemical Biology* | 10 | 6 | 3 | 3 | 美国 | 70 |
| *Carbon Balance and Management* | 25 | 7 | 1 | 10 | 美国 | 96 |
| *Chemistry Central Journal* | 209 | 59 | 63 | 38 | 英国 | 69.86 |
| *Current Opinion in Drug Discovery & Development* | | 需要订阅的评议期刊 | | | | |
| *Annals of Clinical Microbiology and Antimicrobials* | 14 | 2 | 0 | 8 | 土耳其（5） | 100 |
| *BMC Clinical Pathology* | 36 | 10 | 10 | 13 | 美国、英国 | 72.22 |
| *CytoJournal* | 47 | 39 | 1 | 9 | 美国 | 97.87 |
| *Diagnostic Pathology* | 46 | 6 | 1 | 22 | 德国（12） | 97.83 |
| *BMC Clinical Pharmacology* | 54 | 10 | 14 | 23 | 英国 | 74.07 |
| *BMC Pharmacology* | 40 | 11 | 12 | 11 | 英国 | 70 |

续表

| 期刊名称 | 编委总数/人 | 来自美国的编委数/人 | 来自本国（英国）的编委数/人 | 编委来源国家数目/个 | 编委数目最多的国家 | 国外编委比例/% |
|---|---|---|---|---|---|---|
| *Journal of Inflammation* | 35 | 7 | 19 | 5 | 英国 | 45.71 |
| *BMC Complementary and Alternative Medicine* | 46 | 11 | 16 | 14 | 英国 | 65.22 |
| *Chinese Medicine* | 106 | 17 | 1 | 10 | 中国（74） | 99.06 |
| *Chiropractic & Osteopathy* | 39 | 9 | 3 | 5 | 澳洲（23） | 92.31 |
| *Journal of Ethnobiology and Ethnomedicine* | 55 | 10 | 9 | 24 | 美国 | 83.64 |
| *BMC Dermatology* | 42 | 7 | 16 | 15 | 英国 | 61.90 |
| *BMC Developmental Biology* | 62 | 37 | 10 | 8 | 美国 | 83.87 |
| ★*Epigenetics & Chromatin* | 74 | 44 | 10 | 8 | 美国 | 86.49 |
| *Neural Development* | 53 | 33 | 10 | 9 | 美国 | 81.13 |
| ★*PathoGenetics* | 42 | 12 | 3 | 15 | 美国 | 92.86 |
| *BMC Ear, Nose and Throat Disorders* | 32 | 7 | 9 | 13 | 英国 | 71.88 |
| *Cough* | 24 | 2 | 14 | 6 | 英国 | 41.67 |
| *Head & Face Medicine* | 45 | 8 | 4 | 15 | 德国（13） | 91.11 |
| *BMC Ecology* | 34 | 6 | 7 | 15 | 英国 | 79.41 |
| *Carbon Balance and Management* | 25 | 7 | 1 | 11 | 美国 | 96 |
| *Nonlinear Biomedical Physics* | 58 | 12 | 3 | 21 | 波兰（13） | 94.83 |
| *Saline Systems* | 43 | 14 | 3 | 20 | 美国 | 93.02 |
| *BMC Emergency Medicine* | 42 | 12 | 12 | 12 | 美国、英国 | 71.43 |
| *Critical Care* | 65 | 16 | 12 | 16 | 美国 | 81.54 |
| *Journal of Trauma Management & Outcomes* | 18 | 2 | 1 | 8 | 德国（8） | 96.36 |
| *World Journal of Emergency Surgery* | 55 | 19 | 2 | 15 | 美国 | 96.36 |

注：国家名称后括号内的数字代表本期刊中该国家的编委人数；加★号的为新创办期刊，现在可以接收稿件。

资料来源：本研究对 BMC 期刊的统计。

从表 6-7 可以看出，大多数的 BMC 中的期刊编委的国外编委人数较多。国外编委比例超过 90％的期刊高达 57％，超过 80％的高达 75％，超过 70％的高达 89％。从表 6-7 还可以看出，编委人数来源最多的国家是美国，尽管 BMC 的中心设在英国伦敦，这并不影响其编委的来源国籍。为了绝对保证 BMC 期刊出版论文的质量，其编委机构只吸纳较优秀的人才成为编委成员，对提交稿件的质量进行严格把关。这也可以看出，美国在科技方面确实处于领先地位，其庞大的优秀人才堡垒给予了其科技最坚实的支撑。BMC 编委机构同 PLoS 一样，在全世界的顶尖科学家寻求适合的人员，各种期刊来源国家数目都较多，综合各国优势，公正公平地对稿件进行审查。

## 五、BMC 审稿制度和审稿流程

同行评议是科学评价的重要方式，也是政府基础科学资助机构资源配置的主要依据之一。公正高效的同行评议是保证科学研究质量的基础。Harnad（2003）指出：没有同行评议，研究论文既不可靠也不可传递，它的质量未经控制、过滤，是不可信的。BMC 有着严格的同行评议机制，它向读者承诺，出版的所有研究文章都得到了及时而且彻底的同行评议。

BMC 出版的所有 BMC 一系列（BMC. series）期刊都有自己独立的主编和编委会。刊物由 BMC 的总编和两位副总编（其中一位是生物学编辑，一位是医学编辑）共同负责。同行评议的标准由各个刊物的编审者制定。许多期刊都采用传统的匿名同行评审，也有一些期刊包括医学 BMC 一系列采用"公开同行评审"，即要求评审人员在评论上签名。在某些情况下，如所有 BMC 刊物，编审者都必须在审阅后签字。每篇论文的发表过程（递交、审阅、作者答复）将和文章一起在网上刊出。每一篇发表的文章都有发表前记录（包括提交的各个版本、评审人员报告和作者答复）的链接。

BMC 期刊对稿件的评审流程与 PLoS 相似，在对稿件进行评审之前也要严格地选择评议员。BMC 规定，任何评议员-作者组合（直接的）一年之中在期刊中出现不超过 4 次；任何作者允许每年出版由相同的 3 位评议员评议的论文不超过 2 篇。

向 BMC 期刊提交的稿件，最初给主编审查，他会直接或者通过一个部门编辑指定至少两名专家评议员对其进行评议。这个过程保证所有出版论文在科学上是可靠的，并且提供了新的科学知识。在评议之前，各期刊主编都会首先指定一组潜在的评议员，组成编委。希望向期刊提交研究论文的作者要先咨询相关学科专家组，试着找出 3 位恰当的编委成员对该稿件进行同行评议。编委成员也可以提名一位评议员代替他们，但只能是编委成员直接指定的评议员进行评议才合法。所有稿件至少由 3 位相关领域的专家进行评议。评议员按照科学有效性和有用性来对材料中提出的技术方面的内容进行审核，整个过程作者可修改稿件，也可对评论做出回应。

如果 3 位编委都表示愿意阅读评论该论文，则同行评议正式启动，整个过程分为两步。第一步，3 位专家先浏览论文，对是否同意出版达成一致；如果同意出版，则进入第二步——评审论文并给出自己的意见。在评议过程中，编委会专家的所有意见都会附在论文后面，论文发表时作者可以选择把评论附在论文后面一并刊出，也可以选择隐藏评论，但是编委会专家的姓名必须刊出。评议员也可以不对稿件发表评论，这将在评议员的名字下面注明"该评议员未作任何评论"。如果 3 位专家不同意出版或者没有达成一致，那么将由总编决定是否出版论文。值得注意的是，如果遭到退稿，作者将不得不放弃出版，而一年当中作者只有 4 次机会向《生物学指导》投稿（已经被用稿的不计）。

BMC 期刊的评议过程有一个相当紧凑的时间框架，如有的期刊规定：如果一个编委成员在 72 小时内没有对评议做出反应，就被认为是"拒绝这一评论"，作者要另选评议员。然而，一旦一个编委成员同意评议一篇稿件，他有 3 周的时间提交评论。如果这个评议员没有及时提交评论，作者有权选择伴随评议员名字出版稿件，而没有评论。

BMC 出版的所有期刊的研究论文和大多数其他类型论文实施同行评议制度，其论文出版具有严密的同行评议政策。每本期刊都有自己详细的评议政策，其评议政策的确切形式由期刊的编辑控制人员负责制定。

在某些情况下，所有的 BMC 生物医学期刊，要求评议员做出自己的评论，在网络上张贴出每篇出版论文（包括提交的版本、评议员报告和作者的回应）的预出版历史。BMC 期刊使用电子提交系统和在线同行评议过程，进行快速的同行评议。实行电子提交系统的原因除了方便以外，还可以减少出版费用，缩短出版时间。取得最后决定所需的时间取决于评议员是否要求修改，作者能够多快做出回应。出版的最终决定权在主编，他需要处理任何关于反对退稿的申诉。

大部分 BMC 期刊使用开放同行评议，而非匿名，这消除了在决断过程中核心资源的滥用，也会增加评议员的责任感，为作者提供论文出版内容和价值指示。

## 六、BMC 期刊的出版格式规范

BMC 期刊论文一般以 PDF 格式出版，还可以是网页格式。所有的 BMC 期刊主要采用的文档格式有：Microsoft Word（版本 2 以上），Rich text format（RTF），TeX/LaTeX（使用 BMC 的模板：BioMed Central's TeX template）。许多 BMC 期刊也接受其他文档格式，如 WordPerfect（第五版以上）、Portable document format（PDF）、DeVice Independent format（DVI）和 Publicon Document（NB），其他文件格式的稿件需要转换，BMC 为作者提供了文件格式转换工具。

## 七、BMC 期刊的出版周期

BMC 期刊都没有固定的出版周期，大多数期刊的每月出版论文量不定，多时十几篇，少时只有 1 篇。目前大多数 BMC 期刊的每月论文出版量都比较少，不会多于 10 篇，一般不超过 6 篇。评议委员对稿件的评议完成，编辑决定出版时就及时出版。在网络上，加速知识交流的使命不允许有故意的知识传播延迟，在允许的情况下，OA 期刊应该尽可能早的发表需要出版的论文。BMC 出版论文较少，有及时出版有利的时间资源，加上网络上无限的空间资源，使得 BMC 论文能以最快的速度呈现在读者面前。

## 八、BMC 出版后的质量评价

### 1. 引文评价

影响因子和其他以引用次数为根据的衡量标准在引导科学家决定在哪里发表自己的研究成果方面具有重要作用。对于 BMC 而言，期刊引用跟踪的有效性是最受关注的焦点之一，也是创办者一直努力的方向。目前，BMC 主要使用三种引文评价体系。

（1）WOS 影响因子。WOS 是目前世界上覆盖学科较多、较综合全面的科学研究数据库，其中收录 16 000 多种国际期刊、书籍和会议录，横跨自然科学、工程技术、社会科学和艺术及人文科学各领域。截至 2010 年 4 月，BMC 已经有 62 种期刊被 ISI 收录跟踪，影响因子在 0.38～7.17，其中影响因子最高的期刊是《基因组生物学》（*Genome Biology*），详见表 6-8。

表 6-8　WOS 收录的 BMC 期刊的影响因子

| 刊名 | 影响因子 |
| --- | --- |
| *Genome Biology* | 7.17 |
| *BMC Evolutionary Biology* | 4.46 |
| *Breast Cancer Research* | 4.16 |
| *BMC Genomics* | 4.03 |
| *Arthritis Research & Therapy* | 3.8 |
| *BMC Bioinformatics* | 3.62 |
| *BMC Developmental Biology* | 3.51 |
| *BMC Molecular Biology* | 3.5 |
| *Critical Care* | 3.12 |
| *BMC Immunology* | 3.04 |
| *BMC Microbiology* | 2.9 |
| *BMC Neuroscience* | 2.78 |
| *Malaria Journal* | 2.75 |
| *BMC Biotechnology* | 2.74 |
| *BMC Cell Biology* | 2.74 |
| *BMC Cancer* | 2.36 |
| *Respiratory Research* | 2.34 |
| *BMC Structural Biology* | 1.98 |
| *BMC Infectious Diseases* | 1.9 |
| *Geochemical Transactions* | 1.86 |
| *BMC Gastroenterology* | 1.76 |
| *Journal of Cardiovascular Magnetic Resonance* | 1.74 |
| BMC Public Health | 1.6 |
| BMC Genetics | 1.46 |
| BMC Musculoskeletal Disorders | 1.46 |

续表

| 刊名 | 影响因子 |
| --- | --- |
| Trials | 1.35 |
| BMC Health Services Research | 1.2 |
| Acta Veterinaria Scandinavica | 0.38 |
| Virology Journal | 1.94* |
| Journal of Neuroinflammation | 4.36* |
| International Journal of Behavioral Nutrition and Physical Activity | 3.06* |
| Environmental Health | 2.10* |
| Lipids in Health and Disease | 1.38* |
| BMC Psychiatry | 1.92* |
| BMC Medical Research Methodology | 1.58* |
| Behavioral and Brain Functions | 2.63* |
| BMC Medicine | 4.17* |
| Molecular Pain | 3.14* |
| BMC Neurology | 1.89* |
| Health and Quality of Life Outcomes | 1.61* |
| BMC Biology | 4.43* |
| Retrovirology | 4.32* |
| Molecular Cancer | 3.62* |
| BMC Plant Biology | 3.44* |
| Journal of Translational Medicine | 3.30* |
| BMC Medical Genetics | 2.65* |
| Reproductive Biology and Endocrinology | 2.42* |
| Microbial Cell Factories | 2.08* |

注：①加＊号的期刊已经被 WOS 收录，但是还没有计算出影响因子，这些影响因子是经过被其他数据库的收录数据计算所得；②另外 14 种没有任何影响因子，未列入此表。

（2）非正式影响因子。WOS 影响因子权威度高，影响力大，但是也有一定的局限性。它往往只能评价被跟踪两年以上的刊物的影响力，对于新创刊的刊物，它无法准确及时做出影响力评价。由于 BMC 不断吸收新创办的刊物，传统的数据库跟踪排名无法及时反映文章的被引用情况。为了解决这部分新刊物的影响力评价问题，BMC 引入了一种非正式影响因子作为评价标准，即以文章在过去一年甚至更短时间中的被引用次数为评价标准。被引用次数主要来自两个方面：一是来自 SCI 数据库；二是来自目前世界上最大的基于网络资源的科学引文和摘要数据库 Scopus。非正式影响因子排名为 BMC 期刊提供了一个比 WOS 更加广泛和全面的评价体系，详见表 6-8 中影响因子带＊的期刊以及表 6-9。

表 6-9　其他 BMC 期刊的非正式影响因子

| 刊名 | 影响因子 |
| --- | --- |
| *Annals of Clinical Microbiology and Antimicrobials* | 2.13 |
| *Behavioral and Brain Functions* | 2.63 |
| *BMC Biochemistry* | 2.04 |
| *BMC Blood Disorders* | 1.90 |
| *BMC Cardiovascular Disorders* | 1.53 |
| *BMC Chemical Biology* | 1.40 |
| *BMC Clinical Pharmacology* | 1.18 |
| *BMC Complementary and Alternative Medicine* | 1.21 |
| *BMC Dermatology* | 1.24 |
| *BMC Ear Nose and Throat Disorders* | 1.14 |
| *BMC Ecology* | 1.16 |
| *BMC Endocrine Disorders* | 1.50 |
| *BMC Nephrology* | 1.37 |
| *BMC Ophthalmology* | 1.50 |
| *BMC Oral Health* | 1.25 |
| *BMC Palliative Care* | 1.27 |
| *BMC Pharmacology* | 2.19 |
| *BMC Physiology* | 2.74 |
| *BMC Pregnancy and Childbirth* | 1.56 |
| *BMC Pulmonary Medicine* | 1.58 |
| *BMC Urology* | 1.85 |
| *BMC Women's Health* | 1.44 |
| *Cancer Cell International* | 1.43 |
| *Cardiovascular Diabetology* | 4.00 |
| *Cardiovascular Ultrasound* | 1.36 |
| *Epidemiologic Perspectives & Innovations* | 1.46 |
| *Emerging Themes in Epidemiology* | 1.50 |
| *Genetic Vaccines and Therapy* | 2.72 |
| *International Journal of Health Geographics* | 2.15 |
| *Journal of Autoimmune Diseases* | 1.55 |
| *Journal of Carcinogenesis* | 1.51 |
| *Journal of Nanobiotechnology* | 2.43 |
| *Nutrition Journal* | 2.02 |
| *Thrombosis Journal* | 1.92 |
| *World Journal of Surgical Oncology* | 1.57 |

　　由表 6-8 可见，在被 WOS 收录的 62 种期刊中，有 28 种已经有影响因子，最高为 4.46，最低为 0.38，平均为 2.70；有 20 种还没有影响因子，但是有非正式影响因子，最高为 4.43，最低为 1.38，平均为 2.8；14 种虽被 WOS 收录，

但是没有任何影响因子。由表 6-9 可见，BMC 还有 35 种期刊具有非正式影响因子，最高为 4.00，最低为 1.16，平均为 1.58。

（3）被引频次。BMC 所有期刊论文都采用 Scopus 和 Google Scholar 进行跟踪，以便作者查看自己的研究成果被引用的次数。

2. 被收摘评价

BMC 期刊被各种数据库广泛收录，显示度高、影响力大，其中所有的 BMC 期刊全部进入 PubMed Central、Scirus、Google、Citebase、OAIster、Scopus、CrossRef 等数据库，还有部分期刊选择性地进入 PubMed、ISI Web of Science、Science Citation Index and Current Contents、BIOSIS、EMBASE、CAS、CABI、INIST/CNRS、LOCKSS、Max Planck、OhioLINK。在 BMC 期刊上发表独创研究成果的作者拥有文章的版权。作者可以把研究成果放在个人主页上，任意打印，或者在要求文章细节引述准确和标明原始出版者的前提下把自己的文章邮给同事。这就意味着在 BMC 上出版论文，在保留版权的前提下作者的科研成果能够以最快的速度被全球科研人员及临床医师检索和引用。BMC 的 OA 期刊被收摘情况，详见表 6-10。

表 6-10 BMC 的 OA 期刊被收摘情况

| 数据库 | 收录期刊数量/种 | 占期刊总数比例/% |
| --- | --- | --- |
| ISI | 62 | 32.98 |
| PubMed | 84（包含 BMC 系列的 75.38%） | 44.68 |
| BIOSIS | 35 | 18.62 |
| CAS | 122（包含所有 BMC 系列） | 64.89 |
| CABI | 49 | 26.06 |
| Medscape | 23 | 12.23 |
| Zoological Record | 17 | 9.04 |
| Cinahl | 9 | 4.79 |

自从 2000 年 5 月份 BMC 开始出版 OA 期刊以来，短短几年时间内得到了飞速发展，期刊数量在迅猛增长，出版文献质量也在不断提高，现在每年新增加的期刊数目在 10 种以上。几年的发展就赢得了如此多权威数据库的青睐，被收录数量可观。被权威数据库收录的根本是出版文献质量有保障，能够在世界范围内广泛传阅，可以取得众多学术界人士的赞同，对于相关学科发展能产生较大影响。这是 BMC 期刊的优越性，追求文献出版前尽善尽美的评审机制，尽管还没有做到相当完善，其严格的质量控制机制已经有效剔除了质量不达标文献，使出版期刊没有成为杂乱信息泛滥的平台，相反成为比传统期刊更有优越性的新生事物，对于人类知识的交流传播具有划时代的意义。

3. 读者和科研人员评价

论文在网上发表后，读者和科研人员可以针对论文、审稿意见和作者修改情况发表意见，指出问题与不足；作者也可以随时修改完善自己发表的论文。BMC 期刊论文的发表是一个编者、审者、读者、作者互动的动态过程，整个过程所采取的严密的质量控制是传统出版难以企及的。

# 第三节　OA 期刊质量控制机制研究

OA 期刊已成为推动我国科技期刊网络化发展的重要力量。根据冯长根 (2007) 在 2007 中国科学技术协会学术发布会上关于国内科技期刊的指示，OA 期刊也应该健全和规范期刊学术交流评价机制，合理配置和有效利用期刊资源，提高期刊的同行认可度，提升 OA 期刊的品牌形象，积极推进合作交流。马宏伟等（2007）指出 OA 期刊出版模型是：作者向 OA 期刊投稿，OA 期刊审稿、组织同行评议，在网络上传播，读者免费取阅。为此，本章从稿件提交、出版前期审稿、出版中期格式规范和出版后期的质量评价等 OA 期刊四个出版环节，深入探讨 OA 期刊的质量控制机制。

## 一、稿件提交的质量控制

PLoS 和 BMC 都开发了功能完善、使用方便、规范化、流程化的稿件提交系统，既有学术内容的规定，也有非学术内容的规定，PLoS 和 BMC 都制定了严格的规定，详见表 6-11。

表 6-11　PLoS 和 BMC 的稿件提交方面的规定

| 项目 | PLoS | BMC |
|---|---|---|
| 注册信息 | 1. 联系信息［包括 E-mail 地址、密码、头衔、名、姓、工作单位（学术机构、公司、政府、医院、私人机构）、工作类型、组织、国别和主要研究领域］<br>2. 科学兴趣（选择自己的兴趣和使用的科学技术，可多选；描述目前的工作和兴趣领域；提供一个自己的主页来对你的工作进行补充描述）<br>3. 邮件定制偏好［通过发送信件验证 E-mail 是否有效；周期新闻，产品信息以及你兴趣所在领域的最新出版内容的个性化定制；其他期刊定制（格式为 HTML、普通文本格式；频率为 7、14、30）；定制与你学科领域相关的其他新闻信件］<br>4. 完成 | 1. 输入姓、E-mail 地址和电话<br>2. 输入名、姓、E-mail 地址、所属部门、街道地址、城市、邮编、国家、电话、目前工作机构相关信息，选择联系方式，选择学科类目以描述你目前的工作兴趣<br>3. 输入注册名称和密码<br>4. 完成 |

| 项目 | PLoS | BMC |
|---|---|---|
| 提交信息 | 1. 所有作者的 E-mail 地址<br>2. 对于你的稿件四个可能的评议员的姓名，E-mail 地址和附属机构；他们中任何人都不允许与你在同一机构或者在过去五年里与该稿件的任一作者有过合作<br>3. 保证稿件格式正确（都参阅"Quick Instructions for Authors"或选择期刊后参阅详细的作者指导）<br>4. 保证图表格式正确（都参阅"Quick Instructions for Authors"或选择期刊后参阅详细的作者指导）<br>5. 与编者政策一致（都参阅"Quick Instructions for Authors"或选择期刊后参阅详细的作者指导）<br>6. 附信解释为什么该期刊可以考虑你的稿件，并且声明任何竞争利益 | 1. 作者信息（包括名、姓、邮政地址、工作电话、E-mail 地址、利益冲突和合作作者）<br>2. 标题和书眉标题：标题不超过 75 个词，还要提供一个大约 40 个词的简短的页头标题<br>3. 文摘（包括背景、方法/原则、发现、结论/意义）<br>4. 附信（解释稿件如何符合原创性，在本领域对于其他专家的重要性，引起其他领域专家的兴趣和严格的方法以及为结论提供实质上的证据这四个关键点）<br>5. 稿件格式（PDF、.DOC 或者 RTF）<br>6. 稿件要求二倍间距（每行文本下面有一个空白行以方便评议员评议）<br>7. 表格文件 XLS、.DOC 或者 RTF 格式，若在文件末尾也可以作为文本文件的一部分<br>8. 图表文件格式为 EPS、PDF、TIFF、AI、PPT、PSD 或者 JPG，上传时要按照顺序，也要清楚标明<br>9. 期望的评议员的联系信息（E-mail 地址和机构） |
| 提交过程 | 1. 进入提交界面，选择提交的期刊，点击"提交"按钮或者从期刊首页点击"提交稿件"按钮<br>2. 阅读提交检查表，提供基本信息。基本信息包括作者数量，提交作者、联系人信息（作者顺序、姓名、E-mail、机构、部门、城市、国家、邮编、电话等），标题、副标题，文摘，合作者通知，财务披露，陈述需求（主要是一些协议、声明、资助者相关情况），竞争利益声明，是否双重出版，出版费用支付，学科，著作权是否属于一个群体，填写合作者的信息，首选学术编辑，2 位建议的评议员，作者是否是政府工作人员，文件数量等<br>3. 上传文件<br>4. 接收<br>5. 通过 | 1. 进入提交界面，阅读提交相关事项，选择论文类型<br>2. 要求填写作者、题目、文摘和文件数量的表格（首先需要联系人的信息，其次是核心作者）<br>3. 第一步通过开放式文件对话框上传文件<br>4. 接下来把所有文件都合并成一个 PDF 文件，并且专门给出文件数量<br>5. 最后确认你已经正确地上传和转换了稿件 |

　　注册时，要求作者提供详细的联系信息，包括 E-mail 地址、密码、头衔、名、姓、工作单位（学术机构、公司、政府、医院、私人机构）、工作类型、组

织、国别和主要研究领域。

准备稿件时，要求提供所有作者的 E-mail 地址，对于你的稿件四个可能的评议员的姓名，E-mail 地址和附属机构；他们中任何人都不允许与你在同一机构或者在过去五年里与该稿件的任一作者有过合作；保证稿件格式正确；图表格式正确；与编者政策一致；附信解释为什么该期刊可以考虑你的稿件，并且声明任何竞争利益。

提交时，须阅读提交检查表，包括作者数量，提交作者，联系人信息（作者顺序、姓名、E-mail、机构、部门、城市、国家、邮编、电话等），标题、副标题，文摘，合作者通知，财务披露，陈述需求（主要是一些协议、声明、资助者相关情况），竞争利益声明，是否双重出版，出版费用支付，学科，著作权是否属于一个群体，填写合作者的信息，首选学术编辑，2 位建议的评议员，作者是否是政府工作人员，文件数量等。

这些严格的规定是一种"隐性质量控制"（徐刘靖等，2007），是稿件提交系统对作者身份的认可，保证其真实性，这样不仅封杀了"业余研究者"，从而保证稿件内容的高质量，而且保证所有作者要对所提交的稿件负责。同时，它还是对稿件的认可，以确保传送到评议专家手中的稿件没有任何除了专业内容以外的质量问题。因此，这种"隐性质量控制"，有助于保证稿件质量，同时缩短编辑出版时间，加速知识传播交流。

## 二、论文审稿的质量控制

审稿是对论文学术质量控制的关键环节，所以这一步骤的质量把握好坏对于出版质量至关重要。下面从评议员的选择、评价指标体系的完善和评审制度的建设三方面来进行探讨。

### 1. 评议员的选择

《布达佩斯开放存取倡议》指出，编辑在选择编委时要从多方面考察评议人员的质量，PLoS 期刊在选择评议员时，主要根据其专业知识、学术声誉、论文作者和学术编辑的具体建议，以及他过去的表现。BMC 的编委一般都有 2 个以上的学位或职称，从总体上看，各人的学位职称不一，有 Dr、PhD、MD、Prof、Associate Prof、Assistant Prof 等，还有许多获得其他学位或者职称的专家。PLoS 和 BMC 的编委成员都是无国界挑选出来的，PLoS 各种期刊的编委所属的国家数最低为 10 个，最高为 40 个，平均为 21 个，BMC 最低为 3 个，最高为 38 个，平均为 13 个。它们还考虑到可能存在的各种非公正非客观性，如评议员与作者之间经济利益、社会关系、竞争关系、评议员本身的偏好等，在挑选评议员时应综合考虑这些因素，还要考虑到 OA 模式的特殊性。

由于服务于 OA 期刊是完全以学术为导向的，没有经济利益的获取，同行专家是否愿意加入，完全取决于自愿。评议员基本遴选原则主要以学术水平为主，应该建立定量化的指标，不同的指标组合成不同遴选条件，不同的评议员可以符合不同的遴选条件。OA 期刊出版模式中作者的版权并没有转让给出版者，出版者仅仅评判其质量，把合格文献放到 OA 期刊平台上。作者具有更多的自主性，在挑选评议员时应该认真考虑作者的意见，在没有利益偏向的影响下，作者对本领域的研究者有更多、更真实的了解。

2. 评价指标体系的完善

科技成果评价指标体系应是以《科学技术评价办法》（试行）（国科发基字〔2003〕308 号）为依据来设计，评价要科学、合理、公正，准确衡量科技成果的价值。评价指标体系的建立是创办某种 OA 期刊的前期工作之一，可以首先建立初评体系，其次将此体系发送给相关领域但非本领域的数位专家提意见并指明理由，然后再将这些意见发送给原来的专家进行权衡，最后由编委成员做出决策。在实际评议过程中，如果有专家认为体系有些不完善的地方，还可以指出修改理由、提出修改意见。评价指标中，能进行定量评价的尽量使用定量评估的方法，在量化延伸不到的地方也要指定明确的定性评价指标。科技论文非常强调科学性，评价指标体系要科学准确，突出不同学科的特点。另外，易于操作、安全等也是需要遵守的基本原则。

3. 评议制度的建设

评议制度是一整套审稿措施，从学术位上看，要从整个评议过程着手，保证各环节有较明确的界限和规定；从时间位上看，保证各环节的无缝联结和有效流水线。评议模式可以多种多样，编辑在制定审稿制度时要联合学科性质等因素。萨里大学在论文的自动化同行评议方面处于领先地位，已开发出智能化的期刊管理系统，能根据存储数据如作者和评议员的相关资料、评议结果等提供信息供评议员参考，并按照其评议质量进行排列。2001 年，欧洲大气科学联合会主办的《大气化学与物理》（ACP）提出了基于网络的交互式评议法，由评议专家、作者和科学团体进行公开的讨论，最后定稿。交互式评论促进了各个团体的信息交流，融合评议人员和作者的意见，使出版论文的学术水平更上一层楼。

在制定评议制度时，要找到一个学术位和时间位最好的融合点。学术位要求公平公正，时间位要求节省资源。人总会产生不自觉的倾向，要做到公平公正首先要加强评议约束机制，现在我国科研评价一般采用单盲法。约束机制较强能更好地消除偏见，但不能切断作者、评议人员和编委成员之间的信息交换，讨论意见都要公开，不断的意见交互能提升文献水平。BMC 也是采用的单盲法，作者不知道自己稿件的评议员，评议员需要声明与作者没有任何竞争利益。

时间位是要保证用最少的时间做出最优的决策。耗时过长是进行同行评议的一个瓶颈，解决这个问题需要多方面的努力。一是编辑要制定严格的评议制度，各个阶段的时间限制应该明确，并且要求评议人员或作者严格执行。制定制度要有一定的灵活性，有意外情况出现时应不影响整个评议过程。二是应尽量采用智能系统，代替人做某些烦琐耗时但却只需简单思考的工作。三是要选择合适的评议人数，有人提出"3＋x"评议方式，并证明了其合理性。四是需要对评议人员进行合理的监督，在保证时间的同时也保证质量，质量才是最重要的评判标准。

## 三、论文出版的格式规范

OA 期刊文献阅读工具应以大多数人的选择为标准，PLoS 和 BMC 期刊论文都采用 PDF 格式和 HTML 出版。PDF 格式支持跨平台的、多媒体集成的信息以及网络信息的出版和发布，已被公认为数字化信息事实上的一个工业标准。在 OA 期刊出版中，PDF 格式无疑是首选的优良格式，是一种标准，因其使用的广泛性和"超链接"的方便性，读者可以选择在线阅读，而不需要再用其他电子文档格式。对需要保存的文章，也可以首先通过在网络上判断相关度，减少下载的低相关性，浪费资源。还可以方便获取除了论文本身以外的相关信息，如参考文献、相似文献、引用信息等。目前已经开发出的电子图书格式还有很多，如 EXE、CHM、HLP、WDL、CAJ 等。如果是为了方便阅读提供了并非常用的电子格式（如 CNKI 的 CAJ），需要提供工具下载，提供的阅读工具应美观、便于浏览，并且安全。

PLoS 论文正文部分都是按照温哥华格式出版，BMC 的引言部分称为背景，与温哥华格式相比，PLoS 的前置部分还包含基金、竞争利益、学术编辑、在线出处、收稿日期、接收日期、出版日期、版权、专业名词缩写、意见箱等丰富内容，BMC 文献的封面还包含了所属期刊、ISSN、文章类型、提交日期、接受日期、出版日期、文献 URL、被数据库收录情形等相关信息。篇后附录部分，PLoS 还提供材料和方法，BMC 增加了竞争利益、作者贡献。我国科技论文的编排格式有所区别，首先分为章、条、条条、四级，编号用阿拉伯数字左边顶格写。一级用 1, 2……，二级用 1.1, 1.2……，依此类推，到四级为止，五级不可用。然后是题名、著者、摘要、关键词、引言、正文、结论、参考文献。正文部分一般包括材料、方法、结果、讨论和结论，此处的结论不同于最后的结论，这里仅仅指各段的小结。总体上来说，其论文格式都基本相同，有些提法有所差异，但是实质上并无差别。

关于期刊参考文献，PLoS 使用的是美国心理协会的格式，著者可以写 5 位。BMC 的参考文献使用的格式与 *The Lancet* 的格式相同，不是 PLoS 格式或者温哥华格式，另外还有 Science Direct 的格式、Norwegian Knowledge Centre for the Health Services 的格式等。目前我国参考文献著录规范的国家标准（GB/T 714—2005）遵守了温哥华格式，国内科研人员大多使用温哥华格式。

## 四、论文出版后的质量控制

论文出版后的质量控制是指探讨已经发表论文的质量，研究出版薄弱环节，加强以后的出版质量。BMC 提供了 Reader's Comments 链接，PLoS 提供了 Writea Response 链接提供给读者做出相关评论，这些评论每位读者均可见。语言评论是定性评论，定量评论更是不可缺少，如影响因子、被收录情况等评价方法都能提供较为客观的评价，对于同行评议来说是强有力的辅助办法，又是有效的约束办法。

### 1. 影响因子评价

期刊影响因子是评价期刊和科研绩效经典的计量学指标。目前许多著名学术期刊都在其网站上注明期刊的影响因子，在 OA 期刊网站中，也有标明影响因子的，如 BMC，以表明其影响力。影响因子适用于所有期刊的评价，OA 期刊也不例外。根据影响因子逐年的变化可以分析期刊论文的质量变化情况、某一学科的研究状况等。采用 WOS 影响因子和非正式影响因子进行评价。被 Thomson Reuters 的 WOS 收录的期刊，WOS 将会对其进行引文跟踪，计算影响因子，可到 WOS 网站下载。未被 WOS 收录的期刊，机构本身可进行被引量和发文量的统计来计算。

PLoS 的 7 本期刊都被 WOS 收录并都产生了影响因子，其中 *PLoS Biology* 的影响因子已经比较高，2007 年就超过了 14，其他最低的为 4.914，平均有 9.298。在 BMC 期刊中，部分被 WOS 收录，产生了影响因子，没有被 WOS 收录的期刊部分有了非正式影响因子。在科研人员心目中，影响因子几乎成了质量的代名词，每年都会对影响因子进行关注。

### 2. 被收摘评价

被收摘主要基于 OA 期刊出版文献质量与受欢迎程度。PLoS 和 BMC 的 OA 期刊都被 Seopus 和 Google 学术搜索收录，作者可以看到自己的论文被引用了多少次。有的 PLoS 和 BMC OA 期刊被文摘数据库或网络服务索引收录，如 PubMed、PubMed Central、Scirus、Google、Google Scholar、Citebase、OAIster 等。被收录的数据库也有质量优劣之分，被权威数据库收录的期刊相对质量更优，其出版文献质量有保障，能够在世界范围内广泛传阅，可以取得众多学术界人士的赞同，对相关学科发展能产生较大影响。

### 3. 读者和科研人员评价

来自读者的意见和建议也是出版后对论文质量进行评价的一个方面。PLoS 采取严格的读者评论制度，由三个部分组成：注释、评论和评级。注释是对某一小点进行补充或澄清或链接到其他相关讨论材料。评论性质一般，可以补充到论文中。用户可进行个人评级，系统统计提供总的等级。读者不能进行重复评级，可对评级分数进行修改。作者在评价论文时，从三个方面去考虑：洞察力、可靠性和文体。另外，PLoS 要求用户在进行所有注释、评论、评级时都要使用 PLoS 专用术语。通过读者对论文多方面的主观感受，将最新信息及时反馈给出版机构，从而促进机构完善稿件评议制度，也可以让科研人员之间进行学术讨论。作者、读者和评议人员三者的互动交流，全面推进学术研究。读者和科研人员的评价比定量评价更人性化、更能涉及较细致的地方，定量评价不能取代这种评价方式。

# 第四节　OA 期刊质量控制对策建议

目前 PLoS 和 BMC 经过多年的发展，已经形成了比较成熟的 OA 期刊质量控制机制，保证了 OA 期刊的质量。而国内 OA 期刊质量控制机制相对较弱，为此，我们应借鉴 PLoS 和 BMC 的成功经验，制定出一套适合我国的 OA 期刊质量控制机制，见图 6-1。

同时，PLoS 和 BMC OA 期刊质量控制机制有许多我们值得借鉴的地方，如它们的评议人员选择、论文评审流程等。OA 期刊出版机构需要根据自身的特点总结出它需要遵守的核心原则，在此基础上对出版流程中的各个环节实行严格的管理。为了进一步促进 OA 期刊的发展，特提出以下几点建议。

## 一、建立完善的在线提交系统

在线提交系统在国外早已存在且比较常见，国内的期刊出版机构一般都用 E-mail 来收取稿件，目前各期刊编辑部开始使用论文在线提交系统，促进了在线提交系统在国内的发展。与 E-mail 相比，在线提交系统更人性化，也具有更多更实用的功能。E-mail 属于大众化的联系工具，不能对提交质量进行控制，在线提交系统比较专业。从作者方面来说，能更好地理解出版机构的出版政策和养成良好的习惯，对于出版机构来说，很多提交质量控制过程都交给系统完成，减少人的工作量和增加了提交文件的正确性。在 PLoS 中，预提交调查可以过滤一部分极不合格的文章，作者上传的文件都有格式规定，格式不符不能上传，作者也可以将文件分成几个部分上传，这样更能对各部分的格式问题进行控制。在线提交系统还需要进行不断的完善，运用"隐性质量控制"机制加强提交的

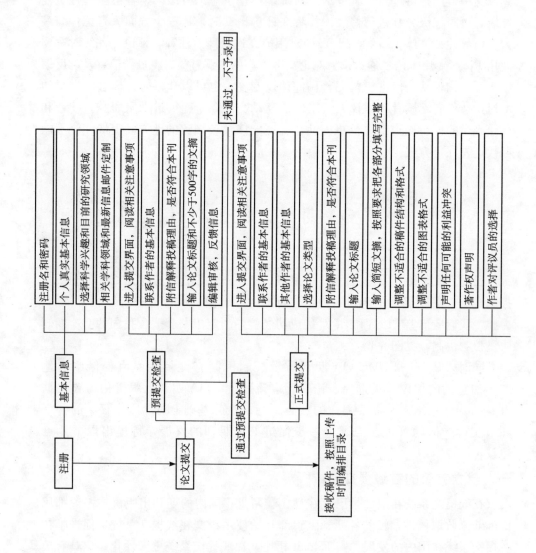

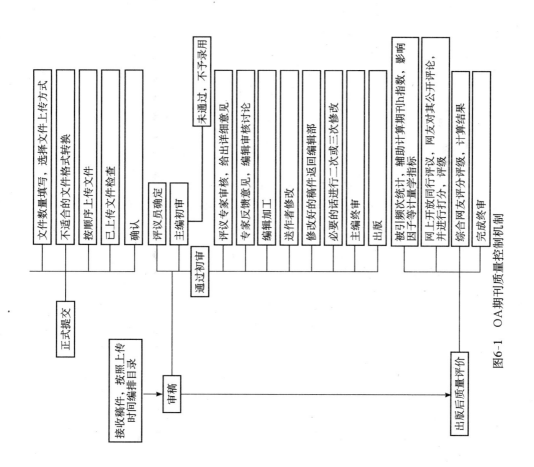

图6-1　OA期刊质量控制机制

质量控制力度。出版机构应该事先拟定好稿件的结构和使用的文档格式、图表格式等，提供给作者参考。

## 二、建立严格的专家遴选机制和完善审稿制度

制定严格的专家遴选制度的目的是挑选出较优秀的科研人员，最终目的是为了正确地对来稿进行评议，完善审稿制度的目的是为了保证正确的审稿和最佳的利用时间。机构先要声明专家遴选条件，专家可自己主动报名或者由机构邀请参加遴选，专家要提交自己的材料，将这些材料给其他专家进行判定。专家之间进行相互评论时可采用"背靠背"评论方式，增强公平性，机构根据专家申报材料和其他专家的建议做出最后决策。

审稿制度是整个评议过程的根本，评议流程要合理明确，每个流程都要制定严格的约束条件，如每位编委的任务也要明确指定。在实施过程中严格按照评议流程执行，每个流程也要按照规定进行。在整个过程中，需要注意两个问题：一是时间的控制；二是人员之间的利益协调。对于每个阶段要规定合理的时间，每个编委或者评议人员都要在规定的时间内完成规定的工作，且要保证质量。作者、编委成员、评议人员需要积极配合，机构要不断调动各方面成员的积极性，还要妥善处理作者、编委成员、评议人员之间的关系，防止利益冲突，保证学术评价的公平、公正。

## 三、严谨对待出版格式

出版格式包括文档格式、论文格式和参考文献格式。文档格式以大众化为目标，如 HTML、PDF、CAJ 等。一般以 HTML 格式在网页上提供全文或文摘和其他基本信息，以 PDF 格式为下载格式，便于用户保存使用。其他格式不是大众使用软件或者属于本机构独有的阅读软件，需要为用户提供下载，并且应放在网页比较明显的位置。

论文格式是对论文各部分（或元素）进行命名限定，一般采用较常见的论文格式，但是应力求满足作者在科研中的任何描述和论证要求。温哥华格式（Vancouver style）简洁、易用，为大众所接受。随着时间的推移，论文元素有所增加。OA 期刊的特殊性使相关机构增加了一些以前不曾有过的元素，如PLoS 增加了学术编辑签名、在线出处、收稿日期、接收日期、出版日期、专业名词缩写、意见箱等。篇后附录部分，增加了材料与方法说明、竞争利益的声明、作者的贡献、基金资助等。因此，建议国内期刊在采用温哥华格式的基础上适当增加论文元素，保证论文的真实、完整。

参考文献格式是对引用或参考的文献的规范、标准或统一要求。不同的国家、不同的期刊对参考文献有相应的著录规范。对于期刊论文，我国出台了国

家标准《文后参考文献著录规则 GB/T 7714－2005》。对于英文期刊论文，国外有现代语言协会（Modern Language Association，MLA）、美国心理学会（American Psychological Association，APA）、芝加哥格式（Chicago Manual of Style，CMS）、美国医学协会（American Medical Association，AMA）、科学编辑理事会（Council of Science Editors，CSE）、哈佛格式（Harvard Style，也叫 Author-date system，作者-日期体系）等参考文献格式。OA 期刊一般会在其投稿要求中作出明确规定。

## 四、健全反馈机制，加强反馈力度

反馈是编辑人员从各种对于期刊的定性定量评价中得到关于期刊论文出版质量的数据。健全反馈机制就是要健全定量评价机制和定性评价机制。对于定量评价，编辑部应定时进行统计，跟踪出版论文相关评价数据，如期刊影响因子、论文被引频次和被数据库收录情况，尤其是被权威数据库收录情况等。根据数据变化趋势，结合对应的出版政策，找到最佳结合点。对于来自读者和科研人员的定性评价，可以提升期刊的学术质量和影响力，促进编辑对出版论文质量的进一步了解。在定性评价中，采用 PIOS、BMC 的成功做法，预先设定评价组成部分（注释、评论和评级）和评价角度（创新性、可靠性和文体），对进行评价的读者或科研人员提供一定的引导，使定性评价客观、公正、准确、清晰。

# 参考文献

白雨虹，杨秀彬，王延章，等．2008．灰色关联度理论应用于国内科技期刊综合评价初探——以国内外部分光学期刊为例．中国科技期刊研究，19（5）：782-785．

陈光宇，顾凤南，周春莲．2007．对《科技期刊学术类质量要求及其评估标准》的修改和补充．中国科技期刊研究，18（2）：245-250．

陈红光，雷二庆．2008．中国SCI期刊的h指数与影响因子比较．中国科技期刊研究，（3）：402-404．

陈丽燕，付强，魏丽丽．2008．五元联系数在湖泊水质综合评价中的应用．环境科学研究，21（3）：82-86．

陈仙祥，张美霞．2007．四元联系数多因素态势排序分析法在水稻品种综合评价中的应用．种子，26（9）：83-85．

陈笑梅．2000．期刊质量评价的模糊综合评判模型．湖南省政法管理干部学院学报，（6）：96-99．

程乾生．1997a．属性集和属性综合评价系统．系统工程理论与实践，（9）：1-8．

程乾生．1997b．质量评价的属性数学模型和模糊数学模型．数理统计与管理，（6）：18-23．

程乾生．1997c．属性识别理论模型及其应用．北京大学学报（自然科学版），（1）：12-20．

程乾生．1998．属性数学——属性测度和属性统计．数学的实践与认识，28（2）：97-107．

程维红，任胜利，刘旭．2006．我国农学期刊网上学术影响力分析．中国科技期刊研究，17（4）：555-558．

戴龙基，蔡蓉华．2004．中文核心期刊要目总览．2004年版．北京：北京大学出版社．

范悦昕，李艳，孙爱峰．2008．联系数在食品卫生监督质量综合评价中的应用．中国现代药物应用，2（2）：113-114．

冯长根．2007．中国科协科技期发展状况发布．2007中国科协学术建设发布会．http：//www.cast.org.cn/n435777/n4435799/n1105056/n1108911/40098.html［2007-03-20］．

管进，陈文凯，李子丰．2003．主成分分析法在核心期刊综合评价中的应用．中华医学图书情报杂志，12（5）：1-5．

管进，陈文凯，李子丰．2004．外文核心期刊的综合评价——主成分分析法的应用．医学情报工作，25（1）：13-16．

国家科学技术委员会．1994．科技期刊学术类质量要求及其评估标准．国科发信字［1994］148号．

国家科委科技信息司．1999．科技期刊质量要求及其评估标准．编辑科技，12（3）：41-50．

何卫．2001．基于层次分析的水利科技期刊综合评价．黑龙江水利科技，29（3）：13-14．

侯海燕，刘则渊，陈悦，等．2006．当代国际科学学研究热点演进趋势知识图谱．科研管理，

(3)：90-96.

胡德华，常小婉.2008.开放存取期刊论文质量和影响力的评价研究.图书情报工作，（2）：61-64.

胡德华，刘双阳，方平.2005.免费网络学术期刊的质量研究.情报学报，24（4）：422-425.

胡国亮，刘贤龙，周安宁，等.1995.科技期刊综合定量评价分类探讨.武汉大学学报（自然科学版），41（5）：643-648.

黄慕萱.2008.H-index 在大学层级学术评估之应用.高教评鉴，1（2）：29-50.

季山，胡致强.2006.关于上网期刊 Web 文献计量指标的讨论.中国科技期刊研究，（5）：756-759.

姜春林.2007.期刊 h 指数与影响因子之间关系的案例研究.科技进步与对策，（9）：78-80.

姜春林，刘则渊，梁永霞，等.2006.H 指数和 G 指数——期刊学术影响力评价的新指标.图书情报工作，（12）：63-65，104.

金碧辉，戴利华，刘培一，等.2006.国外科技期刊运行机制和发展环境研究.中国科技期刊研究，17（1）：3-9.

金菊良，吴开亚，魏一鸣.2008.基于联系数的流域水安全评价模型.水利学报，39（4）：401-409.

金英伟，迟忠先.2005.基于 SPA 联系数的大连产业结构演化规律研究.数学的实践与认识，35（11）：53-58.

康兰媛.2008.基于秩和比法的期刊被引指标综合评价研究.农业图书情报学刊，20（4）：52-54，62.

李春英，任成梅.2007.1996—2006 年北京大学发表高引用论文的统计分析.北京大学学报（自然科学版），（5）：728-732.

李武.2005.开放存取期刊.出版经济，（1）：55-57.

李武，刘兹恒.2004.一种全新的学术出版模式：开放存取出版模式探析.中国图书馆学报，（6）：66-69.

林春艳.2004.自然科学学术期刊质量指标体系的属性数学综合评价模型.数学的实践与认识，34（5）：1-7.

刘海霞，方平，胡德华.2006.开放存取期刊的质量评价研究.图书馆杂志，25（6）：23-27.

刘海霞，胡德华.2006.SciELO 对发展中国家开放存取期刊建设的启示.图书馆建设，（5）：58-59，62.

刘红.2006.科技期刊的 h-指数与影响因子比较.中国科技期刊研究，（6）：1125-1127.

刘银华.2007.h 指数评价期刊的有效性分析.情报理论与实践，（6）：809-811，815.

刘银华，陶蕾.2008.试用 h 指数评价科技期刊.大学图书情报学刊，（2）：94-96.

吕淑仪.2004.灰色关联度综合评价法在科技期刊评价中的应用.情报科学，22（3）：327-331，336.

马宏伟，黄显堂.2007.开放存取——文献资源建设的新思维.图书馆论坛，（1）：87-89.

马景娣.2005a.社会科学开放访问期刊及其学术影响力研究.情报资料工作，（2）：47-49.

马景娣.2005b.ISI 引文数据库收录的开放存取期刊.中国科技期刊研究，16（5）：623-627.

马敬.2008.2004—2006年中国哲学期刊二次文献转载及Web即年下载率分析.东岳论丛,(2):35-39.

马先皇.2008.美国大学图书馆网站的链接分析——以30所美国大学图书馆网站为例.国外图书馆,38(2):119-123.

毛文明,郑俊海,汪军洪,等.2006.对浙江省20种医学期刊网络计量指标的分析与思考.编辑学报,(2):159-160.

潘琳.2006.开放存取期刊的来源、分布与质量分析研究.山东图书馆季刊,(2):104-108.

潘琳.2007.OA期刊的来源、分布与质量分析研究.图书馆理论与实践,(1):51-53,65.

潘云涛,马峥.2008.2008年版中国科技期刊引证报告(核心版).北京:科学技术文献出版社.

庞景安,张玉华,马峥.2000.中国科技期刊综合评价指标体系的研究.中国科技期刊研究,11(4):217-219.

乔冬梅.2004.国外学术交流开放存取发展综述.图书情报工作,48(11):74-78.

邱均平,安璐.2003.中文期刊影响因子与网络影响因子和外部链接数的关系研究.情报学报,22(4):398-402.

邱均平,燕今伟,周明华.2009.中国学术期刊评价研究报告:RCCSE权威、核心期刊排行榜与指南.北京:科学出版社.

屈卫群,杨波,阎素兰.2005.农业期刊的期刊影响因子和网络影响因子比较研究.中国科技期刊研究,(5):658-661.

冉强辉.2008.我国体育学术期刊质量控制指标体系的构建.编辑学报,(2):183-185.

苏新宁.2006.人文社会科学期刊评价指标体系研究.图书馆论坛,(6):59-65,182.

苏新宁.2007.中国人文社会科学学术影响力报告.北京:中国社会科学出版社.

苏新宁.2008.构建人文社会科学学术期刊评价体系.东岳论丛,(1):35-42.

孙怀亮.2008.从图书馆网站中文ALEXA世界综合排名看图书馆读者的忠诚度培育.图书馆论坛,(2):155-157.

孙振球.2005.医学统计学.第二版.北京:人民卫生出版社.

覃杰,赵克勤.2004.多元联系数在医院医疗质量综合评价排序中的应用.中国医院统计,11(2):195-198.

覃杰,赵克勤.2006.联系数在医院医疗质量发展趋势分析中的应用.中国卫生统计,23(6):502-504.

万锦堃,花平环,杜剑,等.2007.关注科学评价发展前沿实践文献计量指标创新——《中国学术期刊综合引证报告》采用的三种文献计量新指标.数字图书馆论坛,(3):36-41.

万锦堃,花平寰,宋媛媛,等.2006.h指数及其用于学术期刊评价.评价与管理,4(3):1-7.

万锦堃,刘学东.2004.中国学术期刊网络计量测试报告(2004年版).北京:中国学术期刊(光盘版)电子杂志社.

汪新凡.2007.基于联系数的企业技术创新风险评价模型及应用.技术与创新管理,28(2):97-99,102.

王国平，杨洁，王洪光．2006．五元联系数在地表水环境质量评价中的应用．安全与环境学报，6（6）：21-24．

王红芳，王文圣，丁晶，等．2008．联系数在水资源可再生能力评价中的应用．水利与建筑工程学报，6（1）：9-11，44．

王玖．2003．秩和比法在医学科技期刊学术质量综合评价中的应用．数理医药学杂志，16（3）：266-267．

王汝宽，马智，王青，等．2001．中国医药卫生期刊质量要求及评估标准建议．医学情报工作，22（4）：1-8．

王霞．2006．测评的图书馆目录下最受欢迎的10个网站．科技情报开发与经济，（13）：9-11．

王学勤．2006．开放访问期刊学术影响力的分析与评价．现代情报，26（8）：33-36．

王应宽，王锦贵．2006．基于盈利模式的开放存取期刊出版：BioMed Central案例研究．中国科技期刊研究，17（3）：354-359．

王云娣．2004．中国期刊方阵和中文核心期刊比较研究．情报科学，（6）：684-687．

王钟健，豆晓荣．2008．载文量与期刊学术质量问题的思考．乌鲁木齐职业大学学报，（2）：85-89．

徐刘靖，张剑．2007．电子预印本系统隐性质量控制机制研究，图书情报工作，5（51）：56-58，66．

徐忆琳．2003．基于SPA联系数的科研成果转化模型研究．科技进步与对策，20（6）：22-23．

许新军．2008．h指数在人才评价中的应用——以经济学领域高被引学者为例．情报杂志，27（10）：22-24，30．

杨木容．2006．搜索引擎在网络链接分析中的应用研究．图书情报工作，50（11）：91-94．

杨文燕，刘亚民．2008．利用主成分分析法对中国肿瘤类期刊学术影响力的综合评价．中国肿瘤，17（1）：79-81．

杨志，胡德华，韩欢，等．2008．三大中文资源门户网站的网络影响力研究．情报科学，（5）：763-766．

姚红．2003．运用灰色关联分析法综合评价综合类学术期刊．中国科技期刊研究，14（5）：485-488．

姚红．2006．基于秩和比法的期刊综合评价．中国科技期刊研究，17（2）：213-215．

余恒鑫．2005．中文电子期刊数据库评价指标体系研究．东北师范大学硕士学位论文．

曾文军．2007．医学期刊学术水平综合评价指标体系的研究．中南大学硕士学位论文．

查颖．2008．利用h指数对OA期刊BMC Bioinformatics和传统期刊Bioinformatics的对比分析．现代情报，（6）：5-6，4．

张爱丽，刘广利，刘清水．2003．科技期刊综合评价模型-KPCA．计算机工程与应用，39（24）：200-201．

张红芹．2007．开放获取期刊质量评价指标体系研究．南京农业大学硕士学位论文．

张红芹，黄水清．2007．OA期刊质量评价指标体系初探．情报杂志，（3）：124-126．

张红芹，黄水清．2008．开放获取期刊质量评价的指标体系构建与评价实践——以化学类期刊为例. 情报理论与实践, (3): 386 - 390.

张建勇. 2007. 中国科学计量指标: 期刊引证报告 (2007 年卷). 北京: 中国科学院文献情报中心.

张晶. 2007. 四元联系数物元及其在人-机-环境系统优化中的应用//龙升照. 第八届中国人-机-环境系统工程大会论文集. 北京: 电子工业出版社: 333 - 337.

张珏, 张玥. 2006. 四元联系数在信息查询技术中的应用初析//中国仪器仪表学会第二十届中国 (天津) 2006 IT、网络、信息技术、电子、仪器仪表创新学术会议论文集. 天津: 中国仪器仪表学会.

张晓阳, 金碧辉. 2007. 高被引科学家 h 指数成长性探讨——以分子生物学与遗传学领域为例. 科学学研究, 25 (3): 407 - 414.

张学梅. 2007. 用 h 指数对我国图书情报学界作者进行评价. 图书情报工作, 51 (8): 48 - 50, 79.

赵惠祥, 张弘, 刘燕萍, 等. 2008. 科技期刊评价指标的属性分类及选用原则. 编辑学报, (2): 179 - 182.

赵基明. 2007. h 指数及其在中国学术期刊评价中的应用. 评价与管理, (4): 14 - 20.

赵克勤. 1996. 联系数及其应用. 北华大学学报 (社会科学版), 17 (8): 50 - 53.

赵克勤, 宣爱理. 1996. 集对论——一种新的不确定性理论方法与应用. 系统工程, (1): 18 - 23, 72.

赵英莉, 竺伟, 王源. 2001. 化学领域热点研究课题的引文分析. 情报学报, (4): 504 - 512.

郑惠伶. 2008. 运用 h-指数评价期刊影响力——以图书馆学情报学期刊为例. 情报科学, (3): 409 - 413.

中国科学文献计量评价研究中心. 2008. 中国学术期刊综合引证年度报告 (2007). 北京: 中国学术期刊 (光盘版) 电子杂志社.

中华人民共和国新闻出版总署. 2008. 2007 年全国新闻出版业基本情况. http://www.gapp.gov.cn/cms/html/ 21/490/200808/459129.html [2011 - 03 - 11].

中华人民共和国新闻出版总署政策法规司. 1995. 关于发布《社会科学期刊质量管理标准》(试行) 的通知. http://www.gapp.gov.cn/cms/cms/website/zhrmghgxwcbzsww/layout3/indexb.jsp?channelId=399&siteId=21&infoId= 447440 [2008 - 10 - 01].

钟旭. 2002. 《中文核心期刊要目总览》评价指标及权重值的统计分析. 情报杂志, (12): 88 - 89.

朱晓东, 宋培元, 曾建勋. 2007. 科学技术期刊评估标准. 中国科技期刊研究, 18 (3): 375 - 381.

自然科学学术期刊评价指标体系研究课题组. 2001. 自然科学学术期刊综合评价指标体系研究. 中国科技期刊研究, (3): 165 - 168.

Abdoli M, Kousha K. 2008. Web citations vs. ISI and Scopus citations: can web be better impact indicator for Persian medical science research? Faslname-ye Ketab, 71: 20 - 30.

Almind T C, Ingwersen P. 1997. Informetric analyses on the World Wide Web: methodological approaches to "Webometrics". Journal of Documentation, 53 (4): 404 - 426.

Antelman K. 2004. Do open-access articles have a greater research impact? College & Research Libraries, 65 (5): 372 - 382.

Association of Research Libraries. 2003. Monograph & serial costs in ARL libraries, 1986—2003. http: //www. arl. org/stats/arlstat/graphs/2003/MonserO3. pdf [2009 - 12 - 03] .

Banks M G. 2006. An extension of the Hirsch index: indexing scientific topics and compounds. Scientometrics, 69 (1): 161 - 168.

Barendse W. 2007. The strike rate index: a new index for journal quality based on journal size and the h-index of citations. Biomed Digit Libr, 19 (4): 3.

Bar-Ilan J. 2008a. The h-index of h-index and of other informetric topics. Scientometrics, 75 (3): 591 - 605.

Bar-Ilan J. 2008b. Which h-index? A comparison of WoS, Scopus and Google Scholar. Scientometrics, 74 (2): 257 - 271.

Bauer K, Bakkalbasi N. 2005. An examination of citation counts in a new scholarly communication environment. D-Lib Magazine, 11 (9) . http: //www. dlib. org/dlib/september05/bauer/09bauer. html [2009 - 12 - 03] .

Borgman C, Furner J. 2002. Scholarly communication and bibliometrics. Annual Review of Information Science and Technology, 36: 3 - 72.

Bradford S C. 1934. Sources of information specific subjects. Engineering, 137 (3550): 85 - 86.

Braun T, Glänzel W, Schubert A. 2005. A Hirsch-type index for journals. The Scientist, 19 (22): 8 - 10.

Brin S, Page L. 1998. The anatomy of a large scale hypertextual Web search engine. Computer Networks and ISDN Systems, 30 (1-7): 107 - 117.

Brody T, Harnad S, Carr L. 2006. Earlier web usage statistics as predictors of later citation impact. Journal of the American Association for Information Science and Technology, 57 (8): 1060 - 1072.

Brody T, Stamerjohanns H, Vallières F, et al. 2004. The effect of open access on citation impact. http: //www. ecs. soton. ac. uk/- harnad/Temp/ OA-TAadvantage. pdf [2009 - 12 - 03] .

Bulter D. 2003. Scientific publishing: who will pay for open access? Nature, 425: 554 - 555.

Carfiel E. 1972. Citation analysis as a tool in journal evaluation: journals can be ranked by frequency and impact of citations for science policy studies. Science, 178 (406): 471 - 479.

Clark R. 2008. An exploratory study of information systems researcher impact. Communications of the Association for Information Systems, (22): 1 - 32.

Cole J. 2000. A short history of the use of citations as a measure of the impact of scientific and scholarly work//Cronin B Atkins H B. The Web of Knowledge: A Festschrift in Honor of Eugene Garfield. Medford, NJ: Information Today Inc: 281 - 300.

Craig I D, Plume A M, McVeigh M E, et al. 2007. Do open access articles have greater citation impact? A critical review of the literature. J Informetrics, 1: 239 - 248.

Cronin B. 1981. The need for a theory of citing. Journal of Documentation, 37 (1): 16 - 24.

Cronin B. 2001. Bibliometrics and beyond: some thoughts on web-based citation analysis. Journal of Information Science, 27 (1): 1 - 7.

Cronin B, Meho L. 2006. Using the h-index to rank influential information scientists. Journal of the American Society for Information Science and Technology, 57: 1275 - 1278.

Csajbók E, Berhidi A, Vasas L, et al. 2007. Hirsch-index for countries based on Essential Science Indicators data. Scientometrics, 73 (1): 91 - 117.

David S. 2005. Open access or differential pricing for journals: the road best traveled? Online, 29 (2): 30 - 35. http: //www. infotoday. com/online/ mar05/stern. shtml [2009 - 12 - 03].

Davis P M, Fromerth M J. 2007. Does the arXiv lead to higher citations and reduced publisher downloads for mathematics articles? Scientometrics, 71: 203 - 215.

Davis P M, Lewenstein B V, Simon D H, et al. 2008. Open access publishing, article downloads, and citations: randomised controlled trial. BMJ, 337: a568.

Egghe L. 2006a. Theory and practice of the g-index. Scientometrics, 69 (1): 131 - 152.

Egghe L. 2006b. An improvement of the H-index: the G-index. Quarterly E-zine of International Society for Scientometrics and Informetrics, 2 (1): 8 - 9.

Egghe L. 2006c. Theory and practice of the g-index. Scientometrics, 69: 131 - 152.

EI. 2011 - 03 - 11. Briefing for journal editors and authors regarding selection criteria for inclusion in Ei Compendex®. http: //www. ei. org. cn/doca/xkyzen. doc.

Engqvist L, Frommen J G. 2008. The h-index and self-citations. Trends in Ecology & Evolution, 2008, 23 (5): 250 - 252.

Eysenbach G. 2006. Citation advantage of open access articles. PLoS Biology, 4: e157.

Eysenbach G. 2008. 2008 - 08 - 31. Word is still out: publication was premature. http: //www. bmj. com/cgi/eletters/337/jul31 _ 1/ a568.

Eysenbach G, Diepgen T L. 1998. Towards quality management of medical information on the Internet: evaluation, labelling and filtering of information. British Medical Journal, 17: 1496 - 1500.

Fry J. 2004. The cultural shaping of ICTs within academic fields: corpus-based linguistics as a case study. Literary and Linguistic Computing, 19 (3): 303 - 319.

Garfield E. 1955. Citation indexes to science: a new dimension in documentation through association of ideas. Science, 122: 108 - 111.

Garfield E. 1972. Citation analysis as a tool in journal evaluation. Science, 178 (4060): 471 - 479.

Garfield E. 2006. The history and meaning of the journal impact factor. Journal of the American Medical Association, (293): 90 - 93.

Geoff S I M, Thyne K R, Deans J G. 2007. Citation Benchmarks for Articles Published by Australian Marketing Academics. Conference Proceedings of the 2007 ANZMAC Conference. Dunedin: Department of Marketing, University of Otago: 3515 - 3520.

Godlee F. 2008. Open access to research. BMJ，337：a1051.

Goodrum A A，McCain K W，Lawrence S，et al. 2001. Scholarly publishing in the internet age：a citation analysis of computer science literature. Information Processing & Management，2001，37 (5)：661 - 676.

Hajjem C，Gingras Y，Brody T，et al. 2005a. Open access to research increases citation Impact. Technical Report Unspecified，institut des sciences cognitives，Université du Québec à Montréal. http：//eprints. ecs. soton. ac. uk/11687/ ［2009 - 08 - 29］.

Hajjem C，Harnad S. 2007. The open access citation advantage：quality advantage or quality bias? http：//arxiv. org/abs/cs/0701137 ［2010 - 12 - 03］.

Hajjem C，Harnad S，Gingras Y. 2005b. Ten-year cross-disciplinary comparison of the growth of open access and how it increases research citation impact. IEEE Data Engineering Bulletin，28 (4)：39 - 47.

Harnad S. 1990. Scholarly skywriting and the prepublication continuum of scientific inquiry. Psychological Science，(1)：342 - 343.

Harnad S. 1992. Post-Gutenberg Galaxy：the fourth revolution in the means of production of knowledge. Public-Access Computer Systems Review，(1)：39 - 53.

Harnad S. 1996. The impact of electronic journals on scholarly communication：a citation analysis. Public-Access Computer Systems Review，7 (5). http：//info. lib. uh. edu/ pr/v7/n5/ hart7n5. html/ ［2011 - 03 - 11］.

Harnad S. 1999. The future of scholarly skywriting//Scammell A. I in the Sky：Visions of the information future. Aslib，216 - 218.

Harnad S. 2003. Open access to peer-reviewed research through author/institution self-archiving：maximizing research impact by maximizing online access. E-Medicine，49 (4)：337 - 342.

Harnad S. 2005. Fast-Forward on the Green Road to Open Access：The Case Against Mixing Up Green and Gold. Ariadne，42. http：//www. ariadne. ac. uk/issue42/harnad/ ［2011 - 03 -11］.

Harnad S，Brody T. 2004. Comparing the impact of open access (OA) vs non-OA articles in the same journals. D-Lib Magazine，10 (6). http：//www. dlib. org/dlib/june04/harnad/ 06harnad. html ［2008 - 08 - 28］.

Harnad S. 2008. Davis et al's 1-year Study of Self-Selection Bias：No Self-Archiving Control，No OA Effect，No Conclusion. British Medicical Journal，337 (a568)：199775.

Harnad S，Brody T，Vallieres F，et al. 2004. The access/impact problem and the green and gold roads to open access. Serials Review，(34)：36 - 40.

Harter S，Ford C. 2000. Web-based analysis of E-journal impact：approaches，problems，and issues. Journal of the American Society for Information Science，51 (13)：1159 - 1176.

Harzing A W. 2008a. Publish or perish User's Manual. http：//www. harzing. com/pophelp/ 0000-welcome. htm. ［2008 - 08 - 25］.

Harzing A W. 2008b. Publish or perish. http：//www. harzing. com/resources. htm♯/pop. htm.

Harzing A W. 2009. A Google Scholar h-index for journals: an alternative metric to measure journal impact in economics and business. Journal of the American Society for Information Science and Technology, 60 (1): 41 – 46.

Health Research Board. 2008. HRB position statement in support of open and unrestricted access to published research (open access). http: //www. hrb. ie/fileadmin/Staging/Documents/ RSF/PEER/Policy _ Docs/Position _ statements/ HRB _ Position _ Statement _ in _ Support _ of _ Position _ statement _ on _ Open _ Access. doc. pdf [2011 – 03 – 10] .

Hedlund T, Gustafsson T, Bjork B C. 2004. The open access scientific journal: an empirical study. Learned Publishing, 17 (3): 199 – 209.

Henneken E A, Kurtz M J, Eichhorn G, et al. 2006. Effect of E-printing on citation rates in astronomy and physics. Journal of Electronic Publishing, 9 (2) . http: //arxiv. org/ftp/cs/ papers/0604/0604061. pdf [2011 – 03 – 10] .

Hirsch J E. 2005. An index to quantify individual's scientific research output. Proceedings of the National Academy of Sciences, 102 (46): 16569 – 16572.

Ingwersen P. 1998. The calculation of web impact factors. Journal of Documentation, 54 (2): 236 – 243.

Jacso P. 2008a. The plausibility of computing the h-index of scholarly productivity and impact using reference enhanced databases. Online Information Review, 32 (2): 266 – 283.

Jacso P. 2008b. The pros and cons of computing the h-index using Google Scholar. Online Information Review, 32 (3): 437 – 452.

Jacso P. 2008c. The pros and cons of computing the h-index using Scopus. Online Information Review, 32 (4): 524 – 535.

Jacso P. 2008d. The pros and cons of computing the h-index using Web of Science. Online Information Review, 32 (5): 673 – 688.

Jacso P. 2008e. Testing the calculation of a realistic h-index in Google Scholar, Scopus and Web of Science for F. W. Lancaster. Library Trends, 56 (4): 784 – 815.

Karjalainen S, Kuusela K, Hormia-Poutanen K. 2005. Recommendations for the promotion of open access in scientific publishing in Finland. http: //www. minedu. fi/export/sites/default/ OPM/Julkaisut/2005/liitteet/opm _ 250 _ tr16. pdf? lang= [2011 – 03 – 10] .

King D A. 2004. The scientific impact of nations. Nature, 430: 311 – 316.

Kling R, McKim G. 1999. Scholarly communication and the continuum of electronic publishing. Journal of American Society for Information Science, 50 (10): 890 – 906.

Kousha K, Thelwall M. 2006. Motivations for URL citations to open access library and information science articles. Scientometrics, 68 (3): 501 – 517.

Kousha K, Thelwall M. 2007a. Google Scholar citations and Google Web/URL citations: a multi-discipline exploratory analysis. Journal of the American Society for Information Science and Technology, 58 (7): 1055 – 1065.

Kousha K, Thelwall M. 2007b. How is science cited on the Web? A classification of Google unique Web citations. Journal of the American Society for Information Science and Technology, 58 (11): 1631 - 1644.

Kousha K, Thelwall M. 2008. Sources of Google Scholar citations outside the Science Citation Index: a comparison between four science disciplines. Scientometrics, 74 (2): 273 - 294.

Kurtz M J. 2004. Restrictive Access Policies Cut Readership of Electronic Research Journal Articles by A Factor of Two. Cambridge, MA: Harvard-Smithsonian Centre for Astrophysics. http://opcit.eprints.org/feb19oa/kurtz.pdf [2010 - 08 - 29].

Kurtz M J, Eichhorn G, Accomazzi A, et al. 2005. The effect of use and access on citations. Information Processing and Management, 41 (6): 1395 - 1402.

Kurtz M J. Henneken E A. 2007. Open Access does not increase citations for research articles from The Astrophysical Journal. http://arxiv.org/ftp/arxiv/papers/0709/0709.0896.pdf [2008 - 08 - 29].

Lawrence S. 2001. Free online availability substantially increases a paper's impact. Nature, 411: 521.

Lawrence S, Giles C L. 2000. Accessibility of information on the web. Intelligence, 11 (1): 32 - 39.

Lu A, Qiu J P. 2004. Research on the relationships between Chinese journal impact factors and external web link counts and web impact factors. The Journal of Academic Librarianship, 30 (3): 199 - 204.

Luz M P D, Marques-Portella C, Mendlowicz M, et al. 2008. Institutional h-index: the performance of a new metric in the evaluation of Brazilian psychiatric post-graduation programs. Scientometrics, 77 (2): 361 - 368.

May R M. 1997. The Scientific wealth of nations. Science, 275 (5301): 793 - 796.

McMullan E. 2008. Open access mandate threatens dissemination of scientific information. Journal of Neuroophthalmology, 28 (1): 72 - 74.

McVeigh M E. 2004. Open access journals in the ISI citation databases: analysis of impact factors and citation patterns. http://www.isinet.com/isihome/media/presentrep/essayspdf/openaccesscitations2.pdf [2008 - 12 - 10].

Metcalfe T S. 2005. The rise and citation impact of astro-ph in major journals. Bull Am Astronomical Soc, 37: 555 - 557.

Metcalfe T S. 2006. The citation impact of digital preprint archives for solar physics papers. Solar Physics, 239: 549 - 553.

Miller C W. 2006. Superiority of the h-index over the impact factor for physics. http://arxiv.org/PS/hysics/pdf/0608/0608183v1.pdf. [2009 - 01 - 13].

Moed H F. 2005a. Citation Analysis in Research Evaluation. New York: Springer.

Moed H F. 2005b. Statistical relationships between downloads and citations at the level of individual documents within a single journal. Journal of the American Society for Information Science and Technology, 56 (10): 1088 - 1097.

Moed H F. 2007. The effect of "open access" upon citation impact: an analysis of ArXiv's condensed matter section. Journal of the American Society for Information Science and Technology, 58: 2047 - 2054.

Moller A. 2007. The rise of open access journals: their viability and their prospects for the African Scholarly Community. http: //www. codesria. org/IMG/pdf/AMR _ 15 _ 1 _ 2 _ 2007 _ 1 _ Moller. pdf [2009 - 02 - 28] .

Mueller P S, Murali N S, Cha S S, et al. 2006. The effect of online status on the impact factors of general internal medicine journals. Netherlands Journal of Medicine, 64 (2): 39 - 44.

NIH. 2005. Calls on scientists to speed public release of research publications. http: // www. nih. gov/news/pr/feb2005/ od - 03. htm [2009 - 01 - 29] .

NLM. 1988. MEDLINE ® Journal Selection. http: //www. nlm. nih. gov/pubs/factsheets/ jsel. html. [2011 - 04 - 28] .

Noruzi A. 2006. The web impact factor: a critical review. The Electronic Library, 24 (4): 490 -500.

Notess G R. 2002. Search engine statistics: database total size estimates. http: //www. searchengineshowdown. com/stats /sizeest. shtml [2009 - 12 - 28] .

O' Grady R T. 2003. Open access? Open wallets. BioScience, 53 (11): 1027.

Olden J D. 2007. How do ecological journals stack-up? Ranking of scientific quality according to the h index. Ecoscience, 14 (3): 370 - 376.

Oppenheim C. 2007. Using the h-index to rank influential British researchers in information science and librarianship. Journal of the American Society for Information Science and Technology, 58 (2): 297 - 301.

Perneger TV. 2004. Relationship between online "hit" counts and subsequent citations: prospective study of research papers in the BMJ. BMJ, 329: 546 - 547.

Pringle J. 2006. Do open access journals have impact? http: //www. nature. com /nature/ focus/accessdebate/19. html [2010 - 06 - 12] .

Razzaque M A, Wilkinson I F. 2007. Research performance of senior level marketing academics in the australian Universities: an exploratory study based on citation analysis. The Australia New Zealand Marketing Academy Conference (ANZMAC) . New Zealand. University of Otago: 1 - 3.

Richardson M. 2006. Assessing the impact of open access: preliminary findings from Oxford University Press. http: //www. oxfordjournals. org/news/oa _ report. pdf [2009 - 08 - 31] .

Rousseau R. 1997. Sitations: an exploratory study. Cybermetrics, 1 (1) . http: //www. cindoc. csic. es/cybermetrics/ articles/v2i1p2. html [2009 - 8 - 31] .

Rousseau R. 2006. A case study: evolution of JASIS' Hirsch index. Sciense Focus, 1 (1): 16 - 17.

Saad G. 2006. Exploring the h-index at the author and journal levels using bibliometric data of productive consumer scholars and business-related journals respectively. Scientometrics,

69 (1): 117 - 120.

Sahu D K, Gogtay N J, Bavdekar S B. 2005. Effect of open access on citation rates for a small biomedical journal. Fifth International Congress on Peer Review and Biomedical Publication, Chicago: 16 - 18.

Sanderson M. 2008. Revisiting h measured on UK LIS and IR academics. Journal of the American Society for Information Science and Technology, 59: 1184 - 1190.

Schreiber M. 2007. Self-citation corrections for the Hirsch index. Epl, 78 (3): 30002 - 30008.

Schreiber M. 2008. The influence of self-citation corrections on Egghe's g index. Scientometrics, 76 (1): 187 - 200.

Schwarz G J, Kennicutt R C J. 2004. Demographic and citation trends in astrophysical journal papers and preprints. Bull Am Astronomical Soc, 36: 1654 - 1663.

Sebire N J. 2008. H-index and impact factors: assessing the clinical impact of researchers and specialist journals. Ultrasound Obstet Gynecol, 32 (7): 843 - 845.

Shafi S M. 2008. Research impact of open access contributions across disciplines. ELPUB 2008. Chan L, Mornati S. Open Scholarship: Authority, Community, and Sustainability in the Age of Web 2.0. Proceedings of the 12th International Conference on Electronic Publishing held in Toronto, Canada. http: //elpub. scix. net/data/works/ att/343 _ elpub2008. content. pdf [2009 - 08 - 29] .

Shin E J. 2003. Do impact factors change with a change of medium? A comparison of impact factors when publication is by paper and through parallel publishing. Journal of Information Science, 29 (6): 527 - 533.

Sidiropoulos A, Katsaros D, Manolopoulos Y. 2007. Generalized Hirsch h-index for disclosing latent facts in citation networks. Scientometrics, 72 (20): 253 - 280.

Smith A G. 1999. A tale of two web spaces: comparing sites using web impact factors. Journal of Documentation, 55 (5): 577 - 592.

Smith A G. 2005. Citations and links as a measure of effectiveness of online LIS journals. IFLA Journal, 31 (1): 76 - 84.

Sotudeh H, Horri A. 2007. The citation performance of open access journals: a disciplinary investigation of citation distribution models. Journal of the American Society for Information Science and Technology, 58 (13): 2145 - 2156.

Tanber P, Godlee F, Mark P N. 2003. Open access to peer _ reviewed research: making it happen. The Lancet, 362 (8): 9395.

Thelwall M, Vaughan L, Jörneborn L B. 2005. Webometrics. Annual Review of Information Science and Technology, 39: 81 - 135.

Thomas O, Willett P. 2000. Webometric analysis of departments of librarianship and information science. Journal of Information Science, 26 (6): 421 - 428.

Thomson Reuters. 2004. The impact of open access journals: a citation study from thomson ISI. http: //scientific. thomson. com/media/presentrep/acropdf/impact-oa-journals. pdf [2009 - 12 - 10] .

Thomson Reuters. 2008. The Thomson Scientific journal selection process. http：//thomsonreuters. com/ products _ services/science/free/essays/journal _ selection _ process/ ［2009 - 09 -30］.

Tonta Y, Unal Y, Al U. 2007. The research impact of open access journal articles. Proceedings ELPUB 2007 Conference in Electronic Publishing, Vienna, Austria. http：// eprints. rclis. org/archive/00009619/01/ tonta-unal-alelpub2007. pdf ［2010 - 09 - 30］.

Turk N. 2008. Citation impact of open access journals. New Library World, 109 (1/2)：65 - 74

Vanclay J K. 2007. Ranking forestry journals using the h-index. http：//arxiv. org/abs/ 0712. 1916 ［2011 - 03 - 11］.

Vaughan L, Hysen K. 2002. Relationship between links to journal web sites and impact factors. Aslib Proceedings：New Information Perspectives, 54 (6)：356 - 361.

Vaughan L, Shaw D. 2004. Can Web Citations Be a Measure of Impact? An Investigation of Journals in the Life Sciences. Proceedings of the 67th ASIS&T Annual Meeting. http：//www. scholarworks. iu. edu/dspace/bitstream/2022/118/1/ LifeSciWebCiteImpact. doc ［2011 - 03 - 11］.

Vaughan L, Shaw D. 2005. Web citation data for impact assessment：a comparison of four science disciplines. Journal of the American Society for Information Science and Technology, 56 (10)：1075 - 1087.

Vaughan L, Shaw D. 2003. Bibliographic and web citations：what is the difference? Journal of the American Society for Information Science and Technology, 54 (4)：1313 - 1322.

Vaughan L, Shaw D. 2008. A new look at evidence of scholarly citation in citation indexes and from web sources. Scientometrics, 74 (2)：317 - 330.

Vaughan L, Thelwall M. 2003. Scholarly use of the web：what are the key inducers of links to journal web sites? Journal of the American Society for Information Science and Technology, 54 (1)：29 - 38.

Vaughan L, Wu G Z. 2004. Links to commercial websites as a source of business information. Scientometrics, 60 (3)：487 - 496.

Wellcome Trust. 2008. Position statement in support of open and unrestricted access to published research. http：//www. wellcome. ac. uk/About-us/Policy/Policy-and-position-statements/ WTD002766. htm ［2011 - 03 - 10］.

Willinsky J. 2003. Scholarly associations and the economic viability of open access publishing. Journal of Digital Information, 4 (2)：177.

Zhang Y J. 2006. The effect of open access on citation impact：a comparison study based on web citation analysis. Libri, 56 (3)：145 - 156.

Zhao D, Logan E. 2002. Citation analysis using scientific publications on the web as data source：a case study in the XML research area. Scientometrics, 54 (3)：449 - 472.

Zhivotovsky L A, Krutovsky K V. 2008. Self-citation can inflate h-index. Scientometrics, 77 (2)：373 - 375.

# 附 录

## 附录 A   OA 期刊学术质量综合评价指标
## 专家咨询问卷（第一轮）

尊敬的专家：

首先，非常感谢您在百忙之中抽出时间参与本课题的专家咨询。

OA 期刊作为一种网络出版、免费共享的新型学术交流载体，其质量和学术价值的评价一直成为国内外学术界、出版界、图书情报界争论的焦点以及广大科研人员最为关心的首要问题。

为了构建一个科学有效并具有可操作性的 OA 期刊学术质量综合评价指标体系，在大量文献调研，充分吸收国内外现有期刊评价指标以及专家学者意见的基础上，初步拟定以下指标（表 F1），请您对该问卷作出以下判断：

1. 判断各项指标的重要性，并在合适的选项处打"√"，电子版问卷请用"√"替换"□"

2. 如果您觉得该问卷某些指标表达不当或者该问卷遗漏了某些重要指标，请直接在问卷上修改或在卷后提出您的宝贵意见。

如果您对本次专家咨询有任何疑问，请与我电话或 E-mail 联系。您回答完毕，请及时 E-mail 给我，谢谢！

**表 F1   OA 期刊学术质量综合评价指标**

| 一级指标 | 二级指标 | 重要性判断 | | | | |
|---|---|---|---|---|---|---|
| | | 极为重要 | 比较重要 | 一般重要 | 不重要 | 完全不必要 |
| 学术含量 | | □ | □ | □ | □ | □ |
| | 载文量 | □ | □ | □ | □ | □ |
| | 篇均作者数 | □ | □ | □ | □ | □ |
| | 作者国家地区广度 | □ | □ | □ | □ | □ |
| | 篇均作者机构数 | □ | □ | □ | □ | □ |
| | 机构标注比例 | □ | □ | □ | □ | □ |
| | 篇均参考文献数 | □ | □ | □ | □ | □ |
| | 其他请填： | □ | □ | □ | □ | □ |
| 学术影响力 | | □ | □ | □ | □ | □ |
| | 影响因子 | □ | □ | □ | □ | □ |

续表

| 一级指标 | 二级指标 | 极为重要 | 比较重要 | 一般重要 | 不重要 | 完全不必要 |
|---|---|---|---|---|---|---|
| | 即年指数 | ☐ | ☐ | ☐ | ☐ | ☐ |
| | 总被引频次 | ☐ | ☐ | ☐ | ☐ | ☐ |
| | 平均被引率 | ☐ | ☐ | ☐ | ☐ | ☐ |
| | 权威数据库收摘量 | ☐ | ☐ | ☐ | ☐ | ☐ |
| | 其他请填： | ☐ | ☐ | ☐ | ☐ | ☐ |
| 网站丰余度 | | ☐ | ☐ | ☐ | ☐ | ☐ |
| | 网络文献量 | ☐ | ☐ | ☐ | ☐ | ☐ |
| | 网页数 | ☐ | ☐ | ☐ | ☐ | ☐ |
| | 其他请填： | ☐ | ☐ | ☐ | ☐ | ☐ |
| 网络影响力 | | ☐ | ☐ | ☐ | ☐ | ☐ |
| | 网络引文量* | ☐ | ☐ | ☐ | ☐ | ☐ |
| | 总链接数 | ☐ | ☐ | ☐ | ☐ | ☐ |
| | 外部链接数 | ☐ | ☐ | ☐ | ☐ | ☐ |
| | 总网络影响因子 | ☐ | ☐ | ☐ | ☐ | ☐ |
| | 外部网络影响因子 | ☐ | ☐ | ☐ | ☐ | ☐ |
| | IP访问量* | ☐ | ☐ | ☐ | ☐ | ☐ |
| | 页面浏览量* | ☐ | ☐ | ☐ | ☐ | ☐ |
| | 人均页面浏览量* | ☐ | ☐ | ☐ | ☐ | ☐ |
| | 其他请填： | ☐ | ☐ | ☐ | ☐ | ☐ |
| 学术绩效 | | ☐ | ☐ | ☐ | ☐ | ☐ |
| | h指数* | ☐ | ☐ | ☐ | ☐ | ☐ |
| | g指数* | ☐ | ☐ | ☐ | ☐ | ☐ |
| | hc指数* | ☐ | ☐ | ☐ | ☐ | ☐ |
| | 其他请填： | ☐ | ☐ | ☐ | ☐ | ☐ |
| 其他请填： | | ☐ | ☐ | ☐ | ☐ | ☐ |

注：指标说明如下。

网络引文量：在一定统计周期内某搜索引擎中 OA 期刊论文的被引频次之和。

IP访问量：在一定统计周期内特定唯一 IP 地址的计算机访问 OA 期刊网站的次数。

页面浏览量：在一定统计周期内所有访问者浏览的页面数量。

人均页面浏览量：在一定统计周期内 OA 期刊网站全部页面浏览数与所有访问者之比，即用户平均浏览的网页数量。

h指数：J. E. 赫希 2005 年提出的一种评价个人科研成就的一种指标。引入到期刊评价中，其含义是一种期刊的分值为 $h$，当且仅当在它发表的 Np 篇论文中有 $h$ 篇论文每篇获得了不少于 $h$ 次的引文数，剩下的（Np~$h$）论文中每篇论文的引文数都小于 $h$ 次。

g指数：比利时著名科学计量学家埃格赫（Egghe）在分析 h 指数评价效果时，提出了一种基于学者以往贡献的评价指标。对于期刊而言，其含义是期刊论文按被引次数高低排序，并且将排序的序号平方，被引次数逐次累加，当序号平方等于累计被引次数时，这时的序号就被定义为 g 指数。

hc指数：希腊亚里士多德大学（Aristotle University）的 Antonis Sidiropoulos 于 2006 年提出的。对于期刊而言，其含义是一种期刊的分值为 hc，当且仅当在它发表的 Np 篇论文中有 hc 篇论文每篇获得了不少于 Sc 次的引文数，剩下的（Np~hc）论文中每篇论文的引文数都小于 Sc 次。Hc 是评价期刊的当前影响力。

**最后，再次对您的无私支持和配合表示衷心感谢！**

# 附录 B　OA 期刊学术质量综合评价指标的筛选与权重确定调查表（第二轮）

尊敬的专家：

　　第一轮指标筛选调查历时半个月，在汇总、分类和分析 23 位专家学者评分的基础上，剔除了专家一致较低（前两项得分小于 75%）的评价指标，共 8 个：载文量、篇均作者数、机构标注比例、平均被引率、总网页数、总链接数、总网络影响因子、人均页面浏览量。同时根据专家的意见与建议新增加了一个一级指标"期刊网站丰余度"（即网站信息丰富程度），将它与网络影响力区分开来；新增加了两个二级指标：他刊被引率和内部链接数。

　　为了取得各位专家对指标的一致性，使评价指标更加科学合理，指标体系更具代表性、科学性和可操作性，特设计第二轮调查表，用于 OA 期刊学术质量综合评价指标的重要性程度的调查，以获得科学和合理的评价指标权重值（表 F2、表 F3）。首先就表中的每个指标进行判断，是否需要，如需要就打"√"，不需要就打"×"。其次就该指标的重要性程度打分，由左至右，从最低 1 到最高 9，请在合适的位置上打"√"或直接填写重要程度分值（9 度量制）。

**表 F2　各评价指标的评分标准**

| 对比打分 | 相对重要 | 程度说明 |
| --- | --- | --- |
| 1 | 同等重要 | 两指标贡献相同 |
| 3 | 略为重要 | 根据经验一个指标比另一个指标稍重要 |
| 5 | 基本重要 | 根据经验一个指标比另一个指标比较重要 |
| 7 | 确实重要 | 根据经验一个指标比另一个指标相当重要 |
| 9 | 绝对重要 | 根据经验一个指标比另一个指标绝对重要 |
| 2，4，6，8 | 两相邻程度的中间值 | 需要折中时采用 |

**表 F3　OA 期刊学术质量综合评价指标的筛选与权重确定**

| 指标 | 是否需要 | 重要性程度表示<br>1 重要←——中——→9 绝对重要 | 分值 |
| --- | --- | --- | --- |
| 一级指标 | | | |
| 1 | C 学术含量 | ←--- 1 ---- 3 ---- 5 ---- 7 ---- 9 ---→ | |
| 2 | F 学术影响力 | ←--- 1 ---- 3 ---- 5 ---- 7 ---- 9 ---→ | |
| 3 | S 网站丰余度 | ←--- 1 ---- 3 ---- 5 ---- 7 ---- 9 ---→ | |
| 4 | W 网络影响力 | ←--- 1 ---- 3 ---- 5 ---- 7 ---- 9 ---→ | |
| 5 | J 学术绩效 | ←--- 1 ---- 3 ---- 5 ---- 7 ---- 9 ---→ | |

续表

| 指标 | 是否需要 | 重要性程度表示<br>1 重要←⋯中⋯→9 绝对重要 | 分值 |
|---|---|---|---|
| 二级指标 | | | |
| C1 | 发文国家地区广度 | ←⋯ 1 ---- 3 ---- 5 ---- 7 ---- 9 ⋯→ | |
| C2 | 篇均作者机构数 | ←⋯ 1 ---- 3 ---- 5 ---- 7 ---- 9 ⋯→ | |
| C3 | 篇均参考文献数 | ←⋯ 1 ---- 3 ---- 5 ---- 7 ---- 9 ⋯→ | |
| F1 | 影响因子 | ←⋯ 1 ---- 3 ---- 5 ---- 7 ---- 9 ⋯→ | |
| F2 | 即年指数 | ←⋯ 1 ---- 3 ---- 5 ---- 7 ---- 9 ⋯→ | |
| F3 | 总被引频次 | ←⋯ 1 ---- 3 ---- 5 ---- 7 ---- 9 ⋯→ | |
| F4 | 他刊被引率 | ←⋯ 1 ---- 3 ---- 5 ---- 7 ---- 9 ⋯→ | |
| F5 | 权威数据库收摘量 | ←⋯ 1 ---- 3 ---- 5 ---- 7 ---- 9 ⋯→ | |
| S1 | 网络文献量 | ←⋯ 1 ---- 3 ---- 5 ---- 7 ---- 9 ⋯→ | |
| S2 | 内部链接数 | ←⋯ 1 ---- 3 ---- 5 ---- 7 ---- 9 ⋯→ | |
| W1 | 网络引文量 | ←⋯ 1 ---- 3 ---- 5 ---- 7 ---- 9 ⋯→ | |
| W2 | 外部链接数 | ←⋯ 1 ---- 3 ---- 5 ---- 7 ---- 9 ⋯→ | |
| W3 | 外部网络影响因子 | ←⋯ 1 ---- 3 ---- 5 ---- 7 ---- 9 ⋯→ | |
| W4 | IP 访问量 | ←⋯ 1 ---- 3 ---- 5 ---- 7 ---- 9 ⋯→ | |
| W5 | 页面浏览量 | ←⋯ 1 ---- 3 ---- 5 ---- 7 ---- 9 ⋯→ | |
| J1 | h 指数 | ←⋯ 1 ---- 3 ---- 5 ---- 7 ---- 9 ⋯→ | |
| J2 | g 指数 | ←⋯ 1 ---- 3 ---- 5 ---- 7 ---- 9 ⋯→ | |
| J3 | hc 指数 | ←⋯ 1 ---- 3 ---- 5 ---- 7 ---- 9 ⋯→ | |

对您参与调查，本人表示由衷的感谢！

# 附录 C  20 个二级指标的单指标属性测度函数

C1 发文国家地区广度的测度函数:

$$\mu_{i11}(t) = \begin{cases} 1, & t > 72.5 \\ (t-57.5)/15, & 57.5 \leqslant t \leqslant 72.5 \\ 0, & t < 57.5 \end{cases}$$

$$\mu_{i12}(t) = \begin{cases} (t-45)/10, & 45 \leqslant t \leqslant 55 \\ 1, & 55 < t < 57.5 \\ (72.5-t)/15, & 57.5 \leqslant t \leqslant 72.5 \\ 0, & \text{其他} \end{cases}$$

$$\mu_{i13}(t) = \begin{cases} (t-35)/10, & 35 \leqslant t \leqslant 45 \\ (55-t)/10, & 45 \leqslant t \leqslant 55 \\ 0, & \text{其他} \end{cases}$$

$$\mu_{i14}(t) = \begin{cases} (t-25)/10, & 25 \leqslant t \leqslant 35 \\ (45-t)/10, & 35 \leqslant t \leqslant 45 \\ 0, & \text{其他} \end{cases}$$

$$\mu_{i15}(t) = \begin{cases} 1, & t < 25 \\ (35-t)/10, & 25 \leqslant t \leqslant 35 \\ 0, & 35 < t \end{cases}$$

C2 篇均作者机构数的测度函数:

$$\mu_{i21}(t) = \begin{cases} 1, & t > 1.35 \\ (t-1.05)/0.3, & 1.05 \leqslant t \leqslant 1.35 \\ 0, & t < 1.05 \end{cases}$$

$$\mu_{i22}(t) = \begin{cases} (t-0.8)/0.2, & 0.8 \leqslant t \leqslant 1.0 \\ 1, & 1 < t < 1.05 \\ (1.35-t)/0.3, & 1.05 \leqslant t \leqslant 1.35 \\ 0, & \text{其他} \end{cases}$$

$$\mu_{i23}(t) = \begin{cases} (t-0.6)/0.2, & 0.6 \leqslant t \leqslant 0.8 \\ (1.0-t)/0.2, & 0.8 \leqslant t \leqslant 1.0 \\ 0, & \text{其他} \end{cases}$$

$$\mu_{i24}(t) = \begin{cases} (t-0.4)/0.2, & 0.4 \leqslant t \leqslant 0.6 \\ (0.8-t)/0.2, & 0.6 \leqslant t \leqslant 0.8 \\ 0, & \text{其他} \end{cases}$$

$$\mu_{i25}(t) = \begin{cases} 1, & t < 0.4 \\ (0.6-t)/0.2, & 0.4 \leqslant t \leqslant 0.6 \\ 0, & 0.6 < t \end{cases}$$

C3 篇均参考文献数的测度函数：

$$\mu_{i31}(t) = \begin{cases} 1, & t > 50 \\ (t-40)/10, & 40 \leqslant t \leqslant 50 \\ 0, & t < 40 \end{cases}$$

$$\mu_{i32}(t) = \begin{cases} (t-32.5)/5, & 32.5 \leqslant t \leqslant 37.5 \\ 1, & 37.5 < t < 40 \\ (50-t)/10, & 40 \leqslant t \leqslant 50 \\ 0, & \text{其他} \end{cases}$$

$$\mu_{i33}(t) = \begin{cases} (t-27.5)/5, & 27.5 \leqslant t \leqslant 32.5 \\ (37.5-t)/5, & 32.5 \leqslant t \leqslant 37.5 \\ 0, & \text{其他} \end{cases}$$

$$\mu_{i34}(t) = \begin{cases} (t-22.5)/5, & 22.5 \leqslant t \leqslant 27.5 \\ (32.5-t)/5, & 27.5 \leqslant t \leqslant 32.5 \\ 0, & \text{其他} \end{cases}$$

$$\mu_{i35}(t) = \begin{cases} 1, & t < 22.5 \\ (27.5-t)/5, & 22.5 \leqslant t \leqslant 27.5 \\ 0, & 27.5 < t \end{cases}$$

F1 影响因子的测度函数：

$$\mu_{i41}(t) = \begin{cases} 1, & t > 6 \\ (t-4)/2, & 4 \leqslant t \leqslant 6 \\ 0, & t < 4 \end{cases}$$

$$\mu_{i42}(t) = \begin{cases} (t-2.5), & 2.5 \leqslant t \leqslant 3.5 \\ 1, & 3.5 < t < 4 \\ (6-t)/2, & 4 \leqslant t \leqslant 6 \\ 0, & \text{其他} \end{cases}$$

$$\mu_{i43}(t) = \begin{cases} (t-1.5), & 1.5 \leqslant t \leqslant 2.5 \\ (3.5-t), & 2.5 \leqslant t \leqslant 3.5 \\ 0, & \text{其他} \end{cases}$$

$$\mu_{i44}(t) = \begin{cases} (t-0.5), & 0.5 \leqslant t \leqslant 1.5 \\ (2.5-t), & 1.5 \leqslant t \leqslant 2.5 \\ 0, & 其他 \end{cases}$$

$$\mu_{i45}(t) = \begin{cases} 1, & t < 0.5 \\ (0.5-t), & 0.5 \leqslant t \leqslant 1.5 \\ 0, & 1.5 < t \end{cases}$$

F2 即年指数的测度函数：

$$\mu_{i51}(t) = \begin{cases} 1, & t > 1.5 \\ (t-0.9)/0.6, & 0.9 \leqslant t \leqslant 1.5 \\ 0, & t < 0.9 \end{cases}$$

$$\mu_{i52}(t) = \begin{cases} (t-0.45)/0.3, & 0.45 \leqslant t \leqslant 0.75 \\ 1, & 0.75 < t < 0.9 \\ (1.5-t)/0.6, & 0.9 \leqslant t \leqslant 1.5 \\ 0, & 其他 \end{cases}$$

$$\mu_{i53}(t) = \begin{cases} (t-0.2)/0.2, & 0.2 \leqslant t \leqslant 0.4 \\ 1, & 0.4 < t < 0.45 \\ (0.75-t)/0.3, & 0.45 \leqslant t \leqslant 0.75 \\ 0, & 其他 \end{cases}$$

$$\mu_{i54}(t) = \begin{cases} (t-0.05)/0.1, & 0.05 \leqslant t \leqslant 0.15 \\ 1, & 0.15 < t < 0.2 \\ (0.4-t)/0.2, & 0.2 \leqslant t \leqslant 0.4 \\ 0, & 其他 \end{cases}$$

$$\mu_{i55}(t) = \begin{cases} 1, & t < 0.05 \\ (0.15-t)/0.1, & 0.05 \leqslant t \leqslant 0.15 \\ 0, & 0.15 < t \end{cases}$$

F3 总被引频次的测度函数：

$$\mu_{i61}(t) = \begin{cases} 1, & t > 23\,000 \\ (t-11\,000)/12\,000, & 11000 \leqslant t \leqslant 23000 \\ 0, & t < 11\,000 \end{cases}$$

$$\mu_{i62}(t) = \begin{cases} (t-3300)/3400, & 3300 \leqslant t \leqslant 6700 \\ 1, & 6700 < t < 11000 \\ (23\,000-t)/12\,000, & 11\,000 \leqslant t \leqslant 23\,000 \\ 0, & 其他 \end{cases}$$

$$\mu_{i63}(t)=\begin{cases}(t-1\ 100)/1\ 000, & 1100\leqslant t\leqslant 2100\\ 1, & 2100< t< 3300\\ (6\ 700-t)/3\ 400, & 3300\leqslant t\leqslant 6700\\ 0, & 其他\end{cases}$$

$$\mu_{i64}(t)=\begin{cases}(t-300)/\ 600, & 300\leqslant t\leqslant 900\\ 1, & 900< t< 1100\\ (t-1\ 100)/1\ 000, & 1\ 100\leqslant t\leqslant 2\ 100\\ 0, & 其他\end{cases}$$

$$\mu_{i65}(t)=\begin{cases}1, & t< 300\\ (900-t)/\ 600, & 300\leqslant t\leqslant 900\\ 0, & 900< t\end{cases}$$

F4 平均被引率的测度函数：

$$\mu_{i71}(t)=\begin{cases}1, & t> 12.5\\ (t-7.5)/5, & 7.5\leqslant t\leqslant 12.5\\ 0, & t< 7.5\end{cases}$$

$$\mu_{i72}(t)=\begin{cases}(t-4)/2, & 4\leqslant t\leqslant 6\\ 1, & 6< t< 7.5\\ (12.5-t)/5, & 7.5\leqslant t\leqslant 12.5\\ 0, & 其他\end{cases}$$

$$\mu_{i73}(t)=\begin{cases}(t-2.25)/1.5, & 2.25\leqslant t\leqslant 3.75\\ 1, & 3.75< t< 4\\ (6-t)/2, & 4\leqslant t\leqslant 6\\ 0, & 其他\end{cases}$$

$$\mu_{i74}(t)=\begin{cases}(t-0.75)/\ 1.5, & 0.75\leqslant t\leqslant 2.25\\ (3.75-t)/1.5, & 2.25\leqslant t\leqslant 3.75\\ 0, & 其他\end{cases}$$

$$\mu_{i75}(t)=\begin{cases}1, & t< 0.75\\ (2.25-t)/\ 1.5, & 0.75\leqslant t\leqslant 2.25\\ 0, & 2.25< t\end{cases}$$

F5 他引率的测度函数：

$$\mu_{i81}(t)=\begin{cases}1, & t> 7\\ (t-5)/2, & 5\leqslant t\leqslant 7\\ 0, & t< 5\end{cases}$$

$$\mu_{i82}(t) = \begin{cases} (t-3.25)/1.5, & 3.25 \leqslant t \leqslant 4.75 \\ 1, & 4.75 < t < 5 \\ (7-t)/2, & 5 \leqslant t \leqslant 7 \\ 0, & 其他 \end{cases}$$

$$\mu_{i83}(t) = \begin{cases} (t-1.875)/1.25, & 1.875 \leqslant t \leqslant 3.125 \\ 1, & 3.125 < t < 3.25 \\ (4.75-t)/1.5, & 3.25 \leqslant t \leqslant 4.75 \\ 0, & 其他 \end{cases}$$

$$\mu_{i84}(t) = \begin{cases} (t-0.625)/1.25, & 0.625 \leqslant t \leqslant 1.875 \\ (3.125-t)/1.25, & 1.875 \leqslant t \leqslant 3.125 \\ 0, & 其他 \end{cases}$$

$$\mu_{i85}(t) = \begin{cases} 1, & t < 0.625 \\ (1.875-t)/1.25, & 0.625 \leqslant t \leqslant 1.875 \\ 0, & 1.875 < t \end{cases}$$

F6 权威数据库收摘量的测度函数：

$$\mu_{i91}(t) = \begin{cases} 1, & t > 3125 \\ (t-1875)/1250, & 1875 \leqslant t \leqslant 3125 \\ 0, & t < 1875 \end{cases}$$

$$\mu_{i92}(t) = \begin{cases} (t-875)/750, & 875 \leqslant t \leqslant 1625 \\ 1, & 1625 < t < 1875 \\ (3125-t)/1250, & 1875 \leqslant t \leqslant 3125 \\ 0, & 其他 \end{cases}$$

$$\mu_{i93}(t) = \begin{cases} (t-375)/250, & 375 \leqslant t \leqslant 625 \\ 1, & 625 < t < 875 \\ (1625-t)/750, & 875 \leqslant t \leqslant 1625 \\ 0, & 其他 \end{cases}$$

$$\mu_{i94}(t) = \begin{cases} (t-125)/250, & 125 \leqslant t \leqslant 375 \\ (625-t)/250, & 375 \leqslant t \leqslant 625 \\ 0, & 其他 \end{cases}$$

$$\mu_{i95}(t) = \begin{cases} 1, & t < 125 \\ (375-t)/250, & 125 \leqslant t \leqslant 375 \\ 0, & 375 < t \end{cases}$$

S1 网络文献量的测度函数：

$$\mu_{i101}(t) = \begin{cases} 1, & t > 2500 \\ (t-1500)/1000, & 1500 \leqslant t \leqslant 2500 \\ 0, & t < 1500 \end{cases}$$

$$\mu_{i102}(t) = \begin{cases} (t-750)/500, & 750 \leqslant t \leqslant 1250 \\ 1, & 1250 < t < 1500 \\ (2500-t)/1000, & 1500 \leqslant t \leqslant 2500 \\ 0, & \text{其他} \end{cases}$$

$$\mu_{i103}(t) = \begin{cases} (t-375)/250, & 375 \leqslant t \leqslant 625 \\ 1, & 625 < t < 750 \\ (1250-t)/500, & 750 \leqslant t \leqslant 1250 \\ 0, & \text{其他} \end{cases}$$

$$\mu_{i104}(t) = \begin{cases} (t-125)/250, & 125 \leqslant t \leqslant 375 \\ (625-t)/250, & 375 \leqslant t \leqslant 625 \\ 0, & \text{其他} \end{cases}$$

$$\mu_{i105}(t) = \begin{cases} 1, & t < 125 \\ (375-t)/250, & 125 \leqslant t \leqslant 375 \\ 0, & 375 < t \end{cases}$$

S2 站内链接数的测度函数：

$$\mu_{i111}(t) = \begin{cases} 1, & t > 23\,000 \\ (t-11\,000)/12\,000, & 11\,000 \leqslant t \leqslant 23\,000 \\ 0, & t < 11\,000 \end{cases}$$

$$\mu_{i112}(t) = \begin{cases} (t-2750)/4500, & 2750 \leqslant t \leqslant 7250 \\ 1, & 7250 < t < 11\,000 \\ (23\,000-t)/12\,000, & 11\,000 \leqslant t \leqslant 23\,000 \\ 0, & \text{其他} \end{cases}$$

$$\mu_{i113}(t) = \begin{cases} (t-300)/400, & 300 \leqslant t \leqslant 700 \\ 1, & 700 < t < 2750 \\ (7250-t)/4500, & 2750 \leqslant t \leqslant 7250 \\ 0, & \text{其他} \end{cases}$$

$$\mu_{i114}(t) = \begin{cases} (t-50)/100, & 50 \leqslant t \leqslant 150 \\ 1, & 150 < t < 300 \\ (700-t)/400, & 300 \leqslant t \leqslant 700 \\ 0, & \text{其他} \end{cases}$$

$$\mu_{i115}(t) = \begin{cases} 1, & t < 50 \\ (t-50)/100, & 50 \leqslant t \leqslant 150 \\ 0, & 150 < t \end{cases}$$

W1 网络引文量的测度函数：

$$\mu_{i121}(t) = \begin{cases} 1, & t > 26\ 500 \\ (t-13\ 500)/13\ 000, & 13\ 500 \leqslant t \leqslant 26\ 500 \\ 0, & t < 13\ 500 \end{cases}$$

$$\mu_{i122}(t) = \begin{cases} (t-4500)/5000, & 4500 \leqslant t \leqslant 9500 \\ 1, & 9500 < t < 13500 \\ (26\ 500-t)/13\ 000, & 13\ 500 \leqslant t \leqslant 26\ 500 \\ 0, & 其他 \end{cases}$$

$$\mu_{i123}(t) = \begin{cases} (t-1300)/1400, & 1300 \leqslant t \leqslant 2700 \\ 1, & 2700 < t < 4500 \\ (9500-t)/5000, & 4500 \leqslant t \leqslant 9500 \\ 0, & 其他 \end{cases}$$

$$\mu_{i124}(t) = \begin{cases} (t-300)/600, & 300 \leqslant t \leqslant 900 \\ 1, & 900 < t < 1300 \\ (2700-t)/1400, & 1300 \leqslant t \leqslant 2700 \\ 0, & 其他 \end{cases}$$

$$\mu_{i125}(t) = \begin{cases} 1, & t < 300 \\ (t-300)600, & 300 \leqslant t \leqslant 900 \\ 0, & 900 < t \end{cases}$$

W2 外部链接数的测度函数：

$$\mu_{i131}(t) = \begin{cases} 1, & t > 11\ 400 \\ (t-4600)/6800, & 4600 \leqslant t \leqslant 11400 \\ 0, & t < 4600 \end{cases}$$

$$\mu_{i132}(t) = \begin{cases} (t-700)/1000, & 700 \leqslant t \leqslant 1700 \\ 1, & 1700 < t < 4600 \\ (11\ 400-t)/6800, & 4600 \leqslant t \leqslant 11400 \\ 0, & 其他 \end{cases}$$

$$\mu_{i133}(t) = \begin{cases} (t-110)/180, & 110 \leqslant t \leqslant 290 \\ 1, & 290 < t < 700 \\ (1700-t)/1000, & 700 \leqslant t \leqslant 1700 \\ 0, & 其他 \end{cases}$$

$$\mu_{i134}(t) = \begin{cases} (t-10)/20, & 10 \leqslant t \leqslant 30 \\ 1, & 30 < t < 110 \\ (290-t)/180, & 110 \leqslant t \leqslant 290 \\ 0, & 其他 \end{cases}$$

$$\mu_{i135}(t) = \begin{cases} 1, & t < 10 \\ (30-t)/20, & 10 \leqslant t \leqslant 30 \\ 0, & 30 < t \end{cases}$$

W3 总网络影响因子的测度函数：

$$\mu_{i141}(t) = \begin{cases} 1, & t > 5.25 \\ 4(t-2.75), & 2.75 \leqslant t \leqslant 5.25 \\ 0, & t < 2.75 \end{cases}$$

$$\mu_{i142}(t) = \begin{cases} (t-1.125)/0.75, & 1.125 \leqslant t \leqslant 1.875 \\ 1, & 1.875 < t < 2.75 \\ 4(5.25-t), & 2.75 \leqslant t \leqslant 5.25 \\ 0, & 其他 \end{cases}$$

$$\mu_{i143}(t) = \begin{cases} (t-0.6)/0.3, & 0.6 \leqslant t \leqslant 0.9 \\ 1, & 0.9 < t < 1.125 \\ (1.875-t)/0.75, & 1.125 \leqslant t \leqslant 1.875 \\ 0, & 其他 \end{cases}$$

$$\mu_{i144}(t) = \begin{cases} (t-0.3)/0.3, & 0.3 \leqslant t \leqslant 0.6 \\ (0.9-t)/0.3, & 0.6 \leqslant t \leqslant 0.9 \\ 0, & 其他 \end{cases}$$

$$\mu_{i1145}(t) = \begin{cases} 1, & t < 0.3 \\ (t-0.3)/0.3, & 0.3 \leqslant t \leqslant 0.6 \\ 0, & 0.6 < t \end{cases}$$

W4 外部网络影响因子的测度函数：

$$\mu_{i151}(t) = \begin{cases} 1, & t > 0.375 \\ (t-0.225)/0.15, & 0.225 \leqslant t \leqslant 0.375 \\ 0, & t < 0.225 \end{cases}$$

$$\mu_{i152}(t) = \begin{cases} (t-0.125)/0.05, & 0.125 \leqslant t \leqslant 0.175 \\ 1, & 0.175 < t < 0.225 \\ (0.375-t)/0.15, & 0.225 \leqslant t \leqslant 0.375 \\ 0, & 其他 \end{cases}$$

$$\mu_{i153}(t)=\begin{cases}(t-0.075)/0.05, & 0.075\leqslant t\leqslant0.125\\(0.175-t)/0.05, & 0.125\leqslant t\leqslant0.175\\0, & \text{其他}\end{cases}$$

$$\mu_{i154}(t)=\begin{cases}(t-0.025)/0.05, & 0.025\leqslant t\leqslant0.075\\(0.125-t)/0.05, & 0.075\leqslant t\leqslant0.125\\0, & \text{其他}\end{cases}$$

$$\mu_{i155}(t)=\begin{cases}1, & t<0.025\\(t-0.025)/0.05, & 0.025\leqslant t\leqslant0.075\\0, & 0.075<t\end{cases}$$

W5 IP 访问量的测度函数：

$$\mu_{i161}(t)=\begin{cases}1, & t>3900\\(t-2100)/1800, & 2100\leqslant t\leqslant3900\\0, & t<2100\end{cases}$$

$$\mu_{i162}(t)=\begin{cases}(t-800)800, & 800\leqslant t\leqslant1600\\1, & 1600<t<2100\\(3900-t)/1800, & 2100\leqslant t\leqslant3900\\0, & \text{其他}\end{cases}$$

$$\mu_{i163}(t)=\begin{cases}(t-225)/350, & 225\leqslant t\leqslant575\\1, & 575<t<800\\(1600-t)800, & 800\leqslant t\leqslant1600\\0, & \text{其他}\end{cases}$$

$$\mu_{i164}(t)=\begin{cases}(t-25)/50, & 25\leqslant t\leqslant75\\1, & 75<t<225\\(575-t)/350, & 225\leqslant t\leqslant575\\0, & \text{其他}\end{cases}$$

$$\mu_{i165}(t)=\begin{cases}1, & t<25\\(t-25)/50, & 25\leqslant t\leqslant75\\0, & 75<t\end{cases}$$

W6 页面浏览量的测度函数：

$$\mu_{i171}(t)=\begin{cases}1, & t>9200\\(t-4800)/4400, & 4800\leqslant t\leqslant9200\\0, & t<4800\end{cases}$$

$$\mu_{i172}(t) = \begin{cases} (t-1800)/1600, & 1800 \leqslant t \leqslant 3400 \\ 1, & 3400 < t < 4800 \\ (9200-t)/4400, & 4800 \leqslant t \leqslant 9200 \\ 0, & 其他 \end{cases}$$

$$\mu_{i173}(t) = \begin{cases} (t-550)/900, & 550 \leqslant t \leqslant 1450 \\ 1, & 1450 < t < 1800 \\ (3400-t)/1600, & 1800 \leqslant t \leqslant 3400 \\ 0, & 其他 \end{cases}$$

$$\mu_{i174}(t) = \begin{cases} (t-50)/100, & 50 \leqslant t \leqslant 150 \\ 1, & 150 < t < 550 \\ (1450-t)/900, & 550 \leqslant t \leqslant 1450 \\ 0, & 其他 \end{cases}$$

$$\mu_{i175}(t) = \begin{cases} 1, & t < 50 \\ (150-t)/100, & 50 \leqslant t \leqslant 150 \\ 0, & 150 < t \end{cases}$$

J1 h 指数的测度函数：

$$\mu_{i181}(t) = \begin{cases} 1, & t > 60 \\ (t-40)/20, & 40 \leqslant t \leqslant 60 \\ 0, & t < 40 \end{cases}$$

$$\mu_{i182}(t) = \begin{cases} (t-25)/10, & 25 \leqslant t \leqslant 35 \\ 1, & 35 < t < 40 \\ (60-t)/20, & 40 \leqslant t \leqslant 60 \\ 0, & 其他 \end{cases}$$

$$\mu_{i183}(t) = \begin{cases} (t-15)/10, & 15 \leqslant t \leqslant 25 \\ (35-t)/10, & 25 \leqslant t \leqslant 35 \\ 0, & 其他 \end{cases}$$

$$\mu_{i184}(t) = \begin{cases} (t-5)/10, & 5 \leqslant t \leqslant 15 \\ (25-t)/10, & 15 \leqslant t \leqslant 25 \\ 0, & 其他 \end{cases}$$

$$\mu_{i185}(t) = \begin{cases} 1, & t < 5 \\ (t-5)/10, & 5 \leqslant t \leqslant 15 \\ 0, & 15 < t \end{cases}$$